本书为国家社会科学基金重大项目(项目批准号：23&ZD294)
"世界创意写作前沿理论文献的翻译、整理与研究"的阶段性成
果,受浙江传媒学院金鹰学科建设基金部分资助

上海大学创意写作丛书(第四辑)
许道军　主编

作家何以养成：创意写作中国化实践研究

叶　炜　著

上海大学出版社

·上海·

图书在版编目(CIP)数据

作家何以养成：创意写作中国化实践研究 / 叶炜著.
上海：上海大学出版社，2024.6. -- ISBN 978-7-5671-5003-4

Ⅰ.I04

中国国家版本馆 CIP 数据核字第 2024G0K724 号

责任编辑　徐雁华
封面设计　倪天辰
技术编辑　金　鑫　钱宇坤

作家何以养成：创意写作中国化实践研究
叶　炜　著
上海大学出版社出版发行
(上海市上大路 99 号　邮政编码 200444)
(https://www.shupress.cn　发行热线 021-66135112)
出版人　戴骏豪

*

南京展望文化发展有限公司排版
上海华业装潢印刷厂有限公司印刷　各地新华书店经销
开本 890mm×1240mm　1/32　印张 12.25　字数 274 千
2024 年 7 月第 1 版　2024 年 7 月第 1 次印刷
ISBN 978-7-5671-5003-4/I·705　定价　78.00 元

版权所有　侵权必究
如发现本书有印装质量问题请与印刷厂质量科联系
联系电话：021-56475919

总序一

葛红兵（教授、博士生导师，上海大学中国创作写作研究院执行院长）

这是目前中国学术界唯一一套以中文创意写作学术研究为目的的创意写作丛书，创始至今已历10余年，共出版4辑，它是中国创意写作学科史创生、发展的历史见证者，也是中文创意写作学学术研究成果的集中展示者，代表了中国创意写作学科创建中国创意写作学特色理论的学术雄心和建设中文创意写作本科及研究生教学体系的实践思路、思想经验。

中文创意写作作为学术性学科，在上海大学中国文学与创意写作研究中心2009年创生之初，就矢志走学术化、建制化学科建设道路。上海大学中国文学与创意写作研究中心创建中国第一个创意写作学术硕士点、学术博士点、博士后工作站，倡导学科系统理论建构和规范化发展，它一方面借鉴美国高校创意写作专业的创生、发展经验，另一方面对其创生、发展过程中的过分反学术、反理论姿态，过分反学科建制、反学理学统倾向进行批判，以理性反思的清醒、理论自觉的定力选择了一条自主建构中国化学术话语，以理论自觉指导学科教学实践的独立发展之路、学术化建构主义之路。

也因为有这种中西互鉴的自觉、中国特色建构的抉择、学术化及建制化发展的中国道路自信，中文创意写作学科才会有今天大发展、大繁荣,也才会有今天的被正式认可(2024年1月中文创意写作正式获得教育部认可,入列中国语言文学二级学科)。

在此过程中,本丛书矢志不渝地观察和见证了中文创意写作学科的发展。它一步一个脚印地扶持了许多中文创意写作本土学者的学术研究,一步一个脚印地展示了许多优秀的中文创意写作学术研究成果,也实证了中文创意写作学科学术化研究和走自主之路的可能。它反对创意写作学科极端反建制、反学术的西方传统,在与"创意写作没有学术""创意写作不需要学科建制"等学术偏见、学科偏见斗争的过程中,凝聚人心,集聚力量,它是引领性的旗帜,也是成果展示的高地,最终也成了中国创意写作学科发展历程及其成果的重要象征。

从复旦大学创建第一个中文创意写作专硕培养点及上海大学创建中国第一个创意写作理论研究中心和学硕、学博培养点开始,创意写作在中国已经发展了15年。如今,中文创意写作正式入列中国语言文学二级学科,教育部"中文创意写作学科"学术性学科的顶层设计和发展思路是非常清晰的,创意写作学科的中国式发展必将进入新阶段,但也会面临新挑战。希望本丛书继续高举"创意本位中文创意写作学"特色理论大旗,勇敢迎接挑战,在中文创意写作学科理论探索和实践总结方面继续扮演先锋角色,为中文创意写作发展做出新的贡献。

2024年5月于上海

总序二

许道军(教授、博士生导师,世界华文创意写作协会副会长兼秘书长)

上海大学创意写作丛书第四辑包括《作家何以养成:创意写作中国化实践研究》《剧本杀创作十讲》《电子游戏剧本写作入门》三本著作,作者为叶炜、冯现冬、陈威、谢京春、徐倩、方钰铃、许道军等人。他们分别来自高校创意写作教育教学、文学创作、游戏及剧本杀创作一线,其中叶炜是中国第一位创意写作博士、茅盾文学奖新人奖获得者、美国爱荷华大学访问学者,两次到鲁迅文学院进修;徐倩和方钰铃是中国头部游戏公司的核心骨干,有着丰富的游戏文案策划和项目运作经验;冯现冬、陈威、谢京春三人均是高校创意写作教师、编剧,文字皆是经验之谈。三本著作秉承创意写作"作家可以培养""写作可以教、可以学"共同理念,分别聚焦"文学作家培养"和"创意作家培养"两个路径,一则指向写作事业,一则指向写作产业。

创意写作没有引进之前,中国也有大量的作家培养实践,培养出了各种各样的作家,形成了属于中国自己的经验,甚至已经形成了相当成熟的作家培养模式。比如,以中央文学研究所、中国作协文学讲习所与鲁迅文学院为主导的社会主义"文学新人"培养模式,以盛大(阅文集图)为代表的网络"写手作家"培养模式,以明星作家韩寒、郭敬明团队为代表的"偶像作家"培养模式,以"新概念"

"培文杯"和"创意小说"大赛等为代表的青少年作家选拔与培养模式,以上海作协等为代表的地方作协、文学院作家培养模式,以南京大学、武汉大学、西北大学等中文系作家班为代表的高校中文系学院派作家培养模式,等等。当然还有各种条线、专项的作家培养活动,比如"少数民族作家培养""工人作家培养"以及"作家工作室培养模式"(比如山东的"张炜工作室"作家培养模式),等等,也形成了自己的传统与经验。而其中,最令人称道的是鲁迅文学院,其作家培养经验成熟,成果丰硕。在某种意义上说,鲁迅文学院就是中国的爱荷华大学,代表着中国作家尤其是文学新人培养的最高水平,其发展历史、办学理念、教育教学方法、培养机制等,在许多地方都契合创意写作的理念与方法,同时又打上深深的中国烙印。叶炜的《作家何以养成:创意写作中国化实践研究》聚焦鲁迅文学院"文学作家培养"实践,充分调研和占有资料,在创意写作学科视野下,勾勒鲁迅文学院的历史变迁轨迹,总结与提炼中国文学作家培养的模式,回答"作家何以养成"之问。

《剧本杀创作十讲》《电子游戏剧本写作入门》两部著作则是剧本杀和电子游戏剧本写作指南,它们从写作/设计的角度,聚焦一个新游戏文本的产生,"手把手"引领新手创意作家——剧本杀与电子游戏编剧、游戏文案设计师、世界观架构师等——的成长。前者从一个"灵感"与"创意"入手,逐步培育故事种子,步步为营,将其孵化为一个完整的剧本杀剧本;后者则从大处着眼,放眼电子游戏的存在形式、种类、功能以及游戏设计、写作与制作的全程,紧扣"玩法"与"写法"、"玩家体验"与"游戏机制"的互动,专题讲述与剧本写作流程结合,揭示电子游戏剧本写作的秘密。前者紧扣创意心理,胜在贴己、耐心、循循善诱,以鼓励为主;后者则紧扣行业规则,提供写作新知识与新方法,胜在理性,但两者均充分体现了行业写作的专业性与科学性。更难能可贵的是,两部著作均提供了"实战"案例,这些案例,均是经受了市场检验的行业"内部材料",在正常情况下属于公司"保密"、压箱底材料,其价值不亚于"爆料"。与为数不多的相同著作相比,这两部著作的作者团队均有高校学者、创意写作专业领军专家参与,保证了著作的学术价值与普遍意义。因此这两部著作既可以作为剧本杀与电子游戏剧本写作新手上路的指南,也可以作为高校创意写作课程的教材。

当代中国作家培养经验是中国创意写作学科创建的重要资源。梳理与考察鲁迅文学院作家培养模式,不仅有助于创意写作中国化的深入,也是对世界创意写作发展的贡献。而对剧本杀创作与电子游戏剧本写作的探讨,则打通了创意写作学科服务文化创意产业的区隔。众所周知,创意写作面向公共文化事业、文化创意产业,面向全民创意、全民写作,产学研结合,但如何打通学科与事业、产业的"最后一公里",这方面的成果寥寥。因此,在某种意义上说,上海大学创意写作丛书第四辑的三部著作起到了"填补空白"的作用,其探索必将使创意写作经验的中西互鉴、创意写作产业化的进程大大推进一步。

2024 年 6 月 17 日于上海

序 一

徐　可（作家、评论家，鲁迅文学院常务副院长）

2020年12月27日，是鲁迅文学院（以下简称鲁院）建院70周年纪念日。

2019年2月，我奉调到鲁院主持工作，就把相关筹备工作提上议事日程。我和我的同事们在回顾鲁院历史、研究院庆事宜时，既为鲁院70年辉煌历史而自豪、而感动，同时又痛感相关研究工作的薄弱和缺失。我们着意搜集整理了一批有关鲁院及其前身——中央文学研究所、中国作家协会文学讲习所的文章，发现其中回忆性文章居多，很多当年的老文研所人、文讲所人、鲁院人，还有不同时期的学员，他们满怀深情，著文回忆在鲁院工作、学习的经历，不少文章有很重要的史料价值。相较而言，研究性文章则少之又少。由此可以看出，鲁院研究还没有引起应有的重视。我通过调查发现，大量的原始档案都尘封在库房里，既无力无钱整理，更没有发挥它们应有的作用。从那时起，我就决心把鲁院研究作为我本人和鲁院同事们的一项重要研究课题。我们研究制定了详细的工作方案，其中很重要的一项就是回顾、总结鲁院70年的历史和经验。主要做法包括两个方面：一是分专题撰写系列文章，对鲁院不同时期的办学实践、鲁院在当代文学进程中的作用等进行研究；二是采访鲁院各个时期的老人，保留文字和图像资料。可惜，由于多种因素,采访工作未能开展下去。我带领院里的中青年教师,撰写了系列专题文章,在《光明日报》《文艺报》等报刊发表,产生了一定影响。当然,这项工作还是初步的、浅层次的。鲁院史是一座富矿,需要用更多的时间和精力深入挖掘下去。

在这个过程当中,叶炜的一些研究鲁院的论文引起我浓厚的兴趣。后来我了解到,这些年来,叶炜专注于鲁院研究这一课题,已经发表了十几篇学术论文。不久,他又给我寄来一部书稿《作家何以养成:创意写作中国化实践研究》(以下简称叶著)。他说,这部书稿是在他的博士学位论文等已有研究成果基础上修订完成的,希望我能写一个序言。

捧读书稿,我的内心是十分喜悦的。从中央文学研究所,到中国作家协会文学讲习所,再到鲁迅文学院,70余年来,鲁迅文学院走过了一条极不平凡的道路。早在1949年6月,战争的硝烟尚未散去,新的政权尚未建立,满目疮痍,百废待兴,以毛泽东、刘少奇、周恩来为代表的中国共产党人,以茅盾、周扬、丁玲等为代表的文学界领导人,就在酝酿创立一所学校,专门培养社会主义文学新人。这是怎样的远见卓识啊!他们着眼于新中国文化事业长远发展的需要,敏锐地洞察到培养社会主义文学新人的必要性、紧迫性。在极为艰苦的条件下,一批文学界前辈白手起家,创办了中央文学研究所,由此开启了新中国社会主义文学教育事业。1984年,在上级主管部门的支持下,中国作家协会文学讲习所改建为鲁迅文学院,从而开创了社会主义文学教育事业新境界。如今,鲁迅文学院已经成为我国文学教育的一个重要机构,成为享誉文坛的"作家的摇篮"、全国中青年作家向往的"文学的殿堂"。70余年办院史,个中艰辛,曲折历程,辉煌成就,经验教训,都值得我们回顾、总结，值得大书特书。可惜，目前所见文章或著作，大多是片段式的、阶段性的，研究文研所时期历史的多，研究鲁院时期历史的少，尤其是缺乏对鲁院史系统的、全面的深入研究。这与鲁院在当代文学史上的地位是很不相称的。

所以，读到叶著，我的心情是非常兴奋的。这是一部涵盖从文研所成立到鲁院当下历史的著作。这在此前所见的论著中是没有的，所以，说它是填补空白之作，一点都不夸张。

叶著一个很突出的特点，就是有史有论，史论结合，以史带论，论从史出。

首先，叶著堪称一部翔实的鲁院史。鲁院成立至今，还没有人为其专门作传。从严格意义上讲，叶著也不是完备的鲁院传。但是，书中通过大量翔实的档案资料，在某种程度上还原了鲁院70余年的历程，从而使其具有了史传的味道。叶炜是有心人，从2011年9月起，他利用两次在鲁院学习的机会，在不少老师的帮助下，搜集了大量的第一手资料，为以后的研究做好了准备。应该说，这项工作是琐碎、麻烦而艰苦的，没有坐冷板凳的功夫，绝对是做不来的。如果没有前期扎实的资料积累，后面的研究就无从谈起。从书中"余论：资料与史料"部分可以看出叶炜所搜集的资料范围之广泛。

在广泛占有资料的基础上，叶炜围绕"社会主义文学教育机制"这一主题，对鲁院这一特殊样本进行了系统而深入的研究。叶著认为，文学新人培养是新中国意识形态和文学制度设计的一部分，中央文学研究所作为一种文学体制的发端和建设，其不仅是新中国人民文学体制形成的"一个合乎逻辑的重要现象"，还是这种文学体制的一个较为成功的重要实践。这一论断是符合中央文学研究所创办初衷的。事实上，丁玲等文学界领导人立意创办文研所，目的就是要培养适应社会主义文学事业的文学新人；而毛泽东等中央领导人对此举的支持，也着眼于这个目的。新中国成立后，在作家队伍建设中，一方面要改造旧人，另一方面要培养新人。即将诞生的文研所承担的就是后者。所以，文研所的创立，绝不是文学界的一个孤立事件，而要把它放到社会主义新中国政权建设、文化领导权建设的高度和大背景下去考量。它是毛泽东《在延安文艺座谈会上的讲话》精神的生动实践，也是延安鲁艺办学传统的赓续。

叶著详细考察了鲁院不同时期的办学特点，文学新人培养的方式、途径和成就。在初创阶段，文研所主要是借鉴苏联高尔基文学院的办学模式，在基本任务、管理模式、教学内容与教学方式等方面，与高尔基文学院的方式十分接近，连"教学大纲"都是几乎照搬过来的。但是随着自身的发展和形势的变化，文研所也在不断寻求突破和创新，其中最重要的一点是在强调教学的同时，也强调创作和研究，从而使文研所不仅是一所教学机构，同时也是一所创作和研究机构。这一传统延续至今。鲁院的教学不仅限于课堂学习，同样重视创作实践和交流研讨。在教学内容上，也不仅限于文学创作和文学理论，同样重视国情时政课和大文化课。经过多年的实践探索，政治理论和国情时政课、文学课、大文化课三大板块已经基本固定下来。这样的课程设置有利于学员开阔视野、了解国情，培养人文情怀和高尚人格。

如何评价鲁院教学效果和成就？这是一件很困难的事情。根据统计，在中国作协文学四大奖——鲁迅文学奖、茅盾文学奖、骏马奖（全国少数民族文学创作奖）、全国优秀儿童文学奖——获奖者中,超过 20% 的获奖者有过在鲁院学习深造的经历;诺贝尔文学奖获得者莫言也曾是鲁院的学员。即便如此,我们也无法肯定地说,他们的创作成就、他们的获奖就一定与鲁院学习有关。那么,到底如何评价鲁院的教学成效呢?叶著大致用了三个主要标准:一是鲁院培养出的知名作家、文学界领导人(如各级作协主席、副主席)、重要文学奖项获得者名单;二是官方评价,如茅盾、周扬、邵荃麟等文学界领导人的讲话;三是学员的评价。此外,各地对鲁院办学模式的模仿和复制也算一种体现。我认为第三个标准是最客观、最实在的,因为学员们表达的是个体的真实感受,是每个人的具体感受,而不是一个笼统的评价。包括莫言、迟子建在内的不少知名作家,都谈到了他们在鲁院学习前后的变化,谈到了鲁院学习对他们创作的帮助,这是作家个体真实的感受。个体感受虽然不能代表总体评价,但是它更直接更具体,也更真实。

2020 年 11 月 20 日,中国作协主席、中国文联主席铁凝在鲁迅文学院建院 70 周年座谈会上的讲话中指出:"70 年的历史有力地证明,鲁迅文学院光荣地担负起时代和人民赋予它的使命,走出了一条中国式的文学教育道路,有力推动了中国社会主义文学的人才队伍建设,为中国文学的繁荣发展做出了重要贡献。""希望鲁迅文学院坚持守正创新,矢志不渝地为人民培养更多优秀作家,推动产生更多精品力作。"回望历史正是为了开创未来,鲁迅文学院已经创造了辉煌的历史,它必将创造更加辉煌的未来。叶著在鲁院研究上做出了有益的探索。希望更多关心鲁院发展的专家学者积极加入鲁院研究,为以鲁院为代表的文学教育事业行稳致远贡献力量。

序 二

葛红兵（教授、博士生导师，上海大学中国创作写作研究院执行院长）

叶炜是我的首届创意写作博士，也是中国首届创意写作博士，那时，国内的创意写作学研究和试点才刚刚起步，学术硕士点和博士点只有上海大学一家。叶炜在攻读博士学位期间，我们还仅仅是翻译了一些美国的创意写作学专著、教材，我们的教学也在摸索中，他跟着我们筚路蓝缕。

好在叶炜有写作经验，是一个非常优秀的小说家，同时又有深厚的中国现当代文学研究经验，已经有不少研究成果；更重要的是，他曾经在鲁院学习，有鲁院学习的直观感受。后来，他又去了爱荷华大学，参加了爱荷华大学创意写作工作坊项目，考察了美国的创意写作发展状况。这样，他就能把现当代文学史研究和创意写作学研究结合，把创作和理论研究结合，把中外教学实践探索和自己的感受结合，通过历史梳理，把经验上升到理论逻辑层次，形成学术成果。

他对创意写作学有感情，希望能把自己的写作经验理论化，把自己的文学热望学术化，变成学科成果；他对鲁院有感情，他是一个鲁院人，鲁院成就了他，他也试图回馈鲁院，这是很关键的。学术研究必须有激情，只有激情才能化成炽热的文字；学术需要冷静的理性思考、严苛的逻辑分析，还要有批判精神，但是，这些都是可以和激情结合的,好的学术成果都是激情和理智双生的产物。

　　这是一项以创意写作学视野为观照方法,以历史研究为抓手,以逻辑分析为武器,进而达到历史和逻辑相统一,可以贡献当代创意写作学的成果。它诞生在"中国建设创意写作学有什么既有成果?""我们是要一切都推倒重来,还是进行批判继承?"等一系列学科成长之问的基础上,它以翔实的史料和严谨的分析给出了回答,一个具有理论解释力和实践说服力的回答。它是历史实证的,同时又是理论前瞻的。此前,我们对美国创意写作史研究曾经进行过翻译引进,例如我主导翻译的美国学者马克·麦克格尔的《创意写作的兴起:战后美国文学的"系统时代"》,又例如高尔雅博士主导翻译的《美国创意写作史》等。近年,我们鼓励一大批学者来研究欧美的创意写作学科史,以期望得到那些成果的滋养。但是,如何研究我们自己的历史,如何将中国化创意写作学建构在"中国历史"之上,让中国化的创意写作学获得中国历史和中国话语体系的支撑?叶炜的这本专著是一重大成果。我希望未来,有更多的学者关注这个领域,把视野延伸到现当代写作教育的方方面面,甚至向中国古代写作学史延伸,让更多的成果加持中国创意写作学的建设。

　　本书极具史料价值,它是一部鲁院的教学制度和教学思想的发展史,而实际上,它是通过解剖鲁院这一样本而展示了新中国作家培养史、作家培养的教育思想史,可以以小窥大。另外,隐性和显性的创意写作学视角,使它蕴含一种"国际对标",这让它的分析既符合历史实际,是中肯的,又有了国际视野。当然,我依然期待叶炜的研究能更加深入,希望他能在中西比较视野之下做出进一步的、一个个新的专题研究,为我们当代作家培养体系的建构、为中国创意写作学学科体系的建构提出创新的意见和建议。

目 录

绪 论 1
 第一节 为何要研究鲁院 1
 第二节 鲁院研究仅仅是一个开始 5

第一章 新中国意识形态和文学制度设计 10
 第一节 "文学大一统"时代里的文学新人 10
 第二节 "文化领导权"语境下的新人培养 17

第二章 中央文学研究所创办溯源 25
 第一节 文研所与鲁艺 25
 第二节 文研所与高尔基文学院 41
 第三节 文研所与丁玲 47

第三章 中央文学研究所的建立和发展 64
 第一节 文研所的筹备与成立 64
 第二节 文讲所的恢复与鲁院的成立 84
 第三节 鲁院的办学环境 108

第四节　鲁院的学习风气 …… 120

第四章　不同办学时期文学新人培养的情况 …… 127
　　第一节　文研所时期文学新人的培养 …… 127
　　第二节　文讲所时期文学新人的培养 …… 137
　　第三节　鲁院时期文学新人的培养 …… 154
　　第四节　不同时期文学新人培养理念的对比与渐变 …… 188

第五章　不同办学时期文学新人培养的方法和途径 …… 200
　　第一节　文研所时期文学新人培养的方法和途径 …… 200
　　第二节　文讲所时期文学新人培养的方法和途径 …… 209
　　第三节　鲁院时期文学新人培养的方法和途径 …… 236

第六章　鲁迅文学院文学新人培养的成效与影响 …… 289
　　第一节　鲁院的影响力分析 …… 289
　　第二节　从小鲁院到大鲁院：地方对鲁院培养模式的
　　　　　　复制 …… 301

第七章　鲁迅文学院文学新人培养的未来趋势及其对策 …… 310
　　第一节　一种新的理论的生成：创意写作视域下的
　　　　　　文学新人培养 …… 311
　　第二节　一个新的培养路径：可借鉴的爱荷华大学创意

写作系统 316

第八章 相关资料与史料 323

参考文献 360

后　记 368

绪 论

第一节 为何要研究鲁院

2024年1月,中文创意写作入列中文二级学科。以此为标志,一场"自下而上"进行的中文学科探索予以"登堂入室"。可以想见,中文创意写作将进入一个更加快速发展的时期。

众所周知,创意写作是舶来品,创生于欧美而成就于西方。那么,创意写作的中国实践在哪里?我们是否也有中国特色的作家教育?答案当然是肯定的。

延安时期,中国共产党就在延安创办了鲁迅艺术学院,新中国成立之后,很快就建立了一所专门培养作家的学校——中央文学研究所。

中央文学研究所的建立是有着深刻的时代背景的。新中国成立后,为了加强对文学的管理,逐渐建立起一整套制度体系。这一整套制度体系中,对待作家(知识分子)的两种基本方式一为改造,二为培养——改造主要是针对旧知识分子(所谓资产阶级、小资产阶级作家),培养的是新知识分子(以工农兵出身的作家为代表)。

新人培养机制是文学体制的一部分。20世纪中国文学体制以新中国的成立为标志,大致可分为两个时期:前一个时期以作家个体创作、文学市场自发调节为主要特征,后一个时期则以文学工作者体制化为主要特征。新人培养工作自然也是如此。不难想象,对于新中国文学来说,相对于旧人改造,新人培养的意义更为重大——这不仅事关新中国文学事业的整体、科学发展,更关乎政权意识形态的长期、持续稳定。既然如此,对于作家而言,是任由其自发生长还是有意识地对其培养、引导和塑造呢?从新中国政权的现实需要来看,靠自由生长、自生自灭的方式来产生作家显然是不能令人满意的,必须把作家个体层面的自我"生产"上升为国家集体层面的大规模"生产"①。

既然要"生产",就需要成立相关"生产制造"的机构组织,通过这些组织机构来确立文学新人形塑的标准,以便检验其形塑的效果。新中国在文学新人培养方面所要求的形塑标准和文学范式,自然离不开毛泽东在延安时期就确立下来的文艺为无产阶级政治服务、为工农兵服务的方向和准则。循此思路,由国家出资,成立专门的组织机构,培养新的作家,就成为一项极为迫切和重要的任务。

新中国政权对培养文学新人工作的重视,不能不说是有着深远背景和政治考量的。这其中当然有来自延安时期的经验和教训,更在很大程度上受到了苏联的启发和影响。参照苏联的文学体制,新中国政权不但充分利用手里所掌握的文学资源比如文学期刊等来对文学新人进行引领和发现,而且还不无创造性地创

---

① 对于"生产"(produce)的关注,源自马克思主义的传统。正是在生产环节,马克思发现了资本增殖的秘密。在马克思之后,"生产"获得了更为丰富的内涵:在文化领域是知识生产,在精神领域是欲望生产,在政治领域是权力生产,于是社会成为一个巨大的生产机器。

建了一所专门以培养文学新人为主要任务的学校——鲁迅文学院。

鲁迅文学院(以下可简称鲁院)的前身是于1950年12月创办的中央文学研究所(以下可简称文研所),至今已经走过了70多年的历程。文研所创建初期,丁玲为主任,张天翼为副主任。三年后(1953年11月),文研所更名为中国作家协会文学讲习所(以下可简称文讲所),改由全国文学工作者协会领导。1957年11月文讲所停办。"文革"后,文讲所恢复,继续招收学员。直到1984年更名为鲁迅文学院,开启了新的作家培养模式。

文研所的创办是第一次文代会的产物。从1950年12月到1957年11月,文研(讲)所开办七年,先后开设四期五班,共培养了279名学员。从1984年统计的这一时期所培养的学员情况看,在中国作协、文联任职的干部有18人,约占总人数的6.5%;担任省文联、作协主席副主席职务的有61人,约占22%;任国家级文学期刊社、出版社正副主编、正副总编的有19人,约占7%;任省级文学期刊社正副主编的有38人,约占14%;专业创作人员36人,约占13%;教授(研究员)11人,约占4%。从文研(讲)所创办初期培养文学新人的结果看,其中较为知名的作家不少,文艺干部较多,其运行结果和文学体制的需要基本上是一致的。可以说,文研(讲)所在新中国成立初期的文学新人培养和作家队伍建设方面,做出了十分重要、不可磨灭的贡献。难能可贵的是,这一时期的文研(讲)所,不仅是担负培养文学新人任务的教学机关,也是当代文学的创作中心与研究机构。

文研所更名为鲁迅文学院以后所培养的文学新人,基本上以主流的作家、文学骨干和文学干部为主。其培养方针与文研(讲)

所时期基本上是一致的。

70多年来,鲁院共举办了超过60期不同类型的作家班、进修班、研究生班与高级研讨班,近3 000名中青年作家来到鲁院进修。此外,数以万计的文学写作者和爱好者还曾以函授的方式在鲁院得到了文学的滋养。在中国当代文学作家的星空中,鲁院学员是闪耀的群星。像邓友梅、玛拉沁夫、陈登科、徐光耀、梁斌、古华、莫言、蒋子龙、张抗抗、王安忆、张平、王旭峰、柳建伟、迟子建、周大新、麦家等,若一一列举,那"将是一串长长的、闪光的名链,他们构成了中国当代文学大厦的主要支撑力量,他们是鲁院的骄傲,也是中国文学的自豪"①。

鲁院的建立几乎与中国作家协会(全国文协)的成立同步,从中不难看出当时新生的政权对意识形态尤其是文学工作的重视。可以说,鲁院是新中国成立伊始创办的第一所也是迄今为止唯一一所国家培养作家的学府,现在世界上很难找出第二所这样规模的、以专门培养作家为宗旨的学校。在培养新中国作家,特别是一代又一代文学新人方面,鲁院起到了其他任何教育机构所不能起到的作用。中国作家协会的主要领导和各省市文联、作协的主席、副主席,各地稍有名气的作家、评论家,从中央到地方各级文学刊物的正副主编,大部分都是鲁院的学员。这足以说明鲁院不可替代的历史地位和做出的巨大贡献。

正如有识者所说:"从文研所到文讲所再到鲁迅文学院,在中国当代文学史上占有重要地位和深远影响,从某种意义上说是新中国文学史的缩影。半个世纪中国文学的兴衰起伏都在这里打着

---

① 鲁迅文学院编:《我的鲁院》序言,新星出版社2011年版,第3—4页。

烙印。"①由此可见这所学校与中国当代文学的关系十分密切,是当代文学体制建构的重要部分。

综上,鲁院前身文研(讲)所参与了20世纪50年代中国文学景观的营构,鲁院和中国当代文坛具有十分密切的联系。然而,鲁院在当代文学史上的存在却"被数次的文学运动所遮蔽,鲁迅文学院与当代作家群体的默契与沟通也被无数的当代文学背景所湮没"②。对于这样一所特殊的办学机构的研究,却在众多的当代文学史叙述中缺席,或者说被忽略,无法被当代叙事者真正理解,这是不应该的,也是不正常的。鲁院是社会主义文学教育的想象与实践的统一体,是中国化创意写作实践的特殊样本,也是研究新中国文学新人培养机制的一个有效视角。

第二节 鲁院研究仅仅是一个开始

目前,笔者还没有发现对鲁院的系统专门研究,相关著作只有邢小群《丁玲与文学研究所的兴衰》一书。该书在材料的发掘、整理上下了很大功夫,特别是采访当事人所得到的第一手材料,非常宝贵。该书既有理论方面的探索,又有新的材料和评价视角,对于当代特别是"十七年"文学研究是有一些启发意义的。遗憾的是,该书的研究范围仅限于文研所成立初期,丁玲与文研所的关系是

---

① 李文杰:《新中国文学史的缩影》,鲁迅文学院编:《文学的日子——我与鲁迅文学院》,内部资料,第210页。
② 郭艳:《还原文学史叙述:怀旧时代与鲁迅文学院在当代文学史中的缺失》,《文艺报》2007年1月18日第3版。

此书的研究主旨,丁玲与文研所的命运沉浮是考察的重点所在。对于文研所后期,特别是更名为鲁院以后没有任何涉及。现有资料显示,关于这一阶段的成果只散见于个别作家的零散回忆。

张柠《再造文学巴别塔:1949—1966》第四章涉及了文研所和作家的培养模式,从苏联作家培养模式的影响谈到文研所的创办、学员、师资和课程以及培养方式、教学成果等,对鲁院的早期办学有所涉及。但其研究的范围也仅限于文研(讲)所时期,提供的资料内容也相对单一,整体上还是处于较为初步的阶段。

此外,鲁院过去和现在的部分工作人员以及历届学员的回忆文章多以感性回忆为主,较为零散,鲜有上升到理论层次者。值得一提的是,鲁院的教师何镇邦、郭艳和赵兴红曾经写过专门的研究或访谈文章,这些可以说是鲁院研究的自觉成果①。可惜数量太少,没有形成系统、深入的规模研究。

鲁院原副院长胡平提出文学院教育对培养作家做出了重要贡献,特别是文研所处于全国作家培训的中心地位,探索的道路是极具启示意义的。毕红霞提出,从文研所到文讲所再到鲁院,传承演变有其特殊复杂性。这一独特的当代作家培养机构的存在无论在20世纪50年代还是历经80年代发展到现在,它的形式一直作为内容而存在,它的形式本身就是意义,在这个形式身上,各种诸如文学、政治、社会或者经济等关系错综复杂地纠缠在一起。尤其进入新世纪,它越来越发展为一种"象征的形式"。程天舒认为,文研所创办借鉴了苏联的经验,并延续了解放区的培养传统。鲁院工

---

① 何镇邦:《鲁院首届文学创作研究生班的前前后后》,《芳草》2012年第2期;郭艳:《中央文学研究所的创办与50年代初的文学情境》,《新文学史料》2008年4期;赵兴红:《鲁迅文学院建院六十周年访谈录》,《芳草》2011年第2期。

作人员李蔚超则提出,草创阶段的文研所实践的教育方向,与新中国需要的文艺方向产生了偏差。草创阶段的文研所既是社会主义文学教育的一次试验,也是一次试错。在郭艳看来,从文学史的角度来说,50年代文学从一开始就和作家体制存在着相当密切的关联,由作协直接创办的文研所则在相当程度上回答了如何培养新文化建构者的问题,从作家、作品、创作和出版等方面参与了50年代的文学建构。

需要指出的是,中国当代作家教育主要靠作协系统的作家培训机构进行,除了鲁院这一主要载体外,还有军队系统的解放军艺术学院(以下简称军艺)以及个别高校的文学院。

蔡静平认为,与文研所不同,军艺的文学教育是发端于特殊年代的特殊教学机制,在国内首开先河,与西方"创意写作"教育不谋而合。军艺文学系在军旅文学人才的培养中形成了自己的特色,成为当代军旅文学的一所重镇。从军艺毕业的作家莫言提出,军艺文学系,几十年来之所以在社会上享有声誉,重要的一点就是这里能培养出作家,而且大都在校时即写出了力作。军艺文学系这个传统和特点,即便是许多名牌院校的中文系也不具备。对于军艺文学院的教学模式,曾任系主任的徐怀中将其总结为"高信息强输入"的"密集型知识轰炸","就高不就低"的"天才式教育模式"。

除文研所和军艺模式外,近年来国内少数普通高校也在探索新型的作家教育模式。尽管还没有形成共识,"作家驻校"近年来已成为一种普遍的社会文化现象。罗小凤指出,"驻校作家制度"形成了巨大的"磁石效应",是当下高校教育改革的一条新路径、一种新策略,也是未来高校教育的发展趋势,随着教育改革的深化与拓展,驻校作家制度所发出的磁石效应将更加强劲。曾军提出,近年来,高校学生写作能力培养方面出现了不少问题。因此,在写作人才培养的观念上,还需要重新认识"中文系不培养作家"的问题。张旭东认为,随着创意写作的飞速发展,很多高校尤其是地方理工类高校的汉语言文学专业开始尝试向创意写作专业方向转型,并制订了全新的人才培养方案,这种转型必将给传统的中国当代文学课程带来冲击和挑战。

综上所述,现有的研究在以下几个方面取得了进展:

(1)国内外学者对当代作家教育的载体和路径,尤其是对作协文学院的现状、问题和发展进行了大量的描述性分析,特别是近几年文学教育研究的升温,对本书的研究有所启发。

(2)随着大学文学教育尤其是写作教育弊端的凸显,学者们对大学文学教育、大学培养作家、大学与作协合作招生培养作家的研究越来越多,这种研究趋势对于本书的研究有着正面引导作用。

(3)国内外学者对于创意写作的研究热情高涨,而创意写作为作家教育和文学新人培养提供了一种新的思路和方法路径,为本书提供了重要参考。

综合来看,对鲁院从建立到发展的全面、深入、系统的研究尚付阙如,因此,从新中国文学新人培养机制视角研究文研所,尤其是着眼于创意写作中国化实践,总结作家培养之经验等方面,对新时期以后的鲁院的研究,目前基本上可以说是一片空白。显然,这和鲁院应有的文学史地位和潜在的巨大研究价值不符。因为无论是从伴随着中国当代文学史几经沉浮的鲁院的文学情景考察,还是从随之发生的文学事件探究,作为当代文学现象之一种,作为独特的文学新人培养机制,甚或作为"文学理想国的现实存在"①,鲁院都应该在中国当代文学史上占有自己的位置;尤其是考虑到鲁院作为研究新中国文学新人培养机制的标本意义,作为中国化创意写作实践的特殊样本,它值得我们进行详细、深入的考察。

---

① 郭艳:《还原文学史叙述:怀旧时代与鲁迅文学院在当代文学史中的缺失》,《文艺报》2007年1月18日第3版。

第一章　新中国意识形态和文学制度设计

创意写作中国化实践不同于欧美,而是有着明显的中国特色。作为中文创意写作的成功实践,当代新人作家的培养与规训从来都不只是文学事业。与创意写作在欧美创生时的学科任务重在解决社会难题的政治环境类似,中国文学新人的产生和国家整体制度环境高度关联。

当代文学新人培养是新中国意识形态和文学制度设计的一部分,考察文学新人培养机制的形成,当然离不开新中国整体的文学环境尤其是政治气候。可以说,文学新人培养是时代政治环境下即"文学大一统"时代的一种自然而然的制度设计。

第一节　"文学大一统"时代里的文学新人

如果说现代中国的早期是以"个人的文学"为中心的时代,那么,到了新中国成立以后,则迅速转为以"文学大一统"为中心的时代。作为"文学大一统"时代的重要风向标,1949年7月召开的全国第一次文代会是一个具有里程碑意义的事件①。这次会议的主要目的就是确定全国文艺工作的方针与任务,成立全国性的文艺组织,更好地运用文艺的武器,为新历史时期的革命任务服务。由这次会议的目的可以看出,第一次文代会是国家政权建制的一部分②。因此,全国第一次文代会不是群众团体的内部会议,而是一次政治性的文学会议。

这一次文代会为文学的发展确立了新的时代精神——确定以《在延安文艺座谈会上的讲话》(以下简称《讲话》)为代表的毛泽东文艺思想为全国文学艺术工作者的共同纲领。这次会议的召开标志着国统区与解放区两支文艺队伍的会师,也标志着毛泽东文艺思想受到全国广大文艺工作者的拥护,奠定了此后文艺为工农兵、为广大人民、为无产阶级政治服务的方向。因此,这次会议的议程设置和大会报告都带有浓重的官方意识形态色彩:中国共产党中央委员会向大会发了贺电,朱德代表党中央向大会致贺词,周恩来作"政治报告",毛泽东亲临大会发表讲话。

接续第一次文代会的精神,第二次文代会于1953年9月召开。在这次会议上,延安的文艺方向不仅作为"总的方向"再次被特别予以强调,而且根据当时的需要做了相对具体的理解。此后,在中国文艺界,一方面对毛泽东的文艺思想和文艺路线加大宣传与贯

---

① 文学的发展演变很多是由会议推动的。这些会议不外乎两个特点:或者高度制度化,或者高度政治化——当然,通常两者如影随形,只是侧重点有所不同。例如,文代会、作代会、青创会这类全局性会议,是高度制度化的体现,而批评会、报告会、学习会等则以高度政治化为中心。参见李洁非:《典型文案》,人民文学出版社2010年版,第322页。

② 1949年3月召开的党的七届二中全会描绘了新中国的蓝图,确定了新中国的大政方针,与此同时,全国政治协商会议也在紧锣密鼓筹着,很明显,在此时召开全国文代会也属于国家政权建制的一部分。

彻力度,一方面对文艺创作和理论批评中游离"方向"、偏离"路线"的各种倾向不断进行批判与斗争,遂使符不符合毛泽东文艺思想、坚不坚持"工农兵方向",由文艺问题变成了思想问题、政治问题和路线问题①。

在"文学大一统"的时代,文学主体在创作中的作用和地位发生了根本性改变。1949年以后,从作家的结构上看,这个时期最活跃的作家主要以延安作家为主。考察延安作家的主要构成,无外乎两类:一是新作家,系由延安自身所培养;一是原左翼作家,后来到延安来学习过。当这两类作家处于文学的中心时,开始受到"冷落"的是那些曾在国统区写作的政治态度中性的作家,他们由中心迅速退到了边缘。这个现象说明,面对突然转换的时代,中国现代文学所达到和形成的传统已经不能再继续下去了,这一类作家的创作活动也不得不受到"限制"。以解放区文学为基础的人民文学,将对外于自身的自由主义文学、鸳鸯蝴蝶派文学及对内于自身的左翼文学、革命通俗文艺,展开漫长的"收编"和"改造"。这些文学事实上已被划分在人民文学的边界外,失去了再生产的能力。

时代环境转换以后,延安作家不仅掌握了"文学大一统"的时代解释权,而且几乎垄断了全国各地文联、作协等机构的领导权,成为文艺界方方面面的负责人,绝大部分文艺资源也都被集中到他们所负责的各级文艺机构。

为了达到快速构建"文学大一统"时代的目的,新时代在对待旧知识分子问题上,选择了与过去不同的管理方式。如果说过去作家主要作为一种自由职业的话,那么现在他们已经被单位工作

---

① 杨匡汉主编:《20世纪中国文学经验(上)》,东方出版中心2006年版,第269页。

所纳入。

从形式上看,此时人民文学业已"统一"整个文学界①,其表征为:

一是过去的民间文学社团和机构逐渐为官方的文联、作协等组织所替换;二是国家开始逐步控制、管理各级各类文学期刊以及文学出版机构;三是作家的身份转换,他们被归拢到作协、文联等各级文学机构,实现了单位化、体制化,成为国家干部;四是形成了以《讲话》指导下的文学评价机制,取得了文学话语权②。

"文学大一统"时代的到来,必然要求文学主体的彻底体制化。在这一时期,"什么都可以速成,作家也不例外"③。新政权对于文学新人的培养抱有极大的信心,《文艺报》在总结中国作协所编选的青年作家作品选集的成绩时,指出"这些作品所显示出来的成就将要证明:只要以后对广大的青年创作者加以切实的培养,并使他们继续在生活中把根扎得更深,我国文学界的队伍将绝不只是几百个人,而是几千几万个人"④。此后的文学发展证明,这个判断是符合事实的,至少在数量上,已经达成甚至远远超出了这个目标。根据作家协会公布的会员数据,截至 2020 年,中国作协会员数已达 1 万余人。近两三年来,加入中国作协的作家越来越多,呈逐年增长之势。

正因为"文学大一统"时代的新中国文艺界领导人相信新生

---

① 张均:《中国当代文学制度研究(1949—1976)》,北京大学出版社 2011 年版,第 135 页。
② 吴秀明主编:《当代历史文学生产体制和历史观问题研究》,中国社会科学出版社 2011 年版,第 114—115 页。
③ 丁东等:《思想操练:丁东、谢泳、高增德、赵诚、智效民人文对话录》,广东人民出版社 2004 年版,第 319 页。
④ 《一项有重要意义的工作》,《文艺报》1955 年第 24 号。

的文艺力量是可以通过学校培养的方式源源不断地涌现出来的,中央戏剧学院、中央美术学院、中央音乐学院等专门培养文艺新人的学校得以建立。与这些隶属于教育部门的专门的文艺类学校不同,丁玲主持的中央文学研究所是其中最早计划专门培养文学新人的文学行业作协出面举办的学校,属于中国文学行业作协主管主办。如果把文研所作为一种文学体制的发端和建设来看,那么它的创办不仅是新中国人民文学体制形成的"一个合乎逻辑的重要现象"①,还是这种文学体制的一个较为成功的重要实践。

成立专门的学校只是一个方面,这当然是一个非常重要的方面,也是本书考察的重点所在。但如果全面考察一下这一时期的文学政治生态,我们会发现,作为创意写作中国化极为重要的实践,对于新生力量的培养此时也成为各文艺机构和文艺刊物的工作重点,这一点可以从新政权对待它们的鲜明奖惩态度上得到证明。

对于那些不重视文学新人培养的文艺组织,新政权对其做出了极为严厉的批评。比如对于《文艺报》在培养新人方面的"不积极",甚至"压制"新人的行为,中国文联主席团和中国作协主席团联席会议(扩大)就通过了《关于〈文艺报〉的决议》,以这种最为严厉的方式来批评其对文学新生力量的"不作为"。决议指出,《文艺报》编者既然成了资产阶级思想的俘虏,就必然会和马克思主义的新生力量疏远起来,以至于对他们采取资产阶级贵族老爷式的轻视和压制态度。《文艺报》对待青年作家和批评家的态度是傲慢

---

① 邢小群:《丁玲与文学研究所的兴衰》,河南文艺出版社2013年版,第1页。

的,缺乏热情的①。

决议认为,《文艺报》上刊登的青年作家和批评家的作品、读者来稿越来越少。对于一些群众欢迎的、带有新生气息的青年作家的作品,《文艺报》很少给予热情的鼓励和支持;在批判这些作品时,常常忽视了这些作品的总的倾向,动辄用简单的方法和粗暴的态度去挑剔缺点,轻率地否定别人的劳动成果②。

压制文学新力量、对文学新人的培养不重视的情况,同样也存在于其他文学刊物。对此,新政权同样给予了严厉的批评。这自然也引起了这些刊物的"自我批评"。比如在《人民文学》编辑部整理的《读者和作家对〈人民文学〉的意见》中,专门列出"对如何对待新生力量的意见",刊登了许多批评性的文章。其中,北京读者王波云指出:"《人民文学》从创刊起,就给自己规定了'培养群众中新的文学力量'的重大任务是完全正确的。但认真检查起来,《人民文学》在这方面所做的努力是很不够的……近来读者很少能在《人民文学》上看到新作者名字,几年来全国出现的几个有成绩的青年作家都不是由《人民文学》的帮助成长起来的。"江苏读者吴云峰来信说:"编者对无名作者的稿件审查得特别严,要求也特别高。"在几次座谈会上许多同志也曾就这一问题发表了意见。文研所学员刘真反映,该所很多同志都和《人民文学》没有联系,认为"《人民文学》只是老作家的园地"。学员吉学沛也指出,因为刊物上很久以来很少发表新作者的作品,因此,包括他自己以及中南一批新作者都不敢向《人民文学》投稿。不少同志还指出,新作者的作品不仅

---

① 《人民文学》1955 年第 1 号。
② 《人民文学》1955 年第 1 号。

在数量上占着极微弱的比例,而在编排次序上也特别放在不显著的地位。至于他们的作品发表后,受不到言论上的支持,得不到那种关怀新作者成长的具有指导意义的评论,则是更普遍的现象了。哈尔滨读者杨安伦认为,编者往往不从爱护青年、培养新生一代的观点出发,往往不是从他们的文章总的倾向来看,也有那种"老爷式的挑剔态度",并在一些青年中已引起了不满。上海读者孙峻青也提到,《人民文学》不仅在发表作品上表现了重名人、轻视青年作家的倾向,在组稿活动上,在日常联系工作上,也暴露了这样的问题,甚至从前曾被刊物重视过的并一直保持着密切联系的某些新作者,现在也不被垂青了①。

不难看出,社会各界对《文艺报》和《人民文学》的批评还是很严厉的。

通过正面的引导和反面的批评,一个大力培养文学新人的时代氛围逐渐浓郁起来。在这个问题上,中国作协会员周宗奇有一番诠释:

> 在一部漫长的中国文学史上,还从来没有出现过这种现象:一个政党(或一个政治派别、一股政治势力)能够清醒地、竭尽全力地、不惜代价地搜求、吸引、培育、训练一批文学英才,以规范化的写作信条和方法,去为实现自己的政治纲领而奋斗不息。但中国共产党做到了。它以一部《讲话》为指南,在延安及其各个抗日根据地那样一种极为艰难困苦的环境中,居然造就出一大批才华各异而忠心不二的新型作家、艺

---

① 《人民文学》1955 年第 2 号。

家……且成为现当代文学史上永远无法划掉、无法代替的篇章。①

由此,将新中国文学新人培养纳入创意写作中国化视域,也有了极为合理科学的理由。

第二节 "文化领导权"语境下的新人培养

安东尼·葛兰西曾提出著名的"文化领导权"理论:"一个社会集团在取得政府权力之前能够而且必须行使'领导权'(这确实是取得这样一种权力的主要条件之一);以后当它行使权力时,它成了统治者,但即使它牢牢地掌握了权力,它仍然必须继续'领导'。"②可见,掌握文化领导权是非常重要的,任何国家的执政者对此都无法忽视。

列宁对文化领导权问题也非常重视。在十月革命后不久,他就签署颁布了《出版法令》和《关于实行广告的国家垄断制法令》,以强制性的措施查封资产阶级报纸,并且切断了他们的经济来源(广告)。他还在1920年8月建立了中央宣传鼓动部,并以"始终不渝地努力把各种宣传鼓动和文化教育工作全部抓起来和统一起

---

① 周宗奇:《栎树年轮》,大众文艺出版社2004年版,第228—229页。
② 葛兰西:《狱中札记》,转引自俞吾金、陈学明:《国外马克思主义哲学流派》,复旦大学出版社1990年版,第106—107页。

来"作为其工作的职责①。

同样,新中国的历代领导人向来十分重视文学的体制建设。作为一位政治家,毛泽东并不是单纯地就文学谈文学,而总是站在巩固"新生事业"(政权)并与之协调的高度来讲文学。因而,他对文学的理解和要求是更加意识形态化的。

由于政治制度以及文化历史等方面的原因,中苏两国在文化体制方面具有惊人的相似性(当然彼此之间所表现出来的更多的是单向授受关系,而不是正常平等的双向的文化交流),包括思想、政策,也包括方法、手段等。如设立管理作家、艺术家的作协和文联,定期召开作代会和文代会;创办具有喉舌功能的《文艺报》《人民文学》《诗刊》等报刊,严格文艺阵地的管理;大力培育和扶植文学批评,赋予其"浇香花""除毒草"的政治功能;等等②。

通过考察可知,早在新中国成立前夕,毛泽东就仿照苏联,批准设立了全国性文艺团体——全国文协和全国文联,并且到会发表重要讲话,不遗余力地予以大力支持。1953 年,筹备第二次全国文代会期间,当胡乔木提出仿照苏联取消全国文联这个比较虚的机构时,毛泽东大为恼火,说:"有一个文联,一年一度让那些年纪大有贡献的文艺家们坐在主席台上,享受一点荣誉,碍你什么事了?文联虚就虚嘛!"③毛泽东不但不仿照苏联的做法取消文联,反而要把文联这样的机构作为一项文学制度确立下来,由此不难看

---

① 《苏联共产党代表大会、代表会议和中央全会决议汇编(第 2 分册)》,人民出版社 1964 年版,第 312 页。
② 吴秀明主编:《当代历史文学生产体制和历史观问题研究》,中国社会科学出版社 2011 年版,第 66 页。
③ 孙国林:《毛泽东与"党的文艺总管"周扬》,《党史博采》2006 年第 6 期。

出他的政治智慧和政治远见。不仅如此,"在新成立的中国文联和中国作协内部,他还着手进行以来自延安为主导的作家身份和地位的重新排序工作,通过国统区、解放区文学状况的等级判断以及相关观念的清理,从组织上落实了领导者"①。

站在毛泽东"巩固新生事业(政权)并与之协调的高度来讲文学",来看待新人培养工作,已成为新中国文学领导人的自觉行为。比如茅盾在中国作家协会第二次理事(扩大)会议上专门就"应当采取什么方法、通过什么步骤来进行培养青年的工作"一口气提出了以下举措:

(一)在各个中等以上的城市中建立文学小组,使广大的青年文学爱好者的文学学习能够有组织、有领导地去进行。……团中央和作家协会决定共同起草一个有关的指示,准备提到三月间召开的全国青年文学创作者会议上讨论后发出。

(二)改进文学讲习所的工作,举办短期训练班,以便更广泛地训练青年作者,同时准备条件,创办正规的文学院。……

(三)每隔一两年召开一次青年文学创作会议,讨论青年作者的作品,交流创作经验,请有经验的老作家作报告,给青年作者解答创作中的各种问题,每年将青年作家的优秀作品编成选集出版。

(四)组织、动员、督促作家从事具体帮助青年作家的工作。作家除根据需要采取为青年作者作报告、讲课、参加座谈

---

① 吴秀明主编:《当代历史文学生产体制和历史观问题研究》,中国社会科学出版社2011年版,第67页。

会等方式进行这方面的工作外,特别重要的是与青年作者建立个别联系与个别地进行帮助(即"带徒弟")。……我们提议把联系青年作者作为作家协会会员的义务之一,他们都应该接受青年作家工作委员会的请求,担负联系一定数目的青年作者的任务。

(五)文艺刊物是团结青年作者、培养青年作者的中心。应该加强作家协会各机关刊物的编辑部,补充必要的工作人员,使他们有可能用更大的力量进行培养青年作家的工作。在这方面,《长江文艺》和《剧本》月刊是做得比较好的,它们的经验,应该予以介绍和推广。

(六)加强对青年作者作品的评论工作。对于已经发表的青年作者的作品给予及时的评介或组织讨论,是鼓励青年写作、提高青年写作能力的有效办法。各地文艺领导机关和刊物编辑部应当热情地关心青年的创作,把组织批评和组织讨论作为经常性的工作。……

(七)培养理论批评工作的新生力量。这是一个重要的迫切的问题,应当重视。……作家协会及地方分会应该成立理论批评组,吸收青年批评家参加。各刊物编辑部内也应该设立一个理论批评组,把联系和帮助青年理论批评工作者作为自己的重要任务。

(八)高等学校的文学系是培养文学后备力量的重要部门。……

最后,为了使得青年的作品有更多的发表机会,我们希望各省市日报考虑增设每周一次或三日一次的"文学副刊",作为专供青年作者发表作品的园地。①

同样,刘白羽在这次会议的报告《为繁荣文学创作而奋斗》中也提出:

> 组织创作力量、发挥创作力量,我们必须谈到培养青年作家问题。作家协会把这一项工作列为中心任务之一,这是绝对必要的,而且这是党所领导的检查《文艺报》的斗争的胜利的结果。党为青年开辟了向文学前进的道路,同时,也为文学吸收了新生的青年力量。……我们在培养青年作家这方面的工作远还赶不上客观的需要,我们的许多工作需要以社会主义的速度来加快进行。我觉得理事会应当把这项工作当作一项神圣职责,交给每一个诗人,每一个作家,这无疑是对诗人、作家本人的社会主义精神的测验。因为培养青年作家最主要的,最有成效的工作,无论如何是要老作家来做的。……高尔基和鲁迅的传统说明,一个真正伟大的作家,是如何帮助青年的,他们的工作不仅仅影响那一代,而且影响着下一代的文学繁荣。②

为此,在中国作家协会第二次理事会(扩大)会议(1956年3月)通过的《中国作家协会1956年到1967年的工作纲要》中,把"关于培养青年作家的工作"列为一项重要的工作内容,纲要提出:

---

① 茅盾:《培养新生力量 扩大文学队伍》,《文艺报》1956年第5、6期合刊。
② 《文艺报》1956年第5、6期合刊。

（1）中国作家协会各分会应于1958年以前把青年作家工作委员会设立起来。中国作家协会及各分会的青年作家工作委员会，应经常地采取约稿、通信、巡回讲演、座谈会、报告会等，对青年文学写作者进行辅导。

（2）从1956年到1958年，由中国作家协会举办培养青年作家的短期训练班六期，每期招收学员80到100人，共训练青年写作者500到600人。

（3）要求各分会每年至少举办文学讲座一期，向各分会所在城市的业余文学写作者讲授关于文学理论与创作实践的基础知识。

（4）从1959年起，中国作家协会应举办以帮助青年写作者修改作品初稿为主要目的的讲习会二期到三期，每期人数不等，时间由两个月到半年。

（5）中国作家协会及各分会每隔一年或两年应当召开一次青年文学创作者会议，讨论青年文学创作的一般创作问题，邀请老作家讲述自己的创作经验，听取青年文学创作者对协会工作的意见和要求。

（6）老作家的个别辅导，对培养青年作家有重要的意义。中国作家协会及各分会的青年作家委员会应通过约稿、报刊编辑部推荐等方式选择其中较为优秀的作品，分别邀请老作家与这些作品的作者建立个别联系，帮助其修改作品。

（7）编辑青年文学创作选集和研究青年文学创作问题的论文集，每年年初，由中国作家协会将头一年发表的青年作家的各种体裁的优秀作品和研究青年文学创作问题的论文分别编成选集出版，作家协会各地分会也可以将青年的文学作品编成选集出版。

(8) 在 1962 年以前,由中国作家协会协同政府有关部门创办训练文学人才的专门学院。

在"关于国际文学交流的工作"中,纲要特别提到了"从 1957 年起,陆续派出青年文学研究者到苏联高尔基文学院学习;派遣研究人员到苏联研究俄罗斯和苏联文学;派遣青年到各主要国家学习外国文学,培养外国文学研究者和翻译工作人员"①。

直到中国作家协会第三次理事会(扩大)会议召开时,培养青年作家仍然是被作协一再强调的一项重要工作内容。邵荃麟在此次会议上的报告《在战斗中继续跃进》指出:"我们不但要继续改造现有的队伍,坚持作家工农化,尤其要从群众中不断去发现、培养更多的工农出身的作家和青年作家;不但要扩大队伍,而且要提高队伍的水平……我们应该采取多种的灵活方式,帮助青年作家提高政治和艺术水平。……迅速地各自建立起一支更加精锐的专业作家队伍和一支更加广泛的群众创作队伍。……群众的业余创作组织应得到文学团体和刊物的热情支持和帮助。"②

不难看出,文学新人培养工作被给予了特别训练,这种训练在 20 世纪 60 年代更是达到极致。文学新人培养一旦上升到国家政治体制和巩固领导权的高度,创办专门培养文学新人的学校就成为一项当务之急。

文研所的创办就是如此。

正如前文所述,文研所并不像中央戏剧学院、中央美术学院、中央音乐学院那样,完全依照高等院校的模式来创办和运行。文

---

① 《文艺报》1956 年第 5、6 期合刊。
② 《文艺报》1960 年第 13、14 期合刊。

研所直接由中国作协作为创办的主体,和当时的教育管理部门并无隶属关系。这所特殊的培养作家的机构甚至都不能被称为大学或学院,而只是一个培训、培养作家的部门和机构。这所特殊的机构所承担的培训文学新人的任务和大学的文学系(院)也不一样,所采用的培养方法和路径更不相同。就是这样一所"世所罕见"的文学研究所走出了一条独具中国特色的文学新人培养之路,形成了一套自成体系的创意作家培养的文学机制。

让我们回到历史的原点,重温文研所走过的道路,回望一下这所特殊的中国化创意写作办学机构的初心所在和文心所求。

第二章　中央文学研究所创办溯源

中央文学研究所是鲁迅文学院的前身,也是其办学的第一阶段,是作家培养和文学新人成长的起手式,更是中国化创意写作的先声与探索。

中央文学研究所的创办有着特殊的时代背景,它的创办是立足于本土传统——延安鲁迅艺术学院(以下可简称鲁艺)和借鉴友邦经验——苏联高尔基文学院办学体制的结果。具体到当时的文学情境,文研所的创办,当然也离不开丁玲的推动和参与。

第一节　文研所与鲁艺

考察文研所的建立过程,可以发现其与高尔基戏剧学校、华北联合大学特别是鲁艺有着内在的逻辑关系。而从鲁院执掌者的自我身份认同情况来看,他们也常常很自觉地将鲁院和鲁艺联系起来,并试图续接其一缕文脉。在纪念鲁院成立60周年所出版的《我的鲁院》一书序言中,有这样一段话:

> 岁月沧桑,气脉永恒,六十年来,鲁院始终秉承着建院之初艰苦创业的优良传统,承继源自革命烽火中延安"鲁艺"为

国为民的文脉精神,坚守"为人民培养作家,培养人民作家;为时代培养作家,培养时代作家"的办学理念和追求,严谨办学,规范管理,完备典章,延揽名师,广采博取,注重前沿,以"继承、创新、担当、超越"为训导,形成了独具中国特色的作家培训培养模式。半个多世纪过去了,鲁院就像一个风轻水润的文学母港,一代又一代优秀的文学人才在这里满载收获,重新向着文学的海洋鼓帆远航。"爱党爱国、关注社会、讴歌时代、温暖人心",积极的精神在这里倡导,深厚的文脉在这里累积并薪火相传,浸润了无数鲁院莘莘学子的内心。今天的鲁院,已被誉为中国的"作家摇篮",成为无数作家向往、文学人才辈出、享誉广泛的知名文学殿堂。[①]

在此,鲁院对鲁艺为国为民的文脉精神的强调,一方面是自我身份认同,另一方面也是在寻求自我身份的合法化与历史渊源。

文讲所学员苗得雨在《文学讲习所的回忆》一文中说:"就事物的延续性来说,文讲所是延安鲁艺的继续;新时期以来的鲁迅文学院,又是文讲所的继续。……文研所的建立,可以说是开头几件大事中的一件。它的深远历史意义,一直在显示着。"[②]鲁艺——文研(讲)所——鲁院,革命文学精神在此延续,延安文脉在此流淌,其深远的意义不言自明。

以文脉传承而言,鲁院确实和鲁艺有着密切关系。那么,鲁

---

① 鲁迅文学院编:《我的鲁院》,新星出版社2011年版,第2—3页。
② 鲁迅文学院编:《我的鲁院》,新星出版社2011年版,第24页。

艺又是一所怎样的学校？它与高尔基戏剧学校、华北联合大学又有着怎样的内在逻辑关系？鲁院又是在何种意义上继承了鲁艺？

一、领导层的重视和特别优待

1934年2月，在瞿秋白的指导下成立的高尔基戏剧学校，是由此前的"工农剧社蓝衫团学校"更名而来的，它主要集中于戏剧的教学。与这所学校相对单一的教学性质不同，1937年9月，延安边区建立的另一所著名学校，也是党创办的第一所高等学校——陕北公学，则立足于政治干部的培养。这所学校很快就被并入了华北联合大学。

不同于这两所学校，鲁艺着眼于包括文学在内的四大艺术门类的教学，更重要的是，它也着眼于"艺术干部"的培养，其意义在于不断向"文艺党校"的方向迈进、发展。

鲁艺是在毛泽东等国家领导人的重视与支持下成立的。发起人有七人，分别是毛泽东、周恩来、林伯渠、徐特立、成仿吾、艾思奇和周扬。这个发起人的阵容无疑是很强大的，可见延安当时对鲁艺的重视程度。事实上，鲁艺正是在毛泽东的亲自倡导下成立的。当时，为了庆祝四幕话剧《血祭上海》在延安演出成功，中共中央宣传部专门设宴招待参加创作和演出的全体演职人员。"宴会接近尾声的时候，毛泽东站起来把大家召集到一起，举起酒杯祝贺这次演出的成功。他操着浓重的湖南口音说：这个戏演得很好！你们这个演剧队伍集合起来很不容易，这是山顶上和亭子间的结合，也是延安各个机关、学校、团体能演戏的有戏剧才能的同志们的集合。我建议这伙人不要散了。这时，有位文化人插话说：咱们延安已经有了培养军事干部和政治干部的抗大(抗日军政大学)、陕公(陕北公学),但还没有专门的艺术学校。艺术是宣传、发动、组织群众的有力武器,艺术工作者也是当前抗战中的一支不可或缺的力量,延安已经汇集了相当一批文艺干部,又有许多爱好文艺的青年,应当创办一所艺术学院。这个建议当即博得了一阵热烈的掌声,也得到了毛泽东和其他领导人的赞许和支持。"毛泽东认为,文化艺术的队伍正是革命所需要的,而且应该扩大,建议成立一个抗大、陕公式的艺术学校,并表示愿意以最大的力量帮助艺术学校的创立。"就是在这次宴会上,决定了鲁迅艺术学院的成立。"①

此后不久,艺术学院筹备委员会宣布成立,沙可夫、朱光、徐一新、吕骥、左明等人负责具体的筹办工作。大约一周以后,毛泽东领衔,与周恩来、林伯渠等人一起作为发起人,联名发布了沙可夫起草的《鲁迅艺术学院创立缘起》。其中指出:"艺术——戏剧、音乐、美术、文学是宣传、鼓动与组织群众最有力的武器;艺术工作者——这是对于目前抗战不可缺少的力量。"②

鲁艺的办学定位很明确,就是要培养战时文艺干部。这体现于鲁艺所公布出来的办学宗旨,也体现于方方面面的细节。在此,我们可以考察《鲁迅艺术学院院歌》③。这首歌的歌词写道:

> 我们是艺术工作者,
> 我们是抗日的战士,

---

① 王培元:《延安鲁艺风云录》,广西师范大学出版社2004年版,第2—3页。
② 王培元:《延安鲁艺风云录》,广西师范大学出版社2004年版,第6页。
③ 沙可夫作词、吕骥作曲。

用艺术做我们的武器,
为打倒日本帝国主义,
为争取中国解放独立,
奋斗到底!
……

可以看出,歌词强调的是"抗日的战士"和"用艺术做武器"。这所服务于战时的艺术学校,所着眼的首先是培养文艺干部。

据考察,鲁艺这所特殊的培养文艺战士、文艺干部的学校在延安受到了特别优待。当时,在延安的学校中,只有鲁艺的学生不住窑洞。鲁艺和延安其他机关、学校所享受的待遇一样,实行供给制,从吃到穿到用的东西均由公家供给。伙房分大、中、小三种灶。院长吃小灶,教师和研究人员吃中灶,学生吃大灶。"据说,这三种灶之间的差别,并不是很大的。"① "除了边区经济最困难的1942年的一段时间停发津贴外,师生员工每月都可以领到生活津贴。鲁艺的津贴标准,是根据中央统战部关于高级知识分子的津贴标准等规定制定的。"②

文研所创办时同样继承了鲁艺的这种特殊优待制度,这也是中共中央对国家机关和事业单位人员实行的共同的待遇政策。具体内容为:

(1)对于解放区来的老干部,实行供给制待遇。

(2)对于刚参加工作的青年,根据有无家庭负担分别实行供给

---

① 王培元:《延安鲁艺风云录》,广西师范大学出版社2004年版,第28页。
② 王培元:《延安鲁艺风云录》,广西师范大学出版社2004年版,第32页。

制待遇和薪给制（工资制）待遇。

（3）在国家机关中留用的旧政府职员：① 在1949年9月底以前参加我政府机关工作的，按其参加工作时的规定实行供给制或实行薪给制工资待遇的，一般不再变动；② 1949年10月1日以后参加工作的，除自愿实行供给制待遇的以外，一律按国家制定的新参加工作人员工资标准实行薪给制待遇①。

在文研所，对于全国各地来的学员，不管原来是在部队还是在地方，不管是工人、农民、战士，还是干部、教员，来到所里以后一律享受供给制。从学校的角度说，他们是学员；从组织的角度看，他们是党的文艺干部。用这种体制来培养作家、管理作家，可以说在中外历史上都是不多见的。享受这种制度的干部凭一纸介绍信就可以乘志愿军的车，吃部队的饭，领志愿军的棉军装、皮帽子、棉鞋。

据在文研所工作过的朱靖华回忆："我来文研所吃的是大灶，使用的是简陋的三屉桌，椅子是木头板的，这是最次的待遇。秘书以上可以用两屉一头沉带橱柜的桌子，并配有小书架。学员是'研究员'，可以用软椅和一头沉桌子。一般吃中灶的处级干部用大的一头沉，有三个抽屉，还可以用软座沙发椅，并配有大书架。我是连书架也没有的。"②

由此看来，文研所和鲁艺一样，无论是在领导重视程度、培养体制与目标方面，还是所得到的资源供给和行政待遇等方面，都是具有高度相似性的。

---

① 陈明远：《知识分子与人民币时代》，文汇出版社2006年版，第44—45页。
② 邢小群：《丁玲与文学研究所的兴衰》，河南文艺出版社2013年版，第236页。

二、师资队伍和招生方式

初期鲁艺实行的是军事类学校的学生编制形式。后来李维汉认为,这种管理方式不适合鲁艺这种性质的学校。在他的提议下,鲁艺把"偏重自上而下的军队式的'管理制'",改为"领导与自治并重、委任与民主并用的制度"①。这表明,"即使是在延安那样的特殊政治和文化环境中,鲁艺也仍然显示了其作为大学所必然具有的自足性文化体系的特点。她虽然是一所设备简陋、条件较差的没有围墙的大学,但是仍然在一定程度上保持着自己的特定的校园精神空间和文化特性"②。

于此不难看出,在战时环境下,鲁艺仍旧保持了鲜明的精神特质。考察丁玲创办文研所的过程可知,文研所同样继承了鲁艺的这种精神特质,在强调政治纪律和军事化管理的同时,也强调学员独立的学习实践精神。每一位学员在开学初都会拿到一份经典阅读书目,这些书目对于培养文学新人的独立精神至关重要。

在师资配备上,根据党中央要将鲁艺办成"为中国革命培养一批高级文艺干部"的学校的定位,周扬把在延安的知名作家、艺术家聘为教授、副教授、讲师。据统计,鲁艺建校初期共有教师37人,其中有3人来自中央苏区,占教师总数量的8%;有17人属于左翼文化人士和非左翼文化人士,多来自上海,占教师总数量的46%。在这37人中,已有一定数量的中共党员,这在很大程度上

---

① 李维汉:《鲁艺的教育方针与怎样实施教育方针》,"延安文艺丛书"《文艺理论卷》,湖南人民出版社1984年版,第795页。

② 王培元:《延安鲁艺风云录》,广西师范大学出版社2004年版,第52页。另见宗雅嘉慧:《1943·1946:"赵树理方向"的发生探究》,湖南师范大学硕士论文。

表明鲁艺的教师群体不同于一般大学教师的基本特征——这是一个政治倾向性、革命性十分鲜明的进步知识分子群体。尽管鲁艺的学生文化水准并不相同,有大学毕业生,有初中或高中学生,甚至还有小学文化程度的学生,其中中共党员的比重也不像教师那么大,但就其政治倾向性和革命性来说,和教师则是基本一致的①。在鲁艺的教师队伍中,不乏大家名师:何其芳等在文学系,张庚等在戏剧系,冼星海等在音乐系,美术系有江丰和华君武等。这样的教师队伍都是一流的。此外,茅盾、艾青、丁玲、萧军等文学大家,都曾应邀到鲁艺讲过课②。茅盾所讲授的"中国市民文学"和周立波所讲授的"外国文学"等均受到了鲁艺学生的欢迎,反响十分热烈。就连赴苏联开会的许广平看到鲁艺的学生如此热情也感动不已,发表了热情洋溢的演讲,给鲁艺学员留下了深刻印象。

相比之下,文研所的教师队伍构成则相对简单,但在教师队伍的质量方面,却与鲁艺有着惊人的相似之处,甚或发生了重要重合——在鲁艺的教师,有许多也被文研所聘为教师或被邀请授课,比如何其芳、周立波、陈荒煤、严文井、王朝闻、茅盾、艾青、丁玲、萧军等。他们在鲁艺和文研所讲授的内容以及传达的价值观念、精神导向等,大致相同。

在招生方面,鲁艺除在延安公开招生外,还曾通过八路军驻各地办事处向全国招生。其招生内容也与普通学校不同,如鲁艺招生委员会1940年2月发布的第四期招生简章所规定的考试项目为:

---

① 王培元:《延安鲁艺风云录》,广西师范大学出版社2004年版,第14页。
② 王培元:《延安鲁艺风云录》,广西师范大学出版社2004年版,第93—94页。

1. 政治测验,政治考核。

2. 各系艺术测验：

A. 戏剧系：作文,戏剧常识,发音读词,表演技术。

B. 音乐系：作文,音乐常识,器乐,技术测验(听音、记谱、指挥、视唱)。

C. 美术系：作文,美术常识,写生,创作(宣传画、漫画、插画任选一种)。

D. 文学系：作文,文学常识,平时作品(一篇以上)。①

1941年6月发布的第五期招生简章所规定的考试项目为：

甲、笔试：语文,政治常识,艺术常识。

乙、技术测验：

A. 戏剧系：发音读词,表演艺术。

B. 音乐系：器乐,听音,记谱,指挥,视唱。

C. 美术系：写生,创作(宣传画、漫画、插画任择一种)。

D. 文学系：创作。②

可以看出,与一般的高等院校的文学系相比,在知识和技能两个方面,鲁艺更重视报考者的专业技能。以文学系为例,陆地是文学系第二期学生,他在当年的日记中写下了入学考试的试题。笔试的题目是：作文一篇——写一段难忘的回忆;阐述对当前抗战文

---

① 王培元：《延安鲁艺风云录》,广西师范大学出版社2004年版,第24页。
② 王培元：《延安鲁艺风云录》,广西师范大学出版社2004年版,第24页。

艺的见解；回答几个文学知识问题；分析一篇自己最欣赏的作品①。口试是由当时文学系代主任陈荒煤主持的，他提出的问题是"你读过些什么作品，比较喜欢的是哪些"。而1944年进入文学系第四期学习的纪云龙记得，他的入学考试是周扬主持的。周扬出的论文题目为《文学的作用》，叙述文题目为《最难忘的一段经历》。笔试结束后，又由周扬进行了口试②。鲁艺不但考试内容和方式比较特殊，其入学考试也是很严格的。冯牧到延安以后，第一次投考鲁艺，名落孙山，经过一段时间的苦读和练习，才在第二次时考取③。

与鲁艺的招生方式不同，鲁院很少采用考试方式，早期几乎都采用地方推荐、学校审核的方式，但这并不意味着鲁院入学更容易；事实上，其入学竞争更为激烈。后期鲁院曾经尝试过以考试的方式招生，但也仅是一次尝试而已，其后再也没有出现过这种招考方式了。这一点将在后文有较为详细的论述。

三、课程内容和教学方式

从各期教学实施的总体情况来看，鲁艺的课程并不像一般高等学校开设的那么多，这固然与客观条件的制约有关，但另一方面也使得学生拥有较多的读书和自修时间，从事各种文艺活动的机会也比较多。茅盾评价鲁艺时表达过这样的意思：鲁艺在教学中没有采取"填鸭式"的方法，而是注重学生的自学，以他们自己主动

---

① 陆地：《投考文学系——1938年最后十天的日记》，《延安鲁艺回忆录》，光明日报出版社1992年版，第527页。另见王培元：《鲁艺的入学考试》，《出版参考》2005年第20期。
② 王培元：《延安鲁艺风云录》，广西师范大学出版社2004年版，第24页。另见王培元：《鲁艺的入学考试》，《出版参考》2005年第20期。
③ 王培元：《鲁艺的入学考试》，《出版参考》2005年第20期。

研究为主体,教师的讲解指导只是一种辅导[①]。根据理论与实践相统一的教学原则,《鲁迅艺术文学院教育计划及实施方案》中还规定:理论课的讲授,力求材料丰富具体,并注意联系当前政治上文化上的具体策略问题,反对主观主义和宗派主义;理论的学习,一般地当由具体历史文化知识进到一般原则问题,尤须着重于中国化,即能将一般原则具体运用于中国实际环境,力戒生吞活剥或盲目崇拜地搬运外国知识,忽视本国固有的及民间的文化艺术之研究;技术的讲授,必须一方面尽可能作正确的理论上的解释,并注意实际需要和应用;有计划的定期的外出实习,或作实习表演,或举行展览。经常地组织各种社会活动,以加强与民众的联系,从他们中间获得经验与批评[②]。

该教育计划及实施方案还对学习方法做出了具体、明确的规定:学习主要靠自修,辅之以集体的讨论;严格实行自修制度,保证足够的自修时间;集体的讨论会宜少不宜多,每周不得超过一次,在讨论之前做好充分的准备,讨论的形式要活泼多样,倡导自由,有些有争议的理论问题不一定要很快地得出结论,更不能以少数服从多数的形式结束讨论。

这种理论与实践相统一的教学原则,贯彻于鲁艺的全部教学工作中,尤其集中体现在各系都有的各种实习课的教学中。文学系的实习课是创作,戏剧系的实习课包括导演实习、剧本创作,音乐系的实习课是自由作曲,美术系的实习课为木刻创作、自由创作等。总之,各种专业实习课应有尽有。这类实习课往往成为最受

[①] 王培元:《延安鲁艺风云录》,广西师范大学出版社2004年版,第36页。
[②] 周爱民:《延安鲁艺的创立缘起及其美术教育》,《美术研究》2004年第1期。

学生欢迎的课程之一,其共同特点是,在教师的指导下,学生从事专业实习或文艺创作,发现、提出问题后再组织学生讨论,在讨论中达成共识,最后由老师进行总结。这一反复讨论的过程,无形中就锻炼和提高了学生的专业技能和创作水平①。这其中,文学系的创作实习课是相当有影响力的。学习这门课的学生每月最少交两篇习作,不限制体裁,提倡多交。这些作业由教师、助教仔细审读、提出意见,并从作业当中选出一定数量的典型,交由有关人员传阅,待时机成熟后召开这些作品的讨论会。对于没有上讨论会的作品的意见,则由教师或助教和作者面谈。周扬、沙汀、何其芳、严文井等人,都曾当过文学系创作实习课的教师②。在开设理论课、政治课的同时,鲁艺还把生产作为一门主课,而且这是全体学生、教员、工作人员的共同科目。值得注意的是,鲁艺的教学方针是由中宣部拟定的,经中央书记处研究通过,规定"以马列主义的理论与立场,在中国新文艺运动的历史基础上,建设中华民族新时代的文艺理论与实际……团结与培养新时代的艺术人才,使鲁艺成为实现中共文艺政策的堡垒和核心"③。

不难看出,鲁艺的课程内容和教学方式形成了一个独特的体系。这一套体系和同时期延安的其他学校不同,也和新中国成立之后的大学文学院的人才培养机制不同。可以说,鲁艺确立了一套极具中国特色的艺术人才的培养机制,接续其文脉的文研所亦是如此。文研所的课程内容和教学方式完全继承并发扬鲁艺的特

---

① 王培元:《延安鲁艺风云录》,广西师范大学出版社 2004 年版,第 37 页。
② 王培元:《延安鲁艺风云录》,广西师范大学出版社 2004 年版,第 38 页。
③ 郝怀明:《如烟如火话周扬》,中国文联出版社 2008 年版,第 58 页。另见钟敬之:《延安鲁迅艺术学院概貌侧记》,《新文学史料》1982 年第 2 期。

色。同样是理论联系实际,注重实践,注重与生产相结合;同样是自学为主、教学为辅,突出政治学习,注重专业技能知识培养。诸如此类的方式方法,皆有互相交叉重合的地方。这套培养机制某种程度上类同于西方创意写作人才培养的体系;或者换句话说,鲁艺创造性地开辟了中国化的创意写作教学系统。

四、尝试改变办学方式

由以上考察不难看出,鲁艺是在战时的语境中和政治的启蒙话语逻辑下发起成立的,而在最初两年的办学中也确实遵循着这一逻辑,具有组织的军事化、学制的短期化、教学的实践化等特点。然而,随着时间的推移,鲁艺自身的定位却出现了一定程度上的"偏移"。中央干部教育部副部长李维汉在鲁艺成立一周年全体大会上所做的报告《鲁艺的教育方针与怎样实施教育方针》第四部分谈到"怎样建立优良的校风",认为"把'军事化'当作鲁艺校风的基础,我们认为是原则上不适当的"[①]。而鲁艺首任副院长沙可夫在《鲁迅艺术学院创立一周年》一文中谈道:"同时我们没有忘了一面抗战一面建国,所以鲁艺除了上面它的主要任务以外,认为以马列主义的理论与立场,建立中华民族新时代的文艺理论与实践,团结与培养新时代的艺术人才,这对于鲁艺是同样重要的任务。"[②]

延续这个思路,到了鲁艺创办两周年时,在周扬的主持下,鲁艺在总结过去两年文艺教育实践的基础上,对原有的教育方针、教学计划和教学机构等,进行了比较大的改革和调整。1940年7月,

---

[①] 黄妍:《延安鲁艺办学前期的精英话语意识》,《绥化学院学报》2007年第6期。
[②] 胡采主编:《中国解放区文学书系(文学运动·理论编一)》,重庆出版社1992年版,第783页。

鲁艺制定了趋向于正规化和专门化的教育方针与实施方案,明确规定了鲁艺的教育方针与教育的基本目标,前者为"团结与培养文学艺术的专门人才,以致力于新民主主义的文学艺术事业";后者为"培养适合于抗战建国需要的文学艺术的理论、创作、组织各方面的人才,而这些人才必须具备社会历史知识与艺术理论之相当修养,并有基础巩固的某种技术专长"①。为此,文学、戏剧、音乐、美术四个系的在校学习时间一律延长为三年。第一学年注重一般基础知识的学习,特别是文化上以及艺术各部门的路线方向,同时在艺术上打下相当基础,后两个学年则趋于较专业的发展。1941年6月鲁艺制定的招生简章,便突出地体现了新的教育计划正规化和专门化的特点。章程宣布了"以马列主义的理论与立场,培养适合抗战建国需要之艺术文学人才,为建立中华民族新民主主义的艺术文学而斗争"②的宗旨,公布了新的三年的修业年限和修业课目。全校的共同必修课为:共产主义与共产党、社会科学概论、中国问题、艺术论、马列主义、唯物史观、唯物辩证法、艺术学说史、中国新文学论;选修课为外国语。文学系的专修课为:新文学运动、名著选读、中国文学、创作问题、创作实习、文艺批评、作家研究、世界文学、文艺理论选读、创作③。

然而,鲁艺在正规化、专门化方面的努力和尝试,并没有得到中央领导人尤其是毛泽东以及前方部队将领、边区部分文化界人士的支持,反而在1942年的整风运动中受到了批评。早在1939年

---

① 王培元:《延安鲁艺风云录》,广西师范大学出版社2004年版,第79页。
② "延安文艺丛书"编委会编:"延安文艺丛书"《文艺史料卷》,湖南文艺出版社1987年版,第648页。
③ 王培元:《延安鲁艺风云录》,广西师范大学出版社2004年版,第81页。

3月底中共中央书记处召开的一次专门会议上,在听取了中央干部教育部副部长罗迈(李维汉)关于鲁艺工作的报告以后,毛泽东说:鲁艺过去培养了一批干部,建立了学校的基础,领导者虽努力,但工作做得不好,主要是中央领导没有抓紧,没有确定正确的方向。现在必须确定明确的方向与制度。鲁艺的创作去年上半年较有朝气,后来差了,有许多非现实的非艺术的作品。"① 显然,毛泽东认为鲁艺的办学方向与制度并不明晰和令人满意。在创作方面,更应立足于现实的艺术创作;在"普及"与"提高"上,更应注重"普及"。

对此,实际主持鲁艺工作的周扬表现得异常敏锐。为了纠正鲁艺办学正规化、专门化所犯的错误,延安文艺座谈会后,周扬专门请毛泽东到鲁艺来讲课。毛泽东号召鲁艺师生从小鲁艺走向大鲁艺,走向社会。

无独有偶,继承了鲁艺办学精神的鲁院,也曾经一度想向办学正规化、专门化方向发展。无论是文讲所时期公木试图向苏联高尔基文学院正规办学方式的转变,还是鲁院后期向教育部争取办学资源,和有关高校合作办学以给学员颁发文凭的努力,都是想把鲁院办学正规化、专门化的表现。与鲁艺不同的是,鲁院在这方面还是取得了一些成绩的。

需要指出的是,办学方式向正规化、专门化方向的努力,并不是意味着要改变培养目标。鲁艺在制定与安排教育方针和教学计划时,始终把文艺服务于抗战,服务于唤醒、组织民众的实际需要作为出发点。发表于1938年4月的《鲁迅艺术学院成立宣言》明确

---

① 陈晋:《文人毛泽东》,上海人民出版社1997年版,第189—190页。

指出鲁艺的目标就是"要培养抗战的艺术干部,……在抗战中发挥艺术更大的效能"①。而事实上,鲁艺也确实为服务抗战培养了许多文艺人才。延安的很多文化机构和文艺团体,如陕甘宁边区文化界救亡协会和中华全国文艺界团体抗敌协会延安分会等,都有来自鲁艺的人员。而有些文艺组织,则主要是由鲁艺的人员组成的,如陕甘宁边区音乐界救亡协会、陕甘宁边区美术工作者协会、延安作曲者协会、中国民间音乐研究会、工余剧人协会等,因此,这些组织的常设机构一般都设在鲁艺。此外,晋东南、华中和山东等地都曾开办过鲁艺分校(院),其办学影响到了几乎整个解放区。截至1942年,鲁艺80%的毕业生被分配到部队和根据地,为前方培养、输送了大批人才。不仅如此,鲁艺还担负着为前方剧团提供文艺节目的任务,鲁艺演什么戏、唱什么歌,前方文艺工作者就演什么戏、唱什么歌。留在延安工作的,也都是其所在部门的文艺骨干②。

在这一点上,鲁院与鲁艺几乎完全一致。鲁院所培养的新人,尤其是文研(讲)所时期的学员,基本上都成为新中国的文艺干部或文学骨干以及文学组织者、编辑等。放眼整个文坛,各省市的作家协会等文学组织的主席、副主席,各地的文艺创作骨干力量,莫不和鲁院有着千丝万缕的联系。鲁院继承并发扬了鲁艺的文学制度和运行机制。可以说,鲁院和鲁艺一样,基本上实现了同样的培养目标和培养任务。鲁院的创办和运行,确实继承了鲁艺外在的组织架构和内在的精神气质。

---

① 王培元:《延安鲁艺风云录》,广西师范大学出版社2004年版,第61页。
② 王培元:《延安鲁艺风云录》,广西师范大学出版社2004年版,第106—107页。

第二节　文研所与高尔基文学院

一、文研所借鉴高尔基文学院的办学模式

作为苏联时代计划经济体制的产物，高尔基文学院是由苏联官方创办的专门用于培养文学作者、编辑、评论家及文学管理干部的学校。它是苏联中央执行委员会为庆祝高尔基文学活动40周年而决定创办的高等教育机构，1933年12月1日正式创建于莫斯科，实际上主要是为有一定创作能力的作者（尤其是工农兵作者）提供深造机会的培训机构，最初的名称是工人文学夜大学。1936年高尔基逝世以后才正式更名为高尔基文学院。学员在学习期间侧重于文学技能训练。创作讲座（散文、戏剧、评论、诗歌、文艺翻译）由有经验的作家讲授，如费定、法捷耶夫、康·帕乌斯托夫斯基、列昂诺夫等；还开设有散文理论（主要是小说理论）、戏剧理论、诗歌创作、舞台艺术和造型艺术原理、电影艺术原理等课程。1954年增设文学高级进修班，学员都是苏联作家协会的会员。苏联时期的作家西蒙诺夫、邦达列夫、田德里亚科夫等，都毕业于高尔基文学院[①]。

费正清在《剑桥中华人民共和国史——革命的中国的兴起（1949—1965年）》中提到，1949—1957年，中共领导内部在采取苏联模式的社会主义这一问题上的看法是普遍一致的。这个模式提

[①] 张柠：《再造文学巴别塔：1949—1966》，广东教育出版社2009年版，第70—71页。

供了国家组织的形式、面向城市的发展战略、现代的军事技术和各种特定领域的政策和方法①。新中国文学作为一个"特定领域",对苏联文学的学习与模仿是很明显的。可以说苏联文学对新中国文学有着至关重要的影响。据华东师范大学中文系教授陈建华统计,从新中国成立到1958年底,不计报刊发表的作品,我国共译出苏俄文学单行本3 526种,总印数8 200万册以上,分别约占同时期全部外国文学作品译介种数的三分之二和印数的四分之三。这些数据充分说明了苏联文学当时在中国人民中间受欢迎的程度和所形成的影响。

新中国成立初期的文学政策几乎是"一边倒"地学习苏联模式,反映在政策、理论、管理体制等各个方面。文学机构的设置和组织形式以及内部运作规则(党组负责的权力形式)等都是如此。"中央文学研究所作为文学机构的一种,其在基本任务、管理模式、教学内容与教学方式等方面,与'高尔基文学院'的模式十分接近"②。这种模式很显然是"学"来的,所谓"拿来主义"是也。当然,"拿来"也是一步步慢慢进行的,经历了一个观摩、学习、消化和吸收的过程。

最早提出向苏联学习的文艺领导人是茅盾。1946年8月,茅盾到苏联访问,他对苏联文学的组织管理与运作方式有着浓厚的兴趣,回国以后时常对此津津乐道。1949年5月22日下午,第一届文代会召开前夕,茅盾约请黄药眠、钟敬文、焦菊隐、杨振声、卞之琳、冯至、闻家驷等18位专家座谈,说:"苏联作家协会有文艺研

---

① 麦克法夸尔、费正清编:《剑桥中华人民共和国史——革命的中国的兴起(1949—1965年)》,中国社会科学出版社1998年版,第65页。
② 张柠:《再造文学巴别塔:1949—1966》,广东教育出版社2009年版,第73页。

究院，凡青年作家有较好的成绩，研究院如认为应该帮助他深造，可征求他的同意，请到研究院去学习，在理论和创作方法方面得到深造。培养青年作家是非常重要的事。学生们经常提出问题来，有时个人解答觉得很中肯，文协应该对青年尽量帮助和提高。"①在5月30日召开的另一次座谈会上，郑振铎也介绍了苏联作协文学院的情况，但提出中苏两国的情况不同，前者刚刚解放，后者结束内战已经30多年，作家的职业化程度很高。所以，在筹建文学院时，要考虑差别②。这些意见，都为后来文研所的成立创造了舆论上的准备。而真正对此起到关键作用的是丁玲。如果说茅盾等人是"坐而论道"的话，那么，丁玲则是"起而行之"。

1949年10月26日，丁玲率作家代表团到莫斯科参加苏联十月革命32周年庆典，在苏联逗留一个月。在此期间，丁玲专门到高尔基文学院参观考察③并会见了苏联作家协会总书记、主席法捷耶夫。法捷耶夫很高兴，说新中国成立，文化方面首先要建一个如苏联作协这样的全国性组织，其次要注意培养扶植新作家，高尔基给青年文学爱好者写过几万封回信，现保存在博物馆里的就有四五万封。这是责任和使命④。法捷耶夫的话给丁玲带去了很大启发，回国后即广为宣传，并向领导人做了汇报。

同样，徐光耀在《"丁玲事件"之我见》一文中也提到，丁玲的秘书陈淼在谈到创办文研所时告诉他："文研所的创办，与苏联的重视也有关系。苏联的一位青年作家……一到北京便找文学学校，

---

① 《文艺报》会刊第5期，1949年6月2日，第6版。
② 《文艺报》会刊第6期，1949年6月9日，第4版。
③ 张柠：《再造文学巴别塔：1949—1966》，广东教育出版社2009年版，第74页。
④ 赵郁秀：《我们的队伍向太阳》，鲁迅文学院编《文学的日子——我与鲁迅文学院》，内部资料，第370页。

听说没有，便表示失望。少奇同志去苏联时，斯大林曾问过他，中国有没有培养诗人的学校。以上两项，也对文研所的创办，起了促进作用。"①对于陈淼的说法，文研所图书资料室主任刘德怀的回忆可与之相佐证："前不久刘少奇访问苏联，回国后找到丁玲谈起苏联高尔基文学院培养青年作家，我国也需要建立相应的培养文学人才的机构。丁玲很乐意为新中国培养青年作家尽力，从住房到经费，从人员调动到学习计划的筹划，以及领导成员的确定，丁玲每天奔跑，使建所的车轮运转起来。"②可见，正是苏联的影响让新中国领导人有了文学焦虑，这种文学焦虑反过来推动了文研所的建立。

1950年5—6月，刘白羽到莫斯科参与影片《中国人民的胜利》后期制作工作，回来后于12月在《文艺报》第3卷第4期上撰文，较为详细地介绍了高尔基文学院的情况。文章不但提到了高尔基文学院办学历史与沿革，还提到了学习课程以及学习方法等："文学院是一九三三年由高尔基倡议创办，属作家协会所领导。创办的动机，并不是由于单纯培养作家的观点，而是高尔基鉴于工人群众当中有很多人喜欢文学，高尔基看到劳动人民中含有丰富的创造天才与智慧，所以这个学校当时是一所工人文化夜校，是个补习性质的学校。但后来，由于苏维埃社会主义的成长和成熟，人民文化水平的提高，对文学艺术的要求逐渐普遍，学校随着这种社会现实的要求，而渐渐变成为一所正规学校。学校里的课程，除了必须学习马列主义、政治经济学课程之外，学习中的重点最主要的部分是

---

① 徐光耀：《"丁玲事件"之我见》，《新文学史料》1991年第3期。
② 鲁迅文学院编：《文学的日子——我与鲁迅文学院》，内部资料，第127—128页。

文学史、古代文学、民间文学、苏联文学、文学理论、诗、小说、儿童文学以及各民族文学史、各民主国家文学史。"在学习方法上,"是采取专门讲授与专门实习结合的方法:比如讲授一个作家的作品,就围绕着这部作品,专门研究这位作家和他的创作风格,作品的主题思想及人物问题"①。

从以上对苏联高尔基文学院或简略或详细的描述可以得知,高尔基文学院的办学模式,在文学制度的层面上为新中国的作家培养提供了可资借鉴的范式。

二、文研所对高尔基文学院的"创新"

在借鉴和模仿高尔基文学院基础上创办的文研所,随着自身的不断发展和办学形势的变化,已经不再满足于既有的办学模式和办学方法,时刻在寻求突破和创新。尤其是进入文讲所阶段之后,其办学的"创新"举动更为频繁。当然,这种突破和创新的参照物仍旧离不开高尔基文学院。

学员徐刚说:"公木是诗人、教育家、实干家。他经过调查研究后,认为文学讲习所只有发展为文学院才有前途;作家协会不能领导正规的大学;要与文化部教育司联系,将文讲所纳入正规学院的轨道。吴伯箫和公木长期搞教育事业,都想把文讲所这一教育事业办好,便共同到文化部去联系。……经过交涉,教育司同意吴伯箫、公木的意见,而且给了一个出国留学的名额,让他们派人到苏联高尔基文学院学习。……接着公木叫教务处根据过去的经验教训,参考苏联高尔基文学院的教学计划和其他材料,制定第三期教

---

① 刘白羽:《莫斯科访问记》,海燕书店1951年3月版,第84—85页。

学计划,发出招生通知。"①

其实,文研所在开办之初就意识到不能全盘照搬苏联高尔基文学院的办学经验,新中国有自己独特的国情。在办学的过程中,文研所的领导人自然有自己的想法,并没有完全照搬苏联的模式,而是在这个模式上有所发展创新。比如根据徐刚、毛宪文所编的《文学讲习所发展简况》,当时确定文研所的单位性质和任务不能仅仅停留在教学层面,必须在做好教学的同时做好创作与研究。丁玲认为,学员到这里来是一次学习的机会,又认为学习不能离开创作。这样就使这个学习部门多了一层创作基地的功能。同时,丁玲认为文研所也应该是同志之间切磋,老作家、文艺批评家批评指导的地方,于是便确立文研所的任务为教学、文艺创作和文学研究②。这就在一定程度上超出了高尔基文学院仅仅是教学单位的功能定位。而在邢野看来,在文研所的功能定位上,丁玲还有一层想法,就是让文研所成为国际文学交流的地方。英国作家来了,让萧乾出面接待;德国作家来了,让冯至出面接待;苏联作家来了,可以接待的人就更多了③。所以,文研所有别于高尔基文学院的办学格局和功能便由此形成了。从某种程度上来说,这是文研所超越高尔基文学院的方面,是一种办学功能的创新。在这方面,作家丁玲显示了其作为文研所创办者不同凡响之处。

但经过对比研究不难看出,文研所对高尔基文学院的学习与模仿是主要的,创新与发展是次要的。

---

① 邢小群:《丁玲与文学研究所的兴衰》,河南文艺出版社2013年版,第42—43页。
② 邢小群:《丁玲与文学研究所的兴衰》,河南文艺出版社2013年版,第44页。
③ 邢小群:《丁玲与文学研究所的兴衰》,河南文艺出版社2013年版,第192页。

这种模仿体现在各个方面,其中就有不少是非常简单直接的"拿来主义"。比如承办青年创作会议并把会议办成大型短训班的模式,就是一种较为简单的直接复制。当时全国青年创作会议开了20多天,结束后留下60余位代表直接参加了文研所第三期的学习。文研所这种招生方式是对高尔基文学院最直接的模仿和学习。就在1955年1月9日,苏联召开了第三次全苏青年作家会议。会议进行到12日,青年作家们分成38个讲习班,热烈地展开了作品讨论。讲习班的工作按照严格规定的日程进行。每个班里一般是8—12人,便于深入地分析青年作家的作品;在讨论某一个青年作家的作品时,这位作家不但要诵读他的作品,还要向大家讲述他的生平、如何开始写作的情况①。由此可见,文研所在借鉴和学习高尔基文学院方面要远远多于对它的超越与创新。事实上,文研所和高尔基文学院最大的不同,就在于前者一直受到新中国领导人的重视,并且一直坚持办学,在中国的当代文坛发挥着越来越重要的影响。这一切,都离不开丁玲。

第三节 文研所与丁玲

一、为何选择丁玲?

即便文研所的创办既有可以继承的本土资源,又有可以借鉴的友邦经验,如果没有具体人物的强力推动,在新中国成立不久文艺工作千头万绪的情况下,它的创办也不可能如此顺利推进和实

---

① 《苏联文学新生力量的检阅》,《文艺报》1956年第2期。

现。此时,需要一个在新中国文学界比较权威的人物站出来。创作成就突出,获得过斯大林文艺奖金同时又有着延安"老资格"的丁玲是最合适不过的人选了。

那么,历史为何偏偏选择了丁玲? 换句话说,毛泽东为何同意让丁玲而不是其他人来创办文研所? 我认为,这与毛泽东和丁玲一开始的密切关系以及丁玲不断"左转"的革命姿态有关。

丁玲一直努力坚持"向左转"的革命姿态。这种姿态始于20世纪30年代,此前,其创作主要是描写以"莎菲"为代表的时代女性和知识分子。在写作《水》之后,尤其是来到延安之后,丁玲开始"左转"①,这一革命姿态一直坚持到晚年。

1936年11月,丁玲来到当时的苏区圣地陕北保安(今志丹县),受到了毛泽东等领导人高规格的欢迎和接待,中宣部为此还专门开了一个欢迎会②。毛泽东第一次去看丁玲时还特别刮了脸,以示对丁玲的看重③。大家笑他:"毛主席今天漂亮了,刮了脸啦。毛主席说:我还没理发呢。"④

当时的延安,领袖的住处戒备没有那么森严,丁玲有时候去拜访毛泽东,毛泽东有空也到丁玲那里坐坐。里夫在文章《女战士丁玲》中以一个外国人的视角记录下了毛泽东和丁玲的这种密切关系:"毛泽东似乎就是丁玲的父亲,而丁玲就是一个他喜欢的大女

---

① 这与她的革命经历有关,尤其是胡也频的被害,让她改变了此前的文学姿态。
② 王彬彬在《延安乎? 西安乎?》中指出:对投奔而来或招收而来的知识分子,延安的态度是外松内紧的。那时到延安和各根据地的知识分子,一律受到热烈欢迎,但也都要经过严格的政治审查。家庭出身如何、社会关系怎样、本人是否被国民党逮捕过等等,都要弄清楚。参见《钟山》2012年第3期。
③ 周良沛:《丁玲传》,北京十月文艺出版社1993年版,第363页。
④ 聂华苓:《林中、炉边、黄昏后——丁玲,1981》,《三生影像》,生活·读书·新知三联书店2008年版,第389页。

儿。据我所知,丁玲对毛泽东非常钦佩。"①

不可否认,这种密切关系(类似父女)的确立也给丁玲"向着革命的方向一路左转"提供了巨大的精神动力。

丁玲到保安不久,就在毛泽东的支持下,发起成立了中国文艺协会。和延安先后成立的其他文艺团体一样,中国文艺协会具有高度的政治化、组织化、实践性的特点。毛泽东出席了协会成立大会并作演讲。毛泽东说:"……过去我们都是干武的。现在我们不但要武的,我们也要文的了,我们要文武双全。"②毛泽东的目的很明确,就是要建立一支"文艺队伍"。他要求这支文艺队伍"发扬苏维埃的工农大众文艺,发扬民族革命战争的抗日文艺"这个"伟大的光荣任务"③。这支"军队"自然需要丁玲这样的名作家的加盟,作为骨干力量。

中国文艺协会选举丁玲担任会长(主任),并决定不定期出版油印报纸《红色中华》的《红中副刊》,由丁玲写了《刊尾随笔》代发刊词:"战斗的时候,要枪炮,要子弹,要各种各样的东西,要这些战斗的工具,用这些工具去摧毁敌人;但我们还不应忘记使用另一样武器,那帮助着冲锋侧击和包抄的一枝笔……我们要从各方面发动,使用笔,用各种形式,那些最被人欢迎的诗歌、图画、故事等等,打进全中国人民的心里,争取他们站在一条阵线上,一条争取民族解放抗日的统一战线上。革命的健儿们,拿起你的枪,也要拿起你

---

① 里夫:《女战士丁玲》,转引自周良沛:《丁玲传》,北京十月文艺出版社1993年版,第366页。
② 《在中国文艺协会成立大会上的讲话》,《毛泽东文集》第一卷,人民出版社1993年版,第461页。
③ 《在中国文艺协会成立大会上的讲话》,《毛泽东文集》第一卷,人民出版社1993年版,第462页。

那一枝笔!"①

　　不难看出,丁玲的思想觉悟和政治认识与毛泽东高度一致,这预示着她在为人民服务,首先是为工农兵服务的征途上,必将"所向披靡,战功卓然"。丁玲后来在延安发表的一系列文章表明,在文艺与生活、与政治的关系上,其论述和毛泽东《讲话》的基本精神可以说是完全一致的。

　　在革命圣地,在毛泽东的精神感召下,向往革命的丁玲果然不负毛泽东的厚望,主动要求到前线去"当红军",这个革命姿态自然很受毛泽东的欢迎。1936年11月24日,经毛泽东批准,丁玲随前方总政治部主任杨尚昆等领导同志上了前线。丁玲到战场不久,毛泽东就以电报的方式给她发来了《临江仙·给丁玲同志》:

　　　　壁上红旗飘落照,
　　　　西风漫卷孤城。
　　　　保安人物一时新。
　　　　洞中开宴会,
　　　　招待出牢人。

　　　　纤笔一枝谁与似?
　　　　三千毛瑟精兵。
　　　　阵图开向陇山东。
　　　　昨天文小姐,

---

① 杨桂欣:《丁玲和文学的工农兵方向》,《黄河》2002年第4期。

今日武将军。①

这首词对丁玲的评价是如此之高,丁玲为此惊喜不已。"昨天""今日"之云十分清楚地表明,在毛泽东的心中,丁玲此来势必发生其个人生涯的一种角色转换——从"文"到"武"的转换②。王彬彬认为:"也就是从这时起,丁玲开始从内心最深处建立起了对毛泽东的感激、热爱、信服、崇拜,并在此后的延安岁月中不断地巩固,最终坚强到这样的程度,以至于任何力量都不能动摇它,哪怕是毛泽东本人也难以做到。"③

1937年2月,丁玲陪同史沫特莱回到延安(此时,中央机关从保安迁到延安),毛泽东亲自过问和安排丁玲的工作。毛泽东问丁玲:"怎么样,还当红军吗?"丁玲回答:"是!"于是,毛泽东任命丁玲为中央警卫团政治处副主任,主要负责部队教育和人员、家属过往生活、给养、娱乐、接待等事务。

但后来的事实证明,丁玲并不善于做这方面的工作。毛泽东逐渐理解丁玲,知人善任,对她说:"丁玲呀,我看你还是习惯于接近知识分子,抗大的学员老去找你,警卫团的工农战士你却没有办法接近,我看你还是适合做知识分子工作,在工作中要一个一个去认识人。"④于是,丁玲又任"红军历史征编委员会"委员,从事《二万

---

① 周良沛:《丁玲传》,北京十月文艺出版社1993年版,第375页。
② 李洁非、杨劼:《解读延安》,当代中国出版社2010年版,第45页。另见李洁非:《磨合——早期的延安知识分子状况》,《上海文学》2003年第4期。
③ 王彬彬:《良知的在场与缺席》,《风高放火与振翅洒水》,人民文学出版社2004年版,第140页。
④ 陈明口述,查振科、李向东整理:《我与丁玲五十年:陈明回忆录》,中国大百科全书出版社2010年版,第41—42页。

五千里长征记》的编选工作。这本书早在1936年的春天就开始启动了,当时的计划是由几个人撰写,但被指定的人没有时间,一直延宕到八月,不得不改变原定计划,改为面向更大范围的征文。丁玲在这些征文的基础上,做了必要的修改和加工,为此耗费了很大的精力。时隔五年,也就是1942年11月,此书才以《红军长征记》之名由总政治部宣传部印制发行,为繁体竖排汉字版。丁玲在1937年4月15日写的《文艺在苏区》(《丁玲全集》第七卷)生动地描绘了当时的心情和工作时的辛苦:"……于是编辑们,失去了睡眠,日夜整理着,誊清这些出乎意料、写得美好的文章。"①在这期间,丁玲又写了《警卫团生活一斑》《一颗未出膛的枪弹》等,后者塑造了视死如归的小战士形象,影响很大。随后,丁玲又组建了西北战地服务团。丁玲担任这个西战团的负责人,这也是毛泽东亲自指定的。不夸张地说,这个西战团从建立到运作都是在毛泽东的亲自过问下进行的。当时,丁玲直接到毛泽东处汇报西战团筹备情况②。在毛泽东的关怀下,丁玲带领的西战团斗志昂扬地开赴抗日前线。

在经历了延安"杂文风暴",特别是文艺座谈会之后,丁玲"左转"的姿态愈加明显。真心要转变的丁玲还和陈明等人准备"以笔作战",组成了延安文艺通讯团。这时的丁玲,已然成为无产阶级革命作家,坚决贯彻执行毛泽东《讲话》精神的先锋战士。很显然,此时丁玲的身份与其说是作家,不如说是军队政工宣

---

① 沈津:《〈红军长征记〉:记录中国工农红军长征的史实(代序)》,广西师范大学出版社《红军长征记》2017年版,第1页。
② 陈明口述,查振科、李向东整理:《我与丁玲五十年:陈明回忆录》,中国大百科全书出版社2010年版,第37—38页。

传员,她很自然地认同了延安规范对于文化工作的要求,文艺被作为一种争取战争胜利的"武器"。为此,"毛主席不止一次表扬丁玲,说她下乡,到群众中去,写出了好的文章和小说"①。

这是文艺立场的根本转变。

在这一点上,丁玲具有示范性的意义。用丁玲自己的话说,她是"非常愉快地、诚恳地用《讲话》为武器,挖掘自己,以能洗去自己思想上从旧社会污染的污垢为愉快","我很情愿在整风运动中痛痛快快洗一个澡,然后轻装上阵,以利再战"。在丁玲看来,"文艺座谈会以后,整风学习以后,延安和敌后根据地的文艺工作者都纷纷深入工农兵,面向群众斗争的海洋,延安和各个根据地的文艺面貌,焕然一新,新的诗歌、木刻、美术、戏剧、音乐、报告文学、小说等真是百花争艳,五彩缤纷,中国的新文学运动,展开了新的一页。毛主席在文艺座谈会上的讲话教育了一代知识分子,培养了一代作家的成长,而且影响到海外、未来"②。这是客观事实,也是丁玲切身经历之后的肺腑之言。

在1949年7月召开的全国第一次文代会上,丁玲在专题发言中强调:"文艺工作者还需要将已经丢弃过的或准备丢弃、必须丢弃的小资产阶级的,一切属于个人主义的肮脏东西,丢得更干净更彻底;而将已经获得初步改造的成果,以群众为主体、以群众利益去衡量是非、冷静地从执行政策中去处理问题,以及一切为群众服务的品质,巩固起来,扩大开去,……千真不假地作人民的文艺工

---

① 胡乔木:《胡乔木回忆毛泽东》,人民出版社1994年版,第265页。
② 丁玲:《延安文艺座谈会的前前后后》,艾克恩编:《延安文艺回忆录》,中国社会科学出版社1992年版,第64—65页。

作者。"①同样的意思,丁玲在《关于立场问题我见》中也表达过:毛主席统率革命大军,创业艰难,需要知识分子,也需要作家。他看出这群人的弱点、缺点,但革命需要人,需要大批知识分子,需要有才华的人。他从革命的需要出发,和这些人交朋友,帮助这些人靠近无产阶级,把原有的小资产阶级、资产阶级的个人主义立场,自觉彻底地转变过来,进行整风学习,召开文艺座谈会,这都是很好的②。

有了这样的认识,再来考察丁玲在新中国成立初期积极地投入到为新中国培养文学人才的努力中去的行为,就不会感到奇怪了。创办中央文学研究所,丁玲是最合适不过的人选。

二、创办文研所

据徐光耀披露:"解放不久,毛主席找了丁玲去谈话,问她是愿意做官呢,还是愿意继续当一个作家。丁玲回答说'愿意为培养新的文艺青年尽些力量'。毛泽东听了连说'很好很好',很鼓励了一番。"③在毛泽东的支持下,丁玲不久即出任了新中国专门"培养作家的机构"——文研所的所长一职。

那么,丁玲是如何参与创办文研所的呢?在创办文研所的过程中,她又做了哪些基本工作呢?这些工作又对她的创作和生活产生了怎样的影响?

丁玲很愿意在培养"共产党自己的作家"上尽心尽责,这一点

---

① 丁玲:《跨到新的时代来》,人民文学出版社 1951 年版,第 1—2 页。
② 刘增杰等编:《抗日战争时期延安及各抗日民主根据地文学运动资料(上)》,山西人民出版社 1983 年版,第 179 页。
③ 徐光耀:《"丁玲事件"之我经我见》,《新文学史料》编辑部编:《我亲历的文坛往事·忆大事》,人民文学出版社 2004 年版,第 321 页。另见徐光耀:《昨夜西风凋碧树》,《新文学史料》2000 年第 1 期。

与新生政权领导人的长远想法不谋而合。在邢小群对一位老同志的访谈中,老同志说了这样一句话:"丁玲创办文学研究所,解决了共产党培养自己作家的问题。"这句话颇有意味,这不仅说明了创办文研所的一种主观动机,同时里面起码还包含这样几层意思:

其一,在此之前中国有没有一定规模的作家群?

其二,这个作家群是不是适应新政权的需要?

其三,新政权需要建立什么样的培养作家的机制?

从丁玲的角度,她当时未必想到这么多,但是党的领导人能够支持她去创办文研所,不能说没有考虑过这些原因[①]。

在创办文研所这个工作上,丁玲不遗余力,不仅做了大量的沟通协调工作,还具体指导工作人员拟定各项举措,制定招生计划。文研所成立以后,丁玲不但亲自请教师,还亲自上台讲课,力所能及地参加文研所的各项活动。丁玲讲课很受学员的欢迎,其深入浅出、娓娓道来的讲课风格也让学员大开眼界,如沐春风。与讲课相比,丁玲到文研所谈得最多的还是学习总结和学期报告。

文研所成立不久,1951年3月12日,丁玲参加文研所理论批评小组成立大会并讲话。她说,理论批评小组是从当前的具体情况出发,根据同志们的兴趣和实际的需要成立的。"搞创作也要理论,没有理论就等于没有思想。现在中央文学研究所学的还是理论,单靠感觉是不能创作的。专门成立小组,是更有意图地进行学习,并不妨碍将来的创作。不是说搞理论的就不能搞创作,更不是说搞不来创作的搞理论。"[②]从丁玲的讲话中可以看出,她是很重视

---

① 邢小群:《丁玲与文学研究所的兴衰》,河南文艺出版社2013年版,第6—7页。
② 王景山:《我所知道的中央文学研究所和所长丁玲》,《新文学史料》2002年第4期。

文研所学员理论修养的,并因此特别强调文研所学员的理论学习。

10天后,丁玲到文研所讲课,题为"关于左联"。在这次讲课中,丁玲重点谈了她亲身经历的一些左联的事情,也谈到了其他问题,比如她说:"作家是长期劳动养成的,不是一年两年的事,更不是听一个两个报告,读一本两本书,就可以解决的事。人家花几十年练顶坛子,我们就缺少这种精神。以前觉得鲁迅的小说不如杂文,觉得叶圣陶的语言虽然很好,但没有味道,是中庸之道的样子。……我不喜欢巴金,为什么别人那么多人喜欢呢? 我们就要研究,要懂得那些读者,扩大自己的眼界。巴金的电影《家》演出时,下雨还满场,全是青年男女,而且看了还哭。这是值得重视的问题,作为文学专门家应该了解巴金。"[①]鲁迅和叶圣陶,都曾对丁玲有知遇之恩,也和她的生活有过很大的交集。所以,她的讲述自然是既权威又可信,深受学员欢迎。

7月31日,丁玲在文研所做第一学期第二学季"文艺思想和文艺政策"单元学习总结的启发报告。她谈道:这学季讲的是文艺思想和文艺政策。以前所讲所谈都是思想问题,是我们对文艺的看法,过去怎样,现在怎样,这是应该总结出来的。是不是样样都要总结呢? 例如语言问题……要总结我们同学中思想上有了哪些进步。从《武训传》《关连长》《我们夫妇之间》里,讨论无产阶级的、非无产阶级的、小资产阶级的文艺思想,什么是好的,什么是为害人民的东西。

丁玲还特别重视学员的实践经验,强调学员要深入生活。在

---

① 王景山:《我所知道的中央文学研究所和所长丁玲》,《新文学史料》2002年第4期。

这次启发报告中,她特地谈到了学员要"下去"的问题:"为什么要下去?下去做什么?经过学习之后,思想提高了。下去是自己看。但我们学得怎样,实践一下,演演习。不要希望太高,认为只要下去一次,回来就可以写长篇。应该这样看,是去呼吸新鲜空气,是去开阔一下眼界,多接触些人和事物。是去锻炼自己,改造自己。"①

8月11日,丁玲在文研所作第一学期第二学季学习总结发言时,再次重点谈了学员要"下去"的问题:"这次下去不是要求回来写出伟大的作品来,而是老老实实到群众中去,把自己的思想感情和群众的统一起来,为他们做些事。……我们以前是关门写作,不接受群众的批评和意见,而且首先就不愿和群众接触。但在那时就受到了批评。……因此,下去即使搜集材料,也是为了要把问题弄清,而不是为了回来编故事。"②从丁玲的总结发言中可以看出,她是极为重视《讲话》精神的,对毛泽东在《讲话》中所提出来的到群众中去,为工农兵服务的思想是高度认同的,从而在文研所真正落实"开门办学"的方针。

从丁玲对学员所提出的要"下去"的要求可见,她是反对文学上的功利主义的,这一点不同于后来作家协会广泛推行的定点深入生活。在形式上,定点深入生活与此类似,但在实质上却有着不小的差别。丁玲主张学员下去要学到真东西,而不是走过场。丁玲反对文学创作上的功利主义,但同时也提醒作家要拿出好作品、大作品,以创作实绩说话。比如,1951年11月14日,她在给第一

---

① 王景山:《我所知道的中央文学研究所和所长丁玲》,《新文学史料》2002年第4期。
② 王景山:《我所知道的中央文学研究所和所长丁玲》,《新文学史料》2002年第4期。

期第一班学员做创作动员报告时说:"一年来,我所培养青年作家的方法、道路是对的,没有脱离政治、群众。但成绩是没有的。我们并没有说马上要成绩,但成绩却还是要的。今天缺乏作品。今天的情况是要东西。没有成绩是脱离今天社会的要求。因此,搞创作的一定要搞出东西来,而且要求写大的东西,分量重,主题意义大。……这次要求写作是任务,也是考验,对大家都是考验。集体地搞,有重点地搞,希望大家争取做重点。我们要争取写出一个剧本来,1952年上半年上演。写出几篇好的小说和报道来。"①

在强调做出成绩的同时,丁玲时刻不忘文研所的办学宗旨,那就是培养政治素质过硬的文学新人。1953年6月30日,丁玲为第一期第二班学员做学习总结报告,说:"办第一班时,目的思想上是明确的。但办法上有缺点,有人缺少自学能力,但为了照顾,也收进来了。办第二班,目的也是明确的,不是培养作家,而是培养各文艺部门需要的文艺干部。大学刚走出来的,不一定马上就能适应工作。我们就是补一课,补思想改造、确立人生观的课。"②

丁玲给第一期第二班学员上课时也说过类似的话:"你们虽是科班出身,还要努力学习业务知识,掌握文学创作方法和文学编辑本领,毕业后当个好编辑,为新中国文学事业的发展作出应有的贡献。"她说一个有出息的作家,必须具备两个条件:"首先要有科学的世界观,才能对生活中发生的事情,作去伪存真的认识,然后写出的作品才会有思想有灵魂;其次要有生活。生活从哪里来?就是和人民群众在一起,观察他们在推动历史前进中的言行,他们在

---

① 王景山:《我所知道的中央文学研究所和所长丁玲》,《新文学史料》2002年第4期。
② 王景山:《我所知道的中央文学研究所和所长丁玲》,《新文学史料》2002年第4期。

想什么,他们在怎么做,自己不做旁观者,自己的言行和群众相对照,自然就有了收获,这就是生活。做一个好编辑,当他审稿时,也离不开前面说的那两点,才能看出所审作品是否反映了生活的真实,只有用科学的世界观才能透视作品的思想性,作品没有思想深度是没有生命力的,如果缺乏生动鲜活的生活描写也不会打动读者。"①

在文研所,丁玲多次强调作家要读书。她在看望第二期学员时,听到同学们正在谈论有关读书和创作的问题,说道:"读书,要自己的感情投入到书里去嘛,让书里的人物的感情老留在你脑子里,不能冷冷静静单纯从书里找主题,找什么写作方法……读书是一种享受,享受久了,在脑子里形成一种活的东西,有一天碰到一种思想,构成了一个主题,这就活了。"②

丁玲与文研所的关系密切程度已经远远超出了工作范畴,就连她的秘书都是从文研所学员中选拔的。据曾经担任过丁玲的私人秘书也是文研所学员的张凤珠回忆:

> 一天,徐刚忽然找到我,对我说:丁玲想找一个秘书,所里研究一下,认为你去比较合适。他又说:文学研究所本是为那些长期在战争中有过一些创作实践,但没有系统学习过的人创办的,你不属此类人。希望你能接受这一安排。50年代,对组织的决定似乎没有什么要商量的。但我确实没有心理准备,只感到忧喜交集。给一个大作家去当秘书,对她无疑会有更多接触和了解。但秘书都需要做些什么,我心里没有底。

---

① 毛宪文、贺朗:《丁玲——伟大的文学教育家》,《武陵学刊》2010年第1期。
② 赵郁秀:《飞蛾扑火 丁玲不死》,《鸭绿江(上半月版)》2005年第10期。

> 丁玲原来的秘书陈淼是华北联大的学生,曾参加文研所初期的筹建。他对我说:丁玲已不再担任中宣部和作家协会的职务,秘书工作比较简单了,无非管管文件,给读者写写回信。陈淼又说:丁玲是很豁达的人,虽然身居领导岗位,对身边工作的人非常平和随便,终究是作家嘛,你不会感到拘束。①

就这样,文研所学员张凤珠成了丁玲的私人秘书。

三、平反后的丁玲与文研所

1979年10月24日,中共中央组织部发出宣干字22号文,为丁玲恢复了组织生活。1980年4月1日,文讲所第五期(文研所自1953年11月更名为中国作家协会文学讲习所,简称文讲所。本期班延续了50年代期次排名)在租用的中共北京朝阳区委党校院内开学,丁玲在首都医院致函徐刚、古鉴兹及文讲所第五期学员祝贺开学:

徐刚、古鉴兹同志并转
文讲所第五期全体学员:
　　值兹文学讲习所第五期开学,谨向你们致以热烈的祝贺!祝同学们在学习期间,团结互助,切磋琢磨,实事求是地研究理论,研究现状,研究历史,努力提高自己的马列主义毛泽东思想的理论水平,提高自己的业务能力,继续深入生活,密切

---

① 鲁迅文学院编:《文学的日子——我与鲁迅文学院》,内部资料,第251页。

联系群众,使自己成为一个更忠实的、称职的、真正的党的喉舌和人民的代言人,为实现祖国的四个现代化,为繁荣社会主义文艺创作做出新成绩,做出新贡献!祝文讲所的工作同志们全心全意,群策群力,任劳任怨,善始善终,在党中央的亲切关怀和领导下,把文讲所越办越好。我相信由于你们的辛勤耕耘,我们社会主义文艺园地上必将百花盛开。

最近我因病住院,今天不能亲自来贺,但我的心和你们在一起,而且永远和你们在一起。让我们互相学习,为繁荣社会主义的文艺创作,为促进祖国的四个现代化而努力奋斗。

丁玲

一九八〇年四月十四日

时隔不久,6月21日,大病初愈的丁玲就应邀到文讲所讲课,做了题为"生活、创作、时代"的报告,主要讲授动荡岁月中的感受和从未动摇过的信念。像这样的讲课,有很多。

据毛宪文回忆,20世纪80年代初他主持恢复后的文讲所的教学业务时,每期第一堂课都请老所长丁玲讲课,尽管当时的丁玲很忙,需要应付很多烦琐的事务,但她仍然排除了许多干扰,按照毛宪文安排的时间去授课。她授课之前,常常询问毛宪文本期的学员情况:他们发表了什么有影响的作品,有什么样的创作思想和创作倾向,他们的职业是什么,对眼下改革开放的态度如何,等等。她认为讲课要有针对性,要切实有助于青年作家的创作才行。在听毛宪文汇报时,丁玲认真地做笔记,像个小学生一样,令毛宪文十分感动。

丁玲时刻不忘文研所的创办初衷、办学宗旨和培养目标,每次讲课都站在政治的高度,为学员指点迷津,提醒他们端正创作态度,不忘写作的根本使命。1984年3月,丁玲给文讲所第六期学员授课时以"迷到新的社会生活里去"为题,以切身的体会论证了如何正确处理文艺与政治的关系,强调作家不能脱离生活,要永远和人民站在一起,如此才能写出受人民群众欢迎的作品。丁玲说:

> 学习马列主义和搞文学创作是两回事,但又是一回事。我们的作品,既要有高的艺术性,还要有深刻的思想性和鲜明的倾向性。马列主义是指导我们怎样正确认识世界、改造世界的科学理论,不是框框。有的作者把这看成框框,说有了框框就写不出好作品,这是不对的。怎样运用马列主义的科学理论,改造自己的人生观和世界观,怎样运用马列主义指导自己的创作而使其不成为框框,这要舍得花功夫,舍得用力气。
>
> ……
>
> 除了学习马列主义,作家还要什么呢?要有生活,作家没有生活是写不出作品的。邓刚,便有他自己的生活。假如有人觉得他写得不够,那么你来写一篇吧,你就没有办法再写一篇那个海,这是邓刚自己的东西。我们每一个人都应该有自己的东西。①

考察丁玲与文研所的关系,有一条无法否认:丁玲为造就一支能够自觉实践毛泽东文艺方向的队伍,无论是对文研所招生对象的选择,还是培养模式的建构方面,都做出了积极的探索。这些探

---

① 毛宪文、贺朗:《丁玲——伟大的文学教育家》,《武陵学刊》2010年第1期。另见丁玲:《迷到新的社会生活里去——同青年作家谈创作》,《文艺研究》1984年第4期。

索和尝试,作用巨大,影响深远。"从机制上看,它改变了新文学诞生以来作家产生的模式,建立了培养作家的制度。"这种制度的建立是了不得的。毕竟在中国,作家的培养一直是处于缺失状态的。丁玲创办的文研所补上了这极为重要的一环。当西方将作家培养纳入科学的时候,中国也有了自己的文学新人培养探索。由此,我们便有了与西方创意写作对话的资源,从而处于齐头并进的同步状态,而不仅仅是被动学习的弱势地位。也即是说,中国化的创意写作,我们早已有之。现在看来,文讲所主要承担了两个功能:一是在相对短的时间内确实提高了一部分文化水平较低的作家的艺术素质,比如陈登科,他在进入文讲所之前差不多是一个半文盲,当然他有很好的艺术天赋。后来他们都在文化上有了较大的提高。二是文讲所为后来各地作家协会的成立做了干部储备。在20世纪50年代和后来的一段时间内,出身于文讲所的作家中有一批人成了各地作家协会的主要负责人[①]。

从培养的结果看,文研所(包括更名后的文讲所)所培养的学员,在以后30年的中国文艺界,起到了很大的作用。"丁玲和文学研究所,不仅培养出了为新体制所需要的作家,而且培养出了维护新体制的组织者和领导者。丁玲对新中国的文学事业确实做出了自己的贡献"[②]。同时,丁玲在事实上也对中国化创意写作进行了可贵的探索。尤其是在教学方法和办学思路方面,她都曾提出过媲美西方创意写作的理念。因此,说丁玲是创意写作中国化实践探索的第一人毫不为过。

[①] 谢泳:《山西作家的文化构成》,《当代作家评论》2001年第3期。
[②] 秦林芳:《丁玲的最后37年》,中国文史出版社2005年版,第71页。

第三章　中央文学研究所的建立和发展

研究者程天舒说:"不管作为作家培训机构抑或教育机构,文学研究所都是当代中国文学体制化的产物,它最重要的意义并非为中共培养出多少优秀的作家与文学工作者,而是体现出新中国成立初的文艺界在新旧经验前面临的选择与困境。"①这种选择与困境显然在某种程度上对文研所的创办形成了一种压迫,也产生了一些焦虑。这充分说明新政权对文学新人培养的重视。文学学校的建立不仅仅是文学任务,也是政治任务。本章将对文研所的建立和发展过程进行较为详细的深描式考察。

第一节　文研所的筹备与成立

一、文研所的筹备

培养社会主义文学的新生力量是文研所创办的根本目的所在,其本质是社会主义创作主体的再生产、再改造、再提高。有学

---

①　程天舒:《从文学研究所到文学讲习所:论当代作家培养机制的演变》,《扬子江评论》2012年第3期。

者指出,以现在的眼光和视角看,文研所的创办至少有四个方面的考虑:一是作家的自发要求,他们迫切需要更新知识结构,提高文学素养;二是新中国需要培养自己的作家,改善和充实作家队伍;三是需要新的作家自觉承载历史叙事身份与责任,承担宏大革命历史叙事;四是苏联文学体制影响的焦虑①。从时间上来说,文研所的成立几乎与作家协会的成立同步。

1949年10月24日,全国文协创作部起草了《创办文学院建议书》②。这份建议书不仅阐述了为何创办文学院(即必要性),还给出了创办的方法与途径(即办学名称、教育方法、教育内容,乃至在机构设置与设备等方面都提出了明确设想)。其全文如下:

> (一)举办文学院之意义
>
> 全国正面临着新形势,正如毛主席所指示,文化建设任务也要增强,思想教育更有重要意义,因此我们建议创办一个文学院。按文学艺术各部门来说,文学是一种基础艺术;但目前我们有戏剧、音乐、美术各学院,恰恰缺少文学院。所以有创办文学院之必要。
>
> 自五四新文化运动以来,除延安的鲁艺文学系及联大文学系用马列主义观点培养文学干部而外(经验证明他们是有成绩的),一般的文学工作者大多是单枪匹马,自己摸路走,这是过去他们不得已的事情,这是旧社会长期遗留下的个人学习方法。至于过去各大学的文学系,也由于教育观点方法的限制及错误,

---

① 郭艳:《中央文学研究所的创办与50年代初的文学情境》,《新文学史料》2008年第4期。

② 鲁院内部资料。

从来很少培养出多少真正的文学人才。我们接手以后,教育观点方法虽然要改,但也不一定能适合培养多种不同条件的文学工作者,不一定适合培养作家,所以也有创办文学院之必要。

此外,在我党领导下,近十几年来,各地已涌现出许多青年文学工作者,有的实际生活经验较丰富,尚未写出多少好作品,有的虽已写出一些作品,但作品的思想性艺术性还是比较低的,他们需要加强修养,需要进行政治上文艺上比较有系统的学习。或学习的同时,领导上可以有计划地组织他们从事集体写作,把各种斗争史有计划地反映出来。常说"十年树木,百年树人",只有党和政府有计划地领导,文学人才才能更多更好地出现,文学上也才能有更多更好的作品。所以也有创办文学院之必要。

(二) 如何创办

定名问题:"国立文学院"或"国立鲁迅文学院"。

教育方法:采取理论(学习研究)与实践(创作和下乡等)相结合的方针。基本上是培养作家;但如有一些年轻的文学工作者,亦可培养为理论及编辑人才。

教育内容:文学院可分为研究班、初级班两班。研究班以自学为主,自己读书、自己创作、自己互相研究问题,大家当先生。(当然也要在领导之下进行,实际上也是集体主义的方法)辅助以定期请专家做报告。初级班以上课为主,学习马列主义及文学上的一般知识(如哲学、政治经济学、各种政策、文学理论、近代文学史、创作方法理论、名著研究)。定期地进行创作实习下乡采访。

无论研究班或初级班学习过程不宜太长,也不宜太短,需要两年左右的过程。

具体意见：

开始时，规模小一些。文学院组织可如下：

院长、副院长（院务会），研究班主任——研究班。

教务主任——助教、教员、初级班。

秘书长——图书馆、人事科、总务科、秘书科。

学员招收及待遇问题：

学员由国家供给，研究班学员按干部待遇。除采取报名考试外，部队、机关尚可保送或介绍。

设备方面：

开始时有两大问题：一为确定校舍，校舍要在市内，便于请人做报告，找兼职教员，便于学习参加社会活动，文艺活动。二为图书购置。

不难看出，这个建议书是非常详尽的，其操作性很强。建议书所列举的成立文学院的必要性，具体有以下三点：

（1）文学是基础艺术，目前已有戏剧学院、音乐学院、美术学院，唯独没有文学院，所以有创办之必要。

（2）除延安时期的鲁艺以及联大文学系曾培养了文学干部以外，一般的文学工作者大多是单枪匹马。而过去各大学的文学系，也很少培养出真正的文学人才。现在我们来接手这些大学，也不一定能适合培养作家，所以也有创办文学院之必要。

（3）近十几年来，各地涌现出许多青年文学工作者，有的实际生活经验较丰富，但作品的思想性、艺术性还比较低，需要加强修养，进行政治上、文艺上的系统学习。只有党和政府有计划地领导,文学人才才能更多更好地出现,所以也有创办文学院之必要。

这份建议书值得细读。以建议书提出的这三点必要性来说,第一点从文学和艺术的角度,谈的是创办文学院的逻辑应然问题:既然戏剧、音乐、美术人才是可以培养的,那么,文学人才也是可以培养的;既然有了专门的艺术人才的培养学校,那么,也应该有专门的文学人才的培养机构。第二点从普通大学文学院和专门培养作家的文学院的角度,谈的是创办专门的文学院的必要性问题:普通大学文学院不以培养作家为根本目的,我们要办一个不同于大学文学院的机构。第三点从个体发展和国家需要两个维度,谈的是创办文学院的极端重要性问题:既有利于文学新人的涌现,又有利于党和政府的领导。

关于文学院的定名,无论是"国立文学院"还是"国立鲁迅文学院",建议书强调的都是从国家的高度来建设这所文学院。

关于教育方法,建议书强调的是理论学习研究与实践(创作和下乡等)相结合的方针。这个方法不同于一般大学中文系的培养方案,普通大学强调的是理论学习,而将要创办的文学院则离不开创作实践。根据这个培养方法,确立了两个相应的培养目标:一是培养作家;二是培养理论及编辑人才。事实上,如果对比一下同时期西方创意写作系统,我们会发现,这个理念和欧美创意写作几乎是完全一致的。无论是建议书提出的办学必要性、教育方法,还是培养目标,都是不谋而合的。在作家培养上,中国的文学研究所和美国爱荷华大学创意写作有了惊人的重合与呼应。

在文学院教育内容方面,建议书的规划是分层次教学,即分为研究班、初级班两个班,也是非常合理的。特别提出高层次的研究班以自学为主,大家当先生,定期请专家做辅导报告;低层次的初级班则以上课为主,学习马列主义及文学上的一般知识。值得注意的是,初级班所开设的课程,并非仅仅局限于文学方面的创作方法理论和定期地进行创作实习下乡采访等,还包括了诸如哲学、政治经济学、近代文学史以及名著研究等。

建议书在学制方面也提出了两年的设想,既不同于普通大学,也和一般的短期培训不同。

值得注意的是,建议书在学员待遇问题上提出了学员由国家供给,且研究班学员按干部待遇。这一点可以说是保持了鲁艺的传统,也是社会主义中国文学教育的特殊体现。直到今天,鲁院的办学仍然保持着这一特色和国家办学的优势。比如,学员在鲁院的整个学习过程中,吃和住基本上都是由国家负担的,并不需要学员出资。这一点充分表明了鲁院由国家出资办学的特征,这也是社会主义文学新人培养模式和机制的重要特征。与此相对应,文学院招收学员的方式与普通大学也不一样,除采取较为常见的报名考试外,也可以保送或介绍。

既然创办文研所如此必要,设想又是如此具体且具操作性,筹建文研所的步伐不断加快也就在意料之中了。1950年2月25日,周扬在《文艺报》上发表了署名文章《全国文联半年来工作概况和今年工作任务》,文章中提出的几个重点工作之一即为筹备文研所。

1950年3月9日,由陈企霞负责起草了《国立文学研究院筹办计划草案》①,参与者还有刘白羽、周立波、雷加、艾青、曹禺、赵树

---

① 郭艳:《中央文学研究所的创办与50年代初的文学情境》,《新文学史料》2008年第4期。

理、宋之的、陈淼、碧野、杨朔、何其芳、柯仲平等,基本上集中了当时文学界的"大佬"。该草案相比建议书也更加完备,操作性更强。原文如下:

国立文学研究院筹办计划草案

(1950年3月9日)

根据中央文化部及全国文联"1950年创办文学研究所的决议"草拟如下筹备计划。

(一)定名:国立文学研究院。

(二)创办目的:培养新中国的文学作家及新文学理论、批评、编辑等干部。

(三)教学原则:在毛主席文艺方向下,采取理论与实际结合的方针,即学习研究与参加各种实际工作(工厂、农村、部队)与创作相结合的方针。

(四)学制:分研究班与普通班。

甲、研究班

(1)参加人员条件:第一,参加人员经过一定的思想改造,具有相当的政治修养及实际工作经验,并有一定的写作能力及表现,或在研究工作、实际工作(如编辑)上有某些经验与成绩者。第二,有相当的文学、政治修养,发表过一些创作或理论,政治倾向进步者。第三,出身工农,有相当的实际工作经验,且有初步的写作能力及表现者。这是参加成员的三种不同对象的条件。

(2)研究班下设创作室、理论研究室。创作室下分散文(包括小说及剧作)及诗歌两组。理论研究室按性质分小组,如理论批评、文学史、民间文学等。

（3）研究班成员，可根据其条件、经验及表现分为研究员与研究生。

（4）研究班不论员、生，研究年限不固定，但起码一年，一年以后，得根据其成绩，决定其继续研究（包括研究生升为研究员）、继续创作，或分配下乡、入厂，以深入生活，并定期回来创作，或分配其适当的工作。此外，在研究的任何时期，都得视需要及情况派员、生下乡、入伍、入厂，或组织集体创作及专题研究。

（5）研究班员、生，除必须进行干部学习及参加指定的重要的文艺课程学习外，一般以自学及集体研究（理论问题、创作问题、作品〔名著或自己的作品〕等）为主。

乙、普通班

（1）学生条件：一是有一定的政治知识与实际工作经验，并有初步的文学基础知识或经验者（如学习写过通讯、报告、快报诗或从事过部队、农村的编辑、记者等文字工作等）。二是高中毕业以上程度，有起码的文学写作能力或理论研究实际工作（教育、编辑等）经验，政治倾向进步者。三是工农出身的文艺青年，有实际生活体验及起码写作能力者。

（2）普通班修业年限为二年，第一年为全部普通必修课程，第二年分创作、理论研究二系。创作系下又可分为小说、诗二组；理论研究系亦可分理论批评、文学史、民间文学等组。

（3）课程：

第一，政治课为必修课，分哲学（辩证唯物论与历史唯物论）、马列主义（包括社会发展史、政治经济学、党史等）、国家建设(即各种政策)三门,两年学完。

第二,第一学年普通课程:文艺学(文学概论、毛主席文艺讲话)、中国文学史(包括旧文学及五四以来的新文学)、俄国文学及苏联文学、西洋文学、中国民间文学、名著研究、创作方法、创作实习。

第三,第二学年按创作、理论研究各系不同性质,制定不同课程,作进一步较专门的深入的学习。但本系得选外系一种至二种课程。

(4)学习方法,上课与集体讨论并重,但必须有一定的自学时间。每学期定为二十个星期,寒暑假得组织下乡、入伍、入厂学习。

(五)组织机构

院长:正院长一人,副院长一人或二人。

院长办公室:设正副主任各一人,下设各科,助理院长处理日常工作。

教务处:在院长领导下,计划、推动、管理全院教育学习事宜。设主任一人,下分教务科(掌握课程,设科长一人,科员三人)、组织科(掌握干部、学生材料,负责对外联络,组织干部学习,设科长一人,科员三人)、图书资料科(建设图书室,整理、保存、供给学习研究资料,设科长一人兼图书馆长,图书管理员三人,资料组长一人,组员三人)。总计教务处需干部十七人。

秘书处:在院长领导下,计划、推动、管理全院生活及事务事宜。设主任一人,下分秘书科(科长一人,文书股文书、打字、刻印四人,收发一人,并领导传达、看门、司车二人及通讯员三人,俱乐部负责体育娱乐的干部二人,公务员十五人,汽车司机等二至四人)、总务科(正副科长各一人,会计股三人,事务股保管、采购、建设等四人,管理股三人,伙夫七人)。总计秘书处需干部及勤杂人员约四五十人,内科员以上干部约需十二三人。

研究班:在院长领导下,按计划进行研究、创作、实习等。设班主任一人,秘书一人,下设创作室、理论研究室各设室主任一人,室下面可分组,组设组长;研究人员分为研究员与研究生,有些研究员可兼教授、教员、助教等等。研究班需要室主任以上干部四人。

普通班:在院长领导下,按计划组织学生学习。设正副班主任各一人,第二学年设创作、理论研究系主任各一人。刚创办时只需班主任二人。学生生活等由学生民主管理。

教授会:由各专任的教授、副教授、讲师、教员、助教组成,在院长领导下研究、讨论及建议全院教学具体实施上面的事宜。

院务会议:由院长、办公室主任、研究班主任、普通班主任、教务处主任、秘书处主任、教授代表、学生代表,组成院务会议,在院长的领导下决定全院的大政方针(首先是教学方针)。

此外,还可建立联系性质的教学会议,由院长办公室主任、教务处主任、各班主任及各科主任、教员、学生代表组织之。

(六)创办第一期招生计划

甲、介绍、保送五十名。研究班员、生暂定为三十名,全部介绍、保送,不招生;普通班学生介绍、保送二十名,介绍、保送来后审查确定读研究班或普通班,不合格者介绍工作。

分配名额暂定:

(1) 四大野战军,每一野送六人,共二十四人,但数目不一定平均分配。

(2) 各大行政区、军区,统一由各中央局负责介绍、保送,共二十六名,东北、华北可多一些,华东、中南次之,西北、西南可少些。

(3) 男女兼收,二十三岁以上,四十岁以下。

乙、招收普通班学生五十名。

(1) 京津二十名,沪宁二十名,武汉十名。

(2) 男女兼收,二十岁以上,三十岁以下。

(3) 此外,可酌情收取少数旁听生,不超过十名。

(七) 房子:约需一百五十间至两百间。

(八) 供给:一律供给制,研究生班员、生按干部待遇,学生按学生待遇,旁听生自费。

(九) 进行计划

甲、三月份批准计划,决定主要筹备干部,制定预算。

乙、四月份批准预算,找到房子。

丙、五月份初步建设房子,调人,配备干部,向各级调集保送的人员。

丁、六月份干部配备有个眉目,发出招生广告,拟详细教学计划。

戊、七月份建设大体就绪,批准详细教学计划,准备招生及开学后的一切。

己、八月份招生完毕,九月初开学。

(十)目前的主要事项

甲、决定并批准计划。

乙、确定筹备处负责人。

丙、做预算,找房子。①

该草案基本上保留了建议书的构想和思路,将名称明确为"国立文学研究院",创办目的、教学原则和学制均一致。此外,研究班与普通班的办学思路更加翔实,操作性更强,同时强调了学员须具备一定的政治修养和实际工作经验。在此基础上,还须具备一定的文学创作的能力和成就。尤其强调了学员的工农出身,这一点印证了文研所重在培养工农作家的办学初衷和目标。计划开设的课程也更加完备,强调了政治课为必修课,并且细分为哲学(辩证唯物论与历史唯物论)、马列主义(包括社会发展史、政治经济学、党史等)、国家建设(即各种政策)三门。第一学年普通课程的文艺学特别增加了毛泽东文艺讲话。第二学年突出进一步的较专门的深入学习,要求本系得选外系一种至二种课程。这些课程主要面向普通班开设。对于研究班,则强调除必须进行干部学习及参加指定的重要的文艺课程外,一般以自学及集体研究为主。这一课程设置方式充分体现出文研所教学的科学性和灵活性。在组织机构的设想方面也具体得多,机构设置更加合理。第一期招生计划详细列出了招生名额和分配名额。在此基础上列出了进行计划,分六步完成第一批学员的招生工作。可以说,这份草案基本上勾

---

① 鲁院建院50周年展览档案,影印手写稿。

勒了文研所创建和招生的路线图、时间表及任务书。

可以看出,这个草案包括了中国作协关于创办文学研究院的全面的设想,"从中可以看出丁玲创办一个大型作家培训机构的勃勃雄心。但这些设想中有许多最后并没有实现。连这个起草文件的机构本身也是'短命'的"①。两天后,陈企霞把筹办计划草案呈送分管领导周扬。

4月24日,全国文联向中央政府文化部提出报告,提出"创办'国立文学研究院'申报理由及构想"。同时,文联党组也有一个报告。在这两份文件中,首次明确提到了学校可定名为"国立鲁迅文学院",建议初步筹备工作由丁玲、沙可夫、黄药眠、杨晦、田间、陈企霞、康濯七人组织,由丁玲负责②。

至此,文研所的筹备工作还是比较顺利的,但在名称方面却颇费了一些周折。丁玲等筹办者是想使用"文学研究院"的,但是文化部办公厅的批复中说"仍用'文学研究所'较妥"。其文件内容如下:

> 兹接文委会五月三十一日(50)文委秘字五六四号批复称:"鲁迅学园"名称嫌含混,仍用"文学研究所"较妥。特此转知。

除"文学研究院"这个名称外,创办方还曾想以"鲁迅学园"作为新机构的名字,但这两个想法最终都没有实现。

---

① 张柠:《再造文学巴别塔:1949—1966》,广东教育出版社2009年版,第74页。
② 郭艳:《中央文学研究所的创办与50年代初的文学情境》,《新文学史料》2008年第4期。

同样,在中央人民政府文化部6月26日的正式批复中,使用的也是"中央文学研究所"的名称:

> 本部为了培养一些较有实际斗争经验的青年文艺写作者及一些从事文艺理论批评的青年,业经呈准文化教育委员会及政务院,决定本年内筹办文学研究所,并聘请丁玲、张天翼、沙可夫、李伯钊、李广田、何其芳、黄药眠、杨晦、田间、康濯、蒋天佐、陈企霞等十二人为筹备委员组织筹委会,并以丁玲为主任委员、张天翼为副主任委员,特此函达。
>
> 中央人民政府文化部(盖章)
> 1950年6月26日

那么,文化部为何不同意使用"文学研究院"而要改用"文学研究所"的名称呢?这里究竟经历了一个怎样的决策过程?

邢小群在《丁玲与文学研究所的兴衰》中谈到,"文学研究所"这个名称,是当时的政务院副总理兼文化教育委员会主任郭沫若最后定下来的①。在鲁院为纪念建院50周年编印的《文学的日子——我与鲁迅文学院》文集中,梁斌谈到,胡乔木也不主张叫"院",并且说毛主席主持的"广州农民运动讲习所"也叫"所"嘛②。从政治的角度看,从"院"到"所"的改动,可能有更深层次的考虑。正如有研究者指出的:"(文学研究院)经审批后改为规模较小的中央文学研究所,排除文艺界内部权力制衡的考虑以及客观条件的

---

① 邢小群:《丁玲与文学研究所的兴衰》,河南文艺出版社2013年版,第104页。
② 邢小群:《丁玲与文学研究所的兴衰》,河南文艺出版社2013年版,第98页。

限制,这种变更主要出于快速高效培养文学工作者的实际考量,而对共产党的文艺领导者来说,这也是更加熟悉且容易操控的办学模式。"①无独有偶,半个多世纪以后,当曾经声称"中文系不培养作家"的北京大学成立专门培养文学新人的机构组织时,也是极为谦虚地使用了"北京大学文学讲习所"的名称。从中央文学研究所,到北京大学文学讲习所,跨越了大半个世纪,但其"所"追求的文学目标却有着惊人的一致。当然,此"所"非彼"所",一个是国家级文学新人培养机构,一个是中国最引人注目的大学二级研究部门,无论是其行政级别,还是办学地位,都不可同日而语。但不可否认的是,这两个"所"都在进行着中国化创意写作的探索与建构。

1950年7月18日,文化部批复同意《中央文学研究所筹办计划草案》:

(一)同意中央文学研究所筹办计划草案经第一次筹备委员会会议决议七项照准,望即据此进行。

(二)随此附发"中央文学研究所筹备委员会"长戳一枚。

中央人民政府文化部(盖章)

部长:沈雁冰

1950年7月18日 ②

由此,文研所筹备委员会算是正式成立了。在此基础上,成立文研所的步伐也自然随之加快。

---

① 程天舒:《从文学研究所到文学讲习所:论当代作家培养机制的演变》,《扬子江评论》2012年第3期。

② 王艳荣、任品:《丁玲与文学讲习所》,《吉林师范大学学报》2007年第6期。

二、文研所的成立与停办

仅仅时隔两天,文研所筹备委员会就在全国文联办公室召开了第一次筹备会议。会议讨论通过了《中央文学研究所筹办计划草案》,通过康濯为筹委会秘书、陈淼为助理秘书,并通过了筹委会具体分工。同日,提出文研所筹办计划草案,草案中提出了创办的理由、创办的目的、关于名称及领导关系、创办的规模、研究人员的条件和待遇、学习的内容、学习的方法、学习的期限以及组织机构等。

接下来是更加紧锣密鼓的工作节奏:

9月12日,文研所筹备处制定《我所三年工作计划草案》;

10月16—30日,文研所制定第一期两个月临时学习季度课程计划表;

11月3日,文研所筹备委员会召开第四次会议;

12月9日,文研所制定调集研究员的办法;

12月27日,文化部颁发丁玲、张天翼任命通知书及文研所关防(即官印),全文如下:

中央人民政府文化部令(50文秘字第589号):

中央文学研究所业经政务院第六十一次政务会议通过设立,并通过任命丁玲为中央文学研究所主任,张天翼为副主任。奉此,原"中央文学研究所筹备委员会"应即结束,正式成立中央文学研究所。兹随令转发政务院任命书两份,并颁发"中央文学研究所"木刻关防一颗。望即遵照执行,并将关防启用日期连同印模一式三份报部备查。

此令

　　中央文学研究所

　　丁玲主任

　　张天翼副主任

中央人民政府文化部（盖章）

部长：沈雁冰

副部长：周扬　丁燮林

1950年12月27日

　　文研所由此正式成立。此时，距筹备委员会成立不到半年的时间。这个速度，对于并无此类办学经验的丁玲他们而言，不可谓不快。

　　当月31日，文研所将"成立经过、方针、任务、组织情况、课程及研究方法各项材料"报送文化部。紧接着，文研所就开始了第一期的招生工作。

　　第一期学员在所学习时间为两年半，即从1950年冬至1953年夏。这个学习时间基本上和美国爱荷华大学创意写作工作坊是一致的。

　　1953年7月16日，第一班第二期开学之前，文研所向文化部提交了关于"中央文学研究所改为中国作家协会文学讲习所"的报告。随后不久，文研所划归全国文协领导。

　　对此，许多人有着不同的看法。文研所第一期学员、后来在文讲所工作过的王景山在访谈中说，"讲习"二字虽然是更加名副其实了，却也说明了它的根本性的变化。他在1953年8月8日的日记里记了列席党支部大会的事（当时他还没有入党，所以是"列席"),支部书记邢野在会上宣布:"文研所今后改归文协领导,教务教学上加强,行政上缩小。创作组取消。学员的创作辅导由文协作家担任。"并指出,"这样的决定是积极的。但有困难,需要克服,正视。要求加强责任心,贯彻党的决定,只许做好……"①从"只许做好"这一要求来看,文研所划归文协并更名为中国作家协会文学讲习所,在当时引起了不少人的反对。

可以想见,对于这样一个结果,丁玲是不满意的。

自从文讲所的牌子挂出来以后,丁玲只来过两次,一次是讲课,一次是看她辅导的三个学生。至少在表面上看来,丁玲与文讲所渐行渐远了。

丁玲与文研所的关系,可以说是一荣俱荣,一损俱损。在丁玲受到斗争和批判时,文研所多多少少也受到了牵连。1955年9月6日党组扩大会以后,作协党组就指示文讲所总结检查过去的工作,把文讲所改为短期培训班。同时,文讲所经历第三次大改组,吴伯箫不再兼任所长,公木调任作协青年作家工作委员会副主任,任命徐刚为文讲所主任。这个通知实际上是中国作协把文学讲习所改变为短期训练班的一个措施②。这实际上又是文研所进一步缩小办学规模和"降级"的表现,文研所的命运由此日渐式微。

事实上,当时中国作协对于文讲所的办学也并不是完全满意的。茅盾在中国作协第二次理事会(扩大)会议上就专门强调了这一点:作协办了一个文学讲习所,这个讲习所曾经招收并毕业了三班学员,其在培养青年作家方面,是做了一些工作并取得了一定的

---

① 邢小群:《丁玲与文学研究所的兴衰》,河南文艺出版社2013年版,第243页。
② 徐刚:《文学研究所——文学讲习所》,《新文学史料》2000年第4期。

成绩的。但是,由于这个讲习所的前身——文研所的某些领导人员的错误的思想作风,在学员中间散播了一种腐朽的资产阶级的思想,他们离开文学的党性原则,而提倡所谓"一本书主义",鼓励青年作者以取得个人的名誉、地位,取得个人的"不朽"为创作(一本书)的目的;他们公然提倡个人崇拜;公然提倡骄傲,说什么"骄傲的人才有出息"。在这种思想的影响下,文学讲习所的不少学员滋长了个人主义的思想,产生了脱离政治的倾向①。这恐怕才是文研所办不下去的真正原因。

1957年11月14日,中国作协整风办公室编的《整风简报》第61期印发了《书记处决定停办文学讲习所》的通报,全文如下:

> 为了贯彻大整大改精神,书记处决定停办文学讲习所,并撤销这一机构。
>
> 文学讲习所开办七年以来,先后开设了四期五班,结业学员共279人,在培养新生力量方面,取得了一定成绩。在建国之初,开办这一机构,使一些在长期的战争生活中得不到学习机会的文艺干部有集中读书的机会,是有必要的;但在今天,一般的文学工作者和业余作者都有了较好的业余学习的条件;同时把青年调离实际工作岗位,对青年本身,对文学事业的繁荣也有不利之处,加以教学力量薄弱、教学效果也不大。因此,书记处经研究后,已决定将该所停办。让现有干部加强其他单位和到基层锻炼。今后,对文学新生力量的培养,主要

---

① 茅盾:《培养新生力量 扩大文学队伍》,《文艺报》1956年第5、6期合刊。另见徐刚:《文学研究所——文学讲习所》,《新文学史料》2000年第4期。

靠文学报刊和各地作协分会以及文联的业余文学教育活动，使广大文学青年在不脱离实际工作和劳动生产的前提下得到必要的和适当的指导。

文讲所停办了，但文研所在文学界的地位却不可动摇。朱靖华在访谈中谈到，从文研所到文讲所才六年。六年有辉煌的时期，第一批、第二批、第三批学员中出现了一些有发展前途的、有一定成果的作家。从文研所的成果方面看，学员们来所以后和毕业不久写出的好作品有马烽的《结婚》、徐光耀的《小兵张嘎》、董晓华的《董存瑞》、梁斌的《红旗谱》，邢野在所里写的话剧《游击队长》后来拍成《平原游击队》，还有刘真的《春大姐》《我和小荣》《英雄的乐章》等①。

这些作家及作品在当时文坛引起巨大反响，其中多数作品成为当时乃至现在的红色经典。虽然现在看来这些作品的文学性、思想性都落后了，但评价这些作品还是应该抱有"同情的理解"和"理解的同情"，不能完全以今天的文学审美标准来评价。至少在相当长的一个时期内，文研所培养的一大批作家成为新中国文学的主力军。

当然，文讲所也有不足和局限。朱靖华认为，第一条，从招生的情况看，并没有真正懂得作家成长的规律是什么……没有全面培养作家才、识、艺和人格修养的观念。第二条，就是当第一把手的人，应该首先是教育家而不应该首先是作家。如果不是教育家仅是文学家，在培养人方面，不会发挥很大的作用。文学研究所开

---

① 邢小群：《丁玲与文学研究所的兴衰》，河南文艺出版社2013年版，第228页。

办伊始,就没有全盘的正规的教学计划,也没有教材,只是灵感式的讲座,今天请郭沫若讲一下,明天请冯雪峰来讲一下,后天请聂绀弩讲一下……后来的讲习所就更像个培训班了。这种方式是不可能培养出什么作家来的。第三条,办教育机关,绝不能由作家协会来领导。作家协会作为群众团体,这些委员们偶尔坐在一起,凭着灵感对文研所的工作主观地说上几句话,就被当作办学的方针,这是开玩笑的。第四条,不是品德高尚的人办不好这项事业……作为教育家,培养青年人,他是很有责任感的。品格不够,是办不到的①。

这个总结,除第三条外,其余基本上是客观的。学校办得好不好,当然和主管单位有关系,但更主要的是和具体的办学者有直接关系。只要能够形成一个良好的办学体制,作协是完全可以办好培养文学新人的学校的。这一点也为后来文讲所的恢复和鲁院的成功办学所证明。

第二节 文讲所的恢复与鲁院的成立

一、文讲所的恢复

1978 年 5 月 6 日,中国作协恢复工作。

1979 年 10 月 30 日,中国文学艺术工作者第四次代表大会顺利召开,邓小平发表祝辞,特别指出:"老一代文艺工作者在发现和

---

① 邢小群:《丁玲与文学研究所的兴衰》,河南文艺出版社 2013 年版,第 231—233 页。

培养青年文艺工作者方面,负有重要的责任。青年文艺工作者年富力强,思想敏锐。他们是我们文艺事业的未来。应当热情帮助并严格要求他们,使他们既不脱离生活,又能在思想上、艺术上不断进步。……必须十分重视文艺人才的培养。在一个九亿多人口的大国里,杰出的文艺家实在太少了。这种状况,与我们的时代很不相称。我们不仅要从思想上,而且要从工作制度上,创造有利于杰出人材涌现和成长的必要条件。"①这里所提及的工作制度,自然包括文学学校的恢复,文学阵地和文学机构的重建或设立。

周扬在本次大会上所做的《继往开来,繁荣社会主义新时期的文艺》工作报告中,也特别强调文艺要培养社会主义的新人:"文联各协会应尽一切力量,协同文化行政领导部门培养各类文学艺术人才,以逐步改变和克服当前文艺界青黄不接、后继乏人或埋没人才的严重现象。各协会可以举办各种类型的讲习所、讲习会,以加强对青年文艺工作者的基本训练,提高他们的艺术技能;要努力办好文艺期刊、丛刊,创办以文艺青年为对象的文艺刊物。"②这是对文联各协会所提出的要求,也是文学新人培养路径的进一步明确。

无论是邓小平的祝词,还是周扬的报告,都把文学新人培养提到了重要的位置。其举措一方面是办学校,另一方面就是创办刊物。

当时,一批大型文艺丛刊先后问世。上海的《收获》、北京的《十月》、江苏的《钟山》、河北的《长城》、吉林的《新苑》、广东的《花城》、辽宁的《春风》、福建的《榕树》、湖北的《长江》、安徽的《清明》、

---

① 《文艺报》1979 年第 11—12 期合刊,第 4—5 页。
② 《文艺报》1979 年第 11—12 期合刊,第 24 页。

人民文学出版社的《当代》等,如雨后春笋般涌现文学百花园①。文学刊物是培养社会主义文学新人的路径之一,也为文学新人成长提供了必要的阵地。但文学新人的培养,更为直接的方式还在于文学学校的建立。

随着时代气候趋暖,文讲所的恢复也迅速提上日程。1979年11月12日,中国作协第三次理事会第一次会议选举出新的领导机构:主席茅盾,第一副主席巴金,丁玲等十二人为副主席。11月中旬,张光年被任命为中国作协临时党组书记,李季、冯牧、张僖任副书记。文学的春天终于又一次来临。此时,文讲所也在积极筹备恢复办学,并召开了第一次恢复工作筹备会,成员有徐刚、古鉴兹、王剑青。同年12月6日,古鉴兹受筹备组委托向中国作协写了一份恢复文讲所的报告,经李季、张僖签字后上报给了中宣部。1980年1月8日,中宣部正式批准恢复文讲所。当月中旬,李季召开中国作协党组会,宣读了中宣部的批示:"同意你们恢复中国作家协会文学讲习所的意见。编制和基建等问题请你们报请有关部门商定。"

而作协党组的意见是,文讲所边筹备边办班,首先要办小说创作短训班。可见,新一届的作协党组对于文讲所的恢复是寄予很大期望的,要求文讲所以时不我待的精神尽快恢复办学招生。新中国的文学新人培养正面临着一个青黄不接的局面。

此时,时代氛围愈发宽松,文学环境也越来越好,国家体制越来越重视文学新人的培养。1980年2月,胡耀邦在中国剧协、中国作协、中国影协联合召开的剧本创作座谈会上发表了讲话,就文艺工作、文艺创作的一系列根本性的问题,做了深刻的论述。其中,

---

① 《一批大型文艺丛刊问世》,《文艺报》1979年第8期,第21页。

在谈到青年作家培养时,他说:"要有一条正确的青年工作路线,要注意两个方面:第一,要好好地爱护青年,很好地培养他们。……第二,还要正确地引导他们,对青年不要一味捧场。……在对待青年的问题上,我们的工作也要接受历史的检验。"①他特别指出,"我们的队伍还要扩大,特别要精心培育中年作家、青年作家。对于我们各级党委宣传部门、文化部门、各个文艺团体来说,爱护他们、培养他们,是我们一项崇高的职责。"②这透露出国家层面对建立文学新人培养机制的要求和希望,并将这种要求上升到了"崇高的职责"。在这样的时代氛围下,文讲所的办班招生速度加快了。

3月上旬,文讲所制定了《文学讲习所第一期(总第五期)教学计划》,内容如下:

(一)办学目的方针:培养文学新生力量,壮大文学队伍,繁荣文学创作。为此,必须按照马列主义基本原理拨乱反正,彻底肃清"四人帮"流毒,深批极"左"思潮,解放思想,开阔眼界,继承和发扬我国革命文学的传统,使每个学员通过学习,在思想上,文学修养上,表现技巧上均有所提高,以便写出更多更好的作品,满足人民群众日益增长的精神生活的需要,更好地为社会主义四个现代化服务。

(二)教学内容大致分为五个方面:文学理论和文学讲座;作家研究和作品选读;创作实习;有关政治、经济、科技等专题讲座等。学习方法是以自学为主,讲授为辅,理论联系实际,组织

---

① 《文艺报》1981年第1期,第12页。
② 《文艺报》1981年第1期,第18页。

必要的课堂讨论和辅导报告,依靠社会力量解决师资问题。

(三)招生条件和办法:凡在报刊上发表过有一定水平的文学作品,思想进步,有培养前途的文学作者,不分职业、民族、性别,经过必要手续,均可入学。学员年龄不限,但以年青的作者为主。第一期招生 30 人,全部为小说作者,由作协、北京各文学刊物,出版社及各省市、自治区文联等有关单位推荐,经作协主管部门审批录取。

(四)学习时间为五个月。

与文研所创办时期的建议书和筹备方案相比,恢复办学后文讲所的这个教学计划未免略显简单,在教学内容方面也没有像文研所时期特别强调马克思主义基本原理等的学习,只特别突出了文学素养方面的内容。上课方式明确为讲座为主,包括文学理论和有关政治、经济、科技等专题讲座。学习方法上以自学为主,办学力量依旧依靠社会资源。突出的变化则是招生条件更为宽松,而培养的时间则大大缩短,甚至连半年都不到。这是对新形势的适应,此后文讲所包括更名之后的鲁院在办学上基本遵循了这份教学计划,就连鲁院后期举办的高研班也是如此,除了教学时间略微缩短,其他方面延续了这份教学计划书。

随着新一期学员入学,文讲所办学日趋正常,其创办之初所提出的创办文学研究院的计划重新浮出水面。外部办学环境的日渐宽松,文讲所迎来了一个扩大办学规模的黄金机遇期。

文讲所适时抓住机遇,及时起草了文件《关于文学讲习所工作改革意见的报告》,并于 1983 年 1 月 9 日上报作协党组、书记处,报告中明确提出了"积极筹办文学院,到 1985 年建成鲁迅文学院",

并对文学院的编制和机构提出了明确的意见和建议。其要点如下：

（一）我所的方针任务在于培养中青年作家，使他们经过有组织有计划的学习缩短成为作家的过程；同时我所还担负轮训文学干部（包括编辑、评论人员及组织工作者）的任务，使他们经过学习达到大专以上的水平。1983—1984年再办一期（即第八期），共42人，时间为一年半。同时积极筹办文学院，到1985年建成鲁迅文学院。

（二）建议我所正式编制定为33人，每期学员定为100人。须健全以下机构：

1. 教务处（包括教学行政、图书资料室、函授班、整理讲义等工作以及专职班主任，共10人）。

2. 教学研究室（6人，均为讲师以上）。

3. 行政办公室（15人）。

4. 设正、副所长2人。

（三）文讲所属于学校性质，应按学校对待和管理。它需要有人事权、财务权和较多的业务自主权。在经济方面，上级财政部门应拨付文讲所开办费和教学费，并允许文讲所收学费、讲义费。

（四）教学方面的改革：

1. 教学内容：① 在外国文学教学中，拟将苏俄文学的教学比例减至三分之一，东西方文学的教学比例占三分之二。② 现代、当代文学须增加课时。③ 拟开设马列主义基本原理课，较系统的语法修辞以及中国、世界历史课程。④ 拟增设外语选修课。

2. 学制：今后拟定为两年。大体安排是：第一学期重点学习中国古典文学，第二学期重点学习外国文学，第三学期重点学习中外现当代文学，最后第四学期深入生活与创作实习。关于文学讲习所的学历问题，拟定为大专以上。

3. 招生：各方面推荐是必要的，同时我们要派人下去调查了解，掌握情况，发现人才，最后一律经过考试，按考试成绩择优录取。

4. 加强对学员的管理教育。

（五）今后需要抓好的几项工作：

1. 完成第七期教学计划及结业工作。

2. 制定第八期教学计划；做好第八期招生工作、开学及第一学期的教学工作。

3. 建立健全文讲所机构。

4. 加强图书资料工作。

5. 协助基建办公室搞好文讲所校舍的基建工作。

6. 解决交通工具。

7. 实行责任制。

最后，建议作协党组召开一次专门的会议研究文讲所的工作。

这份报告除了在编制和机构方面提出了一些新的考虑之外，还明确提出了文讲所属于学校性质，应按学校对待和管理。它需要有人事权、财务权和较多的业务自主权。在经济方面，上级财政部门应拨付文讲所开办费和教学费，允许文讲所收学费和讲义费。

在教学改革方面进一步充实了教学内容,减少外国文学教学中苏俄文学的教学课时,增加现代、当代文学课时,并明确开设马列主义基本原理课和语法修辞以及中国、世界历史课程。最出乎意料的是,报告还明确了增设外语选修课的要求。这一新的要求无疑更加适应新的时代特征,但对于作家来讲,这个要求是很高的。事实上,这一要求并没有坚持很久。

报告亮眼之处还体现于学制和招生方式的改革。学制从五个月拟改为两年,分四个学期,每个学期学习重点不同。这样的学习安排,已经非常接近于正规的大学文学院教育了。这样的学习过程,自然要比短期培训班更为系统、科学,其学历拟定为大专以上也就有了更加充分的理由。在招生方式上,除了延续必要的推荐制,同时派人去调查了解,而且明确要求最后一律经过考试,按考试成绩择优录取。这个改革在文讲所的历史上真可谓"大尺度"了。

二、鲁院的成立

1984年11月12日,中宣部正式批复文学讲习所更名为鲁迅文学院。全文如下:

中国作协党组:

  一九八四年十一月一日报来的关于将文学讲习所改建为鲁迅文学院的报告收到,我们同意你们的报告。无论从需要或可能来看,还是从教学力量或招生对象来看,办这所文学院是可行的。

中央宣传部

一九八四年十一月十二日

至此，丁玲当初设想创办文学研究院的愿望终于实现了。更具有某种象征意义的是，她当初要将这个研究院冠以鲁迅之名的想法也实现了。一所国家级专门培养文学新人的教育机构由此成功更名升级。由"所"升"院"，并冠以鲁迅之名，这既是新政权在新时期的文学诉求，也是政治诉求。鲁院的成立，意味着新政权对文学体制的推进，更意味着新中国文学新人培养机制的探索进入一个全新的阶段。

邢小群认为，鲁院的再生，与"文革"后文学创作的复兴有着必然联系。像是历史的巧合，如同新中国成立初期，那时的青年作者们迫切希望有个学习提高的环境，那些在"文革"中或新时期初有一定创作实践但缺少文学理论的文学新人，也迫切希望有一个再提高的机会。文学创作的青黄不接，促使了鲁院的发展。到20世纪90年代中后期，从鲁院毕业的一批作家分别在各省市文联、作协担任重要领导职务。无论是名称的变更，还是招生办学的改革，其本质都是时代的要求。每逢重要的历史关口和转折点，文学总会成为晴雨表，文学新人培养也总是会在变化中得以延续、发展。

担任过鲁院常务副院长的成曾樾认为，20世纪80年代，我国正处于政治上拨乱反正，经济上恢复全面建设和对外实行改革开放的重要历史阶段。广大群众特别是青年人渴望学习知识和文化，渴望读到反映新时代与新生活的优秀文学作品，学习、读书、创作热情空前高涨。此时，文学新人成长的外部环境发生了极为有利的变化。文学创作呈现异常活跃和繁荣的局面，文学热方兴未艾，文学期刊大量涌现与热销，各种全国性文学奖项的评比引人注目，特别是全国优秀短篇小说奖和全国优秀中篇小说奖的评选引起了极大的轰动与反响，一批批文学新人崭露头角，并由此走上文坛。文学形势的飞快发展与文学新人的大量涌现给作家培训与中青年作家队伍的培养提出了新的任务和要求,也为文讲所的恢复与发展提供了坚实的基础,为文讲所的招生、培养提供了丰富的、高质量的生源①。

文学体制的日益完善和外部文学环境的日益优化,都为鲁院办学带来了正面促进效益,也为鲁院探索新时期文学新人的培养机制创造了极为有利的条件。更名后一个月,即1984年12月10日,鲁院向中国作协各省市分会发出1985年进修班招生通知和招生简章,向各地分会通报了鲁院的改建和新的招生情况:

中国作协分会:

中国作协文学讲习所现已改建为鲁迅文学院,即将列入国家高教体制。我们在招生标准、考试办法、学制、教学计划和设施等方面都将按照教育部的要求向正规化发展。鉴于文学界的实际情况,我们决定举办短期进修班,以帮助由于各种原因不能进行长期学习的文学从业人员,在较短时间内获得补充和提高。今后这项工作将延续下去,为更多的文学作者、编辑、文学组织工作者提供学习之所。

鲁迅文学院
一九八四年十二月十日

后来的事实证明,鲁院的一些想法未免过于"理想化"了。尽管鲁院在招生标准、考试办法、学制、教学计划和设施等方面都按

---

① 成曾樾:《文学的守望与探寻》,作家出版社2012年版,第213页。

照教育部的要求向正规化发展,但鲁院列入国家高教体制的这一诉求却没有完全实现,直到今天还是一个很大的遗憾。从文研所创办伊始到更名为鲁院,其成为正规化文学学校的诉求一直都在,许多人也为此做出了很大的努力,但却一直没有如愿以偿。或许,作家能否在学校得以培养而产生的争议影响了一些人的观点和决策,更或许他们始终认为,大学中文系已经承担起了这个文学任务。而事实上,当"中文系不培养作家"的观念在大学里流行开来之后,在没有充分认识到作家教育的特殊性的前提下,指望大学中文系培养作家几乎是一个空想。其实,也并不是中文系"不想"培养作家,而是彼时的中文系"不能"培养作家。因为彼时的大学中文系无论在师资构成、课程设置,还是教学方法、考核方式等方面,都不是作家成长的充分条件。而在作协系统,其具备创意写作方法理念,但却无法突破学历学位的限制。在此方面,鲁院不得不寻求更为灵活的办学方式,来解决学院的学历要求;同时,还是坚持以举办短期进修班为主。这一方面给鲁院的发展带来了障碍,另一方面也为鲁院探索出另一条独具特色的创意写作文学新人培养途径创造了条件。

为做好短期进修班的招生工作,鲁院制定了进修班招生简章,内容如下:

(一) 宗旨

本期进修班,以提高各类文学工作者(作者、编辑、组织工作者)的文学素养为目的。考虑到一些经济特区与沿海开放城市开拓文学工作的急需,在招收名额上予以适当照顾。

(二)报考条件

1. 年龄在45岁以下。

2. 具有高中文化程度或同等学力。

3. 现职文学编辑、文学组织工作者及业余作者,并有省作协分会或文联的推荐信。

4. 报考人简历一份(见表)。

5. 报考人交文学创作、研究、评论作品二至三篇。

(三)各项报考材料应于(一九)八五年一月十日前寄到,文学院审查录取,入学通知书在二月十日前发出。

(四)学习时间是三月一日至七月三十一日。进修期满发给"鲁迅文学院进修证书"。

(五)本期招收住校生40名,走读生10名。北京地区被录取者为走读生。外地考生如有走读条件者可在报考时说明,以便录取时考虑。

(六)学习费用

住宿生学费450元,走读生学费250元。在入学时一次交清,如系公费开给报销凭据。

鲁迅文学院
一九八四年十二月十日

以此为标志,鲁院进入了举办进修班的历史时期。从上述招生简章可以看出,鲁院开展的进修班已不同于此前的培养方式,报考条件有所变化,更重要的是,开始了其办学收费的阶段。这种收费制度是一柄双刃剑,有利的一面是增加了鲁院的办学经费,不利的一面是鲁院的声誉受到了影响。

而且此时鲁院单纯的文学培训功能已经不能满足在读学员的要求,普遍没有大学文凭的他们想在鲁院得到和正规大学一样的文凭,这也促使鲁院继续向正规学院的办学方向不断迈进。

1985年9月4日,邓刚、刘兆林、吕雷等班委会成员给第八期全体学员发信,提出以鲁院的名义给第八期学员发放大学本科文凭,此举得到了鲁院教师的支持。10月15日,全体教职工给时任国家教委主任李鹏写信,反映鲁院在学历申报备案中遇到的问题,请予关心、帮助,希望教委能考虑到鲁院的实际情况,对鲁院的学历审批备案予以特批。

1986年2月25日,《关于申请鲁迅文学院备案的报告》提出,主要内容为:① 建设鲁院的必要性;② 鲁院的办学宗旨;③ 建设和发展鲁院的条件已经成熟。报告的主旨是:争取将鲁院尽早纳入国家教育委员会的体制,作为一所特殊的高等学校予以审批。

遗憾的是,鲁院这一愿望并没有实现,但这也促使其加速寻求"变通"之路。

其中,和多所大学进行联合办学即是"变通"方式之一。这一时期的联合办学包括:1988年与北京师范大学共同举办了"文艺学·文学创作"研究生班,录取学员48人;与华中师范大学联合举办"文艺学·文学评论"研究生班,录取学员30名;1989年,与首都师范大学联合举办"汉语言文学"大专班,录取学员45人;等等。

进入90年代以后,鲁院继续贯彻80年代确定的办学方针:"培养文学新生力量,壮大文学队伍,繁荣文学创作。"进修班成为这一时期鲁院的主要办学形式。尽管进修班办学成效毁誉参半,但这是鲁院从自身的生存和发展方向做的考虑,为了适应新的客观形势和需求而做出的一个选择。

三、进入新世纪的鲁院

进入新世纪以后,鲁院的发展驶入快车道。

2001年4月,全国第五届青年作家创作会议(以下简称青创会)召开前夕,中国作协党组书记、副主席金炳华到鲁院调研,在听取了院领导的工作汇报并了解了鲁院的历史和教学现状后,指出鲁院现行的办学状况和教学模式已经跟不上当前形势发展的需要。此前,在筹备会议期间,金炳华在起草大会报告稿的研究会上正式提出在鲁院举办中青年作家高级研讨班(以下可简称高研班)的设想。这些设想包括教学规格的提高、教学方式的改进、教学思想的深化、教学机构的调整以及教学设施的改善等。其中最根本的变化,就是明确提出要坚决摒弃收费办学的路子,走上由国家出钱资助作家学习和创作的途径,也就是重新恢复到新中国成立初期文研所的办学模式上。金炳华在向时任中央政治局委员、中宣部部长丁关根汇报工作时,提出按照举办京剧演员研究生班的方式在鲁院为中青年作家举办类似模式的研究班,获得丁关根的首肯。在青创会上,丁关根代表中宣部宣布了对举办中青年作家高级研讨班的支持,包括经费上的支持,受到与会青年作家们的热烈欢迎。

青创会后,丁关根到鲁院视察,具体了解鲁院的历史和概况,指出鲁院作为一所文学院,办学方针应该以作家为主,以服务他们为根本目的,要给作家提供充分的空间和时间,让他们在这里思考一些感兴趣的问题,进行自我提高、自我改善、自我教育,而不能搞灌输。

由此,鲁院举办高研班的各项条件均已成熟。对于高研班的举办,不但国家有关部门给予了高度重视,投入了大量资金,对鲁院校舍进行了彻底改造,完善了鲁院的教学设施,改善了办学条件;中国作协也对高研班的举办提出了具体的办学指导与要求,要求每年举办两期,每期 50 人,时间不少于四个月,并要求鲁院将每一期的教学计划和每一个阶段的课程目录报送给作协党组书记处审批。从这个要求可以看出,高研班的办学在本质上几乎延续了文研所的思路和模式。

自 2002 年 9 月,鲁院开始举办中青年作家高级研讨班,鲁院的发展由此进入一个全新的阶段。

从巩固文化领导权的角度看,在鲁院举办高研班,是中宣部和中国作协立足于新世纪国家文学战略、贯彻落实科学发展观、团结广大中青年作家、着力推进社会主义文学事业的繁荣、确保文学队伍可持续发展的重大举措。以鲁院为依托,集中国内一批优秀的中青年作家,为他们举办一种既带有学习性质,又带有研究性质的学习班,帮助和推动他们的文学创作,同时让他们对中国文学发展方向进行探讨和思考,无疑具有重要的文学和政治意义。与文研所时期类似,这种举措让新世纪鲁院文学新人培养工作上升到了真正的国家行为,一种由国家出资培养文学新人的模式由此再度得以建立,新中国的作家培训进入了新的发展时期,中国化创意写作实践也进入了一个新的阶段。

由于鲁院较好地完成了举办高研班的任务,在 2006 年 11 月召开的中国作家协会第七次全国代表大会上,金炳华在工作报告中对高研班给予了充分肯定。高研班的成功举办,在全国文学界产生了较大影响,提高了鲁院在当代文学界的地位。

鉴于高研班的学员是国内高水平的作家和文学工作者,具有较成熟的政治和专业素质,大都取得了一定甚至是较高的成绩,而且也有着自己独到的见解和思考,所以,针对高研班的教学活动,鲁院做了大量准备工作。在中国作协的指导下,鲁院下大力气着手制定教学大纲。时任副院长胡平到中央党校等处进行调研,经集思广益,将教学大纲报中国作协党组、书记处审批,其基本内容如下:

(1) 教学宗旨:以邓小平理论和"三个代表"重要思想为指导,培养学员具有较坚实的马克思主义理论基础,能够正确理解和执行党的文艺政策,紧跟时代步伐,较系统地掌握文学创作理论及相关知识,创作出适应时代要求、思想精深、艺术精湛的文学作品。

(2) 招生对象:政治思想好,在创作上确有成绩,具有发展潜质的中青年作家。

(3) 录取方式:中国作家协会各团体会员单位将相关人选推荐至鲁院,经鲁院初录后,报请中国作协审核批准。

(4) 办学方针:根据教育对象与教育目标的特殊性,针对实际需要,开设以政治教育为主导、以专业教育为中心的课程。注重理论联系实际,注重授课、研讨、社会实践相结合。

大纲提出,要适应作家的特点,采取生动活泼的模式办学。具体是:

(1) 时间分配上,三分之一时间用于授课,三分之一时间用于研讨与辅导,三分之一时间用于自学与社会实践。在安排课程的同时,为作家提供一个自我学习提高的空间,使他们有时间系统思考一些问题。

(2) 以学习先进文化为主旨安排课程,根据作家的实际需要,向作家提供崭新的思维材料。要保证绝大部分课程具有相当的吸引力和冲击力,是作家们在其他地方听不到的,使他们感到学与不学不一样。

(3) 授课以讲座形式为主,贯彻浓缩、精炼的原则,同时实行开放办学,走出校门,使学院教育与社会实践结合起来。

(4) 课堂教学多采取启发式,避免灌输式,以问题带教学,充分活跃课堂气氛,实现教师与学员的双向交流。

(5) 聘请国内有声望、有成就的权威人士做教授,也聘请国内最具实力的学者、专家、作家等来院授课,确保教学质量达到目前国内最高水平。

(6) 对于一些班实行导师制,"开小灶",使每位学员能够得到名师的具体指导。

(7) 研讨与授课并重,通过研讨充分发挥作家学员自身的特殊优势,彼此启发,取长补短,互相学习,共同提高,取得授课所不能达到的教学效果。研讨的重要成果向社会发表。

(8) 营造团结、和谐、宽松、活跃的氛围,使作家在良好的政治和学术氛围中受到熏陶,把研讨班办成国内优秀作家云集、创作气氛浓厚的文学基地。以此为基础,建立研讨班与文学界、文化界、出版界、影视界等的联系与沟通,在开放的环境中办学。同时发挥研讨班的辐射作用,形成广泛的社会影响。

大纲还提出了举办高研班的战略目标:继承鲁艺和中央文学研究所、中国作家协会文学讲习所的光荣传统和教学经验,同时努力体现时代特点和创新精神,用五年、十年或更长时间,为国家培养出一大批优秀作家、文学理论家、文学批评家、文学编辑、文学管理人才和其他文学工作者。

从这个大纲的具体内容来看,无论是教学宗旨还是办学方针,都是为其战略目标服务的。为此,鲁院在教学宗旨中特别提出"培养学员具有较坚实的马克思主义理论基础,能够正确理解和执行党的文艺政策";在办学方针中提出"开设以政治教育为主导、以专业教育为中心的课程"。

胡平在鲁院任职时间较长,对于鲁院的教学非常熟悉,由其主导设计的这一教学大纲是在充分调研的基础上,经过充分考虑并结合专业知识和实践经验的心血结晶,为高研班的教学打下了坚实的基础。胡平对鲁院的文学教育有着非常清醒的认识,他在《作家是可以培养的》一文中谈道:"中国培训作家,不是培训初学者,而是培训已显示一定才华实力的作家,采取四个月以上学制,更符合文学人才的培养规律。参加过鲁院学习的作家,几乎没有人不觉得收获明显,不少作家结业后创作上有了大幅度提升,都表明了这种进修的重要。更重要的问题是,对作家的培训,是一种特殊教育,应该给作家上什么课,教什么,在这个问题上,鲁院经历了长期探索,以后在举办高研班上逐步成型。"[①]

具体分析这些课程设计,可以说已经形成了独特的创意写作作家培养体系。这个体系具体包括:政治理论课、创作课、研讨课、改稿课、非文学课和文学环境课。

(1)政治理论课。高研班和培训班的办学宗旨要求把政治理论课的教学放在首位。"教书先育人,培养学员的人文情怀和高尚人格最为重要,鲁院领导认为这是教学的灵魂,常亲自备课施教。"

---

① 胡平:《作家是可以培养的——关于中国特色的作协文学院教育》,《百家评论》2013年第4期。

（2）创作课。"长期以来，像鄙薄对作家的教授一样，我们也容易鄙薄对技术问题的讨论，认为很初步很低级，可是创作中的障碍往往出在初步的低级的问题上。"胡平起草的大纲认为，"技术上的问题不可忽视，创作课仍然应该是基础性的和必要的。"

（3）研讨课。"高级作家研讨班的学员不是一般的大学生研究生，他们是有创作经验和创作成果的作家，有些是很有成就的作家。文学院把他们集中起来，多组织研讨课，是重要的教学。作家们都有实践经验和创作体会，谈起来互相会有很多启发和收获。这也是作家班形式的优势之一，是解决创作问题的主要途径。"

（4）改稿课。改稿课即导师针对学员个人作品进行辅导，提出修改意见，这直接有利于作家提高创作水平，出好作品。可以说鲁院的导师制或辅导制，是十分实际的设置。

（5）非文学课。"在文学院的课程中，非文学课占比重更大，这种设置也是长期摸索出的规则，是中国式办学的特色之一。鲁院的教学大纲中，将课堂教学的课程划分为四大板块：政治理论课、国情时政课、大文化课、文学专业课。"其中"国情时政课，也对政治理论课起着辅助作用，着重介绍当前国际国内政治、经济、社会、科技、外交、法制、军事、文化、宗教、民族等各个领域的现实情况。大文化课，则着重介绍当代国内外文化、学术、艺术等领域的情况，传达了包括哲学、历史学、社会学、文化学、民俗学、音乐、美术、电影、戏剧、舞蹈、表演艺术等多方面的知识和信息"。"这些文学以外的课程为什么更重要呢？它们的作用绝不仅在于增长知识和丰富素养，更直接关系到促进出大作品，是适应于创作上有相当积累，正准备有大突破、大作为的作家的。"

(6) 文学环境课。"为作家们营造一种纯净的文学环境,这本身也是教学,是稀缺资源,应该认识其无形的重要作用。如高研班教学大纲所提出的:'把研讨班办成国内优秀作家云集、创作空气浓郁的文学基地。以此为根据,建立研讨班与文学界、文化界、出版界、影视界等的联系与沟通,在开放的环境中办学。同时发挥研讨班的辐射作用,形成广泛的社会影响。'"①

现在看来,鲁院的教学模式已经形成了独具中国特色的文学新人培养机制。其课程设置也可以说是社会主义文学教育的特殊样本。在我看来,这也是中国化创意写作的特殊实践②,更是中文创意写作的杰出典范③。鲁院提出的这一教学模式完全可以和欧美创意写作系统形成平等对话。在某些方面,我们甚至还有所超越。

2002 年 7 月底,鲁院通过中国作协正式发出招生通知。通知发往各省、市、地区作协以及各产业作协和中央直属机构、解放军总政等有关部门,要求推荐"45 岁以下,政治思想素质好,并在创作上取得了一定成就的中青年作家"来鲁院进修。此举立刻在各地

---

① 胡平:《作家是可以培养的——关于中国特色的作协文学院教育》,《百家评论》2013 年第 4 期。

② 这里出现的创意写作和中文创意写作两个概念,其内涵和外延有所不同,其差别当然不仅仅是多了"中文"两个字。因此,在此有必要特别标注。创意写作是面向创意文化产业发展的新兴交叉学科,自 20 世纪 30 年代在美国形成以来,影响越来越大,从英美国家扩大到世界各地。经过 80 多年的不断积累,逐渐形成了一种传承,培养了一批诺贝尔文学奖和普利策文学奖的获得者以及众多知名的作家和编剧。2009 年,由上海大学和复旦大学率先引入该学科,10 多年来,百余所高校开设了相关专业和课程。

③ 中文创意写作是入列中国语言文学二级学科时用的名称。本书将中文创意写作学科概念界定为:与英语创意写作既有联系也有区别,创意写作以培养学生的中文写作能力为主要目标,通过课程的讲授和写作方法、技能的训练,使学生具有应用上及一般写作的基本素质,并在此基础上发掘和鼓励文学创作及其相关研究的专门人才,同时包含写作方法和文学教育研究的学科。

引起了很大的反响。

由国家出资,以高规格的学习条件和高水平的教学内容,为作家举办较长时间的高级研讨班,这样的盛举自文讲所停办以后,就再也没有出现过。因此刚开始时很多地方的作协还没有反应过来,不知道这个高研班对于当地的中青年作家和文学事业意味着什么。但是当大家了解了它的背景以后,各地便掀起了报名的高潮。高研班的名额是每期50名,各个省和直辖市以及各个行业最多只能分配到两个名额,各地普遍反映名额不够。这时又有个别地区由于文学创作相对处于低潮,一时推荐不出合适的人选,这些有限的名额被其他地区竞相争取,从而使鲁院的招生报名工作出现了一些反复。鲁院将这个情况汇报给中国作协,作协在请示了中宣部以后,指出为了保证这个高研班能够覆盖全国各个地区,以推动文学事业在全国各地均衡发展,务必要坚持学员录取的全面性。在这种情况下,鲁院教学部在人员配备不齐、人手紧张的情况下做了大量工作。最终,中国作协批准了首期50名学员的录取名单。

2002年9月9日,鲁迅文学院首届中青年作家高级研讨班正式开学,中宣部副部长李从军和中国作协党组书记、副主席金炳华出席开学典礼并讲话。在鲁院的办学史上,有中宣部领导出席的场景并不多。

中国作协从国家文艺政策的大局出发,根据国家的文学发展现状为高研班的发展指明了方向,保证了高研班合理、科学、稳定地发展与提高。值得一提的是,作协在许多方面都力所能及地为高研班学员"开绿灯"。如第五届高研班(评论家班)绝大部分学员散布在各大学中,与当地作协联系较少,鲁院将这个问题反映上去以后,作协党组进行了专门研究,决定根据实际情况录取。后经鲁院推荐,第五届高研班有14人被吸收为中国作协会员。

从2002年9月至2020年1月,鲁院共举办了37期高研班。其中第4、第10、第12、第16期为少数民族文学高研班,第2、第27期为文学期刊主编班,第5、第26期为文学评论家班,第25期为网络文学作家班,第30期为儿童文学作家班,第31期为诗歌班,其余皆为中青年作家班。

高研班学员中有相当一部分是在当前国内文坛上获得一定的成就并具有较大影响力的作家。他们中不少人得过全国性的文学奖,如中宣部"五个一工程"奖、鲁迅文学奖、茅盾文学奖、骏马奖、全军文艺新作品奖等。他们绝大部分是中国作协会员,不少是一级作家,或者拥有高级职称,很多人具有硕士或博士学历,有的在本地区的文学界或者文化界还担任领导职务。如第一期作家班的关仁山和谈歌,是河北文坛领军人物"三驾马车"中的两位,柳建伟是军旅作家中的佼佼者。第二期主编班80%以上的学员担任主编、副主编和编辑室主任等职务,几乎囊括了全国各省市主要文学期刊的负责人。这么多刊物负责人集中在一起进行艺术和业务的学习,为我国出版界自新中国成立以来绝无仅有的盛事。第三期作家班的邱华栋曾获得上海文学奖、《山花》杂志文学奖、老舍长篇小说提名奖、第十届庄重文文学奖等。鲍十是影片《我的父亲母亲》的作者和编剧。第四期少数民族作家班的学员来自8个民族,其中获得全国少数民族文学创作骏马奖者9人,获得各种省级文学奖者16人,占全班人数的一半。第五期文学评论家班则集中了众多的大学教授,比如上海大学葛红兵、湖北大学刘川鄂等。

这种高水平的学员队伍,在国内的文学教育中是不多见的。高研班的学员不但对这里的学习生活甚为满意,而且对鲁院的教学给予了较高评价。许多作家都反映他们不但在这里提高了水平,而且还学习到了许多从前所不了解的东西。如第二期学员,时任《人民文学》编辑部主任的程绍武说:"鲁院教学部的老师们用心设计和安排课程,请来了全国文化艺术、社会经济、政治法律、历史军事等各方面的专家为我们授课,使我们对文学以及文学以外的知识产生了浓厚的兴趣,随着对知识的补充和吸收,我们以后的工作会做得更好。"对此,来自边远地区的作家感受尤其强烈。比如第四期少数民族作家班绝大部分的学员都长期生活在相对闭塞的边疆地区。他们来到祖国的首都,来到全国的文化中心,在这里聆听最高水平的讲座,获益尤为明显,很多学员对此表达了由衷的喜悦。如新疆维吾尔族作家叶尔克西说:"我将永远珍惜这四个月的学习。虽然多年以来的学习和工作已经给我们提供了很多的给养,但这样集中而丰富的学习却是我们从来没有经历过的。我们还在这里梳理以往的创作,整理已有的思想,完成了一个系统的思想过程,获得了从前无法想象的提升。为了这次学习,为了给我提供这次学习机会的祖国,我今后一定要加倍地努力,写出让他们更了解我们新疆,也更了解我的祖国的作品来。"云南彝族作家张永祥在自己的毕业总结中写道:"作为一个来自基层的少数民族作家,这次学习使我深深感到了自己的薄弱与不足!以往我有的只是对生活的热爱和创作的冲动,但现在我知道系统的学习和更高水平的知识对于一个作家是多么重要。我第一次认识到了没有一个较高层次的知识,作品也就缺乏比较深刻的内涵。我想抓住这次学习的契机,对中外文学理论及相关知识有一个更系统的学习,在扎实的理论素养的基础上来反思自己的创作,实现新的飞跃。"

前来学习的除了作家和编辑,还有理论工作者,他们中的很多学员都具有高级职称,并且不少人是现当代文学专业的教授,他们对鲁院的教学也给予了充分的肯定。广西师范大学中文系教授黄伟林说:"我从事文学评论工作已经整整20年,写文章和思考问题在不知不觉中形成了某种定式,治学的瓶颈问题已经在明显地困扰着我。但是进入鲁迅文学院以后,我们的视野立刻就被打开了。以至文学院的每一堂课都成了我们的期待。这对于我们来说就成为一个突破自我和提升自我的机会。这个机会真的是无比的宝贵。"上海大学教授、博士生导师葛红兵说:"鲁院有较好的教学传统和教学水平,不愧为传统深厚的名校。同时它又是锐意进取的文学圣殿。它有先进的大文化观,政治、经济、法律、体育、艺术、军事等方面的课程全面铺开,而又安排周详;文学原理、文学评论、文学形势等各种前沿问题讲座精彩纷呈,而又坚实深入。它们开阔了我们的视野,提高了我们的认识,使我们获得了从宏观上把握时代的能力。更重要的是鲁院以学员为本的教学理念,我们学员把它叫作立体教学观。这是鲁院最突出的特色。鲁院有一支热爱文学事业、关怀学员的领导和教师队伍,有很好的教学条件,尤其是它先进的大文化观和立体化的教学理念,使我们在短短两个月的学习时间中受益匪浅。"①

高研班学员在鲁院学习期间创作了大量作品,并有相当一部分作品获得国内重要奖项。以2005年的获奖情况为例,高研班学员柳建伟的长篇小说《英雄时代》获得茅盾文学奖,作品入围的学员有孙慧芬、红柯、麦家、雪漠、懿翎等人。学员夏天敏的中篇小说《好大一对羊》和娜夜的《娜夜诗选》获鲁迅文学奖。关仁山的长篇

---

① 学员总结,鲁院内部资料。

小说《天高地厚》、萨娜的中篇小说《你脸上有把刀》、杨打铁的中篇小说《碎麦草》、张宏杰的散文集《另一面历史人物的另类传记》、周建新的报告文学《飞天骄子——杨利伟》和维吾尔族学员狄力木拉提·泰米尔的翻译作品等获得骏马奖。这些奖项的获得从一个侧面说明了高研班学员的水平,从而也证明了高研班的教学质量。

高研班的举办获得了较大成功,产生了重要、广泛和良好的影响,在文学界和全国作家中,高研班得到了高度评价。鲁院在一次官方的研究报告中指出:学员们反映这个"世界上独一无二的班"办得出色,众多中青年作家和其他文学工作者越来越热切地希望来院学习。实践证明,"中宣部和中国作协举办高研班的决策是完全正确的"[①]。这个评价虽然来自鲁院自身的调研报告,但鲁院文学新人培养的成绩是显而易见的,是值得肯定的。同时,鲁院的作家教育作为中国化创意写作的成功范例,也是当之无愧的。当然,鲁院的创意写作文学作家的培养不可能没有可改进之处。本书将在后面的章节中专门考察鲁院文学新人培养的不足。

第三节　鲁院的办学环境

就办学而言,一所学校的环境如何,往往影响到其整体形象,也会对其人才培养形成一定的作用。在办学的不同阶段中,鲁院的办学环境究竟如何?在办学过程中又发生了哪些空间变化?这些改变给鲁院的文学新人培养造成了怎样的影响?本节将予以详细考察。

---

① 鲁院调研总结,内部资料。

第三章　中央文学研究所的建立和发展

通过考察我们会发现,无论是文研所时期,还是文讲所时期,或是鲁院时期,鲁院的办学地点一直没有固定下来。文研所创办时期,办学地点设在北京鼓楼东大街103号,与此同时,另有一些院落在北京宝钞胡同以及东官房等地,后来文讲所停办,这些地方分给了中央戏剧学院。文讲所恢复后的第五至第八期,校址变更尤其频繁,几乎每办一期就换一个地方,详细列表见表3-1:

表3-1　文讲所时期的办学地点

期　次	办　学　地　点
第五期	北京市朝阳区委党校
第六期	北京市朝阳区职工大学(课堂租的是北京空军招待所礼堂)
第七期	北京市朝阳区劲松小学
第八期	前半段在北京市朝阳区小关绿化队;后半段搬到北京市朝阳区八里庄南里27号

在鲁院建院60周年之际,即2010年10月26日,鲁院终于从八里庄老校区迁到育慧南路校区,和中国现代文学馆在一个院落。从此,鲁院办学环境大为改善。

在此,主要考察文研所、文讲所和鲁院三个办学时期使用时间较长的三个校区:鼓楼东大街103号、朝阳区委党校和八里庄南里27号,试图发现鲁院办学环境、办学风气对培养当代作家产生的影响。

一、朴素而典雅的鼓楼东大街

一名记者曾经这样描述文研所的办学地:

> 在北京北城边的鼓楼东大街上,一座中国式房子的朱红油漆大门前,挂着两面很大的中华人民共和国的国旗。大雪纷纷,朱红的大门和鲜艳的国旗在皑皑的白雪中发着光彩。这就是刚刚成立的中央文学研究所现在的所在地。……从那一座朱红的大门走进去,通过那些曲曲折折的走廊,在走廊的一旁,就是研究员们所住的房子。房子里的设备都是同样的:一张卧床,一张学习和写作用的书桌,一个排列着各种马列主义理论书籍以及文艺作品的书架,一个温暖的火炉子。朴素的气氛,生活……依然保持着过去老解放区文艺工作者的传统。①

这就是刚刚成立的文研所的所在地。

据说,这所房子原先是一个开当铺人家的,文研所用200匹布和若干斤小米买下。这座房子留给学员徐刚的印象是这样的:

> 一进入朱漆大门长甬道,便是第二个红门。第二个红门对面影壁墙前,有三株不粗不细不高不矮的柏树。往左拐是一溜南房,房对面有扇形和方形窗的墙,有几簇榆叶梅和美人蕉。进入第三道门,是一个四合院,院中有对称的两株海棠树,浓荫遮住半个院落,高台边,有14个直径约30公分的油漆得红彤彤的圆柱,走廊很宽阔,有的门还有雕花。后面的四合院如同前院,只是北屋前走廊没了,把它扩建成临时教室。往

---

① 白原:《记中央文学研究所》,鲁迅文学院编:《文学的日子——我与鲁迅文学院》,内部资料。

东走第四道门、第五道门是对称的月亮门,院落南边是小假山,房前有迎春花和榆叶梅,金鱼缸中养着睡莲,这个院儿的房子比较讲究,是所部领导人的办公室和会议室。出了月亮门是体育场,可以打球;场西是九间房——食堂、汽车房。①

在曾任鲁院副院长的王彬眼里,文研所的所在地则是:

> 主体是四合院,西侧是跨院。四合院三进。第一进南端是金柱大门,大门之后是一个宽阔的院落。第二进北部是正房三间,耳房两间,东西厢房各三间,南房,也就是倒座,六间,西侧有一间耳房。第三进的北端也是正房,有正房三间,东西耳房各一间,东西厢房各三间,南边的房子便是第一进的北房了。四合院的西部是两个东西贯通的跨院。西跨院北部是一座两层楼房,每层六间,南部是三间平房,平房的西侧是两间低矮的房子。与西跨院相通的东跨院,北部是一座平房,共五间。平房的对面是用木头搭建的棚子。跨院西院中有一株枣树,东院有两株槐树,一株是国槐,一株是洋槐,国槐的北方有两畦洁白的玉簪,而在第一进院子的东北还有一株高大的榆树……在二进院落的东南,有一座小巧的边门,我注意到那里的屋顶,在北京,非大式建筑采用板瓦,而院内的小型建筑,垂花门、抄手游廊一类的顶部却采取筒瓦——小型的筒瓦,与其配套的瓦当与滴水也是这样。②

---

① 鲁迅文学院编:《我的鲁院》,新星出版社2011年版,第445—447页。
② 鲁迅文学院编:《我的鲁院》,新星出版社2011年版,第445—447页。

从以上描述可知,在鼓楼东大街上办学的文研所,环境古朴、典雅,在当时看来还是不错的。虽然是租来的房子,但其整体风格与文研所这所专门培养文学新人的学校的气质基本上是和谐一致的。正是在这里,走出了一大批影响巨大的新中国作家。

二、艰苦而有趣的朝阳区委党校和职工大学

遵照作协党组"边筹备边办班"的指示,早在1980年1月中宣部正式批准恢复文讲所之前,1979年文讲所就开始恢复办班工作,当时没有自己的校舍,租了朝阳区委党校40余个床位,办学条件甚为艰苦。徐刚在回忆文章《复出的岁月》中如此描述:

> 教室是学员们唯一的共同活动的场所,是课堂、会议室,又是游艺室,可看电视和打乒乓球;还是演出厅,葛洛等同志代表《人民文学》社请来歌星苏小明,在此举办小型慰问音乐会;还有礼仪厅,孔捷生在此举行结婚仪式,以及接待美国(应为美籍华裔)作家聂华苓;也是歌舞厅,改革开放后,习交谊舞盛行,学员们也不甘落后,晚间在教室习舞。①

从徐刚的叙述可以看出,文讲所在朝阳区委党校的办学环境是很局促的,与此前在鼓楼东大街时的根本无法相提并论。

在学员王安忆眼里,朝阳区委党校的办学环境虽然艰苦,但却不失为是学习、创作的好地方:

---

① 鲁迅文学院编:《我的鲁院》,新星出版社2011年版,第16页。

党校周围空落得很,出了院门,走一段,才可抵到一个勉强可称为"街"的地方。那里有一个烟杂食品店,小是不小,可里面也是空落落的。……课堂是兼作饭厅的。前面是讲台和黑板,后边的角落里,有一扇玻璃窗,到开饭时,便拉开来,卖饭卖菜。里面就是厨房。所以上课时,饭和馒头的蒸汽,炒菜的油烟,还有鱼香肉香,便飘忽出来,弥漫在课堂上,刺激着我们的食欲。……不开课,也不开饭的时候,我们会到这里来写东西。东一个,西一个,散得很开,各自埋头苦作。……有一些小说就是这样写出来的。环境是杂一些,可心都是静的。①

而在学员叶文玲看来,朝阳区委党校的环境颇有鲁艺的味道:

我怀念文讲所借用的朝阳区委党校的那一溜红砖矮墙的平房院子,那座在如今肯定不复存在的大院,幽静、简朴,在当时的我们眼里,颇有延安"鲁艺"的味道,尽管我们谁也没有去过"鲁艺"。这所前后两排的平房院,每间小得与鸽子笼无异,较大的房子就那么两间,一间后来暂作图书馆,另一间,吃饭时是食堂,上课时便是教室。……我记得这间最大的用作食堂也用作教室的房子,有一次曾被我们派作了想也没想过的用场——给孔捷生作结婚的礼堂……那情景,我敢说就是真正的延安"鲁艺"人结婚,恐怕也就这般热闹!②

---

① 鲁迅文学院编:《我的鲁院》,新星出版社2011年版,第65—67页。
② 鲁迅文学院编:《我的鲁院》,新星出版社2011年版,第99页。

学员王成启在回忆文章中提到了朝阳区委党校的房屋格局和质量:

> 进门是院子,两排一前一后的平房,后面是一个能容百余人的大厅,既是教室也是进餐的饭堂。平房与大厅间甬道的屋顶相连,房屋的格局像一个'土'字。房屋的质量很好,大厅地面铺的是木地板。后院较大,空地栽了树,是一处幽静的林子。①

这样的办学所在地,其硬件设施自然是不能令人满意的,但学员们亦学会了苦中作乐。

不少学员在回忆文章中提到过学校"可怕"的厕所,比如刘兆林在文章《我们"八一"期》中是这样回忆的:

> 那个室外的平房厕所七八个蹲位,是没有隔断的。记得开初有一次,刚蹲下就进来了杨觉和毛宪文老师。二位老先生若无其事在我左右蹲下就向我聊问部队的事,我不仅嘴上拘谨,其他更是紧张,根本就无法解下手来。……待二位文讲所的老师系了裤带悠然离去,我这个一向雷厉风行的军人才慌忙用力,唯恐再来了哪怕不是老师的也解不下手来。当然,到了后来,哪怕是作协的领导如冯牧先生一同来蹲,我们也能如杨、毛老师那样若无其事了。当初文讲所的条件就是如此简陋,只有一间作为教室的大点的屋子,兼作会议室和俱乐

---

① 王成启:《文讲所:28年前的回忆》,《书摘》2008年第8期。

部,凡大点的活动都在这间屋子进行。另一间大点的屋子是食堂。所谓大点是与宿舍比,其实食堂只能站下全体师生四十多人排队买饭,连一张坐下吃饭的桌子也没放,都是排队买了饭回宿舍去吃。①

看了上面的回忆文字,或许有许多人感到难以置信。一所国家级的专门培养文学新人的学校,办学条件竟然如此之差!殊不知,文讲所远播海内外的名气与艰苦的办学条件,及其骄人历史与多舛遭遇,这之间的巨大反差,正是其魅力所在。这一点,正如曾任鲁院常务副院长的成曾樾在文章《我心中的鲁院》中所回忆的那样:

> 记得我刚刚调入时的文讲所,居无定所,经费紧张,全体师生挤在一个绿化队的院子里,诸多的业已成名的作家学员蜷居在低小的平房里上课、写作、居住,没有餐厅,大家便捧着饭盆蹲在屋前的石阶上用餐,共用院子里的一个水龙头洗脸、刷碗,在露天的厕所里方便,用空酒瓶戏充文体比赛的奖品。在那个"晴天一地土,雨天一地泥"的院落里,你听不到一句牢骚或抱怨,所有人的脸上都带着欢愉的微笑,每个人的内心都是那样的充实、宽容。来为学员授课的各路大家、名家,络绎不绝地出现在那个宛如乡村农居的院落里,同切磋、共探讨,师生们在土房前尽情享受着文学的阳光与精神的盛宴。时常能听到的朗朗笑声、歌声,不由让人想起了那个抗战中的延

---

① 鲁迅文学院编:《我的鲁院》,新星出版社 2011 年版,第 127 页。

安,想起了那个巍巍宝塔山下、滚滚延河水边的享誉中外的鲁艺和相聚在那里来自四面八方的文学精英们。①

由此可见,文讲所与鲁艺不但文脉相通,而且在办学环境上也有诸多相似之处。但艰苦的办学条件毕竟与其国家级的办学机构身份不符,形势逼迫其必须解决校舍问题。

1982年5月14日,文讲所上报中国作协党组、书记处《关于请求解决文学讲习所校舍问题的报告》,其要点如下:

> 为适应粉碎"四人帮"以后文艺战线培养新人的需要,经中宣部批准,我所于1980年初恢复。在1979年底中国作家协会关于恢复文讲所问题向中央的报告中提出了为学员宿舍和教学用房建四千平方米建房指标的请求。中宣部于1980年1月8日批复:"同意你们恢复中国作家协会文学讲习所的意见,编制和基建问题,请你们报请有关部门商定。"1980年2月中国作家协会为我所及作协职工宿舍建筑问题上报国务院副总理谷牧同志。谷牧同志曾批转国家建委吕克白同志和国家计委金熙英同志酌情办理。但到目前为止,因压缩基建指标,未能得到允诺。
>
> 1980年初我所恢复时,是在一无所有的情况下迅速组织开学的。当时急如燃眉的问题是没有校舍。为了如期开学,不得不付出高昂代价,先后租用朝阳区委党校和朝阳区职工大学的少量房屋为临时所址。不仅花费许多房租,造

---

① 鲁迅文学院编:《我的鲁院》,新星出版社2011年版,第450—451页。

成经济紧张,开支困难,而且直接影响到教学工作的正常进行。

我们深感解决校舍问题的迫切性,这是关系到这个事业得以存在和发展的起码条件,迫切希望有关领导予以安排解决。鉴于目前国家尚有困难,紧缩开支,我们仅要求暂批给建房面积三千平方米,以及必要的用地,作为兴建学员宿舍、教室、图书资料阅览室、食堂及教职工的办公室之用。由于我们所系学校性质单位,还要按学校的布局着想,设置球场等活动场所,以及考虑到今后的必然发展,酌情在用地面积上予以放宽。另外,为腾空地皮需要的搬迁任务安排建房及用地亦需予以安排。

因为批地建房程序复杂,受各种条件限制,这个报告打上去并没有收到立竿见影的效果。文讲所的校舍问题,直到更名为鲁迅文学院以后才得到初步解决。

三、素雅而偏远的八里庄

1984年,文讲所更名为鲁迅文学院,终于在朝阳区八里庄南里27号建立了自己的校舍。但此时鲁院的办学环境仍未得到根本改善,其办学条件仍不能满足教学需要。直到筹备举办高研班,鲁院才花了大气力将原来简陋的筒子楼宿舍进行了装修改造,使内部环境大为改观,其布局为:

进院门,道两旁是两个小小的园子。南有月门,上书"文园";北有"聚雅亭",草圃中突兀一石,上镌"风雅颂",其布置素淡雅致,别有情趣。沿林道向南,可见一座两层小楼,楼上办公,楼下为食堂及图书馆与院史展览室。

北边是一幢五层的教学主楼。大厅褐色大理石墙前立着鲁迅先生的铜像,上书其"横眉冷对千夫指,俯首甘为孺子牛"的不朽名句。大厅两侧镶嵌着20世纪中国文学大师们的浮雕头像,左墙是郭沫若、巴金、曹禺、丁玲;右墙是茅盾、老舍、艾青、赵树理。大楼有大教室、会议室可供教学研讨,有电脑室可供上网查询资料。大楼各层合计有上百个单间,陈设朴实而实用,并有书架可供存书,有写字台可供写作。

这个办学环境,与鲁院国家级教学研究机构的身份更相符合,也基本上满足了教学需要。

首届中青年作家高级研讨班学员徐坤在文章中回忆:

> (经过改造后)学校的院子虽然很小,也经过一番精心装饰。一进门,几棵巨大的雪松浓荫华盖,它们的历史与这块土地一样悠久。垂柳依依,芳草萋萋,一排排整齐的忍冬青,几棵樱桃树和悬铃木,枝枝芭蕉,点点万年红,将灰白色的教学楼主体深深掩映。一条青绿色石子甬道延伸向庭院深处的假山石和品茗亭,山石状似嶙峋,呈现太湖风貌,取名"风雅颂";亭为四角飞檐,红漆青瓦,雕梁画栋,取名"聚雅亭"……

平心而论,就当时的文化条件而言,鲁院本身的办学环境还是不错的。然而,在谈到鲁院周边环境时,徐坤却这样写道:

> 它的周边环境,可以说要多差有多差。这里正位于北京

东四环边上,城乡接合部,……实在不晓得鲁迅文学院——作为全国唯一一所国家级专门培养作家的学府,选址怎么会选到这个地方来?这里远离城市中心,出了二环、三环、四环城市主干道,如果不是北京正在修建五环能把它环进去,它就正经应该属于北京的郊区。它不是在大马路的街面上,而是凹进去,陷入深不可测的四环边上十里堡红灯小街的拥塞中。

……最具讽刺意义的是,在鲁院雕栏玉砌古雅庄严的大门正对面,就是一家性用品店。……隔了没有一百米远,就又是一家。……

我想,任何一个对鲁院抱有神秘和崇敬感的人,乍一来到这条街上,都会大吃一惊。除了鲁院,这里没有一家像样的单位。……①

稍晚入学的学员傅爱毛的回忆和徐坤差不多:

一条肮脏破旧的小窄街出现在眼前,街的一边是低矮的小饭铺。旁边有树,树下居然摆着几个露天的剃头摊子,有人披了颜色发乌的白围腰躺在吱呀作响的竹椅上正在剃头,这是在乡下小集镇上才能看到的情景,却赫然出现在北京的街头,而剃头摊子的旁边即是鲁院,我说不出心里是什么感觉。②

---

① 鲁迅文学院编:《我的鲁院》,新星出版社2011年版,第165—167页。
② 鲁迅文学院编:《我的鲁院》,新星出版社2011年版,第265页。

鲁院本身的办学条件改善了,然而周边环境却是一如既往地差。经过多方努力,这种局面终于在鲁院建院60周年之际得到改变。2010年10月26日,鲁院从八里庄老校区迁到了育慧南路校区,和中国现代文学馆在一个院落,从此,鲁院办学条件和周边环境大为改善。

在鲁院70多年的办学历程中,其办学地点多次变更。随着时代的发展,办学环境愈加改善,学习风气也形成了独有特色,这为鲁院文学新人的培养打下了良好的基础。

第四节　鲁院的学习风气

一、活跃的课堂

学习风气和办学环境总是相辅相成的。鲁院的学习风气,无论是在文研所、文讲所时期,还是鲁院时期,一直都是很浓郁的。与一般的高等院校比起来,因为学习性质更加单一(仅限于政治课和专业课的学习),鲁院课堂上的学习氛围异常活跃,学员和老师亦师亦友的关系,也让师生间的距离几乎缩短为零。

从学员的回忆中,我们可以看到当时的课堂氛围,也可以看到当时教员的风采。以胡风为例,学员对待他的态度竟有天壤之别:满意者对他充满崇敬;不满意者也敢于毫不客气地当面顶撞。由此可见鲁院课堂氛围之活跃。

第二期学员赵郁秀是这样描写胡风的:

> 两讲鲁迅杂文的是鲁迅又一挚友和学生胡风。胡风,高高

个头,长长脸庞,宽宽额头,亮亮的眼睛,厚厚的嘴巴,还有浅浅的麻子,一点不像江南才子,倒像东北大汉。他对鲁迅的主要杂文,一一介绍当时的历史背景,细细分析,畅谈自己的理解和体会,很是精辟。开场就说:"我年轻时把读鲁迅的书当成一种精神和感情上的必不可少的要求和需要。鲁迅的作品在中国可算是百科全书。他所抨击的东西今天在我们身上还存在,他所争取的,今天我们还要争取,将来还要争取。他通过小事件、小问题看大千世界,抓大问题之根。他不是随便骂人,而是说真话。爱得真、看得深、抓得准,有勇气,有作为。一个作家就要用真情去体验、解剖别人,更无情地解剖自己……"①

而在另一位学员孙静轩的回忆中,胡风的表现则是脾气很大:

>　　他(胡风)是个不会讲话的人。同冯雪峰一样,他有自己的思路、自己的表达方式,也像是自言自语,也不管你听得明不明白;和冯雪峰不同的是:冯雪峰讲起话来像是决了堤的流水,而胡风则像是被什么堵塞了似的,断断续续地说半句留半句,始终表达不出一个完整的意思。这且不说,最使听众不解的是,他像是喝醉了酒的人在对谁生气,东冒一句,西冒一句,让人莫名其妙。很久以后我才知道他有一肚子怨气,想发泄却发泄不出,有些话卡住(在)了喉咙。
>　　…………
>　　终于有一天,他在讲到鲁迅先生爱护青年人,寄希望于后

---

① 鲁迅文学院编:《文学的日子——我与鲁迅文学院》,内部资料,第373—374页。

> 来者,说鲁迅是个进化论者时,我站起来打断了他的话,反驳说,你只说鲁迅是进化论者,而不讲从进化论到阶级论的飞跃,实际上是否认党对鲁迅的影响,抹杀左联的作用。谁也没想到我会当众突袭,胡风更是意想不到,惊愕地呆立在那里,半晌才回过神,终于爆发了,拍着桌子叫嚷起来。①

从孙静轩对待胡风的态度中,可以看出鲁院当时的课堂风气之自由。

鲁院教学不拘一格,师生之间的零距离,让鲁院的学习异常精彩,提升了学员的精神境界,激发了学员的学习热情,效果很好。

二、多彩的课外

课堂内是如此,那么,课堂之外的学习生活又是怎样的呢?

首先,中国作协的领导是非常重视学员的课外生活的。比如第五期是粉碎"四人帮"后文讲所头一次办班,适逢改革开放初期,鲁院学习生活已经呈现出自由多元的特点。中国作协的领导非常关心学员的课余生活,给文讲所弄来了一台在当时看来尚属稀罕的大彩电,作为学习的一种调节。

其次,鲁院的课外活动也甚为丰富。张抗抗在《文学讲习所琐记》中谈道:"除去正式上课,课外的时间里我们在京城到处乱逛,如鱼得水。讲习所为大家提供了许多艺术观摩机会,半年中看了一大堆电影。什么《蝴蝶梦》《伪君子》《沙器》《乌沙柯夫将军》《大篷车》《苦海余生》《萨拉丁》,当时有争议的《星光灿烂》以及东方歌

---

① 鲁迅文学院编:《文学的日子——我与鲁迅文学院》,内部资料,第163—164页。

舞团的演出等等。还组织大家去参观北京天文馆、中南海、通县的张辛庄大队的机械化和村办的衬衫厂。……那时讲习所常有客人来访,今天找这个人明天找那个人,不是出版社杂志社的编辑来约稿,就是报社的记者采访,还有来和作家探讨作品的评论家、慕名来探访的文学青年等等。宿舍里只要来一个客人聊天,大家都无法继续用功了。客人来过,有时还邀请我们去'回访'。在讲习所学习的那半年中,许多出版社和报刊的编辑,都和大家成了好朋友。朋友多到有点不堪重负时,恰好讲习所也结业了。"[1]

关于编辑到鲁院约稿,刘兆林在《我们"八一"期》中谈到一些趣事:"那时的文讲所虽然简陋艰苦,但却是全国最能吸引文学编辑的地方,到了鲁院时期更是如此了。经常有各省的编辑们轮番来组稿。组稿方式各有不同,条件好的刊物干脆就派车把全班同学都拉去玩一次,次之的派个能干的女编辑来悄悄拉走一伙人到饭店聚聚餐,再次之的来上一个编辑挨屋串,不仅不请我们吃饭,到了饭时赶到谁屋了还得由这个倒霉鬼掏饭票给他买饭。也有使损招的,看快到饭时了,连忙把编辑领到别屋,别屋那家伙理所当然就成了倒霉鬼。当然这种情况一般都是对待不出名的刊物或没有魅力的编辑,出众的美女编辑很可能就被悄悄领出去独自受招待了。到了鲁院时候,我们学生的宿舍宽敞了,学校还有了招待所,不仅可以留编辑吃饭,有的也有条件留宿了。"[2]

刘兆林提到的这种情况到了新世纪高研班时就好转了,比如徐坤在文章《在鲁院那边》中就谈道:"几个月来,在京的各编辑部、

---

[1] 鲁迅文学院编:《我的鲁院》,新星出版社2011年版,第89页。
[2] 鲁迅文学院编:《我的鲁院》,新星出版社2011年版,第129页。

相关的文艺出版社,几乎都来请客请遍了,有的还请了好几次。像《人民文学》、《小说选刊》、《十月》、《当代》、《青年文学》、《北京文学》、作家出版社……这些单位因为年轻人多,有朋友在,跟鲁院的来往自然就多。我们学习的时间有多长,他们从头到尾请客的时间就请了有多长。若超过一两个星期没人来请一次的话,我们就会大言不惭,撒娇作痴,打电话骚扰,向这些熟悉的老朋友提出抽空'见个面'的申请。一般来说都能得到满足。"①

鲁院课外生活的丰富当然不仅体现于编辑约稿、吃饭,还有许多精彩的活动。

讲习所开班后半期,悄悄兴起了跳舞。据张抗抗回忆:"有人悄悄提倡学习跳舞,说上一天课太紧张,何不放松一下。有人已按捺不住,找来了录音机和磁带,并说舞场也已备下——食堂大厅。经不住反复唆使和怂恿,不少人跃跃欲试。讲习所的老师,对此保持沉默,既不鼓励也不明确反对。在当时,交谊舞虽然并未有明文禁止,但毕竟也没有得到公开倡导,谁也不太敢明目张胆地'破坏'学校纪律。于是就有聪明人,想出一个主意:若是这个周末晚上决定组织大家跳舞,就在食堂的小黑板上写一个通知:今晚欣赏音乐。大家就心领神会了。"②

关于这个舞会,王安忆在《回忆文学讲习所》中写道:"不知如何开的头,我们兴起了舞会。周末晚上,吃过晚饭,将桌椅推到墙边,再拎来一架录音机,音乐就放响了。先是一对两对比较会跳和勇敢的,渐渐地,大家都下了海。那时候,大多数人都不大会跳,而

---

① 鲁迅文学院编:《我的鲁院》,新星出版社2011年版,第179—180页。
② 鲁迅文学院编:《我的鲁院》,新星出版社2011年版,第90—91页。

且,跳舞这事情也显得有些不寻常。所以,跳起来表情都很肃穆。要罗曼蒂克地,一边闲聊一边走舞步,那是想也别想。在刚开放的年头里,每一件新起的事物,无论是比较重大的,比如'意识流'的写作方法,还是比较不那么重大的,如跳舞这样的娱乐消遣,都有着启蒙的意思,人们都是带着股韧劲去做的。……讲习所舞会开张,党校食堂里的那几个年轻人也来参加,他们带来了录音机、磁带,还有舞伴。他们都比我们会跳,可做我们的老师。再后来,有些杂志社的编辑也来赴我们的舞会。后来,我们安排到北戴河度假,也带着录音机和舞曲的磁带。晚上,我们走到海滩去跳舞。"①

除了跳舞,刘兆林在《我们"八一"期》中提到了"撞拐"(南方叫作"斗鸡")的娱乐活动。他说:"'撞拐'活动的确是我从东北带去的,也是我倡导起来的,因为所有体育活动我都不行,唯有撞拐我非常出色,羽毛球我抢不上拍子。为了撞拐活动能开展起来,我特意宣称,此道老子天下第一,不信就试试,单个上集体上都可以。结果是各省的同学都跳出来比试了,没一个撞得过我,连体力最好、最不服气的山西张石山也服了,最后不得不选择集体撞我。"②

到了新世纪高研班时期,鲁院的学习生活更加丰富多元起来。

徐坤在回忆文章《在鲁院那边》写道:"关于它(鲁院)的传说太多,或者说是关于它那里的学员的传说甚多。在这些民间口头文学里面,或多或少都带上一点浪漫、神秘、轻狂、不羁的色彩。……那会儿,我们那群所谓'新生代作家'都还年轻,在北京的聚会很多,时不时在一起吃吃喝喝。每逢喝酒饮茶时见哪个年轻男性编

---

① 鲁迅文学院编:《我的鲁院》,新星出版社 2011 年版,第 71 页。
② 鲁迅文学院编:《我的鲁院》,新星出版社 2011 年版,第 128 页。

辑未到,就问到哪里去了,答曰'到鲁院泡去了'。一句'到鲁院泡去了',很有时代气息和经典意义,除了说明鲁院的人气旺盛、海纳百川、三教九流、美女如云,也能说明那时的年轻男性编辑的好动、敬业。"

鲁院的高研班培养的多为中青年文学新人,因此到鲁院来学习的人大都是青壮年,又是写作的人,在一起生活四个月甚至更长的时间,互相之间产生一些爱慕之情是情理之中的事。事实上,鲁院每一期高研班,几乎都有一些浪漫事件,这些在鲁院种下的爱情种子,有的真的在学习结束后发了芽。

这些小小的感情之花令这个地方更加充满文学气息。况且,绝大多数的学员在这里都有了创作上的收获,学习风气还是令人满意的。正是这种浓郁的学习氛围,让一届届文学新人从这里走上文坛,也让未能到鲁院学习的文学青年艳羡不已。在西方创意写作理念中,办学空间和教学环境对于写作课堂和作家养成是非常重要的。从小的方面来说,就是作家工作坊的高要求;从大的方面来看,无疑即是整体的办学环境了。鲁院的办学环境和学习风气深深地影响了中国当代作家,是当代作家成长的物质基础和精神给养。那么,鲁院究竟培养了哪些文学人才,这些人才是如何被培养出来的?

第四章　不同办学时期文学新人培养的情况

本章主要考察的是中央文学研究所、中国作家协会文学讲习所和鲁迅文学院三个不同办学阶段的文学新人培养的概况。在此基础上,进行中西创意写作的初步比较与互鉴。

第一节　文研所时期文学新人的培养

一、招生特点

根据中央文化部关于艺术教育事业的指示精神,文研所"不只是教学机关,同时又是艺术创作与研究活动的中心,是一个培养能忠实地执行毛主席文艺方针的青年文学干部的学校"。由此,创办之初的文研所确定总的办学方针为:"调集经过一定的斗争锻炼、具有一定的生活经验与文学修养,在创作上或理论批评上有某些成绩的文学青年,与具有优秀才能或可能培养的工农出身的初学写作者,经过两年的专门学习研究,提高其政治与业务水平,使其能更好地掌握毛泽东文艺方向,进行创作或理论批评工作,为人民服务。"依据这个方针,确定学习的内容为:马列主义、毛泽东思想的基本知识,主要的文学遗产,生活实习、创作实习三个方面①。围绕着这个办学方针,文研所在招生、培养等各个方面做了努力和尝试。

在学员要求方面,文研所时期学员的身份与普通高校截然不同。有高级班和初级班,高级班的学员称为研究员,初级班的学员称为研究生。其中,研究员的条件是:

(1) 经过一定的斗争锻炼和思想改造,具有相当的生活经验者;

(2) 有一定的文学修养,在创作上有所表现,或在文艺理论批评、编辑、教育等方面有某些成绩与经验者;

(3) 身体健康,无严重疾病者。

此外,也吸收一部分有优秀才能或者可能培养的工农出身的初学写作者。

由文研所对招收学员的要求可以看出,文研所的培养目标和首要任务是培养作家;次之是将一些年轻的文学工作者培养为文学理论或编辑人才。所以在文学修养方面特别强调了创作表现和创作经验。这一点和西方创意写作在内涵上是一致的,培养目标也几乎一样。不同的是,鲁院特别强调了并不追求整齐划一,甚至指出要培养"工农出身的初学写作者"。这凸显出文研所办学的工农兵方向和为人民培养作家、培养人民作家的办学追求。

文研所的第一届招生方式大体可分为三种:一是向各地方、部队宣传部门或文联发出通知,请他们来推荐;二是由知名专家推荐;三是自己慕名寻来,被录用。比较而言,文研所时期主要以第一种招生方式为主,以专家推荐为辅,至于第三种方式则少之又

---

① 柴章骥、蔡学昌:《中央文学研究所创办录》,《新文化史料》1994年第1期。

少，属于极个别情况。

1951年1月8日，第一期一班（研究员班）在鼓楼东大街103号举行开学典礼，丁玲致开幕词。郭沫若、茅盾、周扬、沙可夫、李伯钊、李广田等出席了典礼。该班学员共52人，其中男学员39人，女学员13人。在抗日战争、解放战争中参加革命工作的有39人，其中有26人发表或出版过作品、作品集。具体名单如下：

丁 力	马 琰	马荫隐	马 烽	王雪波	王谷林	王景山
王慧敏	司 飣	禾 波	兰占奎	古鉴兹	刘 莎	刘艺亭
朱 东	刘德怀	刚 鉴	孙迅韬	李 纳	李方立	李长俊
杨润身	陈亦絮	陈孟君	陈登科	陈 淼	沈季平	何世泰
沙驼铃	吴长英	玛 金	郁 波	孟 冰	郑 智	周雁如
胡 正	胡 昭	彦 颖	赵 坚	段杏绵	张学新	张德裕
唐达成	徐 刚	徐光耀	高冠英	董 伟	董迺相	葛 文
曹桂海	歌 焚	潘之汀				

仔细考察以上名单可以知道，这一期的招生有四个突出的特点。

首先，从学员的身份背景看，大都来自1949年以前参加革命工作的党员、干部。这其中，有两人是在第二次国内革命战争中入党的，17人是1938年参加革命的，其余也多是在抗战与解放战争中参加工作的。其中90%是党员[①]。具体看，来自老解放区的有

[①] 统计数字见邢小群：《丁玲与文学研究所的兴衰》，河南文艺出版社2013年版，第243页。

潘之汀、刘艺亭、王雪波、张学新、杨润身、沙驼铃、胡正、刘德怀等；来自解放军的有孟冰、陈孟君、徐光耀、陈亦絮等；还有来自工厂的，如赵坚、张德裕等。

其次，从学员所担任的职务看，有省市文联、文协的负责人，有剧院院长和大学讲师，有解放军团级以上的军官，有报社和新华社分社的负责人。其共同的特点是在青少年时期便投身于为民族存亡和人民解放的战争中，渴望通过学习提高素质。

再次，从学员的创作经历看，大多数在报刊上发表过文艺作品，徐光耀和陈登科在来所学习之前就已写出中、长篇小说《平原烈火》《杜大嫂》《活人塘》。从文化程度看，相当于大学文化程度的有42人，这其中包括抗日战争时期在鲁艺文学系毕业的司忉、李纳、李方立、孟冰，解放战争时期在华北联大文学系毕业的徐光耀、古鉴兹。高中文化6人，初中以下文化4人[①]。由此可以看出，本期的招生可以说是完全贯彻了文研所的既定办学方针。

最后，从教学方式看，文研所第一期教学比较特殊，一是这一期是文研所第一次招生，办学处于探索阶段；二是受当时政治形势所左右。这两条决定了其教学特色：在做好教学的同时，文研所紧跟政治运动形势，各种学习讨论活动不断。比如：1—2月参加镇压反革命学习，进行批评与自我批评；4—5月学习抗美援朝文件；5—6月大部分时间投入文艺批判，先后批判《武训传》《关连长》等；7—8月投入忠诚老实运动。这样的活动安排不可谓不密集，体现出文研所的政治学习优先的特点。在这些政治活动中，对《武训传》的批判持续了较长时间，其活动形式多样，通过组织学员看电

---

① 徐刚：《文学研究所—文学讲习所》，《新文学史料》2000年第4期。

影、学习批判文章、进行小组讨论等方式进行全方位、系统性的学习与批判。

除批判学习活动外,学员还被安排到朝鲜前线、工厂、农村体验生活。其中到朝鲜前线去的学员有徐刚、徐光耀、陈孟君、兰占奎、陈亦絮、胡昭、高冠英等人。在此基础上,文研所还举办了抗美援朝创作讨论会。

由以上安排可以看出,文研所第一期第一班学员实际在校学习专业知识的时间极为有限,大多数时间都用在了紧跟政治形势的学习和讨论上。这种情况在招收第二班学员时有所改善。

此外,为了扩大文研所办学的受益面,从第二学季开始,除正式学员外,文研所对外招收旁听生。为此,文研所制定了关于第一期第二学季招收旁听生的通知:

负责同志:

  本所第二学季课程"文艺思想与文艺政策"于五月初开学,学习期间为两个月,贵处如感需要,即请选派人来旁听。旁听生必须具有相当程度的文学修养,或创作上有一定表现者,在政治思想上,请贵处负责,并能自觉遵守我所规定之旁听生规约者,始得入学旁听。望负责处根据以上条件选定后,即着其于四月二十日至二十五日写介绍信,来我所登记为荷。

  此致

敬礼

中央文学研究所教务处
四月十二日

从这个招生通知可以看出,即便是招收旁听生,文研所也特别强调学员的思想政治水平,并且要求具备相当的文学修养和创作成绩。这个要求几乎和正式录取的学员一样严格。

二、在办学中发展

文研所是培养文学创作和编辑人才的,需要学员具备一定的专业知识和专业素养。如果能够从应届毕业的大学生中选取学员,那是再理想不过了。

1952年5月,文研所制定第一期第二班招生通知,决定于秋季招收30名学员,从当年大学毕业生(中文系或外语系)中,保送一批成绩优异、符合要求的学生来所学习。为此,5月30日,文研所以主任丁玲的名义写了致中央人民政府文化部关于第一期第二班招生的报告,原文如下:

> 事由:送核招生计划书并转请教育部保送学生投考。
> 主送机关:中央人民政府文化部。
> 根据我所一九五二年度工作计划,决定于秋季招收学员三十名,今将招生计划一份送上,希予审核批准并转函教育部,请其从今夏各大学毕业生(中文系或外语系)中,保送一批成绩优异和合乎我们的要求的大学毕业生来所参加考试,我所当尊重教育部的意见,尽量录取。
>
> 主任:丁玲
一九五二年五月三十日

这一举措,确保了文研所的优质生源。相比面向社会招生而来的学员,这些大学毕业生无论在专业素养上,还是在综合素质上,都要稍好一些。但大学生学员自然也有不足之处,比如在社会经历方面,可能就不如来自社会的学员那么丰富。无论如何,大学生学员总体素质较高。

此时,随着招生规模扩大,文研所面临着师资力量不足的问题。为做好秋季招生工作,必须充实文研所工作队伍。6月19日,文研所上报《请求迅速调配补充干部》的报告,原文如下:

> 事由:请求迅速调配补充干部。
> 主送机关:中央人民政府文化部。
> 中央文学研究所在创办一年多以后,文化部决定在现有基础上继续发展,扩充创作室,并决定秋季招收新生三十名,任务艰巨,希望调配干部。一、急需一个不兼职的驻所的副主任,领导全所的工作。二、在行政、组织、教学方面,急需补充秘书长、秘书处主任、教务处主任、资料室主任、人事科长、行政科长、新生班的班主任与几个辅助行政教学工作的干部,一个专做组织工作的干部。

文研所对于干部的需求是十分迫切的,而且所需人员数量也不少。7月8日,文研所上报《请求迅速调配干部的补充说明》的报告,明确提出了需要补充人员的具体名单。直到1953年6月,文研所主任丁玲、副主任张天翼还在忙于"为我所干部的配备"一事,并上报中央人民政府文化部:"关于我所干部的配备,已经全国文协党组同意,特此澄清备案。"建议秘书处主任邢野同志担任创作研究组组长;秘书处副主任朱东同志代理正主任的职务;二班办公室副主任徐刚同志在二班工作结束后,可为教务处副主任;教学研究组组员玛金同志,可以提升为该组副组长;创作研究组组员西戎同志可以提升为该组副组长。这个建议名单已经很详细了。

1952年9月,第一期第二班(研究生班)开学,实际招生25人,其中男学员14人,女学员11人,以北京大学、辅仁大学、燕京大学、复旦大学的学生为主,还有一部分学员是在抗日战争、解放战争时期参加革命工作的。具体名单如下:

王文迎	王友钦	王鸿谟	王树棻	毛宪文	左介贻
龙世辉	白婉清	刘 真	刘蕊华	李仲旺	杨文娟
宋淑兰	许显卿	邱金俊	玛拉沁夫	周永珍	张兴渠
张保贞	张泰芳	张凤珠	曹道衡	谭之仁	颜振奋
钱 锋					

这一班的办学宗旨是培养文学编辑、教学工作者、理论研究者。学习时间为一年,也是1953年毕业。学员是文研所工作人员到学校去接的。王景山说:"我参加土改回来就半脱产到教务处……第一件大事就是到我的母校北京大学接新学员,其中有王友钦、许显卿、曹道衡、毛宪文、白婉清等,另外辅仁大学的有龙世辉、王鸿谟等,还有从上海复旦大学来的,一共有二十来位。"[①]此外,抗日战争与解放战争中参加工作的刘真、钱锋、玛拉沁夫、张凤珠也是这个班的。据说,之所以让他们加入这个班,主要的想法是

---

① 王景山:《我与鲁院》,《文学的日子——我与鲁迅文学院》,内部资料,第59页。

"掺沙子"——刚毕业的大学生思想政治方面肯定不如老同志。这一点可以从徐刚的回忆得到证实。徐刚说丁玲交代他们,这个班的任务,主要是改造思想,要学员用一半的时间和工农在一起生活。这是第一期第二班不同于第一班的地方,也是比较特殊的一个方面。如此明确地将改造思想作为办学目标并不多见,于此可以看出当时的文学气候。

1953年7月16日,文研所发出第二期招生电报(发至军委文化部、各大行政区文化局和文协),原文如下:

> 中央文学研究所第一期学员已经毕业,第二期学员定于今年九月开学,学习期间是两年。学员条件:(一)政治品质优良,有一定的生活经验与三年以上的工作锻炼,年龄在二十岁以上到三十岁以下;(二)文化程度相当于中学毕业,对于政治学习和文艺学习具备自学能力;(三)发表过作品,有一定的创作成绩。希望你们慎重选派优秀的文艺工作者五人左右送到该所学习,履历简史和作品,在六月内寄到该所,以备审查,审查合格后再通知其报到和考试。

与第一期招收条件比较,第二期明确强调政治品质问题,依然强调需具备一定的生活经验,并明确指出三年以上的工作锻炼,还具体限定了学员的年龄。文化程度上的要求也明确为须相当于中学毕业,且具备一定的自学能力。在创作成绩方面,亦做了明确强调。不同的是,第一期提出的吸收一部分"有优秀才能或者可能培养的工农出身的初学写作者",在第二期没有继续强调。

经过各地推荐,文研所研究,本期录取学员 45 人,其中男学员 36 人,女学员 9 人;党员 32 人,团员 6 人;年龄最大者 33 岁,最小者 19 岁。具体名单如下:

王丕祥	邓友梅	白 刃	白 艾	申德滋	刘 真	
刘 超	刘大为	吕 亮	汤 浩	羽 扬	孙肖平	
孙静轩	李 赤	李 强	李 涌	李宏林	李中耀	
谷 峪	玛拉沁夫	苏耕夫	金 剑	周 行	周 基	
和谷岩	苗得雨	张 朴	张志民	张凤珠	赵 忠	
赵郁秀	胡尔查	胡海珠	贺鸿钧	唐仁均	郭廷萱	
钱 锋	董晓华	漠 男	缪文渭	缪炳林	谭 谊	
魏连珍	颜振奋	肖 慎				

从以上名单可知,曾参加过文研所第一期第二班学习的刘真、玛拉沁夫、张凤珠、钱锋四人又参加了第二期的学习。

第二期来所学习的学员于 1953 年 9 月开学,学习时间为两年。

据资料显示,担任第二期创作辅导工作的作家有丁玲、张天翼、艾青、田间、赵树理、张光年、严文井、陈白尘、刘白羽、康濯、马烽、西戎等。可以看出,这个创作辅导的队伍很强大,基本上囊括了当时文坛重要的作家、诗人以及评论家。于此也不难看出文研所对于新人培养工作的重视。文研所招收的这两期学员,为草创阶段的新中国文学输送了新生的文学创作和编辑力量。

第二节　文讲所时期文学新人的培养

一、停办之前的文讲所

1953年11月,根据文化部对丁玲提交的《中央文学研究所改为中国作家协会文学讲习所》报告的批复,中央文学研究所更名为中国作家协会文学讲习所,划归全国文协领导。从更名起到1957年文讲所停办,共招收三期学员。

接续此前第一期招生序列,第二期学员入学恰逢文研所更名。也就是从这一期开始,丁玲不再担任所长职务,只负责辅导李涌、谷峪、羽扬、张凤珠等学员。所长改由田间担任。

田间任所长不到一年,1954年9月,中央文化部下达对吴伯箫的任命书。22日,文讲所上报更换所主任名单事宜,原文如下:

> 事由：报告更换所主任名单。
> 主送机关：中央人民政府文化部办公厅。
> 我所田间同志在作家协会另有工作,由中宣部吴伯箫同志兼任所主任,以呈报钧部备案。自本日起更换主任名单,特函报告,希予查照。
> 　　　　　　　　　　　　　　一九五四年九月二十二日

在这期间,文讲所一直在谋求从训练班性质向正规化发展,并为此制定了《文学讲习所发展计划草案》。1955年3月29日,文讲所同时向文化部和中国作协呈报了《呈请审核本所发展计划》,内

容如下:

> 中国作家协会主席团曾这样决定:"文学讲习所是由高级文学训练班向正式高等文艺学校过渡的性质。"根据这一决定的精神,我们拟定了一个《文学讲习所发展计划草案》。从目前到一九五七年暑期后,基本上转入正规化,实行新学制,并逐步扩充,直到一九六〇年达到学员四班,共二百人。这一草案,如蒙批准,我们当即据此做出具体措施计划,并请求把它列入国家第二个五年建设计划中去。兹将上述发展计划草案送呈审核,是否可行?请予批示。

从文讲所此后的办学情况来看,把文讲所"转入正规化,实行新学制"的想法并没有真正实现。

此后不久,由文化部、中国作协联合各地文化部门发出招生通知,要求保送在创作上确有前途的文艺青年人才进入文讲所学习,其内容为:

> 事由:发中国作家协会文学研究所(应为文学讲习所,引者注)招收第三期学员的通知。
> 主送机关:各省市文化局、文联。军委文化部。全国文联、剧协。上海、武汉、西安、沈阳、重庆、广州中国作家协会分会。
> 兹将中国作家协会文学讲习所第三期招收办法、报考登记表及该所章程等发给你处。培养文学创作上的新生力量是一个重要的任务,请切实依照该所规定的学员条件保送在文

学创作上具有培养前途的文学青年入学。保送名额由各省市根据实际情况自行决定。……

  附件1：中国作家协会文学讲习所章程
  附件2：中国作家协会文学讲习所第三期学员招收办法
  附件3：中国作家协会文学讲习所报考登记表

中华人民共和国文化部
中国作家协会
1955年4月2日①

  这一由文化部和中国作协联合发出的通知，直接下发到各地作协和有关文化部门，要求保送在文学创作上具有培养前途的文学青年。与此前招生不同的是，这一次的保送名额由各省市根据实际情况自行决定。

  而事实上，这一期学员大多从出席全国青年文学创作者会议的人员中选出，由机关单位推荐。学习时间是1956年4—8月。共录取了61名学员，其中男学员55人，女学员6人；52人是全国青年文学创作者会议的代表；党员26人，团员27人。具体名单如下：

马春阳	尹一之	王　琅	王尚政	王金芳	王剑青
仇智杰	毛炳甫	艾文会	乌兰巴干	由志正	达木林
阎一强	阎瑶莲	刘　薇	刘兴国	任　镐	吉学沛
向剑辉	曲延坤	汪自强	阿　凤	杨世之	杨培乡

---

① 邢小群：《丁玲与文学研究所的兴衰》，河南文艺出版社2013年版，第30—31页。

李有干	李　岸	李逸民	李学鳌	陈　智	陈鉴尧
周学南	依思提五	朋斯克	姚运焕	胡万春	胡景芳
张一经	张大光	张有德	张治平	张忠慧	张惠儒
徐元庆	徐叔华	郭良信	流沙河	热黑木	袁伦生
清　波	曾海君	敖德斯尔	钟艺兵	傅相干	夏宏伦
谢　璞	谢竞成	管念祖	满汝毅	任大霖	樊　斌
曾庆雍					

第三期的办学成绩是显著的,办学成果是丰硕的。这从学员修改拟写的作品可以看出：修改电影剧本四部；拟写电影剧本 2 部；修改戏剧 11 部；拟写戏剧 8 部；修改长篇小说 4 部；拟写长篇小说 2 部；修改中篇小说 1 篇；修改散文、短篇 27 篇；拟写散文、短篇 5 篇；修改诗歌约 20 多首；修改鼓词、快书 4 篇。

以上数字充分说明了文讲所第三期的办学成效。

不同于第三期,第四期是专门为了培训文学刊物编辑而开设的。

1956 年 7 月,文讲所发出《中国作家协会关于招收文艺编辑训练班学员的通知》。根据通知要求,招生办法为：中国作家协会各分会、各省市文联等机关负责推荐保送。学员条件为：具有三年以上编辑工作经验的中央文艺报刊、出版社的编辑及地方文艺报刊、出版社的编辑组长以上的干部。文化程度要求高中毕业以上。

编辑班的招生条件明显不同于此前的招生,具体分为两个层次：一是中央文艺报刊、出版社,普通编辑即可；二是地方文艺报刊、出版社的编辑,则要求须是编辑组长以上的干部。文化程度方面的要求也相应比创作班高。

这一期学员的学习时间是1956年10月至1957年6月。录取学员103人。

这一期学员人数比较庞大，可谓是一个超级大班。遗憾的是，这一期因受"反右"运动的影响而仓促结业。

此时，不仅第四期的办学受到影响，就连文讲所本身的存续都岌岌可危。1957年11月14日，中国作协整风办公室印发了《书记处决定停办文学讲习所》的通报。

至此，文研（讲）所开办七年间，先后开设了四期五班，结业学员279人，在培养文学新生力量方面，取得了很大成绩。在新中国成立之初，开办这一机构，使一些在长期的战争生活中得不到学习的文艺干部有了集中读书的机会。在当时或日后活跃于中国文坛的作家很多在此学习过，如马烽、陈登科、徐光耀、玛拉沁夫、邓友梅等。在学习过程中，学员们创作了大量作品。1951年11月文研所编辑出版了学员作品集《收获文丛》。据统计，仅1951年到1952年6月，学员创作的作品就达360篇以上，包括小说、诗歌、散文、剧本、批评文章等，计160余万字。

值得一提的是，文研（讲）所不但培养了大量卓有成就的文学新人，其教师也拥有很强的创作实力。丁玲、田间、公木、梁斌、张天翼、吴伯箫、蔡其矫等都是中国当代重要的作家、诗人，他们在工作之余创作了大量文学作品。梁斌的《红旗谱》就是在文讲所完成的，当时担任党支部书记的他，在工作之余完成了这部"十七年"文学的经典。作家型师资正是创意写作教学区别于其他学科教学的主要特点。鲁院的教师本身也从事创作或理论批评，保障了作家培养的质量，与西方创意写作教学形成了互鉴，值得我们好好研究。

回顾历史,关于20世纪50年代文研(讲)所第一至第四期的办学,其取得的成绩是主要的。但从目前所收集的相关资料来看,还存在如下问题:

(1)干部缺乏。行政、教学、党务等各部门工作人员大都由研究人员兼任,缺少专人负责。

(2)师资力量薄弱。文讲所调入了一些创作人员,补充创作室的力量,试图解决教师的创作与辅导学员花费太多精力的矛盾;筹建理论室,试图逐渐解决讲授课程的问题,并加强理论研究工作。

(3)教学思想的定位问题。教学对象决定了教学内容和教学方法。文讲所的教学内容和教学方法是独特的,比如讲座式的授课方式,既有很高的含金量和辐射面,但是又不可避免地缺少系统性。

(4)没有办学资源的积淀。文研所是在完全没有历史积累的情况下创办的,没有校舍,没有图书,一切从零开始。

二、恢复工作以后的文讲所

随着1978年5月6日中国作协恢复工作,文讲所的恢复和重建也提上日程。1979年11月12日,中国作协第三次理事会第一次会议选举出新的领导机构:主席茅盾、第一副主席巴金,丁玲等12人为副主席。11月中旬,张光年被任命为中国作协临时党组书记,李季、冯牧、张僖任副书记。此时,恢复文讲所的时机已经成熟,原来在文讲所工作过的徐刚等人也在积极筹备恢复办学,并召开了第一次恢复工作筹备会,成员有徐刚、古鉴兹、王剑青。此后不久,古鉴兹受筹备组委托向中国作协写了一份恢复文讲所的报告,经李季、张僖签字后上报给了中宣部。1980年1月8日,中宣部批准恢复文讲所。

根据中国作协党组"边筹备边办班"的意见,在随后的几年内,文讲所举办了第五期小说创作班、第六期少数民族文学创作班、第七期编辑评论班和第八期文学创作班,培养了诸如王安忆、叶辛、古华、叶文玲、张抗抗、蒋子龙、韩石山等一批优秀作家,为新时期的作家培养和文学繁荣发挥了重要作用。

《文学讲习所第五期教学计划》是1980年3月制定的,该班延续了50年代期次排名,定名为文讲所第五期。这一期,特别强调了办学目的:为了培养文学新生力量,壮大文学队伍,繁荣文学创作。为此,必须按照马列主义基本原理拨乱反正,彻底肃清"四人帮"流毒,深批"极左"思潮,解放思想,开阔眼界,继承和发扬我国革命文学传统,使每个学员通过学习,在思想上、文学修养上、表现技巧上均有所提高,以写出更多更好的作品,满足人民群众日益增长的精神生活需要,更好地为社会主义四个现代化服务。

此外,在教学计划中还规定了招生条件和办法:凡在报刊上发表过一定水平的文学作品、思想进步、有培养前途的文学作者,不分职业、民族、性别,经过必要手续,均可以入学。学员年龄不限,但以年轻的作者为主。

比较此前的四期办学情况,这个招生条件可以说是非常宽松的,对学员的要求也比较低。这或许和当时的时代环境有关,毕竟,经过"文革"之后的中国文学可谓千疮百孔,在后备力量上基础极弱。

1980年9月30日文讲所制定了第六期招生简章,本期为少数

民族文学创作班,不同于往期的招生,其招生录取条件为:

(1) 有创作才能和培养前途的作者,在创作上有所表现(曾在省、市级以上刊物发表过小说、诗歌、散文等作品)。

(2) 政治思想端正,品质好。拥护党中央的现行政策,积极为"四化"贡献力量。

(3) 有要求学习提高的愿望,无严重疾病和传染病,能坚持学习,工作能离开,本单位同意;家庭有人照顾,可以来北京学习一年的。

(4) 年龄最好在35岁以下,个别不得超过45岁。

(5) 能用汉语会话,能听懂汉语讲课。

很显然,这个招生条件延续了上一期的宽松要求,相较前几期来说,要求继续降低。考虑到这期学员的特殊性,文讲所专门制定了第六期教学计划。计划分两部分:

(1) 学习目的:通过认真研读,讲授中外重要文学作品和理论著作,学习讨论文艺理论和文学创作方面的问题,使学员增长知识,开阔眼界,解放思想,提高文学修养,提高鉴赏作品的能力和创作水平,以便切实贯彻"百花齐放、百家争鸣"的方针,促进我国文学事业的繁荣和发展,更好地为人民服务。

(2) 课程内容:增加党的民族政策、民族文化方面的课程,民族文学重点作品研究的课程以及介绍世界民族文学发展的课程。

无论是学习目的还是课程内容,这一期都和往期有着鲜明的区别。毕竟,在此前的办学史上,还从来没有专门的少数民族文学创作班。这个班的开办也开辟了文讲所办学的新纪元。直到今天,少数民族文学创作班依然定期举办。

在做好了各种招生准备之后,1981年3月2日,文讲所发出第

六期少数民族文学创作班招生通知书。通知书内容如下:

作协分会:
　　文学讲习所第六期兄弟民族创作班将于四月十五日开学。根据你分会的要求和民族聚居的情况,拟请你分会推荐一名学员。希按条件(附后)将材料及其作品迅速寄给我们,以便研究录取。
　　此致
敬礼

中国作协文讲所
1981 年 3 月 2 日

经过推荐、审查,此期共录取学员 43 名,除 9 名汉族走读生,其余 34 人皆为少数民族学员。其中男学员 30 人,女学员 4 人,来自 19 个民族;党员 10 人,中国作协会员 3 人,省级会员 11 人;有大学文化程度 15 人,高中及以下文化程度 19 人。少数民族学员具体名单如下:

格力登	马犁	马治中	于富	王家男	乌热尔图
韦一凡	石锐	龙敏	戈阿干	尕藏才旦	次多
刘荣敏	多杰才旦	佟文焕	杨阿洛	李传峰	
玛格斯尔扎布		金珠玉	罗吉万	柳元武	
乌斯满江·沙吾提		祖尔东·沙比尔		莫义明	高深
贾合甫·米尔扎汗		梁芳昌	景谊	韩统良	察森敖拉
意西泽仁	颜家文	潘俊龄	德吉措姆		

从这个班开始,为少数民族作家举办专门的作家培训班逐渐成为文研所的一个传统,此后几乎每隔几年就会举办一次这样的专题班。包括新世纪之后的高级研讨班,也是如此。往小了说,这是培养少数民族作家的需要;往大了说,这既是出于繁荣少数民族文学的目的,也是巩固民族大团结的需要,更是确保巩固文化领导权的一大举措。

1982年2月,文讲所制定了第七期编辑评论班教学计划,提出举办目的是提高编辑、评论工作者的思想和业务水平,提高编辑、评论工作的质量,促进文学事业的繁荣。为此,必须坚持四项基本原则,正确贯彻党的"双百"方针政策,贯彻中共十二大三中全会、六中全会和全国思想战线座谈会的精神,认真研究马克思主义和毛泽东思想的文艺理论,探讨文艺思想上存在的一些比较重要的问题。使每个学员通过短期学习,提高编辑、评论工作水平,自觉地抵制资产阶级自由化倾向,继续克服"左"的指导思想,敏锐地发现文学创作中不断出现的新情况、新问题,并及时组织或写出好的评论文章。这些充满时代气息的表述,也从一个侧面反映了文讲所"为时代培养新人,培养时代新人"的办学宗旨。

经过各地推荐、文讲所审核,本期共录取学员48人,其中男学员37人,女学员11人;党员27人;18人具有大专以上学历。他们来自全国29个省市自治区及中央直属机关,多数为省市自治区及全国性文艺刊物编辑骨干,少数为专业评论、创作骨干。具体名单如下:

马秋芬　刘俊民　杨旭村　胡永年　燕治国　王泽群　刘耀仑

第四章 不同办学时期文学新人培养的情况

肖建国	姚锦权	薛炎文	石玉增	陈　静	宋学孟	袁和平
钟高渊	兰直荣	陈柏中	吴季康	袁　敏	巴兰兰	陈秀庭
周　详	高红十	向义光	陈广斌	周桐淦	高洪波	朱　晶
陈晓敏	金浩根	秦文玉	庄雅丽	陈永康	金逸铭	顾小虎
刘永年	李　剑	林　澎	韩志君	刘战英	李宽定	张辽民
曾德厚	刘孟沐	李小雨	张奥列	赖国清	潘自强	

本期学员毕业后大多成为中国文联、作协或各地文联、作协文学期刊的主编、副主编，有的走上了文联（作协）的领导岗位。这些编辑走出文讲所，奔赴各级各类文学刊物的领导岗位，担负起推动新中国文学事业发展的任务，达到了文讲所对他们提出的要求和期望。

出于对学习的渴望，以及对文讲所教学的认可和留恋，第七期学生委员会向文讲所递交了有关请求延长学习期限的报告，最终第七期延至1983年6月25日结业。

在举办第七期编辑评论班的同时，文讲所上报中国作协党组、书记处关于第八期（拟于1983年初开办）招生和教学工作的设想，并制定了《文讲所一九八三年工作要点》，其主要内容是：搞好第七期教学与结业工作；搞好第八期招生、教学及增设函授班工作；抓好基建，争取第二年开工兴建校舍；抓好教学人才培养和工作人员学习，成立教学研究室等。

1983年1月27日，在成功举办第五、六、七期作家班的基础上，文讲所上报中国作协党组、书记处《关于文讲所第八期招生教学和增设函授班的报告》。报告全文如下：

作协党组、书记处：

关于我所第八期的工作设想，去年十二月三日曾打过报告，我们根据目前情况又重新修订，现重报如下：

为了繁荣和发展新时期的文学，开创文学创作的新局面，我所第八期拟主要培训文学创作人员。又据冯牧同志在作协各分会负责人大会上的讲话精神，文讲所条件成熟，逐渐承担轮训文学干部的任务，招收部分文学干部，并附设文学创作函授班。

结合我所租房情况，第八期拟招收学员四十二人，其中有培养前途的中短篇小说作者二十四人，分会文学干部十五人（包括评论、编辑和组织工作者），应届大学中文系毕业生三人（此系为本所培养师资和教学人员，占本所编制，学习期间按大学毕业生待遇，学习期满后按研究生待遇）。学习期限一年（一九八三年九月——一九八四年七月）。学习内容除传统的课程：文艺理论、文学史、作家作品研究、创作经验等外，根据十二大精神和学员的需要，拟加强马克思主义基本理论和中外当代文学的学习与研究，并增设中外历史和语法修辞课。

为了保证创作人员的质量，避免埋没人才，第八期招生拟由文艺报刊推荐或作协分会提名，然后由我所派专人下去调查了解，并进行口试，经协商后择优录取。轮训文学干部主要由分会推荐，经审查，并进行口试，合格者发给录取通知书。

为了对社会主义精神文明建设多做贡献，满足有一定写作能力而不能来所学习的业余作者的要求，拟举办文学创作函授班。函授班拟招收函授学员三四百名，以第八期讲义为函授教材，教学内容大体与正式学员相同。每个季度函授生汇报一次学习情况，由本所编写《函授学习通讯》，互通情况，并组织社会力量做学习辅导。函授生半年交一次作业。学习一年后结业，发给函授结业证明。

函授班招生条件：1. 在省、市级以上报刊发表过文学作品；2. 本人历史清楚，政治上与中央保持一致；3. 本人有学习条件，并持单位证明；4. 交纳学费五十元。如报名人数多，可择优录取。为此，希望作协组织上在人力和物力上给予我们支持。

以上意见是否妥当，因目前即着手招生，制定教学计划，望能较快批示。

中国作家协会文学讲习所
一九八三年一月二十七日

在这个报告中，文讲所明确提出第八期文学创作班的培养目标是培养中青年文学创作人员，通过学习使学员加强和提高思想素质和艺术素质，进一步明确我国文学发展方向，为写出质量较高的作品、攀登文学高峰打下坚实的基础，从而更好地为人民服务，为社会主义服务。

报告中提出计划招收学员42人，其中有培养前途的中短篇小说作者24人，分会文学干部15人，应届毕业生3人。为确保学员质量，做到公平竞争、全面考核、择优录取，第八期文学创作班在招生上采用了由本人报名、文艺报刊推荐或作协分会提名，然后由文讲所派专人进行调查了解，并经过严格的笔试、面试、作品评审后择优录取的方式。与此同时，文讲所首次提出了开办函授班的想法，而且明确要征收一定的学费。函授班的举办开启了文讲所收费办学的阶段。这一点虽然为文讲所带来了一定的经济收入，缓解了一时的办学经费紧张情况，但也给文讲所的声誉带来了一定的损失。加上所招收学员质量参差不齐,函授的办学方式也无法保障教学质量,函授班的开办并不是一个明智之举。虽然如此,这毕竟是一次办学方式的尝试,是一次试验,也是一次试错,为办学积累了经验,也吸取了教训。

8月8日,经中国作协批准,文讲所公布了《中国作协文学讲习所第八期招生简章》,原文如下:

> 本期招收青年文学工作者,以加强和提高其思想素质和艺术素质,从而达到提高创作水平的目的。努力按照正规化要求办学,为创立中国文学院准备条件和积累经验;凡年龄在四十岁以内,有两三年以上的创作经历,发表过一定数量的作品均可作为青年文学作者报名参加;考生须有各地作协分会或文联、文艺期刊编辑部的推荐或证明;解放军系统有各军(兵)种政治部或宣传部门推荐或证明。
>
> 学习时间为两年(一九八四年春至一九八五年冬);录取名额为四十人;入学考试分两段进行,第一段为文学创作,第二段为现场考试;考试时间:一九八三年十一月上旬;每学期交纳学费三十元(无固定收入者减免)。

招生简章再一次提到了"创立中国文学院"。看来,把文讲所提升为国家级文学院的运作在此时又启动了。

在招收第八期文学创作班时,文讲所第一次试行了考试入学的办法。这是空前绝后的做法,此前没有过,此后也再没吹过考试风。为增强学员考试的针对性,9月22日,文讲所发布了《关于第八期招生考试范围的说明》。考试范围包括三个方面:政治理论与时事;文学语言与知识;史地常识。在全国分设考场,对申请报名的学员进行四个科目的笔试,根据考试成绩择优录取。这种通过考试来录取学员的做法已经和普通高校区别不大了,这一点可以看作是文讲所欲办成正规院校的尝试。

11月21—22日,第八期考生进行复试,分别在北京、长春、长沙、兰州、南京考点进行。263名报考生中有139名参加了复试。这在文讲所招生历史上是一次新的尝试与改革。从以后的教学效果和实践上看,第八期创作班在招生方式上的变化是值得肯定的,这主要表现在:

(1)被录取的学员政治水平与文化素质普遍较高;

(2)文学创作起点高,成绩突出;

(3)学员能珍惜来之不易的学习机会,学习的热情与自觉性很高。

可惜,后来的实践结果证明,这种通过考试录取学员的方式并不适合文讲所。甚或可以说,这种方式也并不适用于创意写作的招生。文学的天赋和创作的技巧等往往不是通过考试能检验出来的,而要靠具体的作品实践。这一点也为鲁院后来的办学实践所证明。作家的招生培养毕竟不同于普通专业,培养创意写作人才的前提建立在培养对象的兴趣和天分之上。只有如此才能实现潜能激发和超越文类成规,从单纯的技术训练飞跃为艺术养成。

文讲所第八期文学创作班共录取学员44人,报到43人,其中男学员38人,女学员5人;党员11人。具体名单如下:

丁正泉	王　蓬	邓　刚	尹俊卿	叶之蓁	甘铁生	孙桂珍
孙少山	吕　雷	刘兆林	乔　良	朱苏进	杜保平	张石山
张　廓	张　玲	张俊彪	李叔德	李发模	何志云	陈源斌

杨东明　赵本夫　范向东　周山湖　贺晓彤　查　舜　姜天民
唐　栋　梅绍静　程世管　谢颐城　储福金　傅　星　简　嘉
蔡测海　薛尔康　聂震宁　聂鑫森　魏继新　黄　尧　赵宇共
郑九蝉

这期学员年龄大多在 30—40 岁之间，他们自学成才，有较丰富的社会阅历和较强的独立思考能力，有一定的创作实践经验和艺术创造能力，有的在进校前就已经在创作上崭露头角，获全国中短篇小说、报告文学、诗歌奖的就有 18 人之多，其中获全国中短篇小说奖的主要情况如下：

表 4-1　文讲所第八期学员作品获奖情况统计

学　员	获　奖　作　品	生源地
邓　刚	《迷人的海》《阵痛》	大连
刘兆林	《索伦河谷的枪声》	部队
朱苏进	《射天狼》	部队
唐　栋	《兵车行》	部队
简　嘉	《女炊事班长》	部队
张石山	《镢柄韩宝山》	山西
赵本夫	《卖驴》	江苏
孙少山	《八百米深处》	黑龙江
姜天民	《第九个售货亭》	湖北
李叔德	《赔你一只金凤凰》	湖北

第四章 不同办学时期文学新人培养的情况

文讲所为这一期学员聘请了校外创作辅导教师,计有:韦君宜、王愿坚、王鸿谟、王朝银、龙世辉、许以、刘楠、刘绍棠、徐显卿、李国文、李传峰、陈敬容、苏予、邵燕祥、严文井、何启治、柯岩、秦兆阳、徐怀中、涂光群、曾镇南、崔道怡等。

在文讲所办学历史上,第七期编辑评论班和第八期文学创作班比较特殊:在学员和文讲所共同呼吁和努力下,未能在文讲所拿到本科学历的学员,通过"曲线救国"的方式获得了进入北京大学中文系作家班(大学本科生学历)学习的机会。经过考试,共有63名学员被录取。具体名单如下:

唐 栋	薛尔康	傅 星	张 廓	吕 雷	孙少山	简 嘉
梅绍静	肖建国	燕治国	高红十	袁和平	李小雨	查 舜
程世管	陈源斌	蔡测海	李叔德	赵宇共	何志云	杜保平
刘耀仑	刘永年	张辽民	袁 敏	庄雅丽	薛炎文	聂鑫森
李发模	谢颐城	王 蓬	黄 尧	叶之蓁	尹俊卿	贺晓彤
孙桂珍	金逸铭	宋学孟	陈秀庭	向义光	马秋芬	聂震宁
赵本夫	范向东	张石山	姜天民	乔 良	张 玲	王泽群
陈文斌	高洪波	李 剑	刘孟沐	林 澍	秦文玉	张奥列
刘兆林	邓 刚	朱苏进	储福金	顾小虎	郑九蝉	胡永年

其中刘兆林、邓刚、薛炎文、郑九蝉、刘永年等放弃学习;朱苏进、顾小虎、赵本夫、储福金转入南京大学中文系就读。

第七期、第八期学员整体实力都很强,创作影响很大。其中成为知名作家、评论家和编辑家的不乏其人,有许多人成为各地作家协会的主席、副主席。他们不但自己创作成果丰硕,还以自己的影响力引领着地方文学事业的发展,成为一方创作的领头羊,从而为全国的文学事业做出了重要的贡献。可以说,第八期创作班的开办对文讲所的发展具有特别重要的意义,主要表现在:

(1) 进入新的历史发展时期后,第八期创作班在招生方式和教学方针上发生了较明显的变化,即开始从较单纯的专业化培训向正规化和知识化方向转变;

(2) 第八期学员的呼吁和努力对正在酝酿中的鲁迅文学院的成立起到了直接的促进作用;

(3) 开启了与北京大学等高校合作办学的新模式。

由此,"可以说第八期文学创作班的举办在文讲所到鲁迅文学院的发展历史中起到了承上启下的作用,同时,在进行教学探索与办学改革上也具有特殊重要的意义"①。

第三节　鲁院时期文学新人的培养

一、进修班:80年代鲁院的办学形式

1983年1月9日,文讲所在上报中国作协党组、书记处的《关于文学讲习所工作改革意见的报告》中提出:"积极筹办文学院,到1985年建成鲁迅文学院。"正如前面所述,筹办以鲁迅名字命名的作协文学院是丁玲创办文研所的一个主要目标。这一目标终于在1984年11月12日得以实现,这一天中宣部批复同意"文学讲习所"更名为"鲁迅文学院"。由"所"到"院"的改变,表面上是名称上

---

① 成曾樾:《文学的守望与探寻》,作家出版社2012年版,第215页。

的"升级",其实是时代环境的映照,更是国家对文学工作提出了更高的要求。

这一时期,举办进修班是鲁院办学的主要形式。自1985年3月至1990年3月,鲁院共举办了六届进修班。其中第四届(期)进修班比较特殊,是为全国石油系统职工所办的文学创作培训班,属于专题班。

鲁院还积极探索与高校联合办学的路径,自1988年3月起,鲁院分别与北京师范大学、华中师范大学、首都师范大学联合办学,成效显著。

参加鲁院进修学习的中青年作家,有着年龄段、创作经历、创作成绩相近的特点,集聚在这里的他们从深层次上有着更多相近的精神历程和文化背景。毕四海、余华、迟子建、洪峰、周大新、毕淑敏、于坚等为进修班学员。他们均是那一时期中青年文学队伍中的佼佼者,是文学舞台上令人注目的角色。他们的创作离不开当时的文化背景,离不开个人的天分和勤奋,也离不开鲁院的培育。在鲁院的进修学习,除了对作家个体发展有着很大的意义外,对鲁院本身也有重要的意义。鲁院作为特殊的文学教育组织和中国化创意写作实践的范例,在当代文学的发展中,形成了与中国当代文学的密切勾连。从某种意义上来说,集聚于鲁院进修班的学员,以其整体的创作成就,代表了那一时期文学创作的繁荣现象和创意写作中国化实践的丰硕成果,反映出当时作家所关注的社会生活,体现了文学的艺术成就。鲁院学员创作上呈现的缤纷色彩,构筑了鲁院在当代文学中的特殊地位。因此,有必要对前面五届进修班的情况进行详细考察。

1985年3—7月,鲁院举办了为期5个月的第一届进修班,共录取学员61人。教学目标为：在短期内扩充学员的文学知识,提高学员的文学素养,使学员对党在新时期的根本任务、文艺方针政策有较好的了解与理解,对文学的基础理论、创作方法、新时期文学的现状和发展、中外古今重要文学现象文学问题等获得较好认识。

应该说,这一教学目标还是比较适中的,也符合当时鲁院的教学实际。

第二届进修班为期4个月,时间从1987年3月1日到7月2日。此届进修班为创作干部、编辑评论干部而设,教学宗旨和第一届进修班相似。这一届进修班学员共有71人,包括余华、迟子建、王刚、洪峰、陈所巨等。一部分青年作家在来鲁院之前,已经创作并发表了较有影响力的作品。而在此之后,他们的创作有了更大的飞跃,相继发表了许多有影响力的作品。

第三届进修班于1987年9月1日至12月31日举办。其学员来源和身份区别于前两届,为纯粹意义上的编辑评论班。这个班招收的是各省市、自治区主要文学刊物、出版社的文学编辑,共录取学员60人。

举办这一届进修班的时代背景是：新时期以来,全国各地创办了许多文学刊物,各省市、自治区的文学刊物发表了大量在艺术上、思想上有所探索有所突破的文学作品,文学创作出现了蓬勃发展的新形势。文学的全面发展,免不了会有一些杂音,出现一些与主流文学不相统一的非主流的文学表达。这种现象在今天看来是不奇怪的,但在当时却有着严重的不良倾向。对此,党在充分肯定文学成绩的同时,也严肃地指出了存在的问题。鲁院作为新时期文学新人培养的"文艺党校",当然要承担起贯彻中央指示精神,使我国社会主义文学事业能够进一步健康发展的重任。为此，必须加强作为文学把关者的文学编辑、评论工作者的培养工作。鲁院之所以将第三届进修班确定为编辑评论班，正是满足这一客观形势的需要。

在每个时期的办学中都有创作班和编辑评论班，在文研所时期是这样，在文讲所时期也是如此，到了鲁院时期更是如此。这一规律一直延续至今，这说明编辑和评论人员作为文学把关者的重要性。作为新中国文学新人培养的专门学校，鲁院责无旁贷。纵观各大文学期刊的主编、副主编以及主要编辑人员，有许多都经过了鲁院的悉心培养。

从创意写作的发展历程来看，对文学编辑的培养几乎和创意作家养成同样重要。文学编辑、读者、作家以及创意人才一起构筑了创意写作人才培养的版图。如果从创意文化产业的高度来看，那么文学编辑、文学评论家以及优质读者都是创意产业人才的重要组成部分。

考虑到第三届进修班的教学目的是提高编辑、评论工作者的思想和业务水平，为此，鲁院提出在教学过程中必须坚持四项基本原则，正确贯彻党的文艺政策，认真研究马克思主义的文艺理论，使每个学员通过学习能够更加自觉地抵制资产阶级自由化倾向；同时通过学习，使学员对新时期的文学现状、文学构成、基础理论、创作方法、编辑工作的特征及规律有新的认识。由此可见，鲁院的新人培养并不仅仅局限于作家这个文学产品的生产者，作为文学把关者的编辑和评论家的培养工作也很重要。通过对文学新人包括编辑、评论家的培养，鲁院实现了为新时期中国文坛源源不断地输送合格文学人才的宏大目标。

与前三届进修班不同，第四届进修班学员系从社会及鲁院函授部选拔出来的,绝大多数为业余创作人员。关于鲁院开展文学函授教育,前面已有所陈述。这是鲁院开辟新的文学教育形式、增加办学收入的一种尝试。第四届进修班教学时间为1988年3月10日至7月10日。录取学员42名。

与第四届进修班同步进行的还有全国石油系统职工文学创作培训班。随着全民文化水平的提高,石油系统广大职工对文学写作的需求日益高涨,根据这一客观形势需要,鲁院与全总石化工会几经磋商,决定同《中国石油报》社等联合,于1988年上半年举办全国石油系统职工文学创作培训班。这个班是专门为石油系统的宣传人员、文化工作干部及行业文学创作人员包括业余作者而设的,旨在提高他们的文学素养和创作水平。该班共招学员53人。

第四届进修班与石油系统文学创作培训班同期进行教学,此举应当说是从全国作协系统选取学员与行业文联、作协和行业报刊社选取学员的一次合作形式。它拓展了学员来源,并为培养行业系统文学创作队伍提供了有效的帮助和借鉴模式。全国各行业系统的创作队伍日益显现出他们的创作优势,比如他们熟悉本行业的生产状况和生活环境,熟悉本行业职工的阅读需求,较敏锐地把握源于生活和高于生活的文学创作素材,擅长使用带有行业特色的审美艺术表现形式。第四届进修班与行业文联、作协的合作在办学过程中积累了一些经验,这对鲁院今后如何延展教学范围是一次有益的尝试。进入新世纪以后,鲁院又多次尝试举办行业系统文学创作班。其中,较为持久并形成一定特点的是公安系统作家班,至今已连续举办多届,受到公安部和中国作协的高度重视。

与行业系统合作办学是多赢的。从行业系统来说,既借用了鲁院的办学资源,培养了行业作家队伍,又提升了行业系统的整体文化素质。从鲁院本身来看,既培养了文学人才,拓展了鲁院对文学人才的影响力,是对于国家交付文学培养任务的超额完成;同时,还利用行业系统的多种资源包括其雄厚的经济资源,增加了办学收入,减少了办学成本。如此多赢的办学方式,鲁院当然要不断发扬光大。

1989年3月1日,第五届进修班开学,录取学员72人。这一届进修班的教学时间原定为1989年3月1日至6月30日,鉴于该年春夏之交发生政治风波,鲁院遵照中国作协指示,于5月15日提前结业。而第六届进修班于1990年3月7日开学,录取学员52人。

值得注意的是,在举办第五届进修班的同时,鲁院还举办了文学创作研修班。1989年3—7月,鲁院普及部租用北京经济学院校舍举办首届文学创作研修班,录取学员102人。

文学创作研修班重在文学的普及,其招生条件相对宽松,其培训重点在于文学基础知识和初步的创作技巧。这期间,鲁院还积极尝试开办文学函授班,其培训初衷也是如此。

此后,鲁院普及部一直未再举办短期的文学创作研修班。一直到1996年3月,普及部才重新开始举办第二届文学创作研修班,录取学员70人。

如前所说,普及部开办的文学创作研修班重在文学普及工作。如果说文学是一座金字塔的话,普及部所做的工作则重在巩固塔基。这个工作看似没有什么文学"效益",却又十分重要。因为塔基不牢固,文学的金字塔自然就会不牢固,还面临着倒塌的危险。毕竟,在金字塔尖上的人少之又少。这也符合创意写作"赋权人民"和"人人都可以写作"的理念。写作不是"天赋",而是"天赋人权"。换句话说,写作是人人可为的事情,而不仅仅是那些所谓天才的事业。谁也不能"垄断"普通人写作的"天然权利",只要能够做到潜能激发,每个普通人都可以从故事讲述者成为创作者。鲁院这一筑牢塔基的工作一直延续到现在,稍有变化的是普及部改为了培训部,招生质量和办学要求有所提升,其规格不亚于今天的高研班,虽常常以专题班为主,但办学的定位未有改变。

值得一提的是,在 80 年代末期,为促进少数民族文学创作繁荣发展和民族文学作品的汉译传播,提高少数民族文学汉译水平,培养少数民族文学汉译工作者,提供专题性学习进修机会,鲁院与国家民委、中国作协少数民族委员会合作,在 1989 年 10—12 月举办了少数民族汉译班。少数民族文学专题班的举办是鲁院办学的一个传统,一直未有中断。

二、与高校合作办学

鲁院的办学一直在谋求向正规院校的转变,在寻求教育部门批准办学一直未果的情况下,20 世纪 80 年代末期,鲁院不断拓展办学空间和办学方式,创造性地开启了与高校合作办学的模式。

在此期间,鲁院和多所大学联合办学,其中,1988 年与北京师范大学共同举办了"文艺学·文学创作"研究生班,录取学员 48 人;与华中师范大学联合举办"文艺学·文学评论"研究生班,录取学员 30 人;1989 年与首都师范大学联合举办"汉语言文学"大专班,录取学员 45 人。

在与数所大学的合作办学中,鲁院与北京师范大学研究生院

第四章 不同办学时期文学新人培养的情况

的合作影响最大。因为这个班录取了莫言、余华、刘震云、迟子建、毕淑敏等在当时与日后都很活跃的青年作家。时至今日,这个班的许多学员回到了北师大国际写作中心,成为北师大的文学教授,教授大学生创意写作①。其中获得诺贝尔文学奖的莫言还担任了北师大国际写作中心主任,由此也不难看出这个班的巨大成绩和重要意义。

在时任北师大研究生院主要负责人,也是著名文艺理论家的童庆炳教授的大力支持下,1988年5月,根据国家教委研究生司有关文件精神并报请国家教委研究生司批准,北京师范大学研究生院与鲁院决定举办文学创作研究生班。其申请报告内容如下:

> 教委研究生司:
> 　　根据国家教委研究生司(86)教研字030号文件精神,努力扩大招收有实践经验的在职人员为硕士研究生的比例,对部分有四年以上实践经验的在职人员进行单独入学考试的试点,是招生改革的一项重要措施。我研究院于1987年初开始组织人员对社会需求进行了调研,全国各省市作家协会分会提供的情况:目前我国文坛上有一批青年作家很活跃,他们的作品有不少在国内外获奖,如《红高粱》作者莫言、浙江的余华、大兴安岭作家迟子建等。但他们的通病是先天不足,文化专业水平偏低,知识根底浅,门类单一,呈一种贫血状态。所

---

① 作家进入大学成为驻校作家,教授创意写作,已成为大学中文系的流行"标配"。比如:王安忆从上海市作家协会调入复旦大学,创办了复旦大学创意写作专业;毕飞宇调入南京大学,开设了文学欣赏课程,出版了讲稿《小说课》;贾平凹成为西北大学的驻校作家;曹文轩和格非本身就是北京大学和清华大学的教授;孙甘露去了华东师范大学;阎连科到了中国人民大学;苏童、余华也加入了北京师范大学。

以,对这部分青年作家如何更上一层楼,是一个重要课题。为此,北京大学、武汉大学等高校招收的作家班,把不少作家提高到大学本科毕业水平,这一工作很有意义。但近年来,一些优秀作家已将封闭已久的中国当代文学推向世界,据不完全统计,近三年来我国派作家出访二百五十人次,达数十个国家,同时几乎相同数量外国作家来华与中国作家交流,来访者大部分均属××学院文学硕、博士,而我国作家,即使很优秀,知名度比较高,在学术、学位上却是"白丁",充其量也只经过大学本科教育而已。所以中国文学走向世界,没有一支有相当素质的作家队伍,几乎是空谈。因此把一部分已达到大学本科水平的作家,提高到研究生水平,再结合自己本职工作,作出理论结合实践的论文申请学位,使部分作家实现"学者化",是当前研究生教育工作中一件极有意义的事。作家"学者化"是许多作家多年来的向往,如果能办成"文艺学·文学创作"研究生班,将为中国作家学者化的工作尽一份力量。我校受各省市作协分会、总政治部、出版社、大型期刊单位要求与委托试办该班。

(一)试点学科专业:"文艺学·文学创作"研究生班。

(二)招生对象与条件:

1. 大学本科毕业水平,相近专业从事工作满四年。

2. 安心本职工作,政治思想表现好,业务优秀,其作品曾获奖或在全国有影响,40岁以下。

3. 有两名高级职称专家推荐。

4. 该班属国家计划外委托代培生。

(三)考试办法,严格按照国家教委(86)教研司字031号和(87)教研字002号文件执行。

（四）该班招生人数四十名。

以上报告妥否，请批示。

北京师范大学研究生院
1988年6月22日

从申请报告可以看出，办这个班的初衷主要有两点：一是活跃于当时文坛的青年作家文化专业水平偏低，需要提高综合素质；二是中国青年作家和国外作家比较，学历偏低，不能和国外同行进行"平起平坐"的交流。归根结底，办这个班的目的是要实现"中国作家的学者化"。这一点可以说是非常有眼光的，即便是在今天看来，作家的学者化依然是一个不可忽视的重要问题，也可以说是尚未完成的任务。这也是创意写作学科存在的重要意义，更是本学科得以迅速发展的根本原因。作家是需要养成的，是离不开基本的文学教育的。"野蛮自我生长"固然也能出作家，但科班出身更能让创作持久。令人欣慰的是，活跃于当今文坛的新一代作家大都经受过高等学府系统的文学锻造，在学历上也逐渐与国外作家"平起平坐"了。

基于以上考虑，国家教委研究生司于1988年7月21日签署意见批复此报告，同意举办研究生班。

为此，北京师范大学研究生院与鲁院共同制定了"文艺学·文学创作"研究生班招生简章，其内容如下：

为了繁荣社会主义文学创作，提高青年作家的文化素养、理论修养和创作水平，为青年作家的学者化创造有利的切实的条件,培养一批具有较高文化水平的青年作家,根据国家教委研究生司有关文件精神,并报请国家教委研究生司批准,北京师范大学研究生院、中国作协鲁迅文学院决定联合举办一期文学创作研究生班。

(一)招生专业及学制

1. 试点学科专业及研究方向:文艺学·文学创作。

2. 学制:两年半(1988年9月至1991年1月)

其中第一学年(1988年9月至1989年4月)为研究生班的预备班,开设政治、英语及中国当代文学、文学理论、写作等专业基础课,还有相当数量的专题课。然后进行研究生班入学考试。

以后(1989年5月至1991年1月)为研究生班正式教学时间,拟开设政治、英语和相当数量的学位课及专题研究课。政治、英语及学位课程及格者发给研究生班毕业文凭,学生回单位后,经过一段时间专业实践可向北京师范大学研究生院申请学位。

(二)招生对象及条件

1. 大学本科毕业水平(或具有同等学力者),从事相近专业工作满四年。

2. 拥护四项基本原则,拥护改革开放,坚持"二为"和"双百"方针。安心本职工作,业务优秀,其作品曾获奖或在全国有一定影响,或有创作潜力,年龄在四十岁以下。

3. 有两名具有高级职称的专家推荐。

4. 本班学员均属国家计划外委托代培生,因此必须取得原单位的同意方能报考。

(三)招生名额

正式录取40名,并拟招收少量旁听生。

（四）报名及考试办法

1. 研究生预备班报名办法：原报考中国作协鲁迅文学院第九期文学创作班者均有效；新报名者必须由中国作协各分会或出版社、文学期刊编辑部推荐，然后向北京师范大学研究生院、中国作协鲁迅文学院招生小组（地址：北京朝阳门外十里堡北里）报名，填写"报名登记表"，并交纳代表作品（中、长篇小说两部以上，短篇小说、散文五篇以上，诗歌十首以上），经审查后择优录取进入预备班学习。报名截止日期：1988年8月20日。

2. 研究生班入学考试拟于1989年4月举行，考试科目及办法严格按照国家教委（86）教研司京031号和（87）教研字002号文件执行。

（五）收费标准

本班属委托代培性质，拟酌情收取一定数量的学费，收费标准：

公费：每位学员缴纳学杂费三千七百元。

自费：每位学员缴纳学杂费三千元。

学员一律在校住宿，不招收走读生，每位学员每学期还应交一定数量的住宿费。

学杂费入学时一次交清。

住宿费每学期初缴纳。

北京师范大学研究生院

中国作协鲁迅文学院

1988年7月

这个简章既有与大学招生简章相同的地方，比如修完学位课程并合格的可以颁发学位文凭等。也有很大的区别，比如招生条件中强调了创作成绩和实力，要求其作品曾获奖或有一定的影响力，且有两名高级职称人员推荐。具体报名时还须交纳代表作。显然，这个研究生班独具特色。同时，这也是创意写作中国化的特殊实践，是中文创意写作作家培养的成功范例。这一做法如今已然成为北师大和鲁院的传统。到新世纪第二个十年，北师大又与鲁院携手，重启研究生班招生工作，至今从未间断。北师大和鲁院合作办学的传统和成功实践表明，中国化的创意写作离不开作家协会和高校的共同发力。作协集中了一批专业作家，而高校则聚集了很多学者和理论家，两者互相结合，优势互补，可谓是互相加持和双向赋能，其效果自然是强强联合、有口皆碑。作协和高校的这一良性互动是中国式创意写作的理想状态。

为了办好这个班，鲁院投入了大量的精力，为学员开办了预备班，专门补习英语。9月21日，研究生预备班开学。录取学员48人，具体名单如下：

李本深	于 劲	莫 言	刘毅然	叶流传	刘 恪	迟子建
何首乌	王宏甲	王 刚	王 敏	严啸建	陈 虹	江 灏
李平易	郑海翔	肖亦农	黄殿琴	黄康俊	王树增	季清荣
白玉琢	邓九刚	余 华	刘亚伟	苏丽华	贺 平	魏志远
寇宗鄂	杨新民	刘震云	王明义	冯敬兰	张坚军	杜 远
雷建政	王连生	宫魁斌	千 华	毕淑敏	刘以林	李沙青
彭继超	贝 奇	徐 星	洪 峰	孙大梅（旁听生）
蔚 江（旁听生）

这个名单里的许多名字,至今仍闪耀在中国文坛,成为当代文坛创作的中坚,从中也不难见出鲁院和北师大合作办学的眼光和远见卓识。

经过两年半的学习,1991年1月,该班在鲁院举行了隆重的毕业典礼。46位学员修完了七门学位课和七门专题选修课,修满了30学分,获得北师大和鲁院共同颁发的研究生班毕业文凭。中国作协副主席、党组书记马烽,北京师范大学副校长、研究生院院长顾明远,北京师范大学中文系教授童庆炳,创作实践及研讨课导师代表汪曾祺、李准、林斤澜、牛汉、程树榛,以及施勇祥、李一信等有关负责人、教职工出席毕业典礼。据粗略统计,两年半中,全班学员共创作发表了小说、散文、报告文学、文学评论等各种形式的作品1 300多万字,诗歌44 000多行,电影、电视剧本18部。考虑到这个研究生班学员毕业前还要撰写毕业论文,因此这些文学作品的数量十分可观。

在与北师大合办研究生班的同时,鲁院还与华中师范大学联合举办了"文艺学·文学评论"研究生班。其招生简章主要内容是:招生专业及研究方向为"文艺学·文学评论";学制一年半(1988年9月至1990年1月);必须具有大学本科学历;年龄一般不超过四十岁;考生必须是从事工作五年左右、有写作文学评论文章的实践经验、确有培养前途的业务骨干;必须有两名以上具有副教授(或相当职称)的专家推荐,并填写"专家推荐表"。其招生条件和北师大文学创作班有相同之处,即特别强调了有实际创作经验和两名高级职称专家推荐。不同之处是强调了具有大学本科学历。

"文艺学·文学评论"研究生班开学时间也是在9月,录取学员30名(1988级),具体名单如下:

冯　毅　黄忠顺　尚建国　高文平　李家宝　王鸿生　曲春景
肖友元　周行易　蔡桂林　刘英武　陈　默　张晓东　廖四平
杨问福　廖永明　汪新生　徐　敏　史晓莹　吴　茵　陆　艳
段蕴凯　田志平　熊　雄　李小明　龙　云　饶　彬　吴清泉
秦立明　毛韶华

与北师大"文艺学·文学创作"研究生班不同，华中师大"文艺学·文学评论"研究生班连续举办了两届，继1988级之后，1990级于1990年3月开学，录取学员20人。具体名单如下：

李　旭　张　军　李建东　王　琳　徐　旭　向军芳　许春樵
王春林　赵新林　赵怡生　李　旻　傅　强　杨　建　胡建军
王　祥　唐霁虹　刘光耀　余　继　陈颖灵　张　珊

总体来看，鲁院与北师大、华中师大等高校联合办学模式是成功的，此举为提高作家、评论家的学历和素养起到了重要作用。同时，也有力回答了"作家何以养成"的问题。文学教育是作家创作成功的助推器，创意写作是作家成长的加速器。像这样的作家研究生班办学模式值得好好总结。

可惜的是，此种模式未能持续，直到新世纪鲁院开办高研班之后，这种模式才得以再度开启。所以，有机会到研究生班提升学历的作家毕竟还是少数。作家学历不高，不但在当时，就是在今天仍是当今中国文坛的一个大问题。放眼现今文坛，高学历作家的数量还是不多，从这一点说，当年鲁院指出的中国作家普遍学历不高的难题，依旧没有得到根本解决。这也成为创意写作中国化实践的重要任务和发展契机。培养数量可观的高学历创意作家和创意人才是中文创意写作的根本诉求。

总之,鲁院在学历教育上的局限大大限制了自身的发展。中国作家培养问题由此陷入了一个怪圈:拥有学历教育的高校中文系大多宣称不会把主要精力放在培养作家上;一心想培养文学新人的鲁院却不能授予作家学位和学历。这个难题既是对作家的限制,也是对中国文学发展的阻碍。值得欣喜的是,现在越来越多的高校开始重视作家的培养工作,开设了创意写作专业。兴盛于欧美的创意写作新学科如今正在中国高校遍地开花,越来越多的传统中文系开始培养起了文学新人,越来越多的青年作家从这个专业中走来。创意写作在中国已经形成了"北上广苏浙"发展样态。具体包括以北师大、北大、人大等高校为主的北京高校;以复旦大学、上海大学、华东师大等为代表的上海高校;以广东财经大学、广东外语外贸大学、中山大学为代表的广东高校;以南京大学、江苏师大为主的江苏高校;以浙江大学、温州大学、浙江工商大学和浙江传媒学院为代表的浙江高校。此外,还有西北大学、东北师范大学、江西师范大学、青岛科技大学、玉林师范学院等遍布全国各地的高校,都在探索创意写作这一崭新学科的发展道路。

在80年代鲁院的办学历史上,还有一件大事,即开办文学创作函授教育。1985年9月20日,鲁院专门成立了院长领导下的函授工作小组,于9月25日开始招生。相比较而言,函授教育的受益面更广,招生规模更为庞大。具体招生情况为:1986年招收5 200名学员;1987年招收6 800名学员;1988年招收8 400名学员;1989年招收3 400名学员。

1989年10月,鲁院普及部还与首都师范学院培训中心联合举办了"汉语言文学"大专班（函授）。学习时间两年，录取学员45人。

以此为开端，鲁院开展了对文学爱好者长达20多年的培训，取得了社会效益和经济效益的双丰收。同时，不可否认的是，这一培养形式只是权宜之计。在鲁院后来的发展中，此种培养方式不再是主流，直到今日已几近消失。但从创意写作"人人都可以写作"以及"写作是天赋人权"的理念出发，文学的普及是十分必要的，也是扩大文学基本面所必不可少的工作。创意写作的高阶任务是培养文学作家和高级创意人才，其较低的追求则是让老百姓自己写作，让人民过上丰富的文学生活。因此，鲁院如何在培养文学作家的同时，也做好文学的普及工作，是值得我们好好思考的。

三、多样化办班：90年代鲁院的招生办学

90年代鲁院继续贯彻"培养文学新生力量，壮大文学队伍，繁荣文学创作"的办学方针，通过一个阶段的学习，"使每个学员在思想上、文学修养上、表现技巧上均有所提高，以便写出更多更好的作品，满足人民群众日益增长的精神生活的需要，更好地为社会主义现代化服务"。在课程设置、教学活动等一系列工作安排上，鲁院一直遵循这一方针，但在一些具体问题上，又会根据实际需求，做出适当的调整。

通过考察可知，进修班成为这一时期鲁院的主要办学形式。这是鲁院从自身的生存和发展方向考虑，为了适应新的历史时期的客观形势和需求而做出的一个选择。鲁院曾经想通过争取学历教育来解决学院定位和经费来源的问题，但争取学历教育的努力没有成功。无法获得学历，在当时显然不能吸引许多优秀的作家

前来学习。在有了 80 年代末办短期进修班与合作办学的实践之后,鲁院清醒地认识到,如果办长期创作班而又无法提供学历,从经费和客观需求上都是不现实的,只有短期的进修班比较切合实际。有两点突出的优势:一是经济负担相对较小,虽然学费在增长但学员还能接受;二是时间短,方便学员来院学习。

经鲁院院务会议讨论后,鲁院连续举办了三期进修班(短期),即第七期文学创作进修班、地矿系统文学创作进修班和第八期文学创作进修班。其中第七期进修班和地矿系统文学进修班是同步进行的,在一个大教室上课。第七期进修班学员 60 人,地矿系统文学进修班学员 41 人。这样的培养方式和前述鲁院与石油系统的合作模式相同,也是这一培养模式的延续和光大。

鲁院的学习是难忘的,成效也是显著的,这让学员们都想在鲁院尽可能地多待一些时间,多学一些东西。在结业前,这两个班的学员纷纷要求延长学习时间。鲁院将其中符合要求的 27 名学员编成一个班,称为创作研究班(第七期延长班),学习时间为四个月,1992 年 3 月 5 日开学。

紧接着,第八期文学创作进修班开学,共录取学员 63 人。第八期进修班学员在结业时也同样提出延长学习时间的要求。为此,鲁院重新制定招生简章,在第七期延长班和第八期两个班的基础上重新录取了 58 名学员,称为创作研究班延长班。

创作研究班延长班的学习时间为一年,鲁院根据需要对课程重新进行设置。有许多学员在鲁院连续学习了三次,这在鲁院的办学史上是十分罕见的。从中,既可以看出学员的学习热情,也可见鲁院办学的灵活性和多样化。这是这一时期鲁院办学的重要特点。

1993年6月,鲁院制定第九期进修班(1993年度文学创作培训班)招生简章。这个班共录取学员54人。

1994年3月,鲁院发出第十期文学创作进修班招生通知;8月,制定第十期进修班教学计划;9月,第十期进修班开学,共录取学员42名。

1995年5月,鲁院教研室制定第十一期创作进修班招生简章;8月,制定第十一期进修班教学计划;9月,第十一期进修班开学,共录取学员50人。

在举办创作进修班的同时,鲁院在这一时期进行了多样化办学尝试。1996年和1997年,鲁院分别举办了1996级文学创作专业班(一年制)和1997级文学创作专业班(半年制)。

1996年9月20日,1996级文学创作专业班(一年制)开学,共录取学员67名。

90年代后期,影视文学创作方兴未艾,为适应这一时代形势,同时满足社会需求,在举办文学创作专业班的同时,鲁院积极探索举办影视文学创作专业班。

1997年9月10日,1997级文学创作专业班(半年制)与1997级影视文学创作专业班(一年制)同时开学,录取学员分别为50人和41人。

90年代,鲁院办学虽然处于密集状态,可谓一期接一期,源源不断,但外人不知的是,当时鲁院办学经费匮乏。尽管如此,鲁院仍咬紧牙关,坚持办学特色,培养了1 000余名学员,为我国当代文坛输送了一批优秀人才。

难能可贵的是,除了进修班、创作研究班延长班以外,为了解决学员学历问题,1993年鲁院再次与北师大中文系达成协议,共同

招收在职委培"文艺学·文学创作"硕士研究生。学员大多来自创作研究班延长班。其招生简章内容与此前稍有区别,主要内容为:

(1) 招收对象:大学本科毕业(不受学科限制),有四年以上工龄的在职人员,在文学创作上有较突出的成绩或潜力者,身体健康,能坚持脱产学习,年龄一般不超过 37 岁。

(2) 学制两年,分两个阶段:第一阶段为预备班,复习有关功课并举行入学考试。考试合格者,方录取为正式学员。第二、三、四学期为学位课程学习阶段,学习结束,考试合格,修满学分者,由北京师范大学研究生院与鲁迅文学院颁发研究生班毕业证书。毕业后在职撰写学位论文,两年后进行论文答辩。论文答辩通过者,由北京师范大学研究生院授予文艺学硕士学位证书。

(3) 招生人数:40 名,额满为止。

(4) 报名时间及办法:1993 年 7 月 1 日至 8 月 30 日报名,报名时除填写报名登记表外,还要交一定数量的作品(小说、报告文学两篇,诗歌、散文五篇)。

在这个招生简章中,明确了学制分为前后两个阶段,把预备班作为第一个阶段,复习英语等有关功课,为入学考试作准备。

本期实际录取学员人数为 47 人,比招生简章人数多出 7 人,具体名单如下:

蔡若秋	贾哲宇	冯 捷	牟 洁	许明扬	王贤根	章 珺
马京生	徐名涛	黄少云	张大公	母碧芳	万剑声	徐景辉
焦耐芳	刘晓滨	孙 平	梁洁茹	王 丽	迟 慧	曹 谦
曾 英	郭晓力	黄嘉宾	马步升	黄以明	刘爱姝	袁丽馥
钱 宏	柳建伟	张兴源	李玉臣	陈丽伟	徐桂芝	于守山

高　领　高　军　高　伟　毛　眉　傅建文　吕志青　钟兴林
李志伟　张鸿疆　蒋蓝黛　魏碧海　何建明

　　据曾任鲁院副院长的李一信回忆,在本期学员录取工作中,有两位女学员能不能录取的问题,在教师和学员中产生了极大的分歧。坚持录取的理由是这两位女学员文学创作的功底较好,坚持不录取的理由是这两位女学员生活不够检点,组织纪律性差。经过权衡,本着具体问题具体分析的原则,李一信主张录取这两位女学员。对此,有人提出异议,并把这种带有明显倾向的做法反映给作协领导。作协领导玛拉沁夫就此约见了李一信。李一信向他做了详细汇报,并自荐兼任研究生班的班主任。李一信分别找那两位女学员谈话,并与她们约法三章,同时向全院师生提出明确要求:一是学员在校期间,师生不准谈恋爱;二是每晚9点以后,学员不得打扰老师备课和进行文学创作;三是男女学员要自尊自重自爱,聚精会神完成学业①。

　　像这样的情况,在鲁院是不多见的。不知道是不是由此形成了一个"传统",每一次学员入学时,鲁院领导都要对其进行"学前教育",其中一项重要内容便是强调学习纪律,男女交往当然也是特别强调的一个方面。

　　综合鲁院80年代和90年代的做法,可以看出合作办研究生班至少有三点好处:一是延续了鲁院和高校合作办学的传统,进而提高了鲁院的办学层次;二是研究生班可以收取一定数额的学费,相

---

① 李一信:《梦之缘》,鲁迅文学院编:《我的鲁院》,新星出版社2011年版,第427页。

比短期培训班,经济效益要好一些;三是解决了鲁院不能颁发学位的问题,满足了学员进一步提高学历的要求。

1998年上半年,为了发现更多文学新人,鲁院还尝试举办了三期短期的创作研修班(每期训练时间10天左右)。

1月18日,鲁院发出创作研修班招生通知:

为了充分发挥鲁迅文学院的作用,发现更多的文学新人,我院拟在1998年上半年举办三期文学创作研修班。

近年接到不少学员来信,反映他们由于请不了长假和经济困难,从而建议举办这类学习班。经学院认真研究,决定满足这样一大批学员的要求,举办98文学创作研修班。每期十天,分别在四、五、六三个月内进行。

内容如下:

(一)创作理论。授课人员拟在陈建功(中国作家协会书记处书记)、李国文(著名作家)、苏叔阳(著名作家)、梁晓声(著名作家)、张抗抗(著名作家)、毕淑敏(著名作家)、雷抒雁(鲁迅文学院常务副院长)、雷达(中国作家协会创研部副主任)、吴福辉(现代文学馆副馆长)、崔道怡(《人民文学》副主编)、韩作荣(《人民文学》副主编)、孙武臣(鲁迅文学院副院长)、常振家(《当代》副主编)、舒乙(现代文学馆常务副馆长)、牛玉秋(著名评论家)、曾镇南(著名评论家)、胡德培(《当代》副主编)、白崇人(《民族文学》副主编)等知名老师中聘请,系统讲授小说、诗歌、散文创作理论以及当今文坛态势。

(二)创作指导。聘请《人民文学》《当代》《中国作家》《诗刊》《北京文学》等资深编辑,针对学员创作情况进行指导,并交流创作经验。

（三）文艺观摩。组织学员观看近年有影响的影视作品，并结合作品进行讲解。

（四）游览。游览地点：八达岭长城、定陵、十三陵水库。

（五）参加学习并完成学业者，颁发本院98文学创作研修班结业证书。

鲁迅文学院
1998年1月18日

如此详细介绍师资力量的招生简章在鲁院办学史上并不多见。这一不同寻常之处大概率是为了吸引学员报考。联系当时的社会背景和市场经济环境，鲁院办学进入了与时代同频共振的阶段。

通过考察可知，1998级文学创作研修班的招生办学十分顺利。4月6—15日，第一期创作研修班举行，录取学员48人；5月4—15日，第二期创作研修班举行，录取学员48人；6月8—19日，第三期创作研修班举行，录取学员81人。

90年代后期，受市场经济大潮冲击，文学日益边缘化。如果说80年代办进修班收取学费有弥补办学经费不足的作用，那么到了90年代后期，办进修班和函授班收取的学费已经成为鲁院重要的经济支柱。教学设备老化、宣传经费有限，使教学层次的提升也受到了影响。为了改变这种状况，使社会效益与经济效益并重，一方面在1999年鲁院提出了经济目标管理责任制的口号，将经济目标落实到部门；另一方面举办了一期特殊的文学创作研究生班。

该班于1998年8月17日在中国作协机关而不是鲁院开学，这是90年代后期举办的时间虽短但规格很高的一个特别班。为何说它特别？

首先，这个班的举办是中国作协深入学习邓小平理论，落实中宣部指定的培养跨世纪人才规划、多出优秀作品的重要举措之一。在开学典礼上，时任中国作协党组书记翟泰丰传达了江泽民在深入学习邓小平理论工作会议上的讲话。参加开学典礼的有党组成员施勇祥、陈建功、高洪波等。

其次，这个班的举办为新世纪高研班的举办提供了有益探索，开启了由中国作协出资培训知名作家的新尝试，在某种程度上恢复了文研所早期高规格、高起点的办学传统。

再次，这个班的不少学员在文学界有广泛影响，其中有因《茶人三部曲》而于2000年获得第五届茅盾文学奖的王旭峰，有以"三驾马车"著称的河北作家关仁山、谈歌、何申，有以写报告文学著称的张平，以及陆天明、周梅森、叶广芩、秦文君、范小青、邓一光等，总计21人参加了学习，具体名单如下：

陆天明　星　竹　秦文君　邢军纪　李鸣生　何　申　谈　歌
关仁山　张　平　朱润祥　张宏森　纪　宇　范小青　周梅森
王旭峰　程蔚东　叶广芩　邓一光　刘立中　李兰妮　张黎明

这个班之所以意义非凡，原因是多方面的。从鲁院的角度说，这种办学的新尝试和范例，为新世纪高研班的举办提供了难能可贵的办学经验。具体说，包括中央高度重视、办学层次高、经费保障足、教学质量好、学员成就大等方面。从作家的角度说，这个班的举办提升了他们的精神境界和人文素养。作家关仁山说："这些知识让我们大开眼界,使我对国内国际形势有了正确的认识,间接地丰富了生活,激发了创作的热情,为后来关注现实的长篇小说《风暴潮》的创作奠定了一些基础。文学方面,特别是张韧先生的《当下文学还缺少什么》给了我极大的启发。"

与八九十年代其他班略有不同,这期文学创作研究生班受到中宣部的高度重视。政治理论阶段学习结束的时候,中宣部邀请研究生班学员进行座谈。这个班的举办,对鲁院以后的办学之路、办学思想及办学方式有着深刻的影响。

延续 1996 级文学创作专业班(一年制)和 1997 级文学创作专业班(半年制)的思路和做法,1998 年 9 月,鲁院又招收了 1998 级文学创作专业班和 1998 级影视文学创作专业班,录取学员分别为 54 人和 43 人。

1998 级(秋季)文学创作专业班学习时间不长,当年年底就结业了。1999 年 4 月,1999 级(春季)文学创作专业班学员入院学习。这一期录取学员 33 人。

1999 级(春季)文学创作专业班和 1998 级影视文学创作专业班结业不久,1999 级(秋季)文学创作专业班和 1999 级影视文学创作专业班开学,录取学员分别为 53 人和 30 人。

进入新世纪,鲁院马不停蹄地招生办班,2000 年 3 月 10 日,2000 级(春季)作家创作班开学,录取学员 77 人。

6 月,鲁院发出 2000 年秋季作家创作班、影视编剧班招生简章,内容为:

为培养造就二十一世纪文学创作人才,鲁迅文学院即日起开始招收 2000 年(秋季)作家创作班和影视编剧班。

（一）报名条件

1. 拥护四项基本原则，拥护改革开放，品质优良，作风正派。

2. 有较丰富的生活积累，发表过一定数量的有质量的文学作品。

3. 身体健康，能胜任学习。

（二）学习时间：2000年9月15日—2000年12月20日。

（三）招生名额：每班四十名。完成学业者颁发结业证书。

（四）学习内容

1. 公共课：马列文论；邓小平建设有中国特色社会主义文学理论；大文化课。

2. 专业课

作家创作班：文学理论精要；文学史精要、文学创作技巧和创作心理学；文学鉴赏与经典作品细读、作家创作谈等。

影视编剧班：电影电视剧创作；导演艺术、经典作品赏析、摄影艺术、大师研究；影视剧制作实习等。

3. 本学期教学以创作实践为中心，开设专门的创作辅导课程，针对学员作品组织研讨活动，并推荐优秀作品在大型文学刊物上发表。

（五）教学原则

理论与实践相结合，讲课与辅导相结合。聘请国内著名作家、教授、学者及在京著名文学刊物主编授课。

（六）报名与录取办法

1. 各省、市、地区作协、文联或行业文联、文化局推荐与本院考核相结合。

2. 凡被推荐者要认真填好报名表,贴上照片,填写推荐意见和本单位意见,并加盖公章,连同报名作品一起寄至本院教学部招生办。

鲁迅文学院
2000 年 6 月

从这一招生简章可以看出,此时鲁院的办学是面向市场经济的,也是面向普通大众的。招生条件十分宽松,只要求发表过一定数量的有质量的文学作品即可。这个招生简章体现出此一时期鲁院办学重普及轻提高的特点。所以,这样的文学创作班的培养周期相对较短,录取的学员数量也较多。这样的办班节奏在很大程度上映衬了市场经济时代下文学的窘境,也反映了鲁院办学经费的捉襟见肘。

2000 年 9 月 15 日,2000 年(秋季)作家创作班、影视编剧班开学,共录取学员 69 人。

2001 年 3 月 14 日,2001 年(春季)作家班开学,共录取学员 57 人。

综上,从 1991 年下半年至 2001 年,在 10 年的时间里,鲁院共举办了 23 期各种类型的文学创作班(一个月以内的短训班不计算在内),即文学创作进修班 18 期,影视文学专业班 3 期,"文艺学·文学创作"硕士研究生创作班 1 期,文学创作研究班 1 期。鲁院在这一阶段是满负荷运转的。

应该说,这一时期鲁院办班形式是很丰富的,既有文学创作班,也有影视编剧班,且取得了显著成绩,但与 80 年代以及新世纪的办学成绩相比较,在涌现大作家大作品方面,稍显逊色。这自然和时代大背景有关,但也和鲁院自身的办学定位大有干系。

四、高研班:新世纪鲁院的招生办学

自2002年9月开始,鲁院办学进入新阶段,开始举办中青年作家高级研讨班,从而将鲁院的发展带入一个全新的高度。

高研班的创办有着深刻的时代背景。2001年4月23—26日,全国第五届青年作家创作会议在北京召开。会议召开前夕,时任中国作协党组书记、副主席金炳华到鲁院调研,在听取了院领导的工作汇报并了解了鲁院的历史和教学现状后,指出鲁院现行的办学状况和教学模式已经跟不上当前形势发展的需要。在筹备会议期间,金炳华在起草大会报告稿的研究会上正式提出在鲁院举办中青年作家高级研讨班的设想。丁关根同志代表中宣部宣布了对举办中青年作家高级研讨班的支持,包括经费上的支持,受到与会青年作家们的热烈欢迎。

很快,鲁院就高研班的办学确立了新的教学思想,并拟出新的教学大纲,将课程设置为政治理论、国情时政、大文化和文学四个板块。6月,鲁院初步拟定教师名单,并上报作协审批。教学部拟定《首期高级研讨班课程设置(预案)》,分政治类、文学类、研讨类、导师指导类、社会实践、读书自习与创作这六个板块。7月22日,鲁院向各省市区作协、各产业文协、中央直属机构、总政有关部门发出《关于举办首届高级研讨班的招生通知》。招收对象为45岁以下,政治思想和业务素质好,并在创作上有一定成绩和影响的中青年作家。23日,拟定《鲁迅文学院高研班教学大纲(草案)》,并报作协批准。大纲分总则、办学宗旨与培养目标、办学模式、学制与学时分配、师资与教材、课程设置（共189课时）、考核这七个部分。

高研班的举办是鲁院办学的一个创举。之所以这样说，不仅因为高研班是作协主要领导直接提出举办的，更主要的是高研班不但不收取任何费用，而且在师资配备等方面都达到了相当高的水平。高研班不再继续此前的招生序列，而是另起炉灶，重新排序。

徐坤在文章《在鲁院那边》中提到为何这个班没有按照鲁院固有的顺序排列，比如叫作"第××期作家班"，而要另起炉灶叫作"中青年作家高研班"。按照她和其他学员私下的猜想，这"大概是想表明这个班级的特殊性。这个班里的人是在新世纪里招收的第一期正规作家学员，基本上已人到中年，在文学创作中小有成就，多半是获过各类文学奖的作家，有的还在各省市作协担任要职，再把它等同于以前文学讲习所时代的作家学习班，或者是鲁院前几期人员复杂的短期学习进修班，不足以表明它在人员身份和年纪上的特点"①。

徐坤的这一说法基本符合高研班的实际情况。

从2002年9月至2020年1月，鲁院共举办了37期高研班。其中第4、10、12、16期为少数民族文学高研班，第2、27期为文学期刊主编班，第5、26期为文学评论家班，其余皆为中青年作家班。

首届中青年作家高级研讨班录取学员50人，实到49人，其中男学员34名，女学员15名；中共党员19名，民主党派1名；少数民族7名；大学以上文化程度27名。他们中有不少人得过全国性文

---

① 鲁迅文学院编：《我的鲁院》，新星出版社2011年版，第161页。

第四章 不同办学时期文学新人培养的情况

学奖项,如"五个一工程"奖、鲁迅文学奖、骏马奖、全军文艺"新作品奖"等。具体名单如下：

刘增哲	丁丽英	刘向阳	王　松	冉　冉	杨海蒂
谈　歌	关仁山	张行健	萨　娜	孙惠芬	巴音博罗
胡卓识	葛钧义	荆　歌	周　诚	竹雄伟	吴祥生
许春樵	林　岚	凌　翼	凌可新	刘玉栋	戴　来
邵　丽	刘继明	薛媛媛	张　梅	麦　家	谢　挺
潘　灵	马丽华	杨宏科	夏坚德	陈开红	陈继明
李金鸥	时培华	刘北野	王　玲	金成浩	于　卓
荆永明	欧阳黔森	柳建伟	衣向东	李西岳	陶　纯
徐　坤					

9月9日,首届中青年作家高级研讨班举行开学典礼。时任中宣部副部长李从军,中国作协党组书记、副主席金炳华出席开学典礼并讲话。金炳华在讲话中指出,举办中青年作家高级研讨班是文学界落实"三个代表"重要思想、进一步繁荣我国社会主义文学事业的一项重要举措。要继承和发扬延安鲁艺和中央文学研究所的光荣传统,坚持"二为"方向和"双百"方针,坚持正确的办学方向,努力把高研班办好,使鲁院成为弘扬民族优秀文化的园地、吸收外国文化有益成果的课堂、培养作家的摇篮,为我国输送更多的优秀人才,为社会主义文学事业的发展繁荣做出更大的贡献。李从军希望学员们遵循"三个代表"重要思想,明方向、厚素养、出成果,创作出更多为人民群众所欢迎的优秀作品,涌现出无愧于伟大时代的杰出作家。时任作协党组副书记王巨才,党组成员、书记处

书记吉狄马加,鲁院客座教授代表苏叔阳、何西来,作协各直属单位负责人雷达、舒乙等出席开学典礼。

从出席开学典礼的领导和专家的阵容不难看出高研班的规格之高,这也从一个侧面证明了高研班的举办是从国家战略和巩固文化领导权的高度来培养文学新人的。

第二届高研班(主编班)于2003年4月10日开学,共录取学员50人,实到48人。11日,鲁院举行第二届高研班开学典礼。出席开学典礼的有时任中国作协党组书记、副主席金炳华,党组副书记王巨才,中宣部文艺局局长杨志今,党组成员、书记处书记张胜友等。这个班开学不久,全国爆发"非典"疫情,经中国作协领导决定,学员在此期间暂停上课。学员可以留在北京进行创作,也可以回当地参加抗击"非典"疫情的斗争。除10人留校外,其余学员均离开北京。待"非典"疫情稍缓,鲁院向中国作协呈送《关于第二届高级研讨班(主编班)复课时机问题的请示》,作协办公厅批复该班于9月初复课。由于一些学员的工作情况在"非典"期间发生了变化,他们不能继续参加学习,经作协领导批准,发出补充录取通知书。确定调整后的学员共48人。其中,男学员29人,女学员19人;来自6个民族;中共党员29人;大学以上文化程度36人。

9月4日,在经受了抗击"非典"斗争的洗礼后,第二届高研班复课。中国作协党组副书记王巨才,党组成员、书记处书记高洪波、吉狄马加、张胜友、田滋茂出席了复课典礼。《钟山》杂志社副主编傅晓红代表学员在典礼上发言。

2004年2月13日,鲁院向中国作协呈报《关于举办鲁迅文学院第三届高级研讨班的报告》。作协党组批复,作协创联部拟出招生名单,随后向各省市、自治区作协及各产业文协、总政有关部门发出《中国作协鲁迅文学院关于举办第三届高级研讨班(中青年作家班)的通知》。3月1日,第三期高研班学员报到。共录取52人,其中男学员36人,女学员16人;来自8个民族;中共党员23人、民主党派3人;中国作协会员41人;大学以上文化程度33人。

3月2日,第三期高研班举行开学典礼。中国作协党组书记、副主席金炳华,中国作协副主席、书记处书记陈建功,中宣部文艺局巡视员路侃,中国作协党组成员、书记处书记吉狄马加、张胜友、田滋茂出席了开学典礼。金炳华在讲话中说,优秀作品是由优秀的作家来创作的。文学繁荣的局面,是由大批优秀的作家的创作成果来体现的。为此,金炳华向学员提出了三点希望:第一,作为一名党的文艺工作者,首要任务是进一步深入学习邓小平理论和进一步贯彻落实"三个代表"重要思想,增强责任感、使命感和紧迫感,牢牢把握先进文化的前进方向,与党同心同德,为实现十六大的各项战略任务做出自己的努力。第二,希望大家珍视这次难得的机会,努力学习,认真研究,深入思考,从思想认识水平到创作水平都有一个大的提高。第三,希望大家紧密团结,热爱集体,共同营造一个倾心交流、平等研究、互帮互学的良好风气,在学习期间树风范、讲操行、守纪律,为后来者树立一个良好的榜样。

与此同时,鲁院和中国作协民族处联署发出第四届高研班(少数民族中青年作家班)招生通知。由于本期学员的特殊性,招生工作提前开始,与第三届高研班的招生工作几乎同步进行。第四届高研班名额50人,学制一个学期,要求各省市、自治区作协推荐少数民族青年作家来院学习。

8月15日,第四届高研班招生工作结束。共录取学员53人,实到52人。他们来自22个民族,其中男学员35人、女学员17人;

中共党员25人、民主党派3人；大学以上文化程度28人。其中9人曾获骏马奖，16人获省级以上文学奖，从事民族文学翻译者6人，中国作协会员21人。

9月10日，第四届高研班（少数民族中青年作家班）举行开学典礼。中国作协党组书记、副主席金炳华，中国作协党组副书记、鲁迅文学院院长张健，中国作协党组副书记、副主席陈建功，中国作协党组成员、书记处书记高洪波、吉狄马加、张胜友、田滋茂出席典礼，国家民族事务委员会文化宣传司司长金星华和有关方面负责同志也出席了典礼。金炳华在讲话中指出，鲁迅文学院是培养作家的重要基地，在党的民族政策的指引下，近年来少数民族文学发展迅速，有影响的作品和作家不断涌现，这一届少数民族作家高级研讨班就是在少数民族作家的要求下举办的。这个班由中国作协和国家民族事务委员会共同举办，体现了党和国家对少数民族文学的关怀和重视。

与往期高研班不同，中国作协和国家民委宣传司分别宴请了本届全体学员，金炳华、张健、陈建功、高洪波、吉狄马加、张胜友、田滋茂等出席宴会。2005年1月12日，该班结业。上述人员出席了结业典礼，金炳华在讲话中谈到，当前我国的文学形势很好，文学多样化的格局正在形成，社会主义文学创作正在进一步呈现出百花争妍、多姿多彩的局面。在党和国家各级领导的高度重视、关怀及社会各界的大力支持下，成功地举办这届少数民族中青年作家高研班，是我国文学事业繁荣发展的又一个体现。四个月来，同学们克服了种种困难，集中精力，珍惜时间，取得了丰硕的学习成果。目前我国文学领域在取得巨大进步和成就的同时，也出现了一些不和谐音，主要表现在一些媒体片面宣扬文学的"特殊化"和

"边缘化",在文学创作中还存在着疏离社会、远离现实的现象,文学创作中"戏说历史"的现象时有发生,一些作品出现了"低俗化"的倾向,以及"泡沫文学""垃圾文学"等。与这些负面现象做斗争,是近期面临的重要任务。这一届高研班在这一方面表现出了高度的自觉性,与党的政策和路线保持高度的一致性。这也是这一届高研班取得的重要成果。

2005年1月17日,鲁院向各省市、自治区作家协会及各产业文化工作者协会、总政治部有关部门发出《中国作家协会鲁迅文学院关于举办第五届高级研讨班(中青年文学理论家班)的招生通知》。其主要内容为:本届高研班以邓小平理论和"三个代表"重要思想为指导,坚持"二为"方向和"双百"方针,实现出人才,出作品,走正路;实现加强文学理论和评论工作者队伍的建设,培养一批优秀的文学理论家和批评家的教学目的。

培训时间为期两个月,定于2005年3月初至4月底举办。招生名额50人,年龄在45岁以下,政治素质和业务素质好,发表过一定数量的文学理论或评论著述,已有一定的成绩。一般应为中国作协会员。

本届高研班实际录取学员50人,其中男学员35人,女学员15人;硕士以上学历21人;中共党员28人。

第五届高研班(中青年文学理论家班)于3月2日正式开学,中国作协党组书记、副主席金炳华,中国作协党组副书记、书记处书记、鲁院院长张健,中国作协党组成员、书记处书记高洪波、吉狄马加、张胜友、田滋茂,中宣部文艺局巡视员路侃,中宣部文艺局文学处处长梁鸿鹰出席了开学典礼。

4月29日,第五届高级研讨班结业。金炳华在结业时就有关文学理论与批评界所面临的问题,诸如充分认识和发挥理论批评的引导作用、理论批评要弘扬求真务实的精神等,和学员进行了一次认真的交流。

此后各期高研班的举办,其基本模式都是如此,按创作班、评论班、编剧班以及少数民族专题班等分层、有序办班,严格保障高研班的高起点、高规格和高质量。随着网络文学的兴起,鲁院近年也适时把网络文学作家培养纳入高研班序列。这些高研班的共同特点是:第一,录取把关比较严格,遵循团体会员单位推荐、鲁院审核录取的原则。第二,开学典礼和毕业典礼的规格很高,中宣部和中国作协领导皆有出席。第三,培养时间和课程设置符合学员实际,效果明显。

时至今日,鲁院高研班仍在举办,且获得了作协领导和学员两方面的高度评价。高研班这一培养作家的新探索,是鲁院作为中国化创意写作实践典范的又一实证。

第四节 不同时期文学新人培养理念的对比与渐变

综观鲁院办学历史,无论是中央文学研究所、中国作家协会文学讲习所时期,还是鲁迅文学院时期,其办学成绩都是很明显的:

第一,学员普遍素质较高,他们入学以后大多十分珍惜学习机会,学习态度端正、刻苦,勤奋创作。

第二,无论是领导还是教师都十分敬业,聘请的理论授课教师普遍水准较高,授课效果好,得到学员的普遍欢迎。

第三,聘请的创作辅导教师知名度高,水平高,对学员认真负责。

第四,强调研读名著与经常性研讨相结合的学习方法发挥了重要的作用。

学员在总结学习体会时,无不深感参加学习培训是他们创作生涯中重要的经历。个人创作条件的局限、文化知识的不足、文学专业教育背景的缺失、创作理论和创作观念的僵化、创作艺术技巧的模式化等,对许多中青年作家的创作思维产生制约,他们深感困惑和迷茫,亟须自我突破。在参加学习期间,他们广泛地聆听了授课专家、学者、作家的讲座,这使他们对于纷繁的文学现象有了较客观的观察,创作观念得以更新,创作视野得以拓展,学会从一个较高的层次上把握整体文学现象;而个人的创作实践也更趋于理性,对深层文化作剖析,将传统理念与现代理念作比较,改变了过去形成的固有的审美意识,打破了僵化教条的创作思维模式。

这样的集中学习让学员们接触到多元而新颖的当代文学理论,学会运用现代意识观照社会生活,思维方式由封闭走向开放,创作手法、艺术技巧由单一走向多元。通过学习,他们从较高的层面重新审视自己的生活积累,认识到文学创作远非生活经历和生活积累所能达到,也远非一纸一笔狭窄的视野所能达到。学员们由不自觉的学习状态进入自觉的学习状态,在鲁院这个有着浓郁文化氛围的环境中主动地展开思想的交流、艺术创作的沟通。来自不同地域、有着不同创作背景的中青年作家之间思想和学识的交流碰撞,既使学员身处其中创造了活跃的思想文化氛围,又受益于这种激发创作情绪的氛围,在进修过程中自觉地对过去的个人创作进行反省,创作思想上有了深入思考,创作更加关注和贴近时代、贴近人民,文学使命感进一步增强,文学创作的冲动更为强烈。

这些显然是普通高校的文学教育所无法达到的。当普通高校无法提供培养作家的课程与实践资源,从而无法理直气壮地改变"大学中文系不培养作家"的窘迫时,鲁院承继了创意写作的精髓,高擎起作家培养的大旗,走出了一条中国化的创意写作文学新人培养道路。从文研(讲)所时期到鲁院时期,通过70余年的实践探索,鲁院独特的作家培养理念和方法逐渐形成。

一、文研(讲)所时期文学新人培养的理念

任何时期的办学总是离不开时代的大环境。从文研(讲)所的办学情况来看,学员在学习期间除了进行课堂学习外,还深入改革第一线和自己的生活基地体验生活和进行创作。这种学习效果在学员们离开学校后得到了愈加明显的体现。

仅就文讲所第八期文学进修班的学员们来说,他们在我国的文学创作和推动文学事业的发展过程中发挥了越来越大的作用——他们中的相当一部分人走上了各级领导岗位,如邓刚、刘兆林、吕雷、朱苏进、赵本夫、黄尧、陈源斌、聂鑫森、孙少山、储福金等10余人。从创作实绩看,更是硕果累累:邓刚毕业后创作了长篇小说《白海参》,在文坛上引起了较大反响,其中篇小说《左邻右舍》被改编为电影《站直喽,别趴下》;刘兆林所写《啊,索伦河谷的枪声》获全国优秀中篇小说奖,本人获得庄重文学奖,其作品还被译成多种文字出版;赵本夫在鲁院学习期间创作并发表了长篇小说《刀客与女人》《混沌世界》等50余万字作品,毕业后创作的《天下无贼》被改编为同名电影。

新时期第一到第五届进修班学员的文化背景、文化水平、受教育程度等都存在着很大的差异。以第一届进修班为例,此届学员61名,其中大学文化程度(含本科)18名,函大1名,高中文化程度26名,初中(含中专)文化程度14名,小学文化程度2名。基于学员文化水平参差不齐的状况,文讲所有针对性地进行教学课程设置,有效地促进了学员的文化水平的提高和创作能力的提升。

文研(讲)所时期的教学实践证明:立足现实、关注长远,走创意写作所提倡的"激发潜能"和"文类成规"的路子,综合性地提供各类课程,是符合中青年作家培养规律的。

二、文讲所向鲁院转型时期文学新人培养的理念

20世纪80年代是文讲所向鲁院转型的重要时期。这主要表现在:建成了初具规模的固定的校舍,结束了无固定校舍的局面;中宣部正式批准成立鲁院;制定了鲁院五年规划。

该规划的主要内容为:

1986年:举办创作班(两年制大专班),计划招收60人;与社科院文学研究所合作招收研究生10人;举办进修班,学制一年,招收60人。

1987年:除原创作班外,再举办一期进修班。

1988年:申报本科学历,举办创作班、评论班,各招收60人(两年制大专班),力争盖一栋教学楼。

1989年:两个大专班的部分学员转为本科生。

1990年:聘请文学院院士,举办研究生班。

可以看出,这是一个雄心勃勃的五年规划。虽然文字不多,只是提纲挈领地列举了这五年要做的事项,但是这些事项如果能够

顺利实现的话,鲁院的发展将会是前所未有的一片光明。毫无疑问,规划中的举办大专班和本科班将使鲁院办学层次得到根本提升,聘请文学院院士也是一个很有创意的想法,这在今天都是一个极为大胆的想象,可惜这些规划并未实现。

此外,这一时期还确定了鲁院编制及各部门职能,开办了文学创作函授教学等。这些在鲁院的发展史上都具有十分重要的意义。

不可否认,这期间的教学既为鲁院积累了丰富的经验,也存在着当时历史条件下不可避免的缺陷和许多值得总结的教训,概括起来主要有以下几个方面:

(1)在改革开放初期,社会上形成了一股学历热,对学历的重视与鲁院为数较多的学员无法获得高学历形成较突出的矛盾。许多中青年作家多为自学成才,没有高学历,因此鲁院无法提供学历成了一大难题,并直接影响到教学计划与实施,从而或多或少地影响到教学效果。合作办学模式的出现在很大程度上是为了解决学生的学历与出路问题,甚至是为了解决鲁院的生存与发展大计。

(2)在这个时期,鲁院虽然初步形成了作家班、进修班与函授班三种办学层次,但对三者之间的关系与发展模式尚在摸索阶段,缺乏明确的、科学的认识与计划。

(3)学历问题悬而未决,导致鲁院缺乏明确的办学方向。

不能给作家提供学历和颁发学位证书,是始终制约鲁院发展的关键原因,也是鲁院无法形成西方创意写作模式的根本所在。目前来看,解决此难题的唯一办法就是和高校联合办学。也正因为此,鲁院的作家培养道路成为中文创意写作的一个特殊典范。

三、20世纪90年代文学新人培养的理念

20世纪90年代中期,市场经济快速发展,以消费为特征的大众文化开始流行,并逐渐形成了一套商业形态的运作模式,中国文学受到前所未有的市场化冲击。

当时,鲁院在教学方面进行了多形式、多方面的探索,这种探索不受学历教育的约束,与文学发展同步,灵活机动,可以随时针对班别的不同,根据鲁院的办学传统与特色,设置更符合作家需求的课程,从而使鲁院坚守了自身的办学理念。

这一时期,面对时代变化和如何定位的问题,鲁院及时调整办学思想,探索办学形式,在坚持传统办学特色的前提下,多方位地接受新的办学思路,在探索中前进,在实践中以特色求发展。

虽然,多年来鲁院试图解决学历教育问题,进而将学院办成文学类普通高等院校的努力没有成功,但通过"借船出海",鲁院和北京师范大学、首都师范大学、华中师范大学等高校合作办学解决了部分学员对学历的要求。实践证明,"借船出海"不失为一种有效的策略,当然这样的办学方式只能是权宜之计。

更为严峻的是,随着市场经济的深入发展,文学日益边缘化。由于拨款不足,在很长的时期内,鲁院不得不通过举办各种类型的进修班与函授班的形式来弥补经费缺口,尤其是九十年代后期,举办进修班和函授班收取的学费已成为学院的重要经济支柱。1991—2001年,鲁院举办了23期各种类型的文学创作班[①]。这一时期鲁院的办学状态可以概括为:坚守与探索。在坚守高标准办

---

① 一个月以内的短训班不计算在内。

学方针的前提下,在大量丰富的办学实践中,鲁院进行了积极的探索,积累了丰富经验,也锻炼了教师队伍。

90年代,鲁院坚持办学特色,培养人才1000余名,其中涌现了一大批优秀的文学创作人才、文学编辑工作者,不少人的作品在90年代多元共生、众声喧哗的文学创作格局中占有一席之地。经过在鲁院的学习,很多学员的文化视野和创作水平都得到不同程度的提高。有的学员在学习期间创作潜质凸显,而大部分人在结业后,经过不断的努力和学习,创作上有了突破,创作出一批有影响有特色的作品,在文坛上的地位和影响日渐突出。获鲁迅文学奖的鲁院学员就有陈桂棣、石舒清、温亚军等。

陈桂棣,1991年9—12月在鲁院第七期文学进修班学习,1995年,其长篇报告文学《淮河的警告》获首届鲁迅文学奖。2003年底,他与春桃①合写的报告文学《中国农民调查》,深刻地揭示了当时三农问题面临的诸多难题和矛盾,真实地反映了农民的心声,在读者中引起强烈共鸣,至今仍是报告文学的一个标杆。

石舒清,专业作家,曾任宁夏回族自治区作协主席。在宁夏文学园地中,具有鲜明的个性,早已受到文学界的关注。石舒清是有示范作用的,他的创作影响了宁夏青年作家对短篇小说的理解和美学追求。在文学创作上,他是"宁夏文坛三棵树"之一。2001年,石舒清以短篇小说《清水里的刀子》获得第二届鲁迅文学奖。

温亚军来鲁院之前,已发表了几十万字的作品,但他认为自己"基本上还属于一个门外汉","与同学交流时,才发现我有多么浅

---

① 春桃,鲁院第七期文学进修班学员。她与陈桂棣在鲁院学习时相知相识,最终结为夫妻。

薄"。"鲁院不仅改变了我的小说观,同时,还改变了我的人生道路,如果没有那年的鲁院生活,没有在鲁院接受的教育,我的思想依然停留在过去坐井观天的层次上,不可能看到一个新的文学天地,更不可能有机会调到北京。部队给了我沃土,鲁院给了我阳光,没有鲁院,我至今还在小说的门外徘徊"。温亚军短篇小说《驮水的日子》获得第三届鲁迅文学奖。

影视文学专业的学员结业之后也取得了很多成绩。有些原本没有影视创作经历的学员,后来成为优秀的影视工作者。很多学员后来获得重要奖项,如许泰彰的话剧《家园》获曹禺文学奖,广播剧《升旗》《瞬间》获老舍文学奖;王效平的《妈妈你说话》获全国广播剧"五个一工程"奖。

虽然取得了如此显著的成绩,但在本质上自更名之后鲁院始终没有完全找到自己的发展方向。鲁院该如何定位？是完全走向市场,成为一般化的成人文学创作培训机构,还是走正规院校办学之路？抑或回到50年代文研所的模式？这些问题始终没有得到解决。90年代后期,为了提高经济效益,鲁院将招生广告发在刊物上,改变了一贯由作协内部招生的做法。这种含有市场性质的办学走向,在文学日趋边缘化的时代,使鲁院的影响力渐趋弱化。

首先,作家是逐渐成长的,鲁院应该及时关注学员的成长和创作动向,对重点作家,要做跟踪研究;对重点作品,要做分析研究,使学员和作品的影响力成为鲁院的一张名片。这样既能展示鲁院的工作成绩,又能将鲁院的影响继续扩展与延伸出去,使学员与鲁院之间建立更为密切的联系。而在整个90年代各种文学思潮和文化交流活动中,很难听到鲁院的声音。

其次,在教学硬件上,当时鲁院只有一台可供学员观摩的电视机,一台勉强能用的录音机,三人一室的住宿条件也非常简陋。在这种资金困顿的情况下,鲁院还尽可能地安排学员观摩文艺节目和参加社会活动,是难能可贵的。

四、新世纪文学新人培养的理念

2001年4月23—26日,全国第五届青年作家创作会议在北京召开。在筹备会议期间,金炳华正式提出了在鲁院举办中青年作家高级研讨班的设想。国家有关部门给予高度的重视,投入大量资金,对鲁院校舍进行了彻底的改造,完善教学设施,改善办学条件。

从2002年9月至2020年1月,鲁院共举办了37期高研班。高研班教学的一个显著特点是每个班要举行一至两次研讨会,可以是专题讨论,也可以是学员作品分析。学员作品分析采取同学推荐和个人自报相结合的形式。高研班研讨会气氛热烈活泼,学员各抒己见、畅所欲言,有时甚至会发生激烈的争论。比如第一届高研班的首次研讨会,研讨的是获得冯牧文学奖的甘肃作家雪漠的《大漠祭》。雪漠毕业于甘肃教育学院,《大漠祭》是他呕心沥血历时12年完成的作品。这部作品全景式地反映了西部农村的现实生活,2000年在上海出版后获得当年度上海十大优秀图书奖,2001年又被中国小说排行榜推介为五部最值得一看的长篇小说之一,随后被拍成同名电视连续剧。但是在这部作品的研讨会上,与会专家却给予了很多的批评,雪漠本人一时无法接受,甚至几乎退出研讨会。但是在结业的时候,他却说这是他在自己的整个创作生活中听到的最全面、最深刻,也最有启发性的一次评论,认为这些评论对自己的创作产生的作用是无法估量的。

大文化课也是高研班教学的一大特色。有些看起来与文学并无直接关系的艺术门类,诸如音乐、美术、体育、舞蹈,以及自然科学,诸如高能物理、环境学、气象学、军事学等方面的内容,均引起了学员的热烈反响。这些课无论是在开拓见闻上,还是在陶冶性情上都使他们获益匪浅。

在高研班学习期间,鲁院一方面为学员准备了丰富的娱乐生活,另一方面也及时关注党和国家的大事,对学员进行潜移默化的教育。首届高研班开学不久,适逢党的十六大召开,学院集中全体学员在大教室收看现场转播,过后,又组织学员进行大讨论。河北作家关仁山做了重点发言,结合这次高研班的体验说:"我们在这里亲身感受到了党对文艺的高度重视和对作家的亲切关怀。这种关怀和重视是全方位的。我国的作家和文艺工作者可以说赶上了最好的时候。我们应该用多出精品和力作,来反映这个时代和随着这个时代前进的人们。"来鲁院不久,关仁山刚刚出版了40多万字的长篇小说《天高地厚》。他说这是自己为党的十六大献上的一份厚礼。在第二届高研班学习期间,由中日文化交流协会理事长、日本知名诗人和小说家辻井乔率领的"中日邦交正常化三十周年暨中日文化研究会"来访,中国作协安排高研班全体学员前往中国现代文学馆参加中日文化研讨会。会上中国作协就鲁院的发展和高研班的开办向日本友人做了情况介绍,引起了他们感叹。

高研班的学员还有丰富的社会实践和文艺采风活动。按照计划,在高研班每个学期的中间阶段,学院都要组织全体学员利用一周左右的时间进行社会实践。为了做好这项工作,学院进行了周密、精心的安排。每次活动前,学院派专门人员前往出访地进行实地考察和联系,以保证社会实践顺利进行。每次社会实践均由学院领导带队,教学部和其他部门的教师与学员一同外出。

第一届高研班有两次社会实践,第一次在常务副院长雷抒雁的带领下前往河北,参观了革命圣地西柏坡,游历了赵州桥和柏林禅寺,并访问了河北文学馆;第二次在副院长白描的带领下,前往西安和延安进行社会实践,参观了延安革命纪念馆、王家坪、枣园、杨家岭、鲁迅艺术文学院和延安文艺座谈会旧址,还在西安参观了秦兵马俑博物馆。第三届高研班前往内蒙古锡林郭勒草原考察,访问了牧民之家,观看了乌兰牧旗文艺演出,参观了元朝上都遗址、上都电厂和朱镕基总理当年视察过的沙源治理点等。第四届高研班(少数民族作家班)在常务副院长胡平的带领下前往上海和浙江东部地区考察,参观了中共一大会址、上海宝山钢铁厂、绍兴鲁迅故居等地。第五届高研班(评论家班)在王彬副院长的带领下,去北京农村进行社会实践,了解北京农村自改革开放以来的新变化,而后又在胡平副院长的带领下前往河南林州红旗渠访问,沿途还参观了安阳殷墟遗址。学员们在接受革命传统教育,感受改革开放的大好形势,游览祖国大好河山的时候,无不切身感受到了党和国家的关怀与温暖。对于他们来说,参与这种大型的社会实践,既是一次有益的文学积累,又是一次现实的思想教育,对他们的创作活动产生了积极和深远的影响。

因为高研班是在中宣部和中国作协的直接关怀下举办的,有关部门和领导对高研班倾注了大量心血,对学员的学习和生活给予了无微不至的关怀。2003年4月,第二届高研班(文学期刊主编班)刚刚开学不到10天,北京就爆发了"非典"疫情。当时全国各地的作家刚刚来到北京,许多同志是将家里和本单位的工作安顿好后才来到北京学习的,在这种情况下,作协领导经过紧急研究,接受了鲁院领导特别是教学部的建议,决心不惜一切代价保证学员们的安全,果断地决定保留学籍,暂停上课,中止学习。而后,中国作协又经过研究做出决定,学员方便返回原籍的可以离京,不方便返回的,也可以留在北京,由鲁院提供食宿,利用隔离条件进行创作。经过周密的安排,50名学员中有10人选择留在了鲁院。

综上,在培养文学新人方面,无论是文研(讲)所时期还是鲁院时期,都取得了很大的成绩,培养了一大批卓有成就的作家。在取得这些成绩的同时,也形成了不同时期的办学特点:首先,从办学方式来看,文研所时期更加注重学员的思想政治教育,培养的作家也大多有过革命经历;到了文讲所时期,培养文学新人的方式更为灵活,趋向于政治培养与专业技能培养相结合;到了鲁院时期,把专业素养的提升作为最主要的方面。其次,就招生方式而言,三个时期基本上没有发生大的改变,遵循的方式基本上是自下而上的推荐与考核、审批相结合。再次,在办学过程中,鲁院先后尝试过多种办班方式,既有文学创作专业班,也有文学创作进修班、行业系统进修班、函授班,更有与高校合作开办的文学创作、文学评论研究生班等。尤其是进入新世纪以后,鲁院开启了高研班办学模式,进入了一个快速发展时期。这些尝试与探索,是中国化创意写作的先声与探索,在自觉不自觉中实现了创意写作基本任务,即对青年作家和文学新人的培养。这无疑对于新中国文学新人培养机制的形成意义重大。

第五章 不同办学时期文学新人培养的方法和途径

在前面的章节中,我们分别考察了鲁院的创办背景、创办过程、发展成绩和不同时期新人培养的情况。在本章中,我们将对鲁院文学新人培养的方法和途径进行详细考察。鲁院作为新中国唯一一所培养文学新人的特殊机构,其重要价值正是体现在其不同于普通高校的中国化创意写作作家培养方法上。这所已经存在了70余年的办学机构到底有着什么样的"魔力",让新中国的文学新人心向往之?鲁院在培养文学新人的方法和途径方面,到底有什么法宝,让新中国的青年作家都愿意来此学习?

第一节 文研所时期文学新人培养的方法和途径

一、理论学习

全国文协要筹办文学研究所的消息在报纸上公布以后,立即引起各地文学青年的注意,各地推荐报名踊跃,文研所尚在筹备期,各地选调的学员就开始陆续报到了。鉴于文研所还未正式成立,结合已报到学员的具体情况,文研所筹备处拟定了一个临时的

为期两个月的学习计划,主要内容为:

(1) 政治学习:"辩证唯物主义与历史唯物主义"每日有课,临时穿插时事学习;参考书有《新哲学大纲》《大众哲学》等。

(2) 业务学习:① 作品研究——《阿Q正传》《永不掉队》,由张天翼、萧殷分别做辅导报告。② 专题报告——胡风做"关于读文艺作品问题"的报告,丁玲做"关于创作与生活问题"的报告,刘白羽做"关于部队创作问题"的报告。③ 写作——要求学员都有写作计划,并组织写作计划的专题座谈会①。

这些课程多是专题性的,尽管是临时课程,但课程的高质量和高水准是完全有保障的。通过考察可知,无论是胡风、丁玲的文学创作专题报告,还是张天翼、刘白羽的创作辅导报告,都是精心选择的。

1951年1月,文研所第一期开班典礼之后,学员转入正式学习阶段。根据周扬在《一九五〇年全国文化艺术工作报告与一九五一年计划要点》中提出的文研所"不只是教学机关,同时又是艺术创作与研究活动的中心,是一个培养能忠实地执行毛主席文艺方针的青年文学干部的学校"的指示,文研所在制定教学研究工作时,遵循了如下原则:

(1) 强调学习政治,学习理论,学习马列主义、毛泽东思想。

(2) 强调学习历史,研究自己民族的与苏联、俄国世界文学的遗产,批判地吸收其中优良的部分,发展我们的新文艺。

(3) 强调实践并发扬《在延安文艺座谈会上的讲话》发表以来人民文艺的伟大成就,加强思想改造,在生活实践和创作实践中,进一步贯彻毛泽东文艺路线。

---

① 柴章骥、蔡学昌:《中央文学研究所创办录》,《新文化史料》1994年第1期。

(4) 教学方法上不同于当时一般的高校中文系。

这四项原则特点鲜明,符合当时文研所的办学实际,也切合时代的要求。第一项原则是政治原则,文研所作为国家举办的文学人才的培训学校,当然要把政治学习放在首位。只有如此,才能体现出社会主义文学教育的特殊性。第二项原则重视批判地继承和发扬中国文学和世界文学的遗产,其目的就是"发展我们的新文艺"。第三项原则强调对毛泽东文艺思想的学习,将其上升到了文艺路线的高度,尤其是发扬《讲话》发表以来的文学实践,目的是改造自己的文艺思想。第四项原则尤为重要,在教学方法上强调文研所不同于当时一般的高校中文系,一般的高校中文系以培养文学研究者为己任,并不专门培养作家。而文研所则明确地提出作家培训的目标,并为此提供创造性的写作课程。这一点是文研所区别于一般高校中文系的重要特征所在。后来的实践证明,这一点也是鲁院70多年来办学的一大经验和法宝。

文研所高级班的学员称为研究员,初级班的学员称为研究生。由于研究员大都有一定的文学修养,又由于没有专职教授与适当教材,因而授课采用以自学为主、集体讨论为辅与临时组织专家讲授的教学方法,采用理论(学习研究)与实践(创作和下乡等)相结合的方式。

文研所的目标是培养作家,同时将一些年轻的文学工作者培养为文学理论及编辑人才。由此,研究班和初级班的学习安排有所不同,研究班学习方法是以自学为主,自己读书、自己创作,学员间互相研究问题,大家既当先生、又当学生(实际上也是集体主义的方法,这种方法在今天看来和欧美的创意写作工作坊有相同之处。),辅以定期请专家做报告。其学习课程为:

1. 政治学习：马列主义的基本知识和毛泽东思想,有关当前国家建设的各种政策。

2. 业务学习：主要以文学史为主,包括新文学史、文艺学、文艺政策、中国古代文学史、苏联文学史、俄国文学史、世界文学史和名著研究。作家研究专题讲座则紧密配合多种文学史进行。

3. 习作：关于研究班的研究方法,则规定采取理论(学习研究)与实践(生活实践和创作实践)紧密结合的方针,以自学为主,专家报告为辅,并按照具体情况,组织研究员下厂、下乡、入伍,通过有组织有领导的研究与创作,提高研究员的理论水平和写作水平。①

与研究班不同,初级班以上课为主,学习马列主义和文学上的一般知识(如哲学、各种政策、文学理论、近代文学史、创作方法理论、名著研究),定期进行创作实习和下乡采访。

研究班或初级班学制均为两年左右,教学规模相对较小,学员招收与待遇方面由国家供给,研究班学员按干部待遇。招生较为灵活,除采取报名考试外,部队、机关尚可保送或介绍学员入学。

第一期的课程包括如下内容：政治、文艺理论、中国古典文学、"五四"以来新文学、中国新文学专题报告、"文艺学"与文艺学习问题、文艺思想与文艺政策、苏联文学、作家谈创作经验报告、中国革命史、世界近代史等。

具体考察文研所时期实际开设课程的情况如下：

---

① 柴章骥、蔡学昌：《中央文学研究所创办录》,《新文化史料》1994年第1期。

在政治方面,设有"辩证唯物主义与历史唯物主义""思想方法论""《实践论》和党史"等课程。主要通过坚持贯彻毛泽东文艺路线,通过学习政治理论,使某些思想未经过改造或改造不深入的研究员,能够逐渐克服资产阶级、小资产阶级的文艺思想影响,提高自己的思想水平、理论水平。

在中国古典文学课程方面,聘请了当时知名的学者与教授来授课,计有郑振铎、郭沫若、俞平伯、余冠英、游国恩、叶圣陶、聂绀弩、阿英和钟敬文等。授课的范围涉及史前的民族文化、中国文学史、古典文学、三国六朝文学、唐诗、变文和传奇、词与词话、元代文学、明代小说与戏曲、《桃花扇》与《红楼梦》、清朝末年的小说、中国旧小说的演变、《古诗十九首》与《孔雀东南飞》、南北朝乐府辞、白居易及其讽刺诗、古文、辛稼轩词、《水浒传》、晚清小说、人民口头文学,等等。

在"五四"以来新文学课程方面,聘请了蔡仪、李何林、李伯钊和杨晦等知名专家来授课,涉及"五四"新文学史、"左联"成立前后十年、"抗日统一战线"前期的文学、苏维埃时期文艺史料、延安文艺座谈会讲话以后的文学形势等内容。

在中国新文学专题报告方面,聘请的教师和开设的课程如表 5-1 所示。

表 5-1 中国新文学专题授课教师及课程

教　师	课　程
杨思仲	鲁迅的小说
张天翼	关于阿 Q

续　表

教　师	课　程
何干之	鲁迅杂文
曹靖华	鲁迅与翻译
李霁野	记未名社
李又然	鲁迅先生的思想发展
吴组缃	茅盾的小说
陈企霞	丁玲的作品
郑振铎	文学研究会
丁　玲	漫谈"左联"点滴
老　舍	抗战时期的文协
张　耕	中国近五十年剧选概况
黄药眠	郭沫若的诗
赵树理	如何从民间文艺中吸取营养

在"文艺学"与文艺学习方面,聘请的教师和开设的课程如表5－2所示。

表5－2　"文艺学"与文学授课教师及课程

教　师	课　程
李广田	《实践论》与文艺工作
杨思仲	文学的种类

续 表

教师	课程
黄药眠	主题与题材
萧 殷	文学与语言
叶圣陶	语文问题
艾 青	谈诗
田 间	"诗"的报告、诗歌座谈会
丁 玲	读书问题及其他——看了几篇作品后的感想
胡 风	怎样阅读文学名著

在文艺思想与文艺政策方面,聘请的教师和开设的课程如表5-3所示。

表5-3 文艺思想与文艺政策授课教师及课程

教师	课程
周 扬	毛主席《在延安文艺座谈会上的讲话》的历史意义、文艺统一战线与思想斗争
冯雪峰	关于社会主义现实主义的几个问题
陈企霞	为文艺的新现实主义而斗争
艾 青	文艺的阶级性与党性
何其芳	文学的语言
萧 殷	论普及与提高

续表

教　师	课　程
严文井	文艺批评
丁　玲	如何迎接新的学习

文研所非常重视苏联文学的学习,第一期就苏联文学的课程设置问题,丁玲专门召开了讨论会,商议教学计划,决定将课程分为苏联文学史、文学理论、苏联作家作品研究与作品精读三个方面。开设的相关课程如表5－4所示。

表5－4　苏联文学授课教师及课程

教　师	课　程
周立波	契诃夫的小说
冯雪峰	关于《毁灭》
萧　殷	从《永不掉队》谈起
楼适夷	关于《收获》
陈企霞	苏联短篇小说
光未然	苏联独幕剧

作家谈创作方面的课程,由周立波、阮章竞、柳青、柯仲平、刘白羽、杨朔、秦兆阳等人讲授。其中,刘白羽谈部队文艺创作问题,赵树理谈《传家宝》的写作经过。

中国革命史、世界近代史方面的课程有徐刚的"中国共产党党史"、胡代聪的"世界近代史参考资料"。

由以上考察可以看出,无论是在政治思想和革命史方面,还是在文学史等专业知识方面,师资力量皆很强大,可以说皆为当时的大家名师。

二、社会实践

文研所教学还开创了一个传统:学员在课堂学习之余同时开展了许多研讨、社会实践等活动。这符合文学教育规律,有助于实践性文学创作人才培养,这一传统一直延续到了现在。文研所时期学员的研讨活动,大多联系当时文艺运动中的问题,如关于《武训传》的讨论、抗美援朝创作讨论、关于电影《光荣属于谁》的讨论等。为了开好讨论会,学员都做了很多功课,阅读了大量书籍。

社会实践的形式是多样的,内容更是丰富。除经常组织常规性的实习外,文研所还积极组织学员深入前线和厂矿企业。例如,1951年8—12月,文研所将全体研究员班的学员分成八个小组,分赴朝鲜前线,东北及京津一带工厂,河北、山西两地的老区,并有部分同志奔赴新区参加土改。与此同时,文研所还响应中国人民抗美援朝总会关于捐献飞机大炮的号召,发起捐献"鲁迅号"飞机。丁玲当场捐献稿费500万元,周立波捐献150万元,康濯捐献100万元,马烽捐献100万元。全所与会者80余人,当场就有37人共捐献1 200余万元①。

通过这些社会实践,学员在政治和文艺水平上有了一定的提高。具体来看,在社会实践中,学员们都能在部队、工厂、农村中首

---

① 鲁迅文学院编:《文学的日子——我与鲁迅文学院》,内部资料,第476页。

先把工作做好,打破了过去"做客""走马观花""单纯搜集材料"等不正确的态度,从而在生活中真正看到了一些新的、前进的东西,体会到了真正的工农兵感情,逐渐改变了自己的刻板印象,从而创作出反映时代的文学作品。

据毛宪文回忆,第一期二班学员深入生活时,分成两个组,分别由徐刚、李方立、潘之汀带队到青岛纺织厂、河北房山农村和山西大同煤矿体验生活,改造思想并与工农兵相结合。毛宪文和贺朗分别在同家梁矿和煤峪口矿,和矿工同吃同住同劳动,"那段时间,我们交了许多矿工朋友,耳闻目睹了许多动人的故事,感到工人同志十分可爱。如果没有下矿井体验生活,毛宪文绝对写不出短篇小说《双喜》,贺朗也写不出长篇小说《龙腾虎跃》"①。

可见,文研所深入生活的教学方法是很有成效的。这种理论学习和社会实践紧密相结合的教学方式是鲁院的办学特色,也是创意写作的一个重要理念和实践,直到现在,依然在坚持和延续。当然,在坚持和延续的同时,也有变化和创新。社会实践教学形式在坚持,教学内容一直在与时俱进。这一点,后面的研究将有所涉及。

第二节 文讲所时期文学新人培养的方法和途径

一、文讲所前期文学新人培养的方法和途径

1953年11月,中央文学研究所更名为中国作家协会文学讲习

---

① 毛宪文、贺朗:《丁玲——伟大的文学教育家》,《武陵学刊》2010年第1期。

所,划归全国文协领导。从第二期开始,丁玲不再担任所长,只负责辅导李涌、谷峪、羽扬、张凤珠等学员。辅导学员的工作是很繁重的,一个名作家带几个学员的形式与现代大学研究生导师制度相似,也和传统的师傅带徒弟的工匠传承有类似之处。从某种意义上来说,导师和学员也组成了类同于创意写作教学中的工作坊,形成了一个小小的文学共同体。为学员指定固定的辅导老师,一以贯之于鲁院的整个发展阶段。

担任第二期学员创作辅导工作的作家有:丁玲、张天翼、艾青、田间、赵树理、张光年(光未然)、严文井、陈白尘、刘白羽、康濯、马烽、西戎等。具体辅导安排如表5-5所示。

表5-5 文讲所第二期学员创作辅导工作的具体安排

辅导老师	辅导学员
丁玲	李涌、谷峪、羽扬、张凤珠
张天翼	刘超、邓友梅、孙肖平
康濯	漠男、李中耀
马烽、西戎	王慧敏、谭谊、李强、郭延萱、缪炳林
赵树理	钱锋、唐仁均、周基
刘白羽	刘大为、周行、董晓华、赵忠
严文井	申德滋、刘真
光未然	魏连珍、张朴、金剑、苏耕夫、颜振奋
宋之的	胡丕珠、赵郁秀、缪文渭、白艾、白刃
陈白尘	王丕祥、李宏林、贺鸿钧、李赤、肖慎

续表

辅导老师	辅导学员
艾　青	吕　亮、张志民、孙静轩、刘　超
田　间	和谷岩、胡查尔、苗得雨

这一期学制两年,共分四个教学单元:"五四"以来新文学、中国古典文学、世界文学、俄国与苏联文学。政治学习、业务学习和学习历史相结合,设中共党史、世界近代史等系统课程,学习《联共(布)党史简明教程》《中国通史》等。课程设置比较完善、齐全,涉及中国文学史及作家作品分析、古典文学、新文学、俄国与苏联文学、世界文学等。在具体教师授课方面,也有一些新的变化,如玛金讲授文艺学大纲初稿,李又然讲授修辞学,周立波讲授契诃夫小说,曹靖华讲授鲁迅先生对翻译的态度和外国文学的介绍,高名凯讲授《欧也妮·葛朗台》,等等。此外,这一期还有关于朝鲜文学的介绍以及朝鲜作家学院的介绍。

与第一期对比,第二期的教学经验更为丰富,教学工作做得也更加细致。比如,学员写毕业论文的时候,教务处和图书馆专门为学员提供相关的参考资料。在平时的授课中,文讲所还为学员印制相关讲义。

学员赵郁秀较为完好地保存了当年的讲义和笔记,她在回忆文章中写道:

开学后第一节课便是文化部副部长郑振铎讲古典文学。……郑振铎的古典文学前后讲了两个月,完成了四讲。第一讲:为什么和怎样学习古典文学;第二讲:中国古典文学中的诗歌传统;第三讲:中国古典文学中的戏剧传统;第四讲:

中国古典文学中的小说传统。这中间穿插有李又然讲《诗经》，游国恩讲《楚辞》和白居易，冯至讲杜甫，阿英讲《元曲》，宋之的讲《西厢记》，王亚平讲民间文学和地方戏曲，聂绀弩四讲《水浒》（每周一讲），连阔如讲《水浒》的人物塑造，路工答问《水浒》的真实性和人物性格，11月15日由冯雪峰对历时月余的《水浒》学习、研讨进行总结。讲课时，冯雪峰针对大家的争论谈了三点：第一，我们怎样来看《水浒》和研究《水浒》；第二，反对研究古典作品的主观主义偏向；第三，《水浒》的革命性、民主性和主题思想（略谈'招安'问题）。①

不难看出，在学习古典文学时，《水浒》是作为一部代表作品被研究的。"这一次学习《水浒》，大家都认为有比较显著的收获"②。

古典文学课程三个月学完，11月下旬进入了第二单元——"五四"以来新文学，由李何林开篇。第一讲："五四"以来新文学发展道路；12月5日第二讲："左联"时期的革命文学活动；1954年3月8日第三讲：延安文艺座谈会讲话后新文艺的发展。其间按阶段穿插有：邵荃麟讲"五四"以来新文学运动的意义，艾青讲"五四"以来的新诗，严文井讲"五四"以来的散文，吴组缃讲茅盾的小说；黄药眠讲郭沫若的诗，张庚三次讲中国话剧运动史，陈荒煤讲电影创作，柯仲平讲解放文艺，康濯讲丁玲和《太阳照在桑干河上》。重点是学习、研究鲁迅。冯雪峰三讲鲁迅的小说，胡风二讲鲁迅的杂

---

① 赵郁秀：《我们的队伍向太阳》，鲁迅文学院编《文学的日子——我与鲁迅文学院》，内部资料，第365—366页。
② 路工：《我们学习了"水浒"——文学讲习所学习通讯》，《文艺报》1954年3号。

文,孙伏园讲鲁迅的生平①。这一单元涉及五四文学的方方面面,既有宏观层面的道路、意义等,也有分门别类的小说、诗歌、散文等;既有文学史层面的话剧运动史、解放区文艺等,也有鲁迅、茅盾、丁玲等作家的个案研究。

1954 年 5 月,课程安排开始进入西方文学大单元。开篇主讲者是杨宪益,希腊神话、希腊史诗和希腊戏剧共三讲。5 月 25 日开始,由吴兴华主讲文艺复兴和但丁《神曲》。接下来冯至讲歌德《浮士德》,杜秉正讲拜伦的诗,蔡其矫讲惠特曼的诗,叶君健讲《堂吉诃德》,陈占元讲巴尔扎克,高名凯讲《欧也妮·葛朗台》,赵萝蕤讲《特莱瑟》,张道真讲《约翰·克利斯朵夫》等。这一单元重点学习、研讨的是莎士比亚。由孙家琇三讲《奥瑟罗》《李尔王》等,曹禺讲《罗密欧与朱丽叶》,吕荧讲《仲夏夜之梦》,吴兴华讲《威尼斯商人》,卞之琳讲《哈姆雷特》。暑期后,9 月 15 日开始学习俄国和苏联文学,同时听联共党史课。李何林、彭慧分别讲俄国文学、苏联文学发展概况,吕荧讲普希金,方纪讲托尔斯泰,张光年讲《大雷雨》,潘之汀讲契诃夫。苏联文学重点学习契诃夫和肖洛霍夫,以《被开垦的处女地》为主。还有冯雪峰、萧殷等很多名家讲法捷耶夫、伊萨科夫斯基及苏联电影创作等②。这一单元的教学内容也十分丰富,既有面上的讲授,也有具体的作家作品分析。有点有面地讲授了莎士比亚的作品,更突出了苏俄文学的学习。值得注意的是,苏俄文学一直是文研(讲)所学习的重点

---

① 赵郁秀:《我们的队伍向太阳》,鲁迅文学院编《文学的日子——我与鲁迅文学院》,内部资料,第 371—372 页。
② 赵郁秀:《我们的队伍向太阳》,鲁迅文学院编《文学的日子——我与鲁迅文学院》,内部资料,第 375 页。

所在。

由以上课程安排可以看出,文讲所的课堂汇集了当时文坛和学界几乎最知名的作家、学者,所讲授的课程也基本上和当时最受欢迎的作家作品有关。

除了听讲座,学员还开展了各种富有成效的研读活动。苗得雨在文章《文学讲习所的回忆》中写道:"研读重点有小组范围的,有全体的。全体的都由大组讨论数天,如第一学期讨论《水浒》,第三学期讨论鲁迅作品,这两个内容的大讨论,学员的发言写出的文章,印了厚厚的两大本。……外国文学重点讨论了莎士比亚戏剧和《被开垦的处女地》等。每学期末,学员还各写一篇学习论文,所内领导与老师们阅读后打分。……所内除了本身日程,也还安排些时间让大家参加所外的某些活动。如诗歌组就参加了中国作协开的诗歌形式问题讨论会。"①

从文讲所第一、第二期的学习情况来看,教师的选择和课程的安排都是很有特点的,也受到了学员们的热烈欢迎。表 5‑6 至表 5‑9 为第一、第二期授课教师及讲题②。

表 5‑6　中国现代文学授课教师及讲题

教　师	讲　题
李何林	"五四"以来新文学发展道路
邵荃麟	对"五四"文学的看法

---

① 鲁迅文学院编:《我的鲁院》,新星出版社 2011 年版,第 26—27 页。
② 材料来源:王景山《我所知道的中央文学研究所和所长丁玲》附录三,《新文学史料》2002 年第 4 期。

续表

教　师	讲　题
冯雪峰	关于鲁迅
孙伏园	鲁迅的生平
冯雪峰	鲁迅的小说
郑振铎	文学研究会
李霁野	我所知道的未名社
艾　青	"五四"以来的新诗
黄药眠	郭沫若的诗
严文井	"五四"以来的散文
李何林	"左联"时期革命文学运动
李何林	"左联"成立前后十年
李何林	"左联"十年间的创作
丁　玲	关于"左联"
胡　风	鲁迅的杂文
吴组缃	茅盾的小说
吴组缃	茅盾的短篇小说
陈企霞	丁玲的两篇小说
李伯钊	苏维埃时期的文艺史料
李何林	抗日民族统一战线时期
杨　晦	抗战时期国统区的文艺运动

续　表

教　师	讲　题
老　舍	抗战时期重庆文协
杨　晦	延安文艺座谈会讲话以后
李何林	延安文艺座谈会后新文艺的发展
杨　晦	解放区的文艺运动
柯仲平	解放区文艺
康　濯	丁玲和《太阳照在桑干河上》
张　庚	中国近五十年来的戏剧运动
张　庚	中国话剧运动史
陈荒煤	电影创作
艾　青	谈诗

表 5-7　文艺理论授课教师及讲题

教　师	讲　题
周　扬	毛主席《在延安文艺座谈会上的讲话》的历史意义
陈企霞	为文学艺术的新写实主义而斗争
艾　青	文艺的阶级性和党性
萧　殷	普及与提高的正确关系
严文井	文艺批评
周　扬	文艺上的统一战线问题

续　表

教　师	讲　题
何干之	关于新民主主义的历史
杨思仲(陈涌)	文学的种类
何其芳	文学的语言
萧　殷	怎样塑造人物性格
陈荒煤	要写新的人物
李广田	《实践论》与文艺工作
周立波	创作经验
柳　青	创作经验
阮章竞	创作经验
赵树理	创作经验
康　濯	创作经验
马　烽	创作经验

表 5-8　中国古典文学授课教师及讲题

教　师	讲　题
郑振铎	为什么和怎样学习古典文学
郑振铎	中国古典文学的诗歌传统
余冠英	古代民歌
李又然	《诗经》
郭沫若	屈原

续 表

教 师	讲 题
游国恩	《楚辞》和白居易
俞平伯	《孔雀东南飞》
冯 至	杜甫
叶圣陶	辛稼轩词
郑振铎	中国古典文学中的戏剧传统
阿 英	元曲
宋之的	《西厢记》
王亚平	民间文学和地方戏曲
郑振铎	中国古典文学中的小说传统
聂绀弩	《水浒》
连阔如	《水浒》人物塑造
冯雪峰	《水浒》学习总结
路 工	《水浒》的真实性和人物性格

表 5-9 外国文学授课教师及讲题

教 师	讲 题
杨宪益	希腊神话、希腊史诗、希腊戏剧
吴兴华	文艺复兴和但丁的《神曲》
冯 至	歌德的《浮士德》
孙家琇	莎士比亚

续　表

教　师	讲　题
曹　禺	《罗密欧与朱丽叶》
吕　荧	《仲夏夜之梦》
吴兴华	《威尼斯商人》
卞之琳	《哈姆雷特》
杜秉正	拜伦的诗
蔡其矫	惠特曼的诗
叶君健	《堂吉诃德》
陈占元	巴尔扎克
高名凯	《欧也妮·葛朗台》
赵萝蕤	《德莱赛》
张道真	《约翰·克利斯朵夫》
冯雪峰	俄国文学
李何林	俄国文学发展概况
彭　慧	苏联文学发展概况
吕　荧	普希金
方　纪	托尔斯泰
张光年	《大雷雨》
潘之汀	契诃夫
蔡其矫	肖洛霍夫和他的《被开垦的处女地》

从第一、第二期的教学安排看,教学内容是相当丰富的,其中有许多也是大学中文系学习的重点篇目,可以说是文学史的系统讲授和专题学习相结合。从学习课时来看,基本上是以自学为主、讲课为辅。正如邢小群所说,讲习所的"办学方式还是明显的"。辅导老师的阵容"可谓中国知名作家总动员。进一步显示了当时新的国家体制,对培养新的文学人才的重视"①。从这一教学安排可以看出新中国对于培养文学新人的重视和渴望。

1956年1月,文讲所发出招收第三期学员的通知。第三期学习时间是1956年4—8月,共录取了61名学员,其中52人是全国青年文学创作者会议的代表。这一期有特殊性,安排的课程也有所变化,重点是专业素养的提升、文艺思想与文艺政策的讲授。在讲授文艺思想与文艺政策时,文讲所聘请的部分教师和主要讲题如表5-10所示。

表5-10 文艺思想与文艺政策授课教师及讲题

教 师	讲 题
周 扬	毛主席《在延安文艺座谈会上的讲话》的历史意义、文艺统一战线与思想斗争
陈企霞	为文艺现实主义斗争
艾 青、王朝闻	文艺的阶级性与党性
何其芳	文艺形式与文学语言
萧 殷	普及与提高的正确关系

---

① 邢小群:《丁玲与文学研究所的兴衰》,河南文艺出版社2013年版,第177页。

续　表

教　师	讲　题
艾　青	如何接受文学遗产
严文井	文艺批评

第四期是专门为培训文学期刊编辑而开设的。学员的学习时间是从 1956 年 10 月至 1957 年 6 月。这是人数最多的一个班,录取学员 103 人,另有旁听生若干名。每次授课,人都坐得满满的,由此可见学员学习的热情和课程的受欢迎程度。

这个班的教学计划要点如下：

(1) 学习目的：通过对党的文艺方针的学习,及文学名著、文学评论、编辑业务的学习和研究,提高编辑思想水平和业务水平,以在编辑工作中贯彻"百花齐放、百家争鸣"的方针。

(2) 培训对象：中央及地方文艺报刊、出版社中的编辑组长以上的中青年骨干。

(3) 培训名额：100 名[①]。

(4) 培训时间：1956 年 11 月 1 日至 1957 年 6 月 22 日。

(5) 学习课目：作家、作品研究和文学评论研究；编辑业务讲座和编辑实习；语法修辞。

(6) 各课具体内容、要求及学习步骤。（略）

由教学计划可以看出,这个班原定教学计划只有半年。在实际学习中,主要有两个学习重点：一是鲁迅等作家创作及编辑的作品和评论；二是俄国评论家别林斯基、杜勃罗留波夫的文论及评论

---

① 实际招收学生 103 名。

的作品——果戈理写的小说《死魂灵》,奥斯特洛夫斯基写的剧本《大雷雨》。其他都是专题讲座。这期学员大多是从战争中走过来的,对这次学习机会非常珍惜。他们不满足于短期学习,在多次请求下,中国作协党组同意延长培训时间为一年。

给第四期学员授课的所外教师有周扬、韦君宜、吕叔湘、孙家琇、张庚、张光年、杨公骥、陈涌、黄药眠、舒芜、楼适夷等,所内教师有蔡其矫、文乃山等。针对学员的编辑身份,本期的学习重点是将作品和评论相结合,如学习鲁迅的杂文,同时研读瞿秋白对鲁迅杂文的评论;学习别林斯基的文论与研读果戈理的长篇小说《死魂灵》;学习杜勃罗留波夫的文论《黑暗王国的一线光明》与奥斯特洛夫斯基的剧本《大雷雨》。

在学员彭悦看来,作为一个合格的文学期刊编辑,应当博学而多才,即要"苦读古今中外文学名著"。"诗歌方面,从古代的《诗经》、屈原的《离骚》到盛唐诗歌的顶峰——李白、杜甫的代表作。最后学习讨论落实到'五四'以来知名大诗人的代表作,如郭沫若、臧克家、艾青、萧三、田间等人代表诗作的时代意义、艺术风格、深远的影响,等等。小说方面,从古代的'三言'、'二拍'、《红楼梦》(重点)到《三国演义》、《水浒传》、《金瓶梅》(部分章节)、《儒林外史》。而最后学习讨论的重点,仍然是'五四'前后的作家名著,如鲁迅、茅盾、老舍、巴金、冰心、丁玲、赵树理、周立波等老作家的代表作。在学习文学名著时,如《红楼梦》《阿Q正传》,要求认真读、反复读三至五遍以上,做读书笔记,谈读书心得,写读后书评。"这样的学习安排,显然不同于此前的三个班。这个班对鉴赏评论的要求高于其他班,这和编辑这个群体的特点是相符的。

对于本期学习,文讲所非常注重形象教学,如在学习戏曲《琵琵琶记》时,派专人到上海邀请红学专家同时也是演唱昆曲的专家为学员演奏昆曲《琵琶记》①。

此外,文讲所还邀请一些老编辑谈如何办文学期刊,使学员认识到编辑对作者来说,既是读者又是评论者,既是朋友又是老师。文学创作水平的提高,在一定程度上与编辑人员的水平有关,文讲所要求学员认真总结经验,结合实际,提高编辑工作水平②。

值得一提的是,本期文讲所学员还列席了新中国第一次全国性的文学期刊工作会议,并且组织了讨论。

二、文讲所后期文学新人培养的方法和途径

《文学讲习所第五期教学计划》是1980年3月制定的,本期延续了50年代期次排名,定名为文讲所第五期。教学内容大致为:文学理论和文学讲座,作家研究和作品选读,创作实习,有关政治、经济、科技等专题讲座等。此外,还组织必要的课堂讨论和辅导报告,依靠社会力量解决师资方面的问题。

本期作家班根据学员的要求,增加了苏联文学、世界文学、当代欧美文学动态课以及当前文艺界不同观点争论的课,同时进一步增加了作家谈创作经验的课,并邀请中青年作家谈创作;配合学习多看电影、戏剧,先后邀请一批老作家,如陈荒煤、沙汀、冯牧、孔罗荪、吴伯箫、李英儒、王愿坚、从维熙、王蒙、秦兆阳、丁玲、萧军、冯其庸、蔡其矫等来院授课,并请王蒙、王愿坚、邓友梅、从维熙、严

---

① 彭悦:《学归求知心——五十年代文学讲习所学习生活片段》,《新文学史料》1998年第4期。

② 徐刚:《文学研究所——文学讲习所》,《新文学史料》2000年第4期。

文井、李英儒、孟伟哉、骆宾基、徐怀中、秦兆阳等担任辅导老师。《光明日报》等媒体报道了本期办班的相关情况，反响很好，成效很大。

据文讲所学员王成启回忆，本期课程内容丰富，有中国古典文学、现代文学、西方现代文学，既讲文学概况，又有作品赏析，重点是名著。刚一开学，文讲所就给每位学员发了一本《文学学习参考书目》，列了近200本书，包括马克思、恩格斯、列宁、斯大林和毛泽东的文艺论著，中国古典文学和现代文学名著，西方经典文学名著等。

王成启把本期所请的专家学者分为四种类型：

一是文艺界的领导，如丁玲、陈荒煤、冯牧等；

二是大学教授和中国社会科学院的研究员，如吴组缃、冯其庸、王朝闻、季镇淮、李何林、林非、吴元迈等；

三是各界名家，如请苏绍智讲马列主义基本原理，请苏星讲文艺作品与经济学，请吴明瑜讲文艺作品与科学，请廖乃雄讲流行音乐；

四是请作家谈创作，萧军、公木、秦兆阳、玛拉沁夫、聂华苓等都来学校讲过课。

8月12—22日，本期学员先后召开四次创作经验交流会，另参加《文学评论》杂志社组织的一次座谈会。在上述活动中，学员结合自己的创作实践，就文学创作与政治的关系、艺术探索与流派、题材问题等进行了广泛讨论。

这一期学员成绩较为突出，韩石山谓之皆是"人尖子"，其中，后来"当中国作协副主席的就有蒋子龙、叶辛、王安忆、张抗抗四人，省级作协主席、副主席出了十几个，这在以后的几期及现在的鲁迅文学院绝无仅有"①。这一现象自然和这一期学员所处的时代背景有关。那时,改革开放刚开始,一切都充满了希望,文学界更是如此。

1980年9月30日文讲所招收了第六期(少数民族文学创作班)学员,录取学员43名,其中包括9名汉族走读生,其余皆为少数民族学员;年龄最大者45岁,最小者18岁;绝大部分是少数民族文学新秀。

文讲所为这期学员制定了系统周密的教学计划,在课程设置上,根据学员特点,增加了党的少数民族政策、民族文化、世界民族文学发展的课程。

学员李传峰在《文讲所第六期回忆》中就尤为详细地写到文讲所给本期学员列的三部分书目:

第一部分是马克思理论和党的文艺政策方面的书,有马克思、恩格斯、列宁、普列汉诺夫和毛泽东、周恩来、邓小平等人论文艺的著作。

第二部分是文学作品名著选读。中国古代文学作品有《中国历代散文选》《中国历代诗歌选》《古代白话短篇小说选》《红楼梦》《格萨尔王》《江格尔》《福乐智慧》;中国现代文学作品有鲁迅的《呐喊》《彷徨》《鲁迅杂文选》,郭沫若的《女神》,茅盾的《子夜》,巴金的《家》,叶圣陶的《潘先生在难中》《稻草人》,朱自清的《背影》《荷塘月色》,老舍的《骆驼祥子》,曹禺的《雷雨》《日出》,艾青的《向太阳》《火把》,丁玲的《太阳照在桑干河上》,柳青的《创业史》;中国当代文学作品主要选读了1949年以来的少数民族短篇小说、诗歌以及

---

① 王成启:《文讲所:28年前的回忆》,《书摘》2008年第8期。

近几年全国小说获奖作品。外国文学作品有莎士比亚的《哈姆雷特》《奥赛罗》《李尔王》《罗密欧与朱丽叶》,巴尔扎克的《欧也妮·葛朗台》《高老头》《巴尔扎克中短篇小说选》,塞万提斯的《堂吉诃德》,乔万尼奥里的《斯巴达克斯》,莫泊桑的《项链》《羊脂球》,司汤达的《法尼娜·法尼尼》,梅里美的《卡尔曼》(《卡门》),都德的《最后一课》,普希金的《叶甫盖尼·奥涅金》,果戈理的《死魂灵》《塔拉斯·布尔巴》,列夫·托尔斯泰的《复活》《安娜·卡列尼娜》,屠格涅夫的《罗亭》,法捷耶夫的《毁灭》,肖洛霍夫的《被开垦的处女地》,还有《外国短篇小说选》《泰戈尔诗选》《裴多菲诗选》《源氏物语》《外国现代作品选》。

第三部分是关于文学史著作和文学创作理论方面的书目,有《中国文学史》、《中国现代文学史略》、《鲁迅论文学》、瞿秋白的《鲁迅杂感选集序言》、车尔尼雪夫斯基的《艺术与现实的审美关系》、别林斯基评《死魂灵》的文章和《给果戈理的一封信》、杜勃罗留波夫的《黑暗王国的一线光明》和《什么是奥勃洛莫夫精神》[①]。

1981年4月17日下午,第六期少数民族文学创作班开学典礼在民族文化宫举行,国务院副总理杨静仁,文联、作协有关领导周扬、丁玲、张光年,《民族文学》主编陈企霞等80余人前来祝贺。

第六期辅导员阵容也是相当豪华,不但有王愿坚、舒群、徐怀中、陈企霞、达木林、王蒙、玛拉沁夫、孟伟哉、邵燕祥等,还邀请周振甫、周汝昌、冯其庸、吴组缃、秦兆阳、贺敬之、叶君健、骆宾基、唐达成等到所讲课。同时举行各种形式的座谈,对学员进行创作辅导。此外,延续实践教学并重做法,学员分南北两路参观访问,体

[①] 鲁迅文学院编:《文学的日子——我与鲁迅文学院》,内部资料,第213—214页。

验生活。具体路线包括南路：西安—南京—青岛—济南；北路：大连—长春—牡丹江—哈尔滨。

这一期授课教师讲授的具体内容主要如下：周振甫讲授"中国古代散文"；周汝昌、冯其庸讲授"谈《红楼梦》"；吴组缃讲授"谈《红楼梦》里几个陪衬人物的安排"；秦兆阳讲授"学习与探讨"，结合《大墙下的红玉兰》《代价》《天云山传奇》《人到中年》《在没有航标的河流上》五篇作品，分析了创作中的构思、主题深化问题；贺敬之讲授"谈创作"。授课的另有徐怀中、陈企霞、叶君健、骆宾基、唐达成、王蒙、唐因、蒋子龙、蔡其矫、萧军等。学员认为"他们的讲课从不同角度和层面，给了我们知识和启发，作家的课大多谈写作经验，主要谈自己；教授们的课大多讲理论，和我们正在阅读的书目相结合"①。可以想见，少数民族作家学员能集中在一起学习文学，一定会在思想和创作上得到启发和思考。

这一期少数民族作家班是文讲所根据国家民委和中国作协联合召开的全国少数民族文学创作会议的建议举办的。专门为少数民族中青年作家举办此类文学创作班，是新中国成立以来的第一次，体现出国家对少数民族文学事业的重视，对培养少数民族文学创作队伍和发展、繁荣少数民族文学起到积极推动作用，尤其对于巩固新中国的文化领导权，意义重大，影响深远。

1982年2月，文讲所制定了第七期编辑评论班教学计划。在课程设置上，本期不设文学史基础课，而是大量地增加了文艺理论、文艺思想和文学评论方面的课程，其特点是紧密联系当前

---

① 李传峰：《文讲所第六期回忆》，鲁迅文学院编《文学的日子——我与鲁迅文学院》，内部资料，第214页。

中国创作实际，探讨文艺创作、文艺思想上出现的新问题。同时，根据学员要求，课程内容有所突破，开设了当代外国文学流派及理论方面的课程，还有时政课和其他艺术门类的专题讲座。其间，丁玲、王蒙、刘绍棠、从维熙、陈登科、程代熙、苏绍智等到所讲课。根据中宣部和中国作协党组要求，文讲所还为本期学员制定了学习十二大文件的计划安排，进行集中学习和经常性的学习活动。

这期编辑评论班侧重提高编辑评论人员的政治思想和编辑业务水平。鉴于学员具有较高的自学能力，又有一定的编辑评论工作经验，因此，教学采取专题学习和研究的方式，开设了马列主义哲学、政治经济学、文艺理论、编辑修养、语法修养、美学、古典文学、现代和当代文学、外国文学、近年来有争议作品等的专题研究。这期编辑评论班在保持着50年代初期学员实践经验的基础上，以自学研究为主、讲课为辅的传统。在教学上，文讲所还有计划地组织学员围绕当前文艺思想方面较重大的问题和有争议的作品进行讨论。这一期编辑评论班的学员，虽然都是搞编辑评论工作的，但文讲所也适当安排他们进行创作实践，以便了解创作过程、体验创作甘苦，使他们回到编辑评论工作岗位后，能更好地担负起帮助作者、培养文学新人的任务[①]。

考虑到第七期学生委员会向文讲所递交了有关请求延长学习期限的报告，文讲所又制定了第七期补充教学计划，决定第七期延至1983年6月25日结业。在延长的半年中，学习时间大体分三个阶段：第一阶段（1982年12月25日至1983年3月15日），学员回

---

① 《文讲所第七期编辑评论班结业》，《文艺报》1984年第2期。

家写毕业论文。主要原因是租用的劲松第八小学房屋合同期已满,必须搬出,新租用的小关绿化队的房子暂时不能迁入。第二阶段(1983年3月16日至4月5日),增加马克思基本理论的课程和十二大文件的学习。第三阶段(1983年4月16日至6月22日),以讨论当前有争议的作品或创作方面的问题为主要学习内容。4月15日,文讲所第七期学习和讨论的计划颁布,强调以讨论革命现实主义、当前文艺思潮和有关创作方面的问题为主要内容,强调与阅读作品相结合,避免从概念出发,从而使讨论既生动活泼,又能上升到理论高度。

与此同时,文讲所将起草的文件《关于文学讲习所工作改革意见的报告》上报作协党组、书记处。报告中就教学方面提出了改革的建议:在外国文学教学中,拟将苏俄文学的教学比例减至三分之一,东西方文学的教学比例占三分之二;中国现当代文学增加课时;拟开设马列主义基本原理课,较系统的语法修辞,以及中国、世界历史课程;拟增设外语选修课。

不难看出,旧的教学方案已经不能适应新形势的发展了,"意见"明确指出增加中国现当代文学课时,其目的是让教学更有针对性,更能符合学员的实际学习要求。

第八期文学创作班教学的着眼点和出发点为:如何从文研(讲)所历史上第一期至第七期作家班的培训模式中寻求突破,使之适应新形势下对作家培养提出的需求,即从传统意义上的单一化培训逐渐向系统化、正规化转变。在当时,有很多作家对加强自身理论基础和学识素养的重要性认识不足,认为只要有生活有技巧,就能写出好作品,即使理论水平差些也关系不大。针对这一点,第八期从制定招生计划起,即强调和突出文化与综合知识水平的重要性,并将这种理念在笔试和面试中加以贯彻和突出。这一期的招生,尝试以考试方法招收学员,"这并不单纯只是招生形式上的一个简单变化,而是标志着文讲所在教学思想和教学重点上的一个转变,在鲁院的发展历史上是具有重要意义的"①。

对本期教学计划的制定,文讲所是下了一番功夫的。总的指导思想是要在继承文讲所历年培训作家所取得的丰富经验与有效做法的基础上,融入新的教学理念和元素,注意吸收正规大学文科系的系统化教学的成功经验,注重基础理论和文化知识的教育,并使之与学员的文学创作实践有机结合起来。但"文讲所的特殊培养方式与目标又绝对不同于一般大学中文系的本科生或研究生的培养方式,因此,既要向系统化、理论化和正规化转变,又要坚持在作家培养上的特殊性,使之成为一种真正意义上的具有新时期特色的作家专业化培训"②。

对教学指导思想和教学原则,第八期依然承袭了一贯思想,即"教学要以马克思主义为指导,学习和掌握马克思主义的基本原理,坚持四项基本原则,深入研究和全面准确地理解马列主义的文艺思想和党的文艺政策,总结、借鉴中国革命文学的经验,吸收和消化革命文学的丰富营养,正确贯彻党的'二为'方向和'双百'方针"。同时还首次提出"要努力按正规化要求办学,为创立中国文学院准备条件和积累经验"③。

在教学安排上,第一学期学习中国现当代文学;第二学期学习

---

① 成曾樾:《文学的守望与探寻》,作家出版社2012年版,第215页。
② 成曾樾:《文学的守望与探寻》,作家出版社2012年版,第216页。
③ 成曾樾:《文学的守望与探寻》,作家出版社2012年版,第216页。

世界文学；第三学期学习中国古典文学；第四学期为文学近缘学科与"四化"建设实践问题的学习，以及毕业创作、毕业论文、鉴定、总结等。课程设置主要有文艺理论、美学、中国古代文学史、中国现代文学史、中国当代文学史、外国文学史、文学创作（包括作家谈创作）、艺术赏析（戏剧、电影、音乐、美术等）、文体学、文艺形势与方针政策、政治经济学、世界近代史等。

可以看出，针对第八期的学习，文讲所做了充分的准备，也做了一些教学改革。

1984年3月2日，文讲所第八期文学创作班开学。在本期师资安排上，依然采用主要依靠社会师资的做法，即聘请有关单位的专家、教授、作家、文艺理论家和评论家来所授课。"对教师的总体要求是在以往的基础上更加严格，明确提出这些教师应是该领域中最具权威性的人士，或是近年来涌现出来的某个文艺理论研究领域中的前沿人物，愿意并热心为中青年作家授课，其中大部分应是经过在文讲所授课效果的检验。"①

在这个总体要求下，文讲所先后聘请丁玲、王蒙、邓友梅等来所授课。丁玲是文研所创办者，又是知名作家，虽经劫难，但风头不减当年，她来讲课自然受到学员的欢迎。

丁玲讲课的题目为"扑到迷人的生活海洋里去"，讲授的重点是：作家需要生活，因为没有生活是写不出来好作品的，因此，作家一定要有较丰厚的生活的积累。作家还要有感情，没有感情就没有你最喜爱的能把你牢牢捆住的东西。写文章要花心思，不要把写文章当作一种应酬，更不要当成沽名钓誉的手段。作家要不断

---

① 成曾樾：《文学的守望与探寻》，作家出版社2012年版，第216页。

扩大自己的题材,要扑到迷人的生活海洋里去。但创作不是照搬现实生活,而应该要写得高一点,即在思想上、感情上、品质上写得高一点。这样,才能正确地引导读者。丁玲在讲课中还谈到了文讲所第五期学员蒋子龙的作品《赤橙黄绿青蓝紫》和第八期学员邓刚的作品《迷人的海》。

邓友梅是当时文坛上风头正劲的小说家,邀请他来讲课显然可以给学员树立一个学习的榜样。作家谈创作是最受学员欢迎的课程。他的讲课题目为"谈创作",重点为:读小说、写小说都应该重视它的审美作用,不要把小说当成政治文件。要写好小说无非两条,一是要写得叫人爱看,二是让人觉得有好处。要在这两点上下功夫。作家要用自己的感觉、自己的眼光从生活中吸取有美学因素的东西,要用自己的审美观点和自己的语言去塑造人物。小说要讲究语言美,这是视觉艺术所不能代替的,语言的好坏关系到人的思想、性格和审美观点,关系到你对人物理解的深浅,而不仅仅是一个修辞问题,所以作品要有特色,就要靠自己的语言特色。要使小说具有自己的特色,发挥自己的优势是第一个条件,当作家要有自信,要看到自己的长处,并且加以补充和发挥。提高写作技巧的途径是好好读书,最好能吃透几部作品,这样写的时候自然而然也就会了。

以时间先后为序,4月25日,唐达成到所讲课,题目为"关于人性、人道主义问题"。5月2日,陈荒煤到所讲课,题目为"关于典型问题"。5月5日,冯牧到所讲课,题目为"拨乱反正以来思想文艺战线上的成就与问题"。此后,姚雪垠、李德伦、唐弢、李准、刘绍棠、陈涌等先后来所讲课。部分授课教师及讲题如表5-11所示。

表 5-11　第八期部分授课教师及讲题

教　师	讲　题
陈　涌	马克思主义与现实主义问题
唐　弢	鲁迅及其作品
程代熙	作家与思想家
柳鸣九	巴尔扎克研究
董恒巽	美国文学
叶君健	安徒生童话
蒋和森	中国古典文学
朱　虹	狄更斯研究
严家炎	中国当代文学
乐黛云	西方比较文学
李德纯	日本文学
李德伦	交响乐欣赏
黄永玉	美术欣赏
陈光孚	拉美文学
冯　牧	我国文艺形势和拉美文学
唐达成	文学评论

这些受邀来讲课的教师皆为当时各个领域的名家宿儒,因身份和研究兴趣不同,授课教师的特点是不一样的。第八期学员王蓬在《小树,在这儿长大》中写道:

已经来讲过课的老师中,最受欢迎的是丁玲、王蒙、邓友梅、刘再复、姚雪垠等。丁玲讲课,就跟聊天似的,来后坐在椅上,脱掉大衣,露出红色毛衣,花格衬领托着银发,十分精神,充满活力,一点不像八十岁的老人。她谈起三十年代亭子间作家的艰辛;谈起鲁迅先生对萧军、萧红的支持和培养;谈美国的辛克莱和苏联的文学院;谈当前的文学创作和文学评论;谈她同时代的作家;谈老舍和邓友梅,谈赵树理和王蒙,谈他们的成绩和经验,也谈他们的失误和不足;更多的是谈生活,谈生活中的虚假和真实,低下和高尚……她时而急迫,时而和缓,时而摇头叹息,时而朗声大笑,并不时用手势来传达感情和加强语气。教室被全体学员、学校的老师和专程赶来听讲者挤得满满当当,大家都被丁玲同志那生动的讲话吸引了。①

有这样的师资力量和学习环境,学员自然会努力学习。《文艺报》曾经对第八期学员做过一次专访,名为《同共和国的文学一起成长》的专访文章谈道:"学员们珍惜在文学院(第八期学员经历了文学讲习所更名鲁迅文学院的历史节点)集中三年系统补课的时间,许多人在课余阅读了大量中外理论、文学专著。对于过去很少涉猎的美学、心理学、社会学、未来学,甚至经济管理学等中外论著,他们也抱有极大的研究兴趣。"②

新时期文学创作班的一个重要内容和特色,就是学员在教师

---

① 鲁迅文学院编:《文学的日子——我与鲁迅文学院》,内部资料,第20—21页。
② 《文艺报》1984年第11期。

的辅导下,有计划地阅读大量的古今中外的文学名著。学员结合教师授课和讲座题目提前阅读相关书目,还可自由选择一些作品来阅读,此外教务处和教研室还不断编选各种学习资料供学员学习参考。学员将课堂听讲、自我阅读、集体研讨和文学创作渐渐融合为一个有机的整体,加之教师面对面的辅导,他们的理论水平、文化素养和创作水平都有了较为显著的提高。

此外,教学计划明确提出:学员对每学期所列的阅读书目应当作为重要课程对待,对于政治与艺术不得偏废,对于文艺政策、文艺理论与作品不得偏废,对于中外古今不得偏废,并须写出读书心得笔记,作为每学期的考查内容。

在教学中,文讲所还紧密结合当时的文学形势和热点作品,开展了一系列讨论。其中有对遇罗锦的《春天的童话》的讨论,关于革命现实主义问题的讨论,对胡乔木同志《关于人道主义和异化问题》一文的学习与讨论,结合学员作品谈军事题材文学现实主义的发展与探索,从《百年孤独》谈现实主义与魔幻现实主义,等等。讨论的形式多种多样,有班级讨论,有小组讨论,有自由漫谈式,也有书面发言式。一般是由文讲所根据学习计划或当时的文学热点问题以及学员普遍关注、集中反映的问题定出讨论题目,提前两到三周印发给学员,提出相关要求,让学员做好充分准备。有些讨论还准备了重点发言。因此,这些讨论大都达到了预期效果,学员反响也很不错。

在学习期间,教师与学员接触频繁,因此结下了深厚的友谊。刘兆林曾经在文章中这样写道:"我们每个学生还有学校给找定的校外'导师',大家对自己的这个老师更加尊重,因为他们都是颇有成就的著名作家。我的导师是我非常崇敬的徐怀中,部队的文友都非常羡慕我分在了徐老师名下。徐老师对我们五个部队学员都十分爱护和关照,他不光对我们好,后来很快就效法文讲所创建了解放军艺术学院文学系,并且亲任主任①。我们文讲所的部队'五朵金花'多次在他牵线下与军艺文友相互切磋,获益匪浅。"

像这样的例子,非常多。

第三节　鲁院时期文学新人培养的方法和途径

1984年11月12日,中宣部批复中国作家协会文学讲习所更名为鲁迅文学院,自更名到现在,鲁院一步一个脚印,办学规模和质量稳步提升。其中80年代以办进修班为主,辅之以与高校联合办学;90年代以举办进修班和文学创作专业班为主;到了新世纪则创造性地开办了高研班,进入迅速发展时期。

一、20世纪80年代文学新人培养的方法和途径

自1985年3月至1990年3月,鲁院共举办了六届进修班,其中第四届(期)进修班是全国石油系统职工文学创作培训班,其余为普通班。这一时期,鲁院试图从过去的单一化培训逐渐向正规化转变。在教学计划中明确提出教学要以马克思主义为指导,深入研究和全面准确地理解马列主义的文艺思想和党的文艺政策,总结、借鉴中国革命文学的经验,吸收和消化革命文学的丰富营养,

---

① 正如本书在绪论中所指出的,军艺文学系的办学经验也是创意写作中国化实践的一部分。尽管仿效的是鲁院,但其办学也有自己的特色。关于这一研究,是笔者中国化创意写作实践研究的第二篇章。

正确贯彻党的"双百"方针。不难看出,鲁院的"文艺党校"性质依然没有改变,事实上,还有所加强,更加强调对文学新人的政治素养的培养。同时鲁院再次提出要努力按照正规化要求办学,为创立中国文学院准备条件和积累经验。

基于以上教学指导思想和教学原则,鲁院继承文研(讲)所时期的优良传统,又结合时代变化做了创新。在授课内容上,大致可以分为:

（1）文学史、文艺理论(包括名著选读、作品分析、作家研究、语法修辞等);

（2）作家谈创作;

（3）政治、经济、历史、哲学和其他方面的知识性讲座。

其中第八期还增设了英语选修课。

鉴于对师资要求的多样性和特殊性,鲁院依然采用主要依靠社会资源的做法,聘请有关单位的专家、教授、作家、文艺理论家和评论家来授课。以作家谈创作的课程为例,当时就汇集了一大批知名作家担任授课教师和辅导老师,如丁玲、张光年、秦兆阳、王蒙、刘绍棠、邓友梅、从维熙、李准、姚雪垠、徐怀中、柯岩等。不仅如此,鲁院还聘任了一批在文学创作上有相当成就和经验的作家担任创作辅导员,对学员的创作实践进行具体指导。

这一时期教学计划特别指出了自学与研讨的重要性和必要性,强调教学要理论联系实际,联系文艺现实斗争的实际和文学创作实际,不断总结、不断提高;在认真听课、研读名著、小组漫谈的基础上,组织必要的课堂讨论;在整个教学活动中,逐步增强讲授的地位和教师的指导作用;强调学员学习的主动性、自觉性,提倡学员之间互相学习。

让学员研读文学名著历来都是鲁院(包括文研所、文讲所时期)最为重视的一个环节,被认为是为学员开出的一剂有效的进补药方。既为学员弥补了入学前在文学阅读上的欠缺,同时也为上好作品分析课和文学史课提前做好了准备;对学员文学创作也是大有裨益的。

不可否认,由于历史原因和招生时间紧迫,鲁院在教学方针的制定上还存在一些偏差与局限,加之受当时对获取文凭急躁心态的影响,教学计划也随之发生了一些变化。例如临时增开的外语课,在某种程度上就是为学历教育而临时设立的。但实践证明,这样做的教学效果并不好。这主要是因为学员的外语基础普遍较差,学员间水平悬殊,而且他们产生了是为了学历而学习还是为了更好地进行创作而学习的困惑,大多数学员最终放弃了外语学习。后来,这种情况在新世纪举办的青年作家英语培训班上得到了改善①。此外,这一时期文学类课程较多,大文化课程涉及范围比较小,只涉及音乐、美术等。

下面,具体考察一下80年代鲁院六期进修班的教学情况、方法及启示。

1985年3月1日至7月30日,鲁院举办了为期五个月的第一

---

① 鲁迅文学院青年作家英语培训班是具有重要的开创性意义的。培训班以"加强听说训练、培养交往能力"为教学目标,将"全球化思考、本土化实践"的宗旨贯穿始终,实行分班教学管理,采取多种教学方式。培训班共计开展了300课时的课堂教学,涵盖外教口语、视听说、新概念、中高级写作、文学翻译等多门课程。结业考试以分科目测验与现场答辩相结合的方式,并特别安排了两次较大规模的"实战演习",让学员独立完成2小时以上的持续性英语对话。培训班还安排了以"重温历史,感触现实,丰富知识,开拓眼界"为主题的海南社会实践活动。在紧张的英语学习之余,学员并没有忘记自己的作家身份和文学担当,在文学创作方面也取得了很多成绩。据不完全统计,学员在校期间创作文学作品430余篇(首)、出版或再版专著7部,大量作品发表在各类文学报刊上,多人在各类文学评奖中均有所斩获。把青年作家同时放在中英语境下培养,这在鲁院尚属首次,到目前为止,也是唯一的一次。关于这一个英语班,值得做专题研究。

期进修班。这一期进修班教学仍沿袭以往按专题进行课堂教学的形式,每周四次讲座。教学主要分六个单元进行:① 文艺理论、中国当代文学与党的文艺政策;② 中国现代文学;③ 中国古代文学概要;④ 外国文学;⑤ 苏俄文学;⑥ 外国现当代文学。此外,还设有时事政策、政治理论、作家谈创作等相关课程。

这一期邀请了蒋和森、苏绍智、张志民、严家炎、孙玉石、舒芜、吴小如、叶子铭、刘再复、蒋子龙、刘绍棠、柳鸣九等专家到校讲课。师资力量不可谓不强。与文研(讲)所时期相比较,这一时期的师资似乎更加注重学者化,这或许和当时"作家学者化"倾向有关。作为培养文学新人的专门学校,鲁院当然有不断提升作家理论修养的任务。

比第一期学习时间稍短,第二期进修班为期四个月,时间从1987年3月1日到7月2日,共18周,52次课。根据第一期的教学实践,为提升第二期的教学质量,力求学员水平较为一致,本期采取了严格的入学考核方式,学员的基础文化水平和创作水准基本接近,以便于教学活动的科学合理安排。某种程度上讲,文学创作是个体的创造性劳动,创作水准的高下既受创作者基本文化水平的影响,又不完全取决于创作者的文化水平,创作活动是多种复杂因素的综合表现。本期教学中注重对学员个体予以更多的关注和提出不同的要求。在教学安排上,注意根据学员的不同创作需求进行差异化的教学,使文学教学活动更符合规律。从这一点可以看出,鲁院的教学理念有了新的变化。

其教学内容分为六个方面:

(1) 基础理论:包括文艺理论、哲学、美学、心理学、社会学;

(2) 文学史:包括中国古代文学、中国现当代文学、欧洲文学、美洲文学、苏俄文学、东方文学、比较文学；

（3）创作理论：包括创作理论专题、作家谈创作、编辑工作谈；

（4）文化史：包括中国古代哲学、宗教，中国现当代哲学思潮，世界宗教问题，西方近现代哲学思潮，中西文化交流；

（5）艺术鉴赏：包括戏剧、电影、音乐、美术、舞蹈；

（6）文艺形势和方针政策。

本期授课教师有唐因、鲍昌、何西来、张炯、何镇邦、叶朗、王愿坚、周振甫、黄子平、崔道怡、吴福辉、谢冕、赵朴初等。这些授课教师皆为名重一时的人物，也都是各自领域内的名家大师。

教学活动注意理论联系实际，特别是联系文艺的现实和文学创作实际，组织必要的有关文艺思潮和作品研究的课堂讨论。此时，新时期文学发展已近十年，先后经历了"伤痕文学""知青文学""寻根文学"等文学思潮的洗礼，文学创作的题材更为广泛。同时，国外现代思潮大量涌入，作家特别是青年作家难免受到强大的冲击和影响，纷纷在创作手法、题材和艺术表现上求新求异，呈现出十分活跃的创作态势。显然，对于青年作家来讲，是需要鲁院这样的学校为其提供引领和指导的。在这种背景下，鲁院组织了许多有关文艺思潮和文学现象的研讨，补充并充实了教学课程，丰富了教学活动。

总体来说，第二期进修班教学在保持原有教学内容的基础上增加了文化史的内容，涵盖哲学、宗教及中西文化交流。文化史课程丰富了学员对世界的认知，具有以史鉴今的现实意义，也把文学发展史放在一个大的文化背景下展示。在这一期的教学中，鲁院相应突出了艺术鉴赏的课程，力求在艺术涵养、艺术感受力上加强对学员的培养。

第三期进修班于1987年9月1日至12月31日举办,为期四个月。为编辑评论班,招收的是各省市、自治区主要文学期刊社、出版社的文学编辑。在培养作家的同时,培训充当文学哨兵角色的文学编辑是鲁院一以贯之的传统。这一期的课程依据编辑评论班的特点进行了较大调整,设立了文艺批评的性质和任务、文艺批评的方法与流派、评论家论文艺批评、中国古典文学批评学、编辑的自我培养、文艺报刊的编辑工作等课程;增设了文艺心理学及小说、散文、诗歌文体研究等课程,同时给学员设立了文体系列思考题。教学内容包括九个方面:① 文艺批评学;② 文艺编辑学;③ 文体学;④ 现代文学;⑤ 新时期文学创作与文学思潮;⑥ 中国文学传统观;⑦ 外国文学研究;⑧ 美学与创作学;⑨ 艺术鉴赏。

鲍昌、缪俊杰、吴泰昌、鲁枢元、陈涌、唐达成、侯敏泽、王瑶、鲍正鹄、乐黛云、何镇邦等先后到院讲课。其中,不少专家有着编辑实践经验,这显然和这一期的办学任务有关。

第四期进修班教学时间为1988年3月10日至7月10日。教学内容与第一、二期基本一致,提高学员创作水平,提升学员文化素养。在教学活动中贴近现实创作,理论联系实际,组织多种形式的教学活动,开展学员之间的交流和研讨。此外还有一定的考核,包括入学时的现场文化考核、期中的作品创作、期末的课堂考试等。

与第四期进修班同步进行的还有全国石油系统职工文学创作培训班。本班的教学内容主要有文学基础理论、文学态势及各种文体写作三个方面,共七个系列:① 主要文体写作(含小说、散文、诗歌、报告文学、戏剧、影视文学、文学评论);② 新时期文学思潮;③ 创作心理学;④ 文体学(包括各种体裁创作的文体特征);⑤ 名作欣赏（含中国古典小说、现当代文学名著的思想艺术赏析）；⑥ 作家评论家谈创作；⑦ 现代汉语语法修辞。

第五期进修班的教学时间原定为 1989 年 3 月 1 日至 6 月 30 日，鉴于 1989 年春夏之交的政治风波，鲁院遵照中国作协指示，于当月停课。教学内容较往届有所增加，形成了较为稳定的教学框架。课程设置为：

（1）新时期文学思潮论（含现实主义的回归和深化、现代主义与新时期文学、"寻根文学"的发生与意义、新时期文学中的历史反思精神等）；

（2）文体学（含新时期文学形式的发展趋势、多体裁文体研究）；

（3）创作学与创作心理学（含创作活动中作家的心理因素）；

（4）美学与文化学（含美学与宗教、文化人类学、宗教与艺术）；

（5）文学史系列（含中国古典文学史、现代文学史、当代文学）；

（6）外国文学（含欧洲文学、拉美文学、美国文学、苏俄文学）；

（7）当前文学态势研究（含中短篇小说现状、创作的新思维、新诗潮）；

（8）赏析、创作谈（含文学作品赏析和艺术作品赏析、作家谈创作）。

1990 年 3 月 7 日，第六期进修班开学，共录取学员 52 人。韩少华、张同吾、李准、马烽、乐黛云等先后来院为学员授课。

这期间，鲁院还创造性地和多所大学联合办学，其中，1988 年与北京师范大学共同举办了"文艺学·文学创作"研究生班，录取学员 48 人；与华中师范大学联合举办"文艺学·文学评论"研究生班，录取学员 30 名；1989 年与首都师范大学联合举办"汉语言文学"大专班,录取学员45人。

1988年9月21日,鲁院与北师大合办的"文艺学·文学创作"研究生班预备班开学。教学内容主要有哲学、文化学与文学、历代文学批评、20世纪世界文学思潮流派、中国当代文学思潮、创作论、美学、文体学、作家作品研究等;为适应国际文化文学交流,还开设了英语课。文学创作研究班分两个学年。第一学年课程为:马列文论专题研究、西方文论、文学文化、文艺鉴赏初论、英语、创作美学、民俗学、写作。第二学年课程为:中国当代文学史、文学概论、中国古代文学、中国当代文学、《史记》研究、20世纪30年代小说研究、中西文化比较、西方当代文艺思潮、创作实践研究等。

与华中师大合办的"文艺学·文学评论"研究生班课程设置与前者不同,具体为:① 文学批评学基础(学位课);② 文学评论写作实践(学位课);③ 中国当代文艺思潮(专题课);④ 现代意识与现代文学研究(专题课);⑤ 多学科系列讲座等。

鲁院与高校联合办学,既突出了自身特点,同时也彰显了大学文学教育的优势;既拓展了鲁院作家培养的边界,又弥补了自身无法为学员提供学历的局限。这种强强联合的办学,无论是其所聚集的创作和理论两方面资源,还是所取得的实际成效,都极其接近西方创意写作。以创作为导向,以提供学历为结果,是创意写作最理想的状态,这再次证明了鲁院作家培养模式作为中文创意写作典范,是当之无愧的。

二、20世纪90年代至新世纪初期文学新人培养的方法和途径

进入90年代,进修班成为这一时期鲁院的主要办学形式。经

鲁院院务会议讨论后,鲁院连续举办了三期进修班,即第七期进修班、地矿文学进修班和第八期进修班。其中第七期进修班和地矿文学进修班是同步进行的,同时在一个大教室上课。也就是说,这两个班的课程设置是一样的,所享有的教师资源以及办学条件也都是相同的。唐因、马烽、张韧、任洪渊、王一川、汪曾祺、林斤澜、叶朗、吴小如等专家学者先后来院讲课。1992年3月,第七期文学创作进修班与地矿文学创作进修班同时结业。鲁院根据第七期进修班的情况,拟在该班选择一些有创作潜力、在院期间表现优秀的学员继续进入创作研究班(第七期延长班)学习,为此制定了新的教学计划:

> 本期创作研究班旨在原有进修班的基础上,通过一些专业课程的讲授,进一步探讨文学创作的艺术规律,并为学员的创作提供一些必要的辅导和条件,结合创作实践开展一些研讨活动,以期进一步提高学员的文学素质和创作水平。

针对这个班,专门开设了以下四门专题课:
(1) 创作美学(8次课,32学时),任课教师:童庆炳、王一川;
(2) 中西文化比较(8次课,32学时),任课教师:王富仁、孙津;
(3) 文体学(8次课,32学时),任课教师:何镇邦、罗钢;
(4) 创作实践及研讨(包括有关专题讲座和各种规模的研讨会)。

这些专题课的开设,具有很明显的针对性和系统性,对于学员掌握专业知识、提高专业素养有着很好的帮助。

在第七期延长班和第八期两个班的基础上,鲁院重新录取了58名学员,进入创作研究班延长班。这个班的学习时间为一年。为此,鲁院重新制定了招生简章,重新对课程进行了设置,开设马列文论、西方文论、创作美学、外国文学、中国当代文学专题、文体学、创作实践研讨、中国古代传记文学研究、中国30年代小说研究、民俗学、中西文化比较、中国古代小说研究、中国古代文化研究等课程。这些课程是原有课程的进一步深化,较好地适应了延长班的办班特点,满足了学员需要。

1993年6月,鲁院制定了第九期进修班(1993年度文学创作培训班)招生简章,共录取学员54人。9月10日,该班开课,冯牧、侯敏泽、汪曾祺、杨桂欣、张同吾、林斤澜、叶文玲、雷达、陈建功、李德伦等先后来院授课。在系列讲座中,含文学形势讲座2次、文艺理论讲座7次、中国古典文学讲座4次、中国现当代文学讲座6次、外国文学讲座7次、创作论讲座10次、作家谈创作讲座10次、科学与艺术讲座8次。1994年1月,该班结业。

此时,鲁院办班形成了自己的规律,基本上按照自己的节奏有序办班。1994年3月,鲁院发出第十期文学创作进修班招生通知,8月,制定该班教学计划。

1995年5月,鲁院教研室制定第十一期文学创作进修班招生简章;8月,制定教学计划;9月4日,该班开学。主要课程有:张颐武"从新体验到新状态"、陈晓明"关于后新时期文学"、林非"关于散文随笔写作"、周笃文"中国古典诗词鉴赏"、韩兆琦"中国古代史传文学及其影响"等。

除了进修班、创作研究班延长班以外,为了解决学员学历问题,1993年鲁院再次与北师大中文系达成协议,共同招收在职委培"文艺学·文学创作"硕士研究生。学员大多来自创作研究班延长班。课程设置为:哲学、文学概论、现代文学、当代文学、中国古代文学、外国文学、马列文论、现代汉语、古代汉语、美学概论、文艺学专论、写作等。

1996年和1997年,鲁院分别举办了1996级文学创作专业班(一年制)和1997级影视文学创作专业班(半年制)。

1996年9月20日,1996级文学创作专业班(一年制)开学。鲁院教学部对课程设置进行了调整,内容如下:

(1) 马列文论:邓小平建设有中国特色社会主义理论与文艺、当前经济改革与政策研究、马列文论中的普遍原理。

(2) 文学理论:古代文论、西方文论。

(3) 文学美学:小说美学、诗歌美学、散文美学。

(4) 文学史:① 中国文学史:先秦文化与先秦文学;孔子与中国文学;庄子与中国文学;老子与中国文学;《诗经》《楚辞》及其对诗歌的影响;唐诗及其对后来诗歌的影响;宋词及其对后来诗歌的影响;唐宋八大家古文运动的影响;元曲杂剧;明清小说;现代文学的思潮与流派;京派与海派;20世纪二三十年代现代主义思潮与80年代现代主义思潮比较;鲁、郭、茅、巴、老、曹的出现给当今带来的启示;鲁迅研究;解放区文学及其意义;当代文艺论争及其意义;怎样评价新中国成立后的第一个文学高峰;新时期诗歌思潮与流派;新时期小说思潮与流派;90年代的文学思潮。② 外国文学史:文艺复兴及其带给今天的启示;英国文学(侧重于散文随笔、莎士比亚);美国文学(侧重于现代文学);法国文学(侧重于巴尔扎克、左拉、雨果以及现实主义和自然主义);俄国文学(侧重于如何看待现实主义高峰);德国文学(侧重于战后德国文学);日本文学;古印度文学;拉美文学(侧重于魔幻现实主义)。

(5) 文学创作心理学:文学创作心理是客观现实的反映、创作心理与作家思维、创作个性的类型及其心理本质、读者的欣赏心理等。

(6) 文体鉴赏学:文体鉴赏的艺术规律、文体鉴赏的多层结构、文体鉴赏的品类特征。

(7) 大文化课:人类学与文学、社会心理学、社会伦理学、影视与文学、音乐与文学、美术与文学、戏剧与文学、民间文学、民族文学、未来学、当代西方文化思潮、编辑与文学、东方主义与东方文化。

(8) 讨论会:课程讨论、学员作品讨论。

可以看出,这个班的课程设置已经形成了一个很好的可以媲美西方创意写作的课程体系。1996级文学创作专业班(一年制)部分授课教师及讲题如表5-12所示。

表5-12 1996级文学创作专业班部分授课教师及讲题

教　师	讲　题
李国文	小说漫谈
王　彬	中国现代散文观念
苏叔阳	文学·电影·人生
刘意青	美国浪漫主义文学
吴思敬	90年代中国新诗走向
桂裕芳	法国新小说
章启群	海德格尔的哲学与诗

续表

教　师	讲　题
么书仪	元曲漫谈
洪子诚	五六十年代中国小说
于光远	我与文学
张　洁	90年代女性散文的个人化倾向
曹文轩	艺术感觉分析
钱理群	论鲁迅的《野草》
董乃斌	中国古代文学的人文精神
常振家	选稿与用稿
王　蒙	小说的本原与还原

课程的丰富和师资的强大,很好地保证了这个班的学习效果。到1997年7月结业时,全班共创作了660多万字的小说和散文,有12位学员完成了长篇小说的创作;在30余家中央一级和省市一级的文学报刊与出版社发表、出版小说、散文110万字,诗歌2 000余行。由省、市作协和鲁院共同推荐,6位学员被批准为中国作协会员。学员作品集《鲁迅文学院文库》(共14册)由作家出版社出版。

1997年9月10日,1997级文学创作专业班(半年制)与1997级影视文学创作专业班(一年制)同时开学。

担任1997级文学创作专业班辅导教师的有何镇邦、雷抒雁、韩作荣、王扶、周祥、李敬泽、常振家、王兆骞、黄宾堂、杨志广、白崇人、赵日升、兴安、李小雨、张倩等。这个辅导教师队伍中出现了很多年轻的面孔,也增加了文学期刊的负责人。辅导教师的任务是辅导学员创作,并推荐好的作品发表。让更多的文学期刊负责人直接充当学员的导师,让文学新人直接与文学编辑对接,创作与发表出版无缝对接,自然受到欢迎。

1997级文学创作专业班于12月结业,该班学员共创作小说、散文、诗歌和报告文学约370万字,发表作品105万字,诗2 000行左右。作品主要发表在《人民文学》《民族文学》《当代》《中国作家》《北京文学》《青年文学》《清明》《山花》《莽原》《散文百家》《诗刊》等刊物和《中国文化报》《南方周末》《北京青年报》等影响较大的报纸上。其中有5部长篇小说相继出版。

不同于一般的文学创作班,1997级影视文学创作专业班的课程偏向于影视创作。其中政治课程有:党的文艺方针与政策、马列文论、邓小平有中国特色社会主义的文艺理论;专业课程有:影视剧理论、中外影视创作专题研究、经典影片赏析、导演艺术;讲座课程有:摄影艺术,影视美术,影视音乐,电视制作,知名导演、制片人、作家、编剧创作论,创作与辅导,影视作品观摩。到院讲课的部分教师及讲题如表5-13所示。

表5-13　1997级影视文学创作专业班部分授课教师及讲题

教师	讲题
郑洞天	电影导演实务(系列课)
苏牧	视听语言(系列课)
田本相	90年代话剧发展态势

续 表

教 师	讲 题
赵振江	西班牙当代诗歌
舒 乙	论老舍的小说艺术
童庆炳	典型、语境、意象——文学创作至境的追求
王 迪	电影剧作
刘一兵	影视剧作
廖向红	戏剧创作（系列课）
戴锦华	文化漫议
吴福辉	海派文学

1998年上半年，为了发现更多的文学新人，鲁院还尝试举办了三期短期的创作研修班（每期培训时间10天左右）。

学员学习热情高涨，鲁院办班一期接一期，这对师资力量的要求是极高的，而鲁院本身几乎没有固定的师资力量，这一点和普通高校不同。面对这一始终制约发展的状况，鲁院开始借鉴普通高校的经验，开展了客座教授的定期聘任工作。

为使鲁院教学不断正规化、规范化，举办创作研修班期间，鲁院上报了《关于聘请客座教授的报告》，原文如下：

党组、书记处：

邀请著名作家、理论评论家、学者和编辑家进行讲座和辅导，使鲁迅文学院在文学界享有很高荣誉，是它办学的传统之一。为了充分发挥其培养青年作家的作用，造就更多的跨世纪的社会主义文学人才,根据我院针对性和实践性强的教学要求,我们要继续将依靠名家办学的优良传统发扬光大,从而建立一支鲁迅文学院客座教授的队伍。鲁迅文学院以有他们的辛勤工作而感到骄傲;同时,通过我们的努力,也让他们对鲁迅文学院做出诚挚的奉献而享有盛誉。

根据我们学院多年的教学实践证明,一些老师的课效果良好,深受学员的欢迎。我们将陆续聘请他们成为我院客座教授。

第一批客座教授拟有(按姓氏笔画为序):王蒙、邓友梅、李国文、苏叔阳、吴福辉、何西来、陆文夫、陈建功、张炯、张韧、梁晓声、铁凝、钱理群、曹文轩、崔道怡、韩静霆、童庆炳、曾镇南、蒋子龙、舒乙、雷达。

以上当否,请批示。

鲁迅文学院
一九九八年二月二十八日

客座教授制度的施行有效地弥补了鲁院本身师资不足的问题,也让鲁院的教学逐步迈入正规化、制度化。这是一个很大的进步。此后,鲁院的师资队伍建设基本上延续了此种模式,即依靠社会力量办学,依靠名家办学。这一制度在形式上将中国当代文学名家都纳入鲁院的教学队伍中来了。这些人员组成了鲁院开放性的师资,满足了鲁院不断扩大办学规模、不断提高办学质量的需要。

90年代后期,受经济大潮冲击,文学日益边缘化,办进修班和函授班收取的学费成为鲁院重要的经济支柱。为了改变这种状况,使社会效益与经济效益并重,鲁院提出了经济目标管理责任制的口号,将经济目标落实到部门,还举办了文学创作研究生班。

该班于1998年8月17日在中国作协机关开学。部分授课教师及讲题如表5-14所示。

表5-14 1998年文学创作研究生班部分授课教师及讲题

教 师	讲 题
冷 溶	邓小平理论形成的历史过程
李君如	邓小平理论体系和主要内容
杨春贵	邓小平理论的新阐释新发展
王化鹏	著作权法
陈清泰	国企改革
武和平	社会治安问题
张 炯	当代文学思潮辨析
张 韧	跨世纪文学四大现象思考
雷 达	90年代文学与长篇小说创作问题
张 捷	苏联文学与俄国文学比较

学员纪宇在回忆文章《有缘无缘读鲁院》中谈道:"给我们讲课的老师个个都是名流,或在国家政治、经济、银行、证券、司法、公安、科技界担任重要领导工作的领导者或者专家。……文学专业课就更不用说了。一流的专家和学者经过精心准备,来讲自己最擅长、最有造诣的课题,其影响和效果是可想而知的。"[①]

---

① 鲁迅文学院编:《文学的日子——我与鲁迅文学院》,内部资料,第190页。

9月4日,鲁院第一期文学创作研究生班在中国作协机关举办结业典礼,学员做学习小结,畅谈学习体会和收获。这些此后大多成为各地作协掌门人的作家们决心在改革开放的关键时刻和攻坚阶段,坚决贯彻执行党的十五大精神,以高涨的热情投入到火热的生活中去,与人民共忧欢,和社会主义事业共命运,时刻以"人类灵魂工程师"的责任勉励自己,在文学创作中不断有新突破,为人民贡献最好的精神产品,与民族跨世纪的伟大壮举同行。

1998年9月,鲁院又招收了1998级(秋季)文学创作专业班和1998级影视文学创作专业班。办学期间,先后来院讲课的教师及讲题如表5-15所示。

表5-15 1998级(秋季)文学创作专业班、1998级影视文学创作专业班授课教师及讲题

教　师	讲　题
钱理群	论鲁迅的《野草》
陶东风	转型时期的文学家的身份与地位
牛宏宝	都市与乡村文学的诗化视角
韩静霆	民族文化与民族艺术
朱向前	跨世纪文学

紧接着,1999级(秋季)文学创作专业班和1999级影视文学创作专业班开学。先后来院讲课的教师及讲题如表5-16所示。

表 5-16　1999 级(秋季)文学创作专业班、1999 级影视文学创作专业班授课教师及讲题

教　师	讲　题
何西来	论文学风格的人格内涵
刘一兵	影视编剧
段启明	明清小说
苏　牧	摄影艺术
周大新	小说漫谈
于洪笙	侦探小说与公安文学
武和平	关于公安文学创作
吉狄马加	诗歌漫谈

举办学员的作品研讨会是 80 年代鲁院办学的一大特色,这一特色在 90 年代依然得以彰显。1999 年 11 月 15 日,鲁院教学部组织学员作品讨论会。《当代》《十月》《中国作家》等负责人与会。为保证研讨效果,此前教学部老师做了很多准备工作,阅读了大量的学员作品,经过仔细筛选,拟出上会作品,就学员石舒清、温亚军等人的作品提出修改意见,推荐《清洁的日子》《女孩》等 11 篇作品上会讨论。与会者认为,这批作品大都选材新颖、立意独特、构思精巧,显示了鲁院新一届学员扎实的学习成果,从一个侧面反映了我国文学事业后继有人的可喜局面;同时也对学员创作中存在的问题提出了中肯的意见。

1999 级(秋季)文学创作专业班和 1999 级影视文学创作专业班教学成果明显:学员在《十月》《青年文学》《解放军文艺》《山花》《当代小说》《朔方》等刊物上发表短篇小说 26 篇、中篇小说 5 篇;学

员石舒清、温亚军经教学部教师推荐加入了中国作协。

2000年3月10日,2000年(春季)作家创作班开学,共录取学员77名。先后来院讲课的教师及讲题如表5-17所示。

表5-17　2000年(春季)作家创作班授课教师及讲题

教　师	讲　题
陶文鹏	唐诗中的意境
阎连科	小说漫谈
陈胜利	电视的纪实风格与报告文学的关系
徐小斌	影视创作与当代文学的关系
桂裕芳	法国新小说
王　彬	《红楼梦》语言细读

对于本期创作班学员作品,教学部组织了作品研讨会。《十月》《当代》《中国作家》等杂志社的负责人应邀参加,主要研讨了温亚军、邵丽、徐朱琴、林苑中、赵大河、王手等人的小说、诗歌。

2000年9月15日,2000年(秋季)作家创作、影视编剧班开学,录取学员69人。先后来院讲课的教师及讲题如表5-18所示。

表5-18　2000年(秋季)作家创作、影视编剧班授课教师及讲题

教　师	讲　题
吴福辉	丰子恺作品细读
苏叔阳	漫谈电影与文学

续表

教　师	讲　题
刘一兵	影视编剧理论
向百琴	环保与申奥
杨　义	中国叙事与文化
段若川	拉美魔幻现实主义小说

2001年3月14日,2001年(春季)作家创作班开学,录取学员57人。先后来院讲学的教师及讲题如表5-19所示。

表5-19　2001年(春季)作家创作班授课教师及讲题

教　师	题　目
温如华	京戏漫谈
叶　楠	文学散议
胡　平	小说叙述语言及其他
礼　平	漫谈《文心雕龙》
吴思敬	诗歌漫谈
白　描	作家的成功之路
雷抒雁	从生活到艺术的转变

综上,从1991年下半年到2001年,在10年的时间里,鲁院共举办了23期各种类型的文学创作班。进修班成为这一时期鲁院的主要办学形式。为了适应时代要求,鲁院对课程设置与教学活动做

了适当调整。在教学中,鲁院强化了政治理论课,明确了大文化课的设置,使教学有了清晰的思路,从而坚守了自身的办学理念。

政治理论教育始终是鲁院教学的一个重要方面。鲁院要求学员坚持"为人民服务,为社会主义服务"的方向,贯彻"双百"方针,弘扬主旋律,提倡多样化,创作出思想性和艺术性相统一的优秀作品。其目的是培养越来越多紧跟时代步伐、热爱祖国和人民、能为社会主义精神文明建设做出贡献的作家、文学理论工作者和文学编辑人才。

鲁院始终把政治理论课放在首位,强调文学创作必须坚持正确的政治方向,强调坚持马克思主义就是要坚持邓小平理论的学习,强调运用马克思主义世界观和方法论指导文学创作实践的重要性。鲁院还强调,在中国,文学创作不仅是个人的事业,而且是党和人民事业的重要组成部分。

在专业课的设置上,在介绍西方文艺理论、文艺思潮、文学创作理念等课程的选择上,从过去的一般性介绍,改为专题性较强的研究性课程,如后现代主义(盛宁)、现代主义与新时期文学(季红真)、中短篇小说创作的新思维(童庆炳)、叙事理论与技巧(罗钢)等。美学理论教学也得到了强化,仅在1991年,创作美学方面的课程就有八次。在文学多元化的氛围中,引起文坛普遍关注的话题和文学现象也非常及时地体现在教学内容中,如关于"新写实主义"(张韧)、通俗小说与非通俗小说(陈建功)等。

作家谈创作仍是鲁院课程的一大亮点。1991—1994年,每个班的学员都能在课堂上感受汪曾祺、林斤澜的风采。两位老作家有请必到,讲课内容从不重复,学员听得津津有味。另外来讲课的作家还有马烽、冯牧、邓友梅、李国文、张中行、牛汉、王蒙、柯岩、陈建功、梁晓声、余华、刘震云等。这些作家以各自不同的风格和角度,以他们作品的影响,吸引着学员的目光,使鲁院的课堂熠熠生辉。

更为难得的是,这一时期,鲁院教研室的教师也有各自的研究方向,讲授的课程主要有关于新写实主义(何镇邦)、关于社会主义文学的若干问题(杨桂欣)、德国战后文学(黄文华)、悲剧美与喜剧美(孙津)、文学创作的情感问题(王祥)等。

相对于前期教学的课程设置,90年代后期鲁院的课程设置具有以下几个特点:

第一,有了明确的板块建构思路。

提出了马列文论、文学理论、文艺美学、文学史、创作心理学、文体鉴赏学、大文化、研讨会等板块。每个板块的内容相对完整、相对系统,强调科学性。由于课程内容多、范围广,课时有限,所以在具体课时的设置上,特别强调有所侧重,明确了择其精要的指导思想。

第二,明确提出了大文化课的概念。

90年代随着市场化、全球化浪潮的冲击以及以信息技术为代表的新技术的迅猛发展,文化观念得到强化和突出,文学更多地受到文化的影响和冲击。在知识经济的作用下,文化生态的大气候,一方面表现为民间大众文化的需求量增加;另一方面相应地表现在文学上,呈现出多元化、多向度、互相渗透、风格多样的状态。此时,作家学者化的呼声甚高,体现了时代对作家提出的新要求。鲁院的大文化课就是在这种背景下产生的。

90年代后期,大文化课的内容逐渐增加,涉及影视、音乐、美术、书法、戏剧、舞蹈等方面。到了1996年,大文化课被正式写入教学课程,授课教师及讲题如表5-20所示:

表 5-20 大文化课授课教师及讲题

教 师	讲 题
苏叔阳	电影与人生
周荫昌	音乐欣赏
冯德初	绘画漫议
周 正	朗诵艺术
温如华	京剧的唱、念、做、打
戴锦华	影片赏析
陶东风	流行歌曲与社会心理
王安葵	当代戏曲中的文学性
资华筠	与作家谈舞蹈
秦永龙	书法欣赏

大文化课对扩展学员的文化视野、了解各个艺术门类的规律以及它们之间的关系、提升知识素养有着十分重要的作用,因此非常受学员欢迎。这一类课程的增加与内容的延展,表明鲁院对教学进行了新的探索。这一探索,无疑也是对创意写作中国化实践做出的又一贡献。

第三,在紧跟时代与贴近现实的基础上,对课程设置进行适时调整。

一是,政治理论课由过去的马列主义基本原理、中国共产党史、辩证唯物主义、中国社会主义、文艺与政治调整为以学习马列文论、邓小平理论和党的三代领导人论文艺为主。

二是,增加了反映文学发展态势的课程。90年代中期以后,文学发展态势受到关注,鲁院适时地安排了这一方面的课程,从而使学员对当前文学现状和流变有一个总体的把握。授课教师及讲题如表5-21所示。

表5-21 文学发展态势课授课教师及讲题

教 师	讲 题
张　韧	90年代文学的六大模式
韩瑞亭	长篇小说的发展与现状
吴思敬	90年代新诗态势
雷　达	90年代文学生态环境
牛玉秋	90年代小说的三种流向
陶东风	转型时期文学家的身份与定位
张志忠	90年代文学的青春叙述

从90年代初的"新写实主义"到"个人化写作",消解主流价值观念似乎成为一种时髦。那么文学还有没有价值追求?文学的审美功能是什么?怎样辩证地看待文学的本质?为此,鲁院有针对性地安排了"文学的支点"(孙武臣)、"作家的道德修养和文学道德品味"(何西来)、"当下文学缺少什么"(张韧)等课程,引导学员进行思考,端正创作态度。

三是开设了文本分析的文学课程。90年代的文学创作在追求市场效应中,小说的经典性受到挑战,因此教学部在开设文学名著赏析课的基础上,又开设了小说经典细读课。其中有张爱玲作品细读、茅盾作品细读、论鲁迅的《野草》、汪曾祺作品细读、丰子恺作品细读等。此外,增加了文学语言方面的课程,如"《红楼梦》语言细读"(王彬)、"诗歌语言"(任洪渊)、"文学语言的若干问题"(童庆炳);增加了叙事学的课程,如"中国叙事之文化"(杨义)、"小说中的伪时间"(王彬)、"小说中的动力元"(王彬)。

四是适时精简课程。90年代后期鲁院曾经举办过时间虽短但规格很高的创作研究生班。这个班于1998年8月17日在中国作协机关办学。其课程设置精简为三个方面:邓小平理论课、时政课、文学专业课。其中,邓小平理论课和时政课占三分之二,改变了以往办学以文学课为主要学习内容的模式。讲授的内容有邓小平理论(邓小平理论的形成、邓小平理论体系和内容、邓小平理论精髓三讲)及国企改革、国际形势、科技发展、亚洲金融危机、版权、证券等方面的知识。

第四,积极利用社会力量办学。

为了开拓社会方面的教师队伍,经中国作协党组批准,聘请了铁凝、陈建功、张炯、李国文、苏叔阳、雷达、崔道怡、吴福辉、蒋子龙、张韧、何西来、曾镇南、童庆炳、钱理群、舒乙等人为鲁院的客座教授。此外,也特别注意聘请在当代世界文学新潮流的研究方面有所突破和有新观点、新视角的高校教师来院授课。这些作家、学者对于培养青年作家发挥了重要作用。整个90年代,鲁院还聘用了学术界崭露头角的一批年轻的文学研究者,如陈晓明、曹文轩等人来院授课。

第五,建立了自主学习的平台。

鲁院平等、自由、宽松的学术氛围形成了一个独特的学习场域,吸引着广大文学工作者、文学爱好者前来学习。鲁院的教学原则是理论联系实际,提倡学习与创作相结合,要求学员在学习期间完成一定数量的作品,课程安排疏密合理,从而给学员以很大的自由度,有充分的时间用来看书、交流和写作。辅导教师与学员的讨论,学员之间的相互交流,听课、创作与读书,启发与冲击,或潜移默化,或开诚布公,给学员的学习生活建立了一个自主学习的平台,这个平台像资源丰富的矿藏与原野,往往使学员获得意想不到的效果。聘请的教师又都是当代知名的作家和编辑家,不但以他们的学识,也以他们的为人和治学精神,影响着学员。

第六,根据学员需求聘请辅导老师。

从1996级到1998级的进修班的辅导教师以各大型文学刊物的主编、副主编为主。因为写作者来京学习,很重要的目的就是希望在京城文学刊物上发表作品,或者认识期刊社、出版社的编辑,开启文学作品发表的通道。1999级以后,学员平时的文学创作辅导教师改以鲁院教师为主、以大型文学刊物的主编为辅。这样既方便组织学员间的交流讨论,教学部能更深入地了解学员的创作情况,同时也为学院节约了一笔开支。

第七,举办学员作品研讨会。

作品研讨是鲁院重要的教学活动,这项教学活动贯穿于90年代始终。到了90年代后期,研讨会成为每个班的必修课,成为课堂教学的组成部分。通过研讨,鲁院不但推出了学员作品,还促使学员在文学创作中迈出新的步伐,迈向新的高度。文学班的研讨会分两个层次:一是小组讨论,教师事先阅读每个学员的作品,然后以学习小组为单位,充分进行讨论。小组内的讨论,一般会涉及每个学员的作品。二是在小组讨论的基础上,根据全班的创作情况,挑选有代表性的作品进行全班性的公开研讨。研讨会上,有关

第五章　不同办学时期文学新人培养的方法和途径

评论家、大型文学刊物主编和鲁院教师会很务实地分析每篇作品，既谈问题和不足，谈修改意见，也会给予充分的肯定和鼓励。研讨会常常放在学期的后期，广大学员通过对一些典型作品不同角度的分析，得到启发，映照自身的不足，从而调整创作思路。

比如1997年6月，1996级文学创作班举行的作品研讨会，就给学员们留下了很深的印象，先后有十多位学员的作品被推荐讨论。这期学员学习了一年，临近结业时已有不少人的作品被刊物选用或定稿。其中有张继《一个乡长的来信》和王世春《春忙·春茫》。这两部中篇小说都以现实农村生活为背景，以乡镇干部为表现对象，揭示了现实农村的矛盾、腐败现象。

作品讨论会更多的还是讨论学员未发表的作品，目的是推出好作品、发现人才。90年代后期，为了节省开支，鲁院较少外聘辅导教师，改为以本院教师辅导为主。在辅导教师的指导下，先是组织小组讨论，进行小组推荐，推荐出各组的优秀作品，在这个基础上教学部教师进行综合评比，推出上会作品，然后聘请在京的各大文学刊物主编以及鲁院的领导与教学部的教师参加研讨。研讨会实际上起着两种作用，一是讨论作品，二是挑选稿件。任何一个优秀的刊物都不缺稿件，只是缺少一流的作品。教师推荐的作品基本上代表着这个班的写作水平，发现了好作品就等于发现了人才。教师对学员作品的准确分析和评价至关重要，影响的不仅是作者、作品本身，还会辐射到其他学员身上。

2001级学员夏天敏来自云南，在楚雄地区的报社工作。来到鲁院以后发奋学习，创作出《鹤舞高原》与《好大一对羊》两部中篇小说，送给班主任秦晴。秦晴阅读后认为不错，转给教学部主任王彬审阅指导。王彬阅读后认为很好，并针对其叙述风格不统一等问题提出修改意见。6月,教学部组织作品研讨会。夏天敏的《鹤舞高原》被《十月》选用(刊出时改名为《徘徊望云湖》)。《好大一对羊》被《当代》选用,获得《当代》当年拉力赛奖,后于2005年获得第三届鲁迅文学奖。

同是2001级学员的张学东,学习期间完成了短篇小说《跪乳时期的羊》等作品。王彬在讨论会上,朗读了其中的一些片段,并进行了具体分析,认定这是一篇好作品。雷抒雁、胡平、白描和杨志广等人也认为不错,作品当场被《中国作家》选用。此后,张学东在创作上进步很大,迅速成为宁夏文坛"新三棵树"之一。对此,张学东说,鲁院给了他一次最有力量的扶持。可以说,是鲁院促使张学东改变了人生道路。像张学东这样,由于有鲁院的学习经历而改变人生道路的人,为数不少。鲁院的学习经历,成为他们以后生活的转折点。

对于其他类型的学习班,研讨会同样发挥了重要的作用。讨论、布置作业也是影视文学专业的教学特点。王祥主持影视班工作,并担任该班前期的班主任(后期班主任为王歌)。为了使学员消化教学内容,影视班的专业课安排了相关的作业和讨论,有即兴表演训练,也有书面作业,与教学内容紧密相连。作业经老师评定后再面对面交流,并在课堂上讲评,使学习更为深入。由于是专业基础课,因此教师在讨论课上的主导性较强,一般须经过小范围多次交流,再确定题目并组织重点发言。1997级影视专业班布置了同题电视剧创作《作家的故事》,最后确定八个剧本进行公开讨论。影视专业教授、专家出席,师生共同参与,以指出问题为主,学员经过一个阶段的创作实践,进一步看到自身的不足,得到切实的提高。1998级影视班的作品研讨,选择了学员周煜担任编剧的电视连续剧《上海迷雾》为研讨对象。

上述做法,皆为鲁院重要的办学经验总结,也是富有成效的中国化创意写作的探索与实践,为进一步提升鲁院办学水平打下了坚实的基础,尤其是为新世纪高研班的开设做好了办学经验的积累和教学上的准备。

三、新世纪高研班文学新人培养的方法和途径

自 2002 年 9 月起,鲁院开始举办中青年作家高级研讨班,以此为标志,鲁院进入一个全新的发展阶段。

鉴于高研班的特殊性,鲁院在制定教学管理制度时,特别对本院教师进行了教育,强调要摆正与学员的关系,要以平等的态度对待学员,力戒好为人师的习惯。鲁院再三强调高研班与以往进修班的不同性质,提出教师要与学员交朋友,而不是当教头。教师应尊重学员、接近学员,在与学员的交往中要举止得体、不卑不亢。高研班举办期间良好的教学环境和教学风气让学员浸润其中。

在这个基础上,鲁院教学部很快拟出了教学方案,并拟定了第一批授课教师名单。随后,鲁院聘请中国作协创研部、中国社会科学院文学研究所、北京大学等院校和科研部门的专家来院,对课程设置进行论证与审定,并多次进行修改和补充,最后上报中国作协审批。其中,政治课占总课时的五分之一。另外,值得注意的是,高研班的政治课是和时政课紧密结合的,增加了不少时政内容。实践证明,将政治课与时政课结合起来是个好办法。这样既保证了政治课的严肃性,也由于国情时政的引入而让严肃的政治课变得生动活泼,从而受到学员欢迎,也潜移默化地提升了学员的政治素养。

在教学实施过程中,鲁院继续外聘了许多高水平的教师。高

研班的教学,始终围绕着高水平来开展工作。高水平的课程,来自高水平的见识、高水平的成就和高水平的实践,因此鲁院在外聘教师时提出尽可能多地聘请国家级专家来讲课。比如,外交部部长李肇星,国家发展和改革委员会副主任朱之鑫,国家气象局局长秦大河,国家宗教局局长叶小文,外交学院院长吴健民,红学家周汝昌,中国作家协会副主席王蒙、陈建功,电影导演谢飞,编剧苏叔阳,文学评论家雷达等都曾经来院授课。这些外聘教师来自政治、经济、军事、文化、外交、文学等各个领域,在各自领域均有突出成果、广泛影响,他们与鲁院教师一起,有效地保证了高研班的教学质量。

从2002年9月至2020年1月,鲁院共举办了37期高研班。首届高研班于2002年9月开学,共录取学员50人,实到49人。部分授课教师及讲题如表5-21所示。

表5-21 首届高研班(2002)部分授课教师及讲题

教　师	讲　题
张绪文	邓小平理论精髓
李君如	江泽民"三个代表"重要思想研究
秦大河	气候变化的事实、影响及对策
孙立平	90年代以来中国社会的新变化
阎步克	儒生与文吏——中国古代士大夫政治的起源
范迪安	中国当代美术现状
胡志岩	领导科学与领导艺术

续 表

教　师	讲　题
杨　义	中国叙事学的理论阐释
张胜友	文学与市场
格　非	小说的空间与时间
王　蒙	《红楼梦》与文学创作
张德楠	举世瞩目的三峡工程
杨志今	党领导文艺工作方式的转变
许　超	你与著作权
吉狄马加	全球化背景下的各民族文学
胡　平	叙事文学感染力分析
金坚范	台湾文学问题

高研班教学阵容相当"豪华"。这一方面体现了鲁院对于高研班的重视，另一方面也和此时鲁院办班经费较为充足有关，中宣部给鲁院拨了专项资金，用于高研班办学。高研班联系教师（辅导老师）阵容也很强大，主要有陈建功、雷达、雷抒雁、陈晓明、曹文轩、阎连科、李敬泽、毕淑敏、杨志广、李建军等。以上皆为名重一时的专家学者，他们认真负责，先后对学员进行了多次辅导。

继承鲁院优良办学传统，延续此前成功经验，首届高研班先后举办了六次研讨会。如2002年9月25日，教学部组织了学员关仁山、孙慧芬的乡村小说研讨会。大家通过阅读分析关仁山的中篇小说《伤心粮食》《平原上的舞蹈》和孙慧芬的中篇小说《歇马山庄的两个女人》,探讨了两个人的艺术特点和创作得失,以及中国乡村文学中存在的问题等。研讨会后关仁山表示,他十分感谢有这样一个机会对自己的作品进行清醒的反观和认知,帮助自己走向新的艺术阶段。10月16日,鲁院组织了"长篇小说创作问题研讨会",邀请作家阎连科、评论家林为进参加。会议提出和探讨了目前长篇小说创作中的重要问题,特别是结构、语言与叙述等问题。12月11日,鲁院举行学员雪漠作品研讨会,研讨了雪漠的近作《大漠祭》,对这部作品的创作得失进行了激烈的讨论。雷达、李建军、雷抒雁、胡平、丁临一、白描、许春樵、徐坤等先后发言。

首届研讨班还进行了三次社会实践活动。10月26日,由院领导带队,教学部及外聘班主任高深和学员们赴北京昌平区香堂文化村进行社会调查,听取了村党支部书记的报告,与村中的老党员进行座谈,参观文化室、果园、书画院、文化新村等。学员们认为这次调查使他们直接感受到了中国农村正在发生的深刻变化。11月29—30日,由常务副院长雷抒雁带队,教学部教师组织学员赴河北石家庄、西柏坡等地开展社会调查。沿途参观了赵州桥、柏林禅寺、河北文学馆等。此次活动得到河北省作协的大力支持。12月21—26日,由白描副院长带队,教学部组织学员及部分教职工赴西安、延安等西北地区进行社会考察。中国作协对此次活动极为重视。由于突降大雪,作协领导特别强调安全问题,指示所有人员一律乘火车出行。军队作家陶纯说:"有幸来到延安,兴奋不已,在往昔的岁月里,延安曾经无数次在我的脑海中出现,踏上这块神奇的土地,我感悟到延安是有灵气的。"

2002年11月8日下午,中国共产党第十六次代表大会召开,全体学员在大教室收看现场直播,并进行了分组讨论。学员们反应热烈,感到十分振奋。来自宁夏的学员陈继明说:"从报告中,我感到了党对文化工作的重视,更加坚信今后我们的文化事业必将有一个更大的繁荣。"来自山西的学员张行健说:"作为来自基层的文化工作者,能在北京收看党的十六大开幕式,心情十分激动,感到荣幸,也感到振奋。"河北学员关仁山刚刚出版了40多万字的长篇小说《天高地厚》,说这是自己向党的十六大献的一份厚礼:"我感到党对文艺工作是高度重视、全力支持的,我们文艺工作者可以说是赶上了最好的时候。我们应该多出精品和力作,来反映这个时代和随着这个时代前进的人们。"

首届高研班毕业前夕,鲁院对高研班工作进行全面总结,并向中国作协提交了总结报告。总结分三个部分:在教学安排上,针对学员视野较广、阅读较多、知识面较广、创作起点较高的情况,坚持正确的办学方针,以政治教育为主,以专业教育为中心,采取教授、研讨、辅导与社会实践相结合的方式,取得了比较明显的教学效果,获得了学员们很高的评价。课程设置分为四个板块,即政治理论、国情时政、大文化、文学。学员认为鲁院安排的课层次高、水平高、眼界开阔。在四个板块中文学课相对显得弱一些,这为今后的工作提出了更高的挑战。经验和体会共有12条:① 坚持了正确的办学方针;② 紧密结合学员的创作实践;③ 中央和作协领导的重视;④ 充分的物质保障;⑤ 各地作协的大力支持;⑥ 学院领导的高度重视;⑦ 教学部的认真工作;⑧ 良好的学习环境;⑨ 对宣传报道的重视;⑩ 较高层次的外聘教师;⑪ 各部门磨合和配合得还不是很协调;⑫ 对文学院教师的使用不够。

2003年1月17日,首届高研班结业,当天上午举行了毕业典礼。中国作协党组书记、副主席金炳华到会并发表了热情洋溢的讲话。金炳华希望作家们回到各自的工作岗位后取得更大的创作成就,并向作家们发出热情的邀请:"中国作家协会和鲁迅文学院永远是作家温馨的家,欢迎大家常来走走,保持我们之间密切的联系。"

据不完全统计,在学习期间本届学员共创作短篇小说68篇、中篇小说32篇、长篇小说22部、散文13篇、报告文学2部、诗歌13首、论文5篇,总计约573万字。在学习期间发表短篇小说59篇、中篇小说36篇、长篇小说18部、散文19篇、报告文学2部、诗歌35首、论文4篇及电视连续剧编剧1部,总计约423万字。

学员离校前夕,教学部就学员对授课的满意度做出统计,其中对政治理论课的满意度平均为85%以上,对国情时政课的满意度平均为95%以上,对大文化课的满意度平均为90%以上,对文学课的满意度平均为85%以上。由这个统计可以看出,高研班的教学总体上是成功的,但在政治理论课和文学课的安排上,还有改进的空间。在高研班后期,此种情况得到了改善,鲁院适当增加了文学课的课时;至于政治理论课,则一直是最重要的课程。

按照既定计划,2003年4月10日,第二届高研班(主编班)开学,录取学员50人,实到48人。部分授课教师及讲题如表5-22所示。

表5-22 第二届高研班(2003)部分授课教师及讲题

教　师	讲　题
张国祚	对"三个代表"重要思想的认识要达到新高度
秦大河	气候变化与可持续发展

续表

教　师	讲　题
陈建功	喧嚣的时代与文学的定力
吉狄马加	多元文化共存与世界性的区域文学
乔松楼	高技术战争与国防现代化建设
谢　飞	影视与文学
王　彬	小说中的第二叙述者
陈平原	现代中国文学的生产机制及传播方式——以1890年至1930年的报章为中心

本届高研班开展三次社会实践。如9月25—26日,由副院长胡平、白描带队,教学部组织学员到北京昌平区居庸关村考察。学员们参观了村容村貌,当晚分散住在农家,第二天与老农民、老党员进行座谈。10月6日,国庆长假期间,部分留院学员由班主任带队赴顺义参观焦户庄抗日战争地道战遗址。

本届高研班共举办了两次研讨会,其中一次是组织学员参加了全国文学报刊发展研讨会,而两次研讨会都是围绕期刊发展这一话题展开的。9月17日下午,学员分组讨论"文学期刊的改革与发展"。9月26日,鲁院拟定《全国文学报刊改革与发展研讨会研讨提纲》,提纲分"关于文学报刊的性质、作用及发展现状""关于文学报刊的发展""关于办好文学报刊的几个重要问题"三个专题,以及"研讨和撰写学术论文组织办法"。28日,第一次分组座谈"期刊改革问题"。恰逢此时,中国作协党组成员、书记处书记张胜友来院传达中央政治局常委李长春关于文化体制改革的重要讲话和有关进行文化体制改革试点工作的文件。作协决定以鲁院学生为主体召开一次"全国文学报刊改革与发展研讨会",拟邀请《中国作家》《作家》《上海文学》《收获》《萌芽》《佛山文艺》《大家》《小说月报》《小说选刊》《花城》《莽原》《文艺报》《文学报》《牡丹》《当代》《十月》《人民文学》《小小说选刊》《百花园》等文学刊物负责人参会。

随后,中国作协办公厅向郑州市委宣传部发出"关于举办全国文学报刊改革与发展研讨会"的信函。议题分为:① 关于文学报刊业的性质、地位、作用、发展现状以及面临的形势;② 关于推进文学报刊的改革和发展;③ 关于坚持正确的办刊方针,增强活力,推动文学报刊业走上良性循环、健康发展的轨道。参加研讨会的对象为中宣部、中国作协、新闻出版总署、中国期刊协会等部门领导,第二届高研班全体学员,《收获》《当代》《十月》《上海文学》《萌芽》等全国60余家重点文学刊物负责人,以及新华社、《人民日报》、《光明日报》、《中国青年报》、《中国文化报》、《中国新闻出版报》、《文艺报》、《文学报》等媒体记者。

12月2—4日,由常务副院长雷抒雁带队,教学部组织全体学员和鲁院部分教师赴河南郑州出席"全国文学报刊改革与发展研讨会"。《当代》《十月》《小小说选刊》《散文百家》《通俗小说》《萌芽》《广州文艺》《天涯》《雨花》《山东文学》等期刊的代表做了大会发言,新闻出版总署有关负责人做了重要指示。会后,鲁院写出了此次研讨会的会议纪要。

12月9日,第二届高研班(主编班)结业。据不完全统计,第二届高研班学员在学习期间,共创作长篇小说12部,约145万字;报告文学27篇,约34万字;中篇小说30篇,约85万字;短篇小说25

篇;散文 80 篇;诗歌 1 800 行;论文 14 篇。

2004 年 3 月 2 日,第三届高研班举行开学典礼。本届录取学员 52 人。部分授课教师及讲课如表 5‐23 所示。

表 5‐23　第三届高研班(2004)部分授课教师及讲题

教　师	讲　题
张绪文	邓小平理论精髓
秦大河	气候变化与可持续发展
叶小文	党的宗教政策
雷　达	当前文学审美意识的分析
张胜友	文学与市场
吉狄马加	文化的多样性与民族文学的个性
吴健民	国际形势与我国的外交政策
周汝昌	漫谈《红楼梦》
蒋孝愚	第 28 届奥运会的筹备进展情况
朱之鑫	目前国家经济状况
王　蒙	文学漫谈

在学员邱华栋的印象中,学校请来的老师是非常有意思的,比如请外交部部长讲外交,请经济学家讲经济,请佛教、道教研究者讲宗教,请民俗学家讲民俗,请周汝昌讲《红楼梦》,请刘兰芳、黄宏讲评书和表演,文学课就更不用说了。总之,"鲁迅文学院的课程安排是特别地天马行空,特别有意思、有学问,对作家的帮助也很

大,因为五行八作的人都来讲,只有这样,学员才可以开阔眼界,因为,文学之道绝不是狭窄的,是需要非常庞杂的知识谱系作为支撑的。"①邱华栋的这个论述是非常到位的,作为学者型的作家,他对鲁院教学的概括十分精彩。这也是中国化创意写作发展的方向之一。

本届高研班联系教师有:雷达、曹文轩、韩作荣、李敬泽、杨志广、贺绍俊、王占军、常振家、李建军。

本届高研班举办研讨会两次。为切实组织好这项工作,教学部专门组织召开了文学研讨会准备会,向学员征询意见,包括:你对哪些文学课题感兴趣,你遇到过哪些比较重要的创作问题,你是否愿意讨论自己的作品。4月21日,研讨会举行,主题为"当前散文创作的创新问题"。研讨会由教学部主任王彬主持,副院长胡平及30余名学员参会。此次研讨会就当前散文创作现状及新现象、新元素的出现进行研讨,并着重从文本的层面进行梳理。与会者围绕散文的本质、"新散文"的概念、公众视角向自我视角的转移、文体界限的打破与融合等问题进行深入的讨论。5月12日下午,教学部组织举办邱华栋、程青、张旻作品研讨会,副院长胡平主持会议,格非、李敬泽、李建军及副院长白描出席并发言,教学部主任王彬及教师礼平、张晓峰、王祥等参会。与会者对三位作家学员近期的主要作品及其创作特点进行了深入细致的分析。

本届高研班进行社会实践四次,如3月25日,组织学员赴现代文学馆和国家气象局参观。4月22日,组织学员游览慕田峪长城。

---

① 鲁迅文学院编:《我的鲁院》,新星出版社2011年版,第208页。

5月30日至6月5日,组织学员及部分教师赴井冈山、九江、庐山、南昌等地进行社会调查,主旨在于对学员进行革命传统教育和了解中国当代史中的重要事件,并活跃教学生活。6月21—26日,副院长白描带队,中国作协党组副书记王巨才及部分鲁院教师与全体学员60余人赴内蒙古锡林郭勒盟采风,参覌了元上都遗址、金莲川草原、恐龙博物馆、山西会馆、会宗寺、上都电厂、朱镕基总理视察沙源治理点等地;并访问了牧民新家,与牧民进行了篝火联欢,观看了乌兰牧旗文艺演出。此次活动为期六天,得到了锡林郭勒盟委、人大、行署、政协的支持。

2004年8月15日,第四届高研班(少数民族中青年作家班)招生工作结束。录取学员53人,实到52人。此前,考虑到本期学员的特殊性,鲁院拟定了第四届高研班办学方案和管理条例,并上报作协党组、书记处。办学方案结合民族班特点,突出了少数民族文学创作特色:

(1) 增加了马列主义民族观、宗教观和党的民族政策方面的课程;

(2) 增加了关于世界民族问题研究的课程;

(3) 增加了关于民族文化方面的课程;

(4) 增加了关于民族文学和民族艺术方面的课程;

(5) 适当调整宗教方面的课程;

(6) 设置关于发展民族文学方面的理论课程;

(7) 在专业课程上,适当增加基础课的比例。

与往期不同,本期办学由国家民委和中国作协联合举办。

根据本期办学实际需要,鲁院开设了以政治教育为主导、以专业教育为中心的课程,注重理论联系实际,注重授课、研讨、创作、社会实践相结合,实行联系教师制度。

课程设置分七大类:① 政治理论课;② 国情与时政课;③ 大文化课;④ 民族政策与民族文化课;⑤ 研讨课;⑥ 创作辅导课;⑦ 社会实践课。

学制18周,总学时为286课时,其中政治理论及国情时政课36课时,大文化课54课时,文学课45课时,研讨课30课时,创作辅导课81课时,社会实践课40课时。

本期研讨班教学组织工作做得非常细致。考虑到少数民族特殊性,确定了《鲁迅文学院第四届高级研讨班(少数民族中青年作家班)清真饮食管理方案》。同时,中国作协党组成员、书记处书记吉狄马加到鲁院对全体教职员工进行民族政策和宗教政策教育。教学部向学员发出课程调查表,调查的内容有:你对哪些文学课程感兴趣?你需要解决哪些比较重要的创作问题?你对本班哪些同学的作品感兴趣?你是否愿意讨论自己的作品?你在民族习俗和宗教信仰上对生活安排有何特殊要求?

2004年9月10日,第四届高研班(少数民族中青年作家班)举行开学典礼。

开班当天,党的十六届四中全会召开,第四届高研班(少数民族中青年作家班)及时地开展了"三项学习教育"活动,组织学员学习邓小平理论和"三个代表"重要思想,学习十六届四中全会精神。特邀中央党校教授张绪文来院作报告,主题为"邓小平理论的思想精髓"。9月27日,鲁院组织学员对党的十六届四中全会通过的《中共中央关于加强党的执政能力建设的决定》进行了学习讨论。部分授课教师及讲题如表5-24所示。

表5-24 第四届高研班(2004)部分授课教师及讲题

教　师	讲　题
苏叔阳	影视与文学
李敬泽	当前文学创作情况
叶小文	执政能力与宗教工作
王　歌	先锋文学的价值
邝　涛	我国周边的环境形势与台湾问题
杨圣敏	干旱地区民族文化特色
赵资奎	关于恐龙灭绝问题的两大异说

担任本期高研班联系教师的有：吉狄马加、曹文轩、王占军、李建军、韩作荣、常振家、杨志广、雷达、李敬泽。

结合本期高研班特点，鲁院组织学员开展了"民族文学创作的优势与特性"研讨会，就以下问题展开了讨论：① 少数民族文学在中国当代文学中的地位与作用；② 民族文学创作的优势；③ 民族文化特性与民族文学创作的关系；④ 民族地域环境、生存状态、民间文学等因素对民族文学创作的影响；⑤ 民族性与世界性、现代性的关系；⑥ 民族作家的英雄思维与创作心理特征；⑦ 民族作家的创作发展与民族性之间的关系；⑧ 民族文学的叙事风格；⑨ 关于民族特色的艺术表现方式问题；⑩ 民族文学创作的潜力与发展前景。研讨会由副院长胡平主持，副院长白描、王彬出席会议。特邀嘉宾有《文艺报》主编范咏戈、《民族文学研究》主编包明德、中国作协创联部民族处处长尹汉胤。出席的新闻单位有《文艺报》、《中国民族报》、中国作家网。

学习期间,高研班开展社会实践一次,时间为11月13—19日,由副院长胡平带队,教学部组织学员及部分教师赴上海和浙江等东部城市采风,参观了鲁迅故居、百草园、三味书屋、兰亭故址、西湖、灵隐寺、上海宝钢、鲁迅纪念馆、中共一大会址、西塘等地,历时六天。通过社会实践,学员们了解了改革开放的成就,体味了南方的文化传统和特色。

本届高研班结集出版了学员作品集《我们的家园》,此书由中国作协出资,委托时代文艺出版社出版。

据统计,学员在院期间创作和修改完成长篇小说14部、散文集2部、中篇小说23部、短篇小说38部、散文56篇、诗歌43篇、评论12篇、电影电视剧本5部,翻译长篇小说3部、中篇小说1部、短篇小说3部、诗歌3篇。

第五届高研班(中青年文学评论家班)于2005年3月2日正式开学,录取学员50名。针对学习性质和特点,鲁院对课堂形式进行调整,包括课前公示教师个人资料及主要学术成果、确定课前导语和课后小结的内容等。鲁院在录取通知书中向学员通报了教学内容,并就下列问题征求学员的意见,诸如:鲁院的四个教学板块中,你个人更希望多听哪一类的课程?对于文学理论、评论课程,你最感兴趣的题目是什么?对于专题研讨,你最关心的论题是什么?

此外,鲁院对课程设置做了较大的调整,内容涉及面更广,紧密联系当前实际,注重文学理论和评论的工作实际,注重政治导向,同时注意教学内容的前瞻性、知识的拓展性和专业的深化。对教师的选择也更为慎重和严格。部分授课教师及讲题如

表 5-25 所示。

表 5-25　第五届(2005)高研班部分授课教师及讲题

教　师	讲　　题
张发强	建立和落实科学发展观,促进体育事业的发展
秦大河	气候变化与可持续发展
叶舒宪	神话哲学——全球文化寻根思潮透析
王晓鹰	戏剧经典——从剧本到舞台
叶小文	党的宗教政策
周熙明	我们面临的文化问题
王　蒙	文学的期待
朱之鑫	当前中国经济发展形势

本届高研班开设的课程有:政治理论、国情时政、大文化和文学等,共 87 课时。组织大型研讨会 2 次、文艺观摩 1 次、社会实践 3 次。

其中,第一次研讨会由鲁院、中国作协创研部、《文艺报》共同举办,就"评论家的职业道德和职业精神"专题进行了热烈讨论。《文艺报》总编辑范咏戈,副主编张陵、吕先富,中国作协创研部副主任吴秉杰,副院长胡平、白描、王彬,教学部秦晴、礼平、郭艳,外聘班主任陈柏中出席会议。这次学术研讨会是为配合党的先进性教育,响应党中央构建"社会主义和谐社会"的精神而举办的。会前,学员们已经进行了多次交流和讨论,对当前我国的文学批评现状提出了很多有益的见解。本次讨论会就"文学界的现状与对策"

"文学批评的求真务实""批评家的自律意识""构建和谐社会与批评家的社会职责"等议题进行了深入讨论。研讨会上,学员们积极发表见解,共有18位学员做了专题发言,畅谈文学批评家的职业道德和职业精神对繁荣社会主义文学事业应起的作用。4月13日,鲁院组织第二次研讨会,主题为"当前文学的全球化与本土化""长篇小说繁荣中的缺失"。

此外,鲁院还组织《文学评论》《光明日报》《中华读书报》《文艺报》《文艺理论与批评》《作品与争鸣》《读书》等刊物的编辑来院就文学批评与学员展开对话。

在社会实践方面,3月23日,由副院长王彬带队,教学部组织学员赴首钢、卢沟桥、周口店猿人遗址处参观。4月8—9日,由副院长王彬带队,教学部组织学员赴昌平区南口镇羊台子村进行社会考察,参观村容村貌,听南口镇副镇长张云英介绍村史及发展状况等。4月20—23日,由副院长胡平、白描带队,教学部组织学员及部分教师前往河南林州、红旗渠、安阳等地进行社会实践。

综上,在这五个班当中,第一届与第三届相同,为作家班,第二届为文学期刊主编班,第四届为少数民族作家班,第五届为文学评论家班。五个班基本上代表了鲁院高研班的主要办班种类和模式。每一个班都有自己的特性,因此在教学中,每一个班的课程都相应做了调整。

比如第一届作家班取得成功后,第二届主编班开班时正值全国性的文化市场改革试点工作开始,鲁院不但对文学课做了调整,还将"文学期刊的改革与发展"作为一个研讨课题列入教学计划。这次研讨活动后来发展成一次大规模的学术活动,由鲁院牵头,邀请全国各主要文学期刊的负责人在郑州召开了全国文学报刊改革与发展的大型研讨会。

再比如,为了突出少数民族特点,第四届少数民族作家班的课程设置在政治板块中开设了宗教政策与宗教文化课程,同时增设了民族文化、民族文学、民族艺术等方面的课程。鉴于本期学员中西北地区少数民族学员占了多数,鲁院还邀请中央民族大学教授杨圣敏做了题为"干旱地区民族文化特色"的讲座。该班的研讨会主题是"民族文学创作的优势与特性",学员们就"少数民族文学在中国当代文学中的地位与作用""民族文学创作的优势""民族文化特性与民族文学创作的关系""民族地域环境、生存状态、民间文学等因素对民族文学的影响""民族性与世界性和现代性的关系""民族作家的英雄思维与创作心态""民族文学的叙事风格"等专题进行了广泛的研究和讨论。其中很多题目,在我国少数民族文学的研究中尚属首次触及,体现了很高的专业性和学术性,对学员的创作也起到了启发和推动作用。

考察新世纪高研班的课程设置和师资情况,可以看出鲁院文学新人培养的特色是非常明显的。

首先,在课程的设置上,鲁院根据每届不同的办学特点来作调整。以第五届文学评论家班为例,这一届学员绝大部分具有高级职称,拥有硕士或博士学历,其中一些人本身就是大学教授,一些人还是硕士或博士生导师。他们学历高,成就比较突出,在文学评论界有着相当大的影响力。为此,鲁院投入了大量的精力进行教学准备。在加大文学理论课课程比例的同时,针对学员特点,增加了政治理论课的内容,授课教师带来的全新思维模式和对现实的思考,使学员们既感到意外又提高了政治觉悟。

副院长胡平亲手操办了高研班的课程安排等各项工作。他在文章中谈到高研班的教学,认为这种教学是特殊的,学员的程度不能说是本科水平,不能说是硕士水平,不能说是博士水平,他们有些人自己在大学里已经是博士生导师了。所以,鲁院的课程不能类比任何一所大学的课程,如何使他们有所收获,是值得探讨的。过去鲁院主要的课程内容基本属于"内部研究",即创作艺术方面的研究,这对于高研班学员是同样适用的,但不应该成为主要的和唯一的课程,因为作家们在创作上都已有成就。但文学和外部的关系,和社会、思想、传记、心理学、哲学等方面的关系,却是作家们更需要打通的,因为处在这样一个复杂多变、急速发展的时代,摆在作家们面前的最严峻的课题,是如何认识和把握这个世界,是从名作家走向大作家的要津。

因而,鲁院将课程设置划分为四大板块:政治理论课、国情时政课、大文化课、文学专业课。在课程设置方面实行了新的办学模式:教学中采取三三制,即三分之一为课堂授课,三分之一为研讨与教师辅导,三分之一为自学与社会实践。

首先,在文学专业课设置上,经过不断调整,鲁院逐渐形成了明确的教学思想,即力避安排普通大学能够开设的课程,力避安排有关文学的一般知识和文学创作的一般规律的课程,力避安排通过专业阅读可以掌握的课程;要聘请具有国内最高水平,在某些领域有深入研究和独到见解,授课效果好的理论家、评论家和作家讲授文学课,并且要求他们为高研班专门备课;课程内容上适当照顾系统性,更注重以点带面,务求精辟深入;大量创作问题,则通过研讨课和教师辅导课来解决。由于明确了这些教学思想,高研班的专业课逐步得到提升。

第五章 不同办学时期文学新人培养的方法和途径

为了配合专业教学，鲁院还设置了大文化课，这一板块着重介绍当代国内外文化、学术、艺术等领域的情况，传达包括历史、文化学、民俗学、音乐、美术、电影、电视剧、戏剧、舞蹈、表演艺术等多方面的知识和信息。这些设置有利于学员扩充知识面、积累文化底蕴、丰富艺术素养、更新文化观念。由于文学创作总是离不开大的文化背景和文化思潮，这些内容实际上与学员的创作关系紧密；又由于这些内容对于学员有新鲜感，更易于为学员所接受，成为受到学员欢迎的课程。特别是艺术门类的课程，起着它山之石可以攻玉的作用，同样取得了专业课的效果①。

高研班的课程设置有着鲜明的鲁院特色，深受学员的欢迎和好评。这一模式对于高校文学新人培养和创意写作学科建设都具有很强的示范作用。甚或可以说，这一模式完全可以视为中国化创意写作的成功探索，既和西方英语创意写作有相通之处，亦有着鲁院特色、中国特色。

其次，坚持自学为主、教学为辅，给学员开经典书目是鲁院一以贯之的做法。新生一入学，就会得到一份"必读"与"参考"书目，皆为现实主义、浪漫主义与现代主义的经典之作。这一举措是基于学员实际的需要。在文研所时期，徐刚曾做过一个青年文学创作者阅读情况的调查统计：150个青年作者中，有42人没有接触过或是由于接触很少而不喜欢中国古典文学，喜欢阅读高尔基作品的只有36人，喜欢鲁迅作品的人则更少。另有些青年文学创作者由于学习文学遗产的观点和方法有问题，因而学习效果不好或

---

① 鲁迅文学院编：《我的鲁院》，新星出版社2011年版，第437—439页。

收获不大①。

那么,新时期以后又是什么状况呢?

曾任鲁院副院长的孙武臣在《补经典之课》中认为,新时期作家仍然要补经典课程。其原因一是长期以来许多青年作家与文学青年认为写作好玩才试试笔的,少有厚积薄发者,因此写到一定时候,便再也难以有长进,因为他们开始写作之时依据与模仿的范本本身就不是什么高明的作品,长此以往,把自己写"倒"了。二是长期以来的文学创作,或者说当下文学缺什么?在这一问题上,孙武臣赞成鲁院第五期学员王安忆的看法。王安忆认为当前小说创作有走向技术主义的倾向:"现在一些小说创作往往只凭技巧和操作文字的能力,忽略了到头来还要依凭的实力与感情。"刘醒龙也有类似的观点:"技巧智慧太多,灵魂血肉太少。"他认为,作者应时刻面对挑战,感受生活,投入自己的生命与灵魂,才能创作出震撼人心的作品。针对作品的苍白,还有更概括也更形象的断语——缺钙,这就需要补钙。

怎么个补法?孙武臣认为,从鲁院的实践看,补经典之课,是最有效之法。"事情常常是这样:最应该记住的最易忘记。我们的文学青年,包括已经在地方小有名气甚至在全国也崭露头角的青年作家,综合素质超拔者真的是凤毛麟角。其缘由是多方面的,但读经典少,读懂经典的就更少,怕是一个重要的病因,正所谓'古调虽自爱,今人多不弹'。我们的确要向前看,否则还有什么希望与理想可言呢?但为了多出大作家大作品,我们又必须向后看,因为到目前为止还没有出现超越我们身后的文学高峰,那是一个伟大

---

① 徐刚:《多学习文学巨匠的作品》,《人民文学》1956 年第 3 期。

的作家群为人类留下的一个能够传世的丰富的文学宝库。我们要从那里汲取营养,钙源也在那里面。"①现在看来,"这种开列书目、分期阅读,讲授、研读与讨论相结合的做法仍不失为是一种行之有效的好办法。所列书目也比较全面、准确,以致后来许多其他班次的学员也纷纷以此书目作为阅读指南,甚至还成为校外一些文学爱好者争相传阅的阅读参考"②。

再次,除了提供经典,鲁院的教学目标更主要的是立足于提高作家的综合素质,为此建立了一套自己的教学体系。白描认为:"学员们更多想的是得到知识和信息、学习方法和技巧。在这些方面,我们基本上满足了学员的要求,但这不是我们教学的全部,更不是我们教学的灵魂。灵魂性的工作是丰富和提高学员的综合素质,夯实作为一个作家的基本建设,这就是人格建设,是为何写、为谁写、写什么、怎样写的核心价值理念。这个工作必须渗透到教学的各个环节以及管理与服务的各个环节中,当然,不是生硬的灌输,而要以一种'春风化雨、润物无声'的方式来进行。"他举例说,"比如我们安排的国情与时政课程,请有关领导和各方面专家来讲授,不是高台教化,而是客观介绍情况,交流认识和看法,学员们很容易接受,他们过去习惯站在本地区、本民族立场,站在个人立场看待问题,现在却能站在全局,站在党和政府的立场来理解我们的国情、我们国家的大政方针。我们的大文化课和文学课,通过对文化视野的扩展,对文学艺术普遍性规律和主流经典作品意义的分析介绍,让学员们自然建立价值评判标准,自觉走向主流文化、主

---

① 鲁迅文学院编:《我的鲁院》,新星出版社2011年版,第432—433页。
② 成曾樾:《文学的守望与探寻》,作家出版社2012年版,第217页。

流文学。要引导学员走正经路,做正派人,写正道作品;面对文学事业,要有大视野、大胸怀、大境界,最好还有大手笔;起码要建立起四个基本意识:大众意识、祖国意识、使命意识、经典意识。——这是我们应该给予学员的最主要的东西。"①时至今日,鲁院依旧保持着前身文研所的办学理念,每个研究领域、每个艺术门类、每个文学样式,都请顶级专家来授课。

最后,校外辅导导师制是鲁院教学的一大特色和传统。这一特色和传统不仅在高研班得到坚持,也始终贯穿于鲁院各个发展阶段。文讲所时期的学员乌热尔图在文章《炽热的心灵》中谈道:"(鲁院)校方因人施教,采用了比较灵活的有益于活跃创作思想的教学措施,除为我们指定日常创作辅导老师外,还根据每个学员在习作中表现出来的不同的创作趣味,特邀了几位校外辅导。"②艾克拜尔·米吉提在文章《从学员到导师》中写道:"更让我喜欢的是,文学讲习所还有一套特殊的导师制度。它不像通常的国民教育系列的导师制度需要去考进导师的门槛,而是由校方聘请一批著名作家来做导师,由学员自由选择导师。"与学员自由选择导师不同,当鲁院发展到高研班阶段,此时艾克拜尔自己也成为鲁院的导师了,鲁院采取的办法是由指导老师抓阄。"抓到谁谁就是你的学生;反过来说,你被谁抓阄抓到,谁就是你的指导老师。大概这也是一种与时俱进,看上去很公平。连续当了几届指导老师后,我发现这种办法也显现出某种局限性来:第一个抓阄的指导老师选择的余地最大,学生们被选中的概率也最高,而最后一个抓阄

---

① 鲁迅文学院编:《我的鲁院》,新星出版社2011年版,第459—460页。
② 鲁迅文学院编:《我的鲁院》,新星出版社2011年版,第101页。

的指导老师,没有任何选择的余地,抑或最后剩下的几位学员也没有丝毫的选择余地。所以,现在的鲁院采取的方式是一轮一轮地抓阄——每一轮每一位指导老师只抓一个阄,如此往复,直至终结。"①

我们很难简单粗暴地用"成功"这样的词语来概括鲁院文学新人的培养模式,因为凡是模式必有利弊。鲁院文学新人的培养模式有其成功之处,那就是确实培养了一大批文学新人,但这些文学新人的成长成才也并不能说完全是鲁院培养的结果。鲁院不是正规的高校,也没有形成一整套评价体系,无法像高校那样实现学科化,其课程设置还带有某种随意性。

有人说,现在的鲁院,更多的是将培养文学新人引入一个官办"文学场",让学员有机会进入官方视野,从官方文学话语中分享文学资源,引起权威批评家的关注,结识官办文学期刊及其编辑。一言以蔽之,就是在鲁院"镀一层文学的金"。

对此,笔者有着自己的看法。作为曾经参加过两次鲁院作家班的研究者,笔者对鲁院的教学和培养方式有着极为深刻的体会。应该说鲁院的文学新人培养模式是有利于新人作家的成长的。对于那些成名的青年作家来说,鲁院就是"加油站";而对于那些尚未成功还处于探索阶段的文学新人来说,鲁院就是一个"推进器",起到的是不可或缺的"孵化"作用。从鲁院完成培训之后,笔者紧接着去了美国爱荷华大学,参加国际写作计划的青年项目。此后不久,在上海大学读完创意写作文学博士之后,又赴美访学创意写作。由此有机会将鲁院的文学新人培养与爱荷华大学创意写作系

---

① 鲁迅文学院编:《我的鲁院》,新星出版社2011年版,第151—152页。

统进行比较。笔者认为,鲁院的办学实践与爱荷华大学对作家的培养有着异曲同工之妙,两者在根本上可以说是相通的。

但随着办学的不断发展,尤其是时代环境的变化,给文学新人培养工作带来了新的挑战。如何真正培养文学新人的政治情感的认同并开拓其创作视野,进而提升其创作水平,是鲁院发展面临的一个严峻问题。在教学理念更为先进的西方创意写作被引进中国各大高校,开启了大学培养作家的模式之后,摒弃了以往的"中文系不培养作家"的沉旧观念,从而打破了"作家不能培养"的魔咒之时,作家的养成路径开始回到大学中文系。鲁院如何保持既有特色的同时,继续开拓创新,进一步形成中国化创意写作的独特模式,值得我们好好思考。

第六章　鲁迅文学院文学新人培养的成效与影响

从中央文学研究所的建立到中国作家协会文学讲习所的过渡，再到鲁迅文学院的发展，鲁院 70 多年来的办学成绩有目共睹，其对创意写作中国化的探索有口皆碑。本章将详细考察鲁院文学新人培养的成效及其对全国各地作家培养模式的影响。

第一节　鲁院的影响力分析

一、对中国当代作家队伍建设的影响

70 多年来，鲁院在文学新人培养方面取得了丰硕成果，单从鲁院早期（文研所和文讲所时期）的文学新人培养成效来看，不但继承了鲁艺艺术人才的培养模式，而且综合了苏联高尔基文学院的办学优势，为新中国的文坛淬炼、输送了一大批作家。

从 1950 年 12 月到 1957 年 11 月，文研（讲）所开办七年，先后开设四期五班，培养了 279 名学员。1984 年对这七年间的学员的后续发展进行了调研，在全国文联、作协担任领导干部的有 18 人，约占总人数的 6.5%；任省文联、作协主席、副主席的有 61 人，约占 22%；任国家级文学期刊社、出版社正副主编、正副总编的有 19

人,约占7%;任省级文学期刊社正副主编的有38人,约占14%;专业创作人员36人,约占12.9%;教授(研究员)11人,约占4%。可以说,文研(讲)所在新中国成立初期的文学新人培养和作家队伍建设方面,做出了十分重要的贡献。

鲁院建院50周年时,举办了一个展览,提供了一份《1950—1966年文研所和文讲所学员的代表作》目录,如表6-1所示。

表6-1 1950—1966年文研所和文讲所学员代表作一览

作　　家	作　　品	体　　裁
徐光耀	《小兵张嘎》	电影剧本
邓友梅	《在悬崖上》	小说
马　烽	《结婚》《三年早知道》《我们村里的年轻人》	小说、电影剧本
董晓华	《董存瑞》	电影剧本
梁　斌	《红旗谱》	小说
邢　野	《平原游击队》	剧本,后改编成电影剧本
刘　真	《春大姐》《我和小荣》	小说
李　纳	《明净的水》	小说
和谷岩	《狼牙山五壮士》	电影剧本
谷　峪	《一件提案》	小说
陈登科	《风雷》	小说
王雪波、张学新	《六号门》	剧本

续 表

作　家	作　品	体　裁
玛拉沁夫	《草原上的人们》《草原晨曲》《敖包相会》	电影剧本、歌词
白　刃	《兵临城下》	电影剧本
郭梁信（梁信）	《红色娘子军》	剧本
朱祖贻	《甲午海战》《赤道战鼓》	剧本

应该说，这些作品基本上都是读者耳熟能详的，有些还成为红色经典之作。

从1950年文研所创办开始，截至2020年，80余期各种类型的文学创作班成功举办，具体情况如表6-2所示。

表6-2　文学创作班统计（截至2020年）

班　次	期　数	人　数
作家班（按文研所期次排序）	8期	共453人
进修班（1985—1995年）	14期	共737人
合作办学学历班（20世纪90年代前后）	5期	共187人
文学创作专业班（1996—2000年）	9期	共481人
少数行业培训班	4期	共177人
影视文学专业班	3期	共114人
文学创作研修班	2期	共172人
文学创作研究班	1期	共21人
中青年作家高级研讨班（2002—2020年）	37期	共1 668人

此外,1986—2006年,鲁院还举办了函授性质的文学创作班若干期,培训了大量的文学人才。

半个多世纪以来,鲁院对于中国当代作家队伍的建设产生了显著而又直接的影响,为社会主义文学事业的发展做出了重要贡献。自20世纪50年代以来,诸如马烽、唐达成、邓友梅、徐光耀、陈登科、玛拉沁夫、蒋子龙、叶辛、王安忆、张抗抗、高洪波、邓刚、刘兆林、赵本夫、朱苏进、乔良、莫言、余华、刘震云、迟子建、周大新、何建明、陆天明、张平、周梅森、何申、范小青、秦文君、叶广芩、王旭峰、谈歌、关仁山、徐坤、马丽华、柳建伟、孙惠芬、红柯、衣向东、石舒清、温亚军、邱华栋、刘亮程等活跃于中国文坛的作家,大都在鲁院学习过。

中国当代文学重要奖项的获奖者曾在鲁院学习过的学员数量庞大。截至2006年,鲁院学员中获得茅盾文学奖的有古华、柳建伟、王安忆、王旭峰、张平;获得鲁迅文学奖的有陈桂棣、陈世旭、迟子建、邓一光、何申、何建明、红柯、李鸣声、李松涛、娜夜、石舒清、孙惠芬、王安忆、王树增、温亚军、夏天敏、邢军纪、徐剑、徐坤、叶广芩、张抗抗;获得国家图书奖的有白冰、邓友梅、黄尧、蒋子龙、聂震宁、秦文君、谈歌、王宏甲、张凤珠、张建行、周大新;获得国家优秀新书奖的有胡昭、李小雨、流沙河、梅绍静、张志民;获得"五个一工程"奖的有高洪波、柳建伟、周梅森、张平;获得全国优秀中篇小说奖的有邓刚、邓友梅、蒋子龙、刘兆林、莫言、王安忆、张抗抗、周梅森、朱苏进等;获得全国优秀短篇小说奖的有陈世旭、范小青、古华、孔捷生、吕雷、玛拉沁夫、赵本夫、周大新等;获得全国优秀报告文学奖的有何建明、黄尧、王宏甲等;获得全国优秀儿童文学奖的有高凯、韩青辰、林彦、秦文君、汤素兰等;获得全国少数民族文学创作奖(骏马奖)的有关仁山、胡昭、敖德斯尔、玛拉沁夫、鬼子等56人;获得庄重文文学奖的有刁斗、何申、关仁山、邱华栋、乌热尔图、徐坤、刘震云、马丽华、扎西达娃、余华等①。

正如雷抒雁说,文学的发展,是积淀和爆发的过程。鲁院承继了传统,汇集了当代一批最有前途的文学写作者,及时而庄重地把当代最有价值的文学资讯传递给他们。几千年来中国乃至世界的文化精粹,都被浓缩而简约地进行讲授;而当代文坛上成就斐然的作家、专家、学者的讲座,增进了学员文学创作的激情和技艺的提高。

文学的语言、文学的活动、文学的切磋,这一切,形成了鲁院独特的文学氛围,激活了文学新人的创造思维和创作灵感。而当他们将这一切形诸文字之时,又迅速地得到指导,并找到得以发表的园地和机会。

70多年的岁月,"鲁迅文学院以她独特的教学方式,为中国文坛输送了数以千计的文学人才和数以万计的业务文学力量。他们广布于祖国的天南地北、各个民族、各个行业。在新中国的文学发展史上,鲁迅文学院以自己的巨大业绩,奠定了稳固的位置"②。同时,鲁院也以自己的巨大业绩,成为创意写作中国化实践的难得样本与典范。

二、对文学新人价值观的引领

文艺界领导人对于新中国文学新人培养所取得的成绩是充分认

---

① 中国作家网:http://www.chinawriter.com.cn/z/luyuan/index.shtml,2014年6月18日。
② 鲁迅文学院编:《我的鲁院》,新星出版社2011年版,第430—431页。

可的。茅盾在第一届全国人民代表大会第三次会议上指出:"新人在不断地涌现,年青一代在迅速地成长。……这一支文学的新力量,70%以上是工厂、农村、部队、学校、机关的业余写作者。……这个数目庞大的业余写作者也迫切地需要辅导……"①实际上,根据中国作协的初步统计,当时有才能的新作者,大约有1 000多名②。

周扬在中国作家协会第二次理事会(扩大)会议上的报告《建设社会主义文学的任务》中提到,文艺界最值得注意的、突出的现象之一是新生力量正在迅速地成长,他们表现了无限丰富的创造力,他们正在成为一支强大的社会主义文艺的新军。当时全国出版和发表的文学作品,绝大部分是出于青年作家的手笔③。周扬还举例说,已经出现了不少新的有才能的描绘农村生活的年轻作家。李准在他的短篇《不能走那条路》中,最早地从艺术上表现了农村中社会主义和资本主义两条道路的斗争,因而受到了广大读者和文艺界的注意,后来他又写了以表现合作社发展过程中新老社和大小社的团结——集体主义和本位主义的矛盾为主题的中篇《冰化雪消》。此外值得注意的新作家有吉学沛(短篇集《一面小红旗的风波》)、刘澍德(中篇《桥》)、刘绍棠(中篇《运河的桨声》)、方之(《在泉边》)、刘真(《春大姐》)等。这其中,有许多作家都是文讲所的学员。此外,周扬还分别提到了学员陈登科的《活人塘》和《淮河边上的儿女》、玛拉沁夫的短篇集《春的喜歌》、马烽的《韩梅梅》、刘真的《我和小荣》等④。

---

① 茅盾:《文学艺术工作中的关键性问题》,《文艺报》1956年第12期。
② 《文艺报》1956年第4期。
③ 《文艺报》1956年第5、6期合刊。
④ 《文艺报》1956年第5、6期合刊。

第六章 鲁迅文学院文学新人培养的成效与影响

《文艺报》曾以本刊编辑部的名义发表了《十年来的文学新人》,对新中国成立十年文学新人培养的成绩进行了总结:"在党的思想战线上,一支社会主义的文学大军建立起来了。……十年间,不断涌现的工农兵作家,以多茧而又多才多艺的手,给我们的文学史写下了崭新的一页。"文章指出:"我们文学创作上的新人,大体上说来,可以分成两类:一类是工人农民出身,有的后来成为革命工作干部,有的至今还在从事工农业劳动;另一类是知识分子出身,离开学校以后,就投身在实际工作中,和工农兵群众在一起,取得了不同程度的改造。"①

邵荃麟在中国作家协会第三次理事会(扩大)会议上的报告《在战斗中继续跃进》中指出:"大批的工农作家和革命新生力量已经参加到文学队伍里来。……各少数民族的文学队伍也大大地扩展了。在作家协会会员中,革命的新生力量已经占了巨大的优势,而且我们还有极其广大的后备军。我们的文学队伍是由专业作家和广大的群众业余作者两部分力量组成的。专业作家深入到群众的土壤中去,同时又从群众的土壤中培养出大批新的作家。"②

如果说对于鲁院前期的文学新人培养成效,可以从文学界领导人的肯定来管窥的话,那么,对于新时期鲁院文学新人培养成效的评价,最有发言权的莫过于浸润其中的学员们。

文讲所第八期学员刘兆林写道:"十六七年过去了,这些同学大多已过或接近五十,知天命了,却还都在文学的田地里熬着心血流着汗水,鲜明地显示着与其他大学毕业生的不同,即铁一样证明

---

① 《文艺报》1959年第19、20期合刊。
② 《文艺报》1960年第13、14期合刊,第41页。

着,鲁院才是真正培养作家的地方。她的真正在于,没有哪个学校像她那样给学员心灵以最大限度的自由:自由地心灵碰撞,自由地思想解放,自由地天马行空,自由地突破自己,自由地超越他人……而这自由又都被文学之绳紧紧拴系着。"①

第四届中青年作家高级研讨班(少数民族作家班)学员狄力木拉提·泰来提在《我的鲁院生活》中写道:"这一期高级研讨班是专门为少数民族作家开办的,共有来自23个民族的52位中青年作家在一起共同度过了四个月充满友情和欢乐的日子。可见党和政府一片良苦用心。……别说是在中国了,就是在世界上也难找到第二个像这样专门培养作家的特殊学院。……在鲁院的学习充满了激情和收获。我们在政治、经济、军事、国防、民族理论、民俗文化、电影、舞蹈、文学创作、文学评论、文学欣赏、影视剧本创作以及如何发展我国各少数民族文化和文学创作方面接受了系统培训。……我深知这次学习机会来之不易,我知道应该怎样回报中国作协、国家民委和鲁迅文学院。我将努力创作并把毕生的精力投入到文学翻译工作之中,这将是我永不变更的追求。"②

同为少数民族作家班的第十二届中青年作家高级研讨班,情况更为特殊,从筹建办班、录取审查开始,就受到了中宣部和国家民委的高度重视。在教学的过程中,这个班的学员经历了许多第一次:"第一次参加中国作协举办的国庆演出;第一次走进人民大会堂观看大型音乐舞蹈史诗《复兴之路》;第一次与国家领导人回良玉、刘云山共同走进央视,观看《爱我中华》晚会;第一次收到国

---

① 鲁迅文学院编:《我的鲁院》,新星出版社2011年版,第131—132页。
② 鲁迅文学院编:《我的鲁院》,新星出版社2011年版,第215—218页。

务院请柬——参加国务院第五次全国民族团结进步表彰大会,并得到胡锦涛总书记、温家宝总理及其他政治局常委亲切接见和握手;第一次作为嘉宾走上天安门的国庆观礼台;第一次穿越全世界最长的跨海大桥——杭州湾大桥,感受祖国科技、建设力量的强大;第一次走进鲁迅的三味书屋和百草园,渡过时光的河流与一代文学巨匠用灵魂对话;第一次与中宣部部长刘云山欢聚鲁院,举杯畅饮,共承诺数年后的相约——鲁十二学员将在数年后,各自带着自己创作的作品,在中宣部的关怀下重返鲁院。"①

而在第十届中青年作家高级研讨班(少数民族文学翻译班)学员吾买尔江·阿木提看来:"鲁迅文学院作为中国文学界的最高殿堂,有它内在难以抵御的精神气质。鲁迅文学院安排的课程别出心裁,给我们精心安排了文学、国情、时政、音乐、美术、戏剧、宗教等大文化课程。在教学形式上,既有课堂教学,也有现场教学;既有研讨,也有社会实践;既有专家讲授,也有导师具体辅导;教学设计合理,疏密有度;课程设置合理,授课内容针对性强,既有高度的理论性,又有明确的实用性。……大家通过鲁迅文学院正规系统的培训,掌握了更多的翻译方法,这为我们今后在文学翻译领域走得更加扎实奠定了基础。两个月的学习,让每个学员都经历了一次精神的洗礼,那份沉甸甸的收获早已经融进心灵,沉淀笔端。我们在鲁院思考、调整,吸取新的能量,准备重新出发。"②

对于鲁院的办学模式,学员也是充分肯定的。"我们假设一

---

① 鲁迅文学院编:《我的鲁院》,新星出版社2011年版,第370—371页。
② 鲁迅文学院编:《我的鲁院》,新星出版社2011年版,第344—346页。

下,如果鲁迅文学院打破现行的教学模式,也像名牌大学中文系那么设立课程,五花八门,包罗万象,把大量的时间和精力耗费到与创作关系不大的课程上,或是耗费在那些在大千世界中就能体验到的学问上,把过程和结果颠倒过来,那么还能在有限的时间里培养出那么多文学尖子吗?……作家的成长和成熟除了悟性以外,一靠生活,二靠读书,鲁迅文学院的教学大体是沿着这个规律走的,所以才取得了成功。"①

鲁院是独一无二的。在北京是唯一,在中国是唯一,在世界也是唯一。目前,我们很难再找到这样一所专门为培养文学新人而设立的学校了。

学员傅爱毛说:"我为中国拥有鲁院这样一所'文学的学校'而骄傲和喝彩。它的存在证明:中国人是优雅的,也是浪漫的,同时也是高贵的。……全国各地那么多人向往鲁院、倾慕鲁院,这是多么令人欣喜的事情啊。……从某种意义上讲,鲁院不仅仅是一所学校,它更是一种精神,一种信念,一个梦想,甚至是存在于我们内心的一个神话。鲁院所传承给我们的,应该是一种观念,一种意境,一种眼界,一种大美大爱的熏陶和濡染,一种更深远意义上的人文品质和情怀。"②

学员贺平在文章《想起那段学习生活》中谈道:"鲁院很特别,从外表上看,可以说它是中国学府中最袖珍的学校。……那里的教学方式很特别,许多文化名人来讲课,非常精彩,从不照本宣科。……像这些人讲课在一般大学中是少有的。……在鲁院时没

---

① 鲁迅文学院编:《我的鲁院》,新星出版社2011年版,第107页。
② 鲁迅文学院编:《我的鲁院》,新星出版社2011年版,第269—270页。

有某个人、某堂课教会你一篇小说怎么写。可时间久了你会在某一天突然发现,你知道小说该怎么写或者说知道不该怎么写了。鲁院有她独特的校园文化和教学方式,那种东西像水一样浸润着你。"①

学员傅爱毛写道:"在我的文友们的心目中,鲁院就是文学的天堂和精神的圣地,……当我坐在教室里的时候,我不是一个人,而是一群人。我相信,全国各地还有很多文学爱好者也像他们一样,在热切地关注着鲁院,也倾心地向往着鲁院。……鲁院所提供给我们的不能是仅仅限于知识和技能层面的东西。如果那样的话,鲁院也就无异于别的任何一所学校,同时也就削弱了甚至失去了鲁院存在的价值和意义。……从文学出发,却又不拘泥和局限于文学,这是鲁院给我的另一个丰厚的馈赠。到'北京'去读'鲁院',这里面包含着双重的向往。因此,尽可能地去领略北京,感受祖国的首都,这是鲁院得天独厚的地理优势馈赠给我们外地学子的一个不可多得的文化资源。"②

学员汤素兰在回忆文章《仲夏之梦》中写道:"我是怀了宗教般的心情来到鲁迅文学院的。在中国,一个写作的人,似乎都应该来鲁迅文学院学习。不仅因为鲁迅文学院是以我们读过最多作品的鲁迅先生的名字命名的,还因为但凡一个作家,在他的青年时代,当他的作品写到一定的时候,当他开始成熟和转变的时候,他可能就会获得一个机会,来鲁迅文学院学习、调整,然后等待着飞翔进入新的天地。鲁迅文学院,似乎就是苍鹰飞翔前停留的那个山崖,

---

① 鲁迅文学院编:《文学的日子——我与鲁迅文学院》,内部资料,第377—379页。
② 鲁迅文学院编:《我的鲁院》,新星出版社2011年版,第276页。

抑或是无尽旅途中一处加油站。"①

彝族学员纳张元写道:"在鲁迅文学院的最大享受就是能集中地听到很多全国顶尖级专家的课,能经常与一些文化名人面对面交流。鲁院的管理酷似当年的西南联大,民主自由,兼容并包。传统与现代,东方与西方,不同主张的专家学者都能到这里同台授课。"②

当然,在鲁院中,并不是每一个人都会成为文坛的栋梁之材,据统计,鲁院的淘汰率为20%③。也就是说,五分之一的人并未有所成就。正如学员王泽群所说,鲁院恰似一部"球磨机":

> 在工厂里待过的人都知道"球磨机"。它有一定的空间,它有基本的动力装置,它有一些磨料。当需要打磨的零件或是产品进入之后,它便轰隆轰隆地转,任那些被装入此中的零件或产品在有规则的滚动和无规则的摩擦中,在碰撞与跌宕里闪亮它们的本色与光辉。有些,便铮铮地亮了;有些,便闪闪地乌了;还有一些,也许就由此而碎成粉齑充做了磨料,甚至于彻底的无声无息。鲁院,对文学中人或是"好"文学中人,就是干这个的。

> 进入鲁院的学友们——来自三江五湖七省九州的学友们——就这样在鲁院这特殊的"球磨机"里,滚动,冲撞,摩擦,发热,发光,发火。……北京,这极为特殊有魅力的北京,就是"空间";鲁院,这是由丁玲先生和其他师长们想起并策划出来

---

① 鲁迅文学院编:《我的鲁院》,新星出版社2011年版,第237页。
② 鲁迅文学院编:《我的鲁院》,新星出版社2011年版,第395页。
③ 鲁迅文学院编:《我的鲁院》,新星出版社2011年版,第415页。

的鲁院,就是"基本的动力装置";学者、专家、教授,还有社会上的形形色色,就是"磨料"。一年,两年,或者更短或者更长,就把那些有棱有角的或者磨得更有棱有角,或者磨得全无棱角;就把那些有色彩的或者磨得更有色彩,或者磨得全无色彩;就把那些有才华的或者磨得更有才华,或者全无才华。优胜劣汰,强者生存……鲁院是演武场,鲁院是测试仪,鲁院是讲习所,鲁院是研究院!但"鲁院"真正是一部"球磨机"!①

应该说,"球磨机"这个新颖的比喻是十分恰当的。于此可见,鲁院文学新人培养的一个特点就是:在培养中淘汰,在淘汰中培养。而对比同时期欧美创意写作,又何尝不是如此呢?无论中外,对作家的培养都是在摸着石头过河。有的作家能够凭借着创意写作"一苇渡江",也有的永远在此岸徘徊。无论如何,他们都对文学的彼岸充满了向往,并为之努力和拼搏。这就是鲁院的魅力,这就是中国化创意写作的曲折探索。

第二节　从小鲁院到大鲁院:地方对鲁院培养模式的复制

一、各地对鲁院的模仿和复制

鲁院的办学得到认可,还有一个标志,那就是各地对鲁院办学模式的呼应、模仿与复制。

---

① 鲁迅文学院编:《文学的日子——我与鲁迅文学院》,内部资料,第54页。

具体来看,从50年代到80年代一直到新世纪,各地纷纷举办了各种类型的文学讲习班,不断加大对文学新人的培养力度。

50年代后期,先后有河北、河南等地创办艺术学校,培养包括文学新人在内的各类艺术人才。

河北举办的是群众文艺骨干训练班,其办学目的是更好地开展群众文化艺术大普及工作,并在普及基础上迅速提高。具体做法是由河北群众艺术馆派出辅导力量和全省七个地区的文教部门协作,举办以戏剧、音乐、美术、舞蹈和文学创作为内容的25期群众文艺骨干训练班,每期十天左右,共训练了1 849人。这次训练班的特点是训练班是学习班,也是宣传班和生产班。紧密配合政治运动和中心工作,一面学习一面宣传。训练班在教学方法上,打破了过去老一套的方法,从实际出发,需要什么教什么①。

与河北举办的群众文艺骨干训练班不同,河南成立的新华人民公社青年红专艺术学院是半耕半读的新型中等艺术学校。学员都是从公社里挑选出来的具有一定艺术才能的青年农民,全院94个学员,都是中贫农成分,在文化上具备了初小毕业或扫盲毕业的程度。他们的学习时间规定为三年,有政治、文化、农业、艺术四门课程,分为戏剧、曲艺、音乐、歌舞、美术五个系。学院的方针是培养具有高度社会主义觉悟的、公社自己的艺术家和生产能手。对此,《文艺报》评价道:"这的确是一座新型的艺术学院,……在教学上完全是崭新的教育方法,学习时间是按照生产、学习、政治活动三不误来安排的,学习的四门课程:政治、文化、农业、艺术都是理论与实际结合,讲课与实习结合来进行的。……从青年红专艺术

---

① 《提高群众创作水平的好方式》,《文艺报》1958年第24期,第31—32页。

学院毕业的学员,将是真正的、具有共产主义觉悟,有文化,有艺术专长,又有生产技能的劳动者。目前,商丘县的十八个人民公社都成立了这样的艺术学院,……并且准备成立一所县的艺术学院,可以肯定地说,这种由农民自己办起来的新型艺术学院,是有广阔的发展前途的。"①这种面向工农兵的新型艺术学院所体现出来的正是创意写作的"人民性"特质,也是人人皆可写作理念的体现。从这个角度来说,创意写作的中国化实践其实不止鲁院,而是遍布整个新中国。

改革开放后,进入80年代初期,广西、江苏、福建、四川等地纷纷创办文学创作讲习班,对文学新人进行培养。

1980年10月,广西率先举办首期文学创作讲习班,讲习班第一期为期半年,于1981年4月结束。18名学员来自广西各地文化部门和边远民族山乡的少数民族以及工厂的业余作者,少数民族学员占三分之一。这些同志有一定的创作实践经验,并且写有作品初稿或较详细的创作提纲。在学习期间,学员们阅读了古今中外的一些文学名著和当时优秀的文学作品,学习了党的文艺方针。作协广西分会还邀请了有经验的作家为学员们讲课,介绍创作体会,传授创作经验。此外,还结合学员们各自创作实践的需要,安排他们利用一个月时间到农村、工矿、城镇、海滨和少数民族聚居地参观访问,扩大了学员的视野,丰富了其创作所需要的生活素材②。

1981年3月7日,江苏省南京市文联首次创办文学创作讲习

---

① 钟枚:《一所农民办的艺术学院》,《文艺报》1958年22期。
② 《广西首期文学创作讲习班结束》,《文艺报》1981年第11期。

所。讲习所学制为一年,学员是通过招生考试,从872人中择优录取的。正式学员90人,旁听生40人,来自各条战线,有工人、干部、技术员、教师、医生、民警、待业青年等,其中绝大部分是20多岁的青年,年龄最小的17岁,有32人曾在报刊上发表过作品。省市有关部门对讲习所十分支持。讲习所邀请艾煊、陈白尘、陈瘦竹、程千帆、朱彤、高晓声、顾尔镡、陆文夫、张弦、沙白、忆明珠、孙友田等教授、作家和诗人前来讲课①。

1983年3月25日,江苏省徐州市业余艺术学校在徐州市五中举行了隆重的开学典礼。第一期招收学员280名,经过半年的学习,第一期顺利结业。在社会的一片赞誉声中,1983年9月1日,第二期招收学员增至380人。同时,徐州青年文学讲习所也开始招生,经考试择优录取62人。讲习所开办后,邀请作家汪曾祺等来所授课。讲习所每周授课4课时,结业时学员对文学创作的基本知识都有了较深的了解。徐州市业余艺术学校和青年文学讲习所是培育文学新人的摇篮,当时的一些学员,经过业余创作道路上的艰苦跋涉,有的走上文艺领导岗位,有的成为专业作家,有的被聘为媒体记者、编辑等②。

据1982年第8期《文艺报》报道,中国作家协会福建分会与福建师范大学中文系联合举办了青年文学讲习班,以加强对青年业余作者的培养,经过三个多月的辅导、学习,第一期结束。参加这期讲习班的有来自全省各地的县文化馆干部、工矿企业的工人、农村知识青年与部队战士等22人。讲习班以讲授马列文论、文艺理

---

① 《南京市文联创办文学创作讲习所》,《文艺报》1981年第6期。
② 徐州市文联《史料新编》,内部资料。

论、文学史与文学名人名篇为主要内容,邀请在校有教学经验的教授、讲师来讲课;此外,还请了鲁彦周、郭风、何为、蔡其矫等省内外作家、诗人谈创作的经验体会。通过学习,学员们认识到革命的现实主义是社会主义文学文艺的正确的创作道路,今后,在做好本职工作的前提下,要努力创作出更多更好的作品[①]。

中国作家协会四川分会于6月25至8月10日举办了第二期青年作者文学创作讲习班。参加这次讲习班的学员共41人,来自全省17个市、地、州的基层单位,其中有工人、农民、解放军、教师、从事文化宣传工作的干部,也有城镇待业青年,平均年龄30岁。这期讲习班以读书为主,着重提高业余作者的思想认识水平和艺术修养。讲习班期间,作家艾芜、马识途、李少言等同志来到讲习班与学员们就创作问题进行了交谈。分会副主席、青年作者工作委员会主任陈之光、《四川文艺》副主编陈进主持讲习班工作[②]。

以上各地所开办的各种形式的文学培训机构,皆可以看作是对鲁院办学的呼应,也是早期鲁院(文研所和文讲所时期)对地方的影响和辐射。同时,亦是中国化创意写作的可贵探索与尝试。

进入20世纪90年代以后,各地作协基本上都把举办各种形式的青年作家读书班作为长期模式,并仿照鲁院成立文学院,如湖南成立毛泽东文学院、天津成立天津文学院、广西成立广西文学院等,甚至有些地方还在地市级文联、作协设立了文学院,培养文学新人,和作家签约。如广东东莞文学院、江苏宿迁文学院、四川成都文学院、浙江茅盾文学院等。通过不懈努力,各省市文学院在以

---

① 《文艺报》1982年第8期。
② 《文艺报》1982年第12期。

下方面取得了令人满意的成绩：第一，根据本地区的特点规划制定新目标，致力于文学新人的培养；第二，及时开展作家作品的研讨，并通过各种各样的活动推出作家以及推动本地区文学创作；第三，以丰富的采风活动组织作家们开阔眼界、深入生活；第四，注重制度创新、大力加强改革、探索相对成熟的文艺体制管理经验。有些地方文学院还大胆创新了工作范围和工作方式，延伸了作协文学院的文学功能，不仅重点关注本地区的文学新人的培养，还推出了面向全国作家的签约制度，以知名作家签约来带动本地区作家的创作，从而有效提升了地方文学影响力。比如东莞文学院早在新世纪初就推出了同时面向本地区和全国作家的签约制度，四川成都文学院以及山东枣庄市文联等也推出了类似的作家签约制。这已经远远超出了鲁院的办学定位，但地方文学院的创新，某种意义上来说，也是鲁院文学新人培养模式的一种延伸，同时也是创意写作中国化实践的有益探索。

二、文学院院长联席会议

在各地纷纷建立文学院的基础上，经中国作协党组同意，由鲁院牵头，于2000年成立了全国文学院院长联席会，会议由鲁院主办、各地文学院轮流承办。全国文学院院长联席会是全国各地文学院的一个联谊机构，同时又是探讨工作、研究问题、交流经验、共谋发展，促进我国青年作家培养和作家队伍管理，推动社会主义文学创作繁荣的重要组织，是全国文学界联络的桥梁和纽带。文学院院长联席会议这种形式有益于全国文学工作者相互交流，切磋探讨，增长经验，增进了解，加强联系，鼓舞信心，对推动创作、培养作家、促进文学院的工作、开创本地以及全国文学创作的新局面起到了很好的作用。

全国文学院院长联席会的设立,可以看作是鲁院对全国文学院的一个整合,以此为标志,一个遍布全国各地的"大鲁院"格局已经形成。

从首届全国文学院院长联席会议在北京召开算起,至今已连续坚持开展约20次活动,活动举办地遍布全国。每次会议主要交流各地区文学院一年来的工作情况,培养作家方面的措施和经验,探讨在新情况下如何加强对作家的管理并繁荣文学创作等问题。

目前,全国文学院院长联席会议已经达成一个共识,那就是文学院是打造"文化强国"中具有战略意义的一个重要环节。以鲁院为代表的全国各级文学院已经成为中国文学的研究基地、人才培养基地和传统文化的传承基地,对繁荣和推动全国文学艺术创作起到了重要的作用,在发展社会主义文学事业总体格局中具有重要地位。在文学院这个平台,作家们在思想上互相碰撞、在文学上互相交流,获得更高的文学成就,从而推动整个中国的文化事业的发展,树立中国"文化强国"的形象。

确实,全国作协系统文学院的办学宗旨是培养作家、组织创作,这方面的作用是其他任何大学都难以替代的,恪守这一宗旨是作协系统文学院保持自身生命力的根本所在,更是创意写作中国化探索的路径之一。实践经验表明,对于作家,特别是对于青年作家,培养和不培养,结果大不一样。实践经验也表明,用创办文学院这种形式来培养青年作家队伍是行之有效的。据粗略统计,近20年来,在鲁院及各省市作协文学院接受过各种培训的作家有近万名,目前活跃于各地区和全国文坛的许多中青年作家都与各地文学院有渊源。各地文学院为培养作家也进行了多方面的探索,在创办青年作家班、会员轮训班、各种读书研讨班,特别是合同制作家的评聘及管理、组织作家深入生活、帮助作家克服生活和创作中的困难等诸多方面做了大量卓越有成效的工作。

但与鲁院比起来,各地作协系统文学院也存在着许多共同的难题,比如机构、编制已经成为目前困扰文学院发展的突出问题。比机构、编制问题更突出的是资金问题。文学院担负着培养重点青年作家、轮训会员、管理合同制作家等工作,每项工作的开展都会遇到经费问题,资金的匮乏使得许多很好的工作设想只能停留于策划阶段。有些省市在这方面解决得好一些,比如辽宁省委宣传部每年都从文艺事业发展基金中拿出一些资金,补贴辽宁文学院的活动经费,北京、江苏、湖南等地也都增加了创作资金的投入。

全国文学院院长联席会议提出,培养作家是一项浩大的工程,在新形势下,作协系统文学院不仅要培养作家、轮训会员,还应根据文学队伍全面建设的需要,对作协有关部门的其他干部进行相关的培训,如作协主席、副主席、负责创作联络的干部,以及文学期刊编辑等。同时,在新的历史时期,各地文学院之间要加强合作与交流,在培养作家、组织创作方面进行互补,利用信息网络等先进技术,从我国文学事业发展的整体思路考虑优势和资源的集中使用,扩大影响,展示全国文学院的整体实力。

转眼间,时光之轮驶过了70多年。从中央文学研究所建立以来,经由中国作家协会文学讲习所的中间过渡,再到鲁迅文学院的发展,鲁院70多年来的办学成果丰硕,成绩有目共睹。可以说,鲁院对于新中国文学新人培养机制的形成有着非同寻常的意义。这体现在它对作家队伍的影响,其办学得到了体制的充分认可,也获得了学员的高度评价。各地作协也都汲取了鲁院的办学经验,纷纷成立作协文学院或者培训机构。就连一些普通高校的文学系,也逐渐改变了不培养作家的执念,慢慢开始了培养文学创作人才的尝试与努力,纷纷开始设置创意写作专业。一方面,这是对欧美先进学科的学习,另一方面,毫无疑问也是对鲁院文学新人培养模式的呼应。这些都说明鲁院办学取得了显著的成效。

第七章　鲁迅文学院文学新人培养的未来趋势及其对策

鲁院发展到今天,虽历经风雨,但其所确立的为新中国培养文学新人的主旨未曾改变。70多年来,鲁院在创新中发展,在发展中创新,在不同的办学时期探索了不同的文学新人培养方式,回应了时代所提出的"培养人民作家,为人民培养作家","培养时代文学新人,为时代培养文学新人"的发展需求。尤其是进入新世纪以来,高研班成为鲁院的主要办学方式,办学成绩得到了各方面的肯定。但随着时代发展与进步,学员对鲁院会不会提出更高的要求?在高等院校纷纷开设创意写作专业培养作家之际,鲁院这种没有学历和学位的新人培养模式能否持续发展下去?随着网络文学的崛起,所谓纯文学写作受到了前所未有的冲击,从事纯文学写作的人员基数减少,优秀的写作者引起的关注力下降,文学新人异军突起的可能性越来越小,这会不会导致鲁院高研班生源质量下降?如果不能保证生源和作品的高质量,还能被称为高研班吗?这不是危言耸听,因为这就是鲁院要面对的现实。那么,鲁院文学新人培养的未来方向是什么?鲁院需不需要一种新的文学理论——创意写作——作为新人培养的理论指导与实践参照?面对不断出现的新问题,鲁院该怎么抉择?

第一节 一种新的理论的生成：创意写作视域下的文学新人培养

一、文学新人培养的可行性

创意写作（Creative Writing）是一切创造性写作的统称，其活动样式表现为写作，其最终成果为作品。"创造性"是它的第一规约，"写作"是第二规约。有人认为狭义的创意写作即为文学创作；广义上的创意写作是面向文化产业的一切创意性发现与书写，不仅是指文本形式，也包括各类新媒体形式，其边界宽广到创意广告、创意视频等各个方面。创意写作自20世纪30年代在美国形成以来，影响力越来越大，这其中的原因有很多，但不可否认的是，其中一个重要的方面和创意写作所培养的作家有密切的关系。30年代，美国产生了三位诺贝尔文学奖获得者。在美国，几乎所有的作家都有职业，从事写作的是各行各业的人，其创意写作队伍的组成是非常广泛的。这些都缘于美国高校创意写作系统的形成，尤其是分布在各个社区的创意写作工作坊中出现了众多的创意写作者。"人人都可以写作""写作赋权每一个普通人"，80多年来，美国创意写作在不断积累，形成了一种传承。

就在国外创意写作方兴未艾之时，国内却还在争论作家究竟能否培养的问题。对于作家能否培养、写作是否可以传授，向来是仁者见仁智者见智的，时至今日，依然争议不断。那些持作家不可培养论者认为，写作是一种天赋，天赋是不可以培养的。他们中有人举出莫言的例子，说莫言只有小学毕业而成长为诺贝尔文学奖获得者,可见作家不是培养出来的。这其实是一种误解,且不说莫言一直在勤奋读书,仅仅从他的学历来看,他绝对不是像一些人所说的那样,只有小学毕业。他先后就读于鲁院作家班、军艺文学系并获得专科文凭。更为重要的是,他还在鲁院联合北师大举办的创作研究生班获得了文学硕士学位。莫言能够成长为大作家,获得诺贝尔文学奖,绝对和军艺、鲁院以及高校的锻造经历有关。

许多知名作家都认为,创作是需要天赋的,也是需要技术训练的。可以说,作家技术层面的能力是完全可以通过培养来不断提高的。作家阎连科在看到中国人民大学出版社所推出的"创意写作书系"①时,感到非常"沮丧",因为他在50岁的时候忽然发现,一栋七层高的楼房,像他这代人是从楼梯一层层地爬上来的,但其实它是有电梯坐的。"等你知道作家可以通过训练,可以用文字表达自己的心声,甚至成为作家是可以通过一定的训练达到的,我已经五六十岁了。"阎连科说,"在中国确实一直在说作家是不可培养的,是没有方法训练的,看了这套书你就知道确实是有电梯存在的。如果成为作家在七层楼的楼顶,确实有电梯可以一搭而上,不需要像我们这一代人付出太多的、几乎让人无望的努力。你摸索了几十年,看很多老作家写创作谈,说你要体验生活,你要记日记,你要到大街上看到什么写下什么,练习你的描写,我们确实是这样做的。今天看来特别笨。但我们这一代确实是这样做的。一加一等于二,其实只要我们记住一加一等于二就可以了,不需要我们去

---

① 这是国内首次系统引进的国外创意写作丛书,是关于文学创作的教科书和自学指导。书系秉承"作家可以培养,写作人人可为"的观点,从理论、实践、阅读、技巧等多方面探讨写作,让创意写作成为人人皆可为的事情。参见杰克・赫弗伦:《作家创意手册》"编辑手记",雷勇等译,中国人民大学出版社2015年版。

证明为什么一加一等于二。我们可以以此为起点开始写作,但我们费了很多周折。"①

而在王安忆看来,一个作家如果能接受高等教育的话,一定是好事情。"我们都是从一个反常社会里面出来的,不是我们不想接受完整的教育。虽然没有正式地进过高校,可是我在《儿童时代》的时候,上了很多旁听补习班。我只不过是以另一种方式,完成自己的教育……越来越多的作家都是学院毕业的。这和社会发展、教育的完善有关系。现在你很难想象一个作家不是大学毕业的……如果我有可能读大学,我的知识积累,肯定比现在更加完善。我和阎连科、莫言这些作家有些区别。他们是那种生活准备特别丰厚的人,他们在农村,农村真是个大课堂,里面涉及宗族关系、伦理关系、社会关系。他们整个生活的积累,比我厚得多了。我在城市里面长大,生活非常简单,虽然去插队落户,也不过两年而已,整个社会的经验是很不富足。对于我来讲,要持续性地写作,还需要很多理性的准备。"

而在中国化创意写作学科的首创者、葛红兵教授所主持的上海大学文学与创意写作研究中心(现上海大学中国创意写作研究院),以及王安忆加盟复旦大学开展的创意写作教学活动中,对培养创意人才的探索早已开始,且在此基础上成功建立了中国化创意写作硕士、博士系统性培养机制。

二、中国创意写作方兴未艾

与对文学创意和各类作家的需求形成鲜明对比的是,很长一

---

① 《爬楼还是坐电梯?》,见 http://blog.sina.com.cn/s/blog_7196bd790100owia.html。另见新浪博客:《开始写吧》,http://blog.sina.com.cn/nowwrite。

段时间里,至少在2009年之前,中国的高校没有真正的创意写作专业,甚至几乎没有任何形式的作家培养目标和培养计划。同济大学、武汉大学、南京大学等高校曾有过不同形式的写作班,但也只是面向部分精英写作人员,且只以纯粹文学创作的欣赏与阅读为目标。各级作协举办了多种形式的作家班,这种作家班虽表面上类似欧美的写作坊,但参加作家班的学员基本上都已经是作家(文学作家居多),作家班对他们只是起到重点培养、拔高、提升的作用①。对于普通意义上作家培养和普通创意人才的培养是稀缺的,也就是说,在中国,人们离"人人可以写作"的目标还非常遥远。

让人欣喜的是,不但是鲁院这样的作家专门培养机构在培养文学新人,近年来越来越多的高校,比如复旦大学、上海大学、中国人民大学、北京师范大学等高校都相继开设了文学写作方面的专业课程,并开始招收硕士、博士研究生,一些地方高校如江苏师范大学、江西师范大学、广东外语外贸大学、广东财经大学等开始面向社会招收创意写作的本科生、研究生。而一些艺术院校如浙江传媒学院还开设了网络文学与创意写作本科专业(方向),引导网络作家成才成长,为文化创意产业源源不断地培养创意人才,打破了此前中国文学创作体系主要由作协系统来统合的局面。其中,上海大学在创意写作学科建构方面取得了突出成绩,最先创建了文学与创意写作研究中心、本科"中国文学创意写作平台"及创意写作创新学科,2015年又获得了创意写作的博士学位授予权,当年即毕业了中国首届创意写作方向的文学博士,成功探索并建立了

---

① 许道军、葛红兵:《创意写作:基础理论与训练》,广西师范大学出版社2012年版,第111页。

从本科到博士研究生的一整套培养体系。中国人民大学在创意写作硕士生培养和创意写作教材建设方面异军突起,翻译出版了多套创意写作书系。北京师范大学成立了以莫言为主任、张清华为执行主任的国际写作中心,招收创意写作研究生。眼下,中国创意写作方兴未艾,就连曾经宣称不培养作家的北京大学也开始招收创意写作方面的研究生,成立了北京大学文学讲习所。在本科教育层面,广东外语外贸大学、广东财经大学和浙江传媒学院等都建立了一套教学体系,而南京大学和江苏师范大学则成立了以作家为中心的工作室(坊),以更加灵活的方式对文学新人进行培养。

正如葛红兵教授所说,未来的高校文学教育,应该以"创造性写作"(创意写作)为主要方向,这是中国文学教育改革的大方向。比较西方现代高校文学教育发展,同西方文学教育接轨,走创意写作教育教学之路,是中国文学教育未来独立发展的重要方向[①]。因为,"创意写作不仅培养作家,还更多地着力于为整个文化产业发展培养具有创造能力的核心从业人才,为文化创意、影视制作、出版发行、印刷复制、广告、演艺娱乐、文化会展、数字内容和动漫等所有文化产业提供具有原创力的创造性人才"[②]。"创意写作学在中国高校的创生,可以承担为中国文学创意写作探索新体制的任务。……未来文学创意写作人才的培养由高校进行,高校创意写作工坊(系)也可以提供作品创作和孵化支撑,成为中国文化创意产业的'发动机',而这与'作家协会'体系是并行不悖的,作协可能更多地倾向于著作

[①] 马克·麦克格尔:《创意写作的兴起:战后美国文学的"系统时代"》,葛红兵等译,广西师范大学出版社 2012 年版,第 2 页。
[②] 马克·麦克格尔:《创意写作的兴起:战后美国文学的"系统时代"》,葛红兵等译,广西师范大学出版社 2012 年版,第 3 页。

权保护、著作权买卖服务等,行使类似写作工会的功能。"①

从创意写作的视野来看,鲁院在新人培养方面的实践,在某些层面上可以和西方的创意写作体系相衔接。从这个意义上来说,鲁院文学新人培养的许多举措是西方创意写作中国化"非自觉"意义上的成功实践。不同的是,鲁院的文学新人培养范围仅限于精英,即所谓的纯粹文学。但考虑到鲁院在开办作家班的同时,也曾经开办过文学编辑班、评论家班,甚至编剧班,这和创意写作所倡导的理念已经非常接近了。

有鉴于此,笔者认为鲁院今后的文学新人培养,完全可以走创意写作的路子,像爱荷华大学那样建立一套创意写作系统,待时机成熟以后,走学科化(授予学位)、制度化(作家工作坊)、系统化(创意写作系统)的新人培养之路。真正建立起一套"为人民培养作家,培养人民作家"的文学教育体系,让更多有志于写作的普通人也能走进鲁院,让鲁院回归人民,回到大众中来,在聚焦精英作家培养的同时,也为创意时代的文化产业培养需求巨大的创意人才。

第二节 一个新的培养路径:可借鉴的爱荷华大学创意写作系统

一、爱荷华大学创意写作的发展成就

事实上,创意写作的概念在美国从 20 世纪 20 年代就开始了,

---

① 许道军、葛红兵:《创意写作:基础理论与训练》,广西师范大学出版社 2012 年版,第 5 页。

哈佛大学已开设了创意写作课程,但创意写作系统最早诞生于美国爱荷华大学。

爱荷华大学创意写作工坊是美国第一个被授予创意写作学位课程的教研单位,也树立了现代写作程式典范。写作工坊学员共获得17次普利策奖以及数不清的国家图书奖及其他重要文学奖。2003年,其创意写作工坊获得国家艺术奖章。这是这个奖章第一次颁发给一所大学,也是第二次颁发给一个研究机构而不是颁发给个人①。1936年,创意写作工坊诗人和小说家聚集在韦尔伯·施拉姆旗下,开始成为一个实体,创建了创意写作系统,创意写作从此进入"系统时代"。从第一个创意写作系统建立开始,到1975年已经发展出52个,1984年则已有150个大学提供创意写作文科硕士、艺术硕士和博士学位,而2004年全美已拥有超过350个写作教育教学系、科,几乎都由仍在创作中的作家们担任教职。如果把本科教学系统也计算在内的话,那这个总量将达到720个②。这些获得创意写作学位的学员像种子一样,在美国乃至世界各地写作、教学,实践创意写作理论,传播创意写作理念,教授创意写作方法。

爱荷华大学创意写作工坊建立了史上最具影响力的文学创作与教育机制的关系。"创意写作系统"和"创意写作工坊"其实暗含双重目标和功能:作为"系统",它提供英语专业艺术硕士头衔,这个头衔已是获准在高校任教创意写作的终端学位;作为"工坊",它为那些具有天赋的普通作家提供与杰出作家一起工作和学习的机会。

---

① 许道军、葛红兵:《创意写作:基础理论与训练》,广西师范大学出版社2012年版,第23页。

② 马克·麦克格尔:《创意写作的兴起:战后美国文学的"系统时代"》,葛红兵等译,广西师范大学出版社2012年版,第15页。

美国创意写作的课程特别多,有许多作家都是在美国的写作班里待过的,读者能看出他们的技巧,而且他们创作力非常旺盛。比如在哈金、严歌苓这些作家身上,我们能够非常明显地感受到创意写作的训练,他们确实从创意写作课习得一种技巧,让他们的创作可持续。现在一些未经训练的作家,很快把自己的生活经验消耗完了,一两篇作品很好,以后却难以为继。有许多的所谓天才作家在完成了代表作之后就再也不能写出伟大之作,原因之一即在于此。这些所谓"一本书写作者",不知道如何利用自己的写作素材,做不到合理开掘和细水长流。

对于创作个体是如此,而作为一个学科,创意写作已经完全成熟,并向全世界延伸,英美当然是老牌创意写作国家,但是澳大利亚后来居上,与现代文化创意产业联系更为紧密,在课程设置上有自己的创新①。

与美国类似,目前中国的创意写作体系,培养的不仅是作家,还有编剧等各种实用性的写作人才。现在是大众写作的时代,创意写作的理念就是:每个人都是潜在的作家,每个人都有故事可写。这个理念,同样可以为鲁院这样的文学新人培养机构所借鉴。毕竟,鲁院的前身——文研所的创办初衷就是培养普通大众,让那些经历过战争的工农大众有机会拿起手中的笔书写各自的精彩人生。不忘初心,方能行远。鲁院应不断扩大办学范围,这既是鲁院创办之初的宗旨,更是时代环境的要求。毕竟,现在是一个大众写作的时代,面向大众培养作家才是一条宽广的道路。

---

① 许道军、葛红兵:《创意写作:基础理论与训练》,广西师范大学出版社2012年版,第22页。

毫无疑问,随着鲁院学员对学位的需求以及普通大众对文化创意的渴求和对步入文学殿堂的希冀,鲁院今后的文学新人培养,我认为可以像爱荷华大学那样建立一套创意写作系统,待时机成熟、条件具备,争取走学科化、制度化、系统化的新人培养途径。如此,鲁院可形成作家工作坊,进行制度化运作,以创意写作系统实现作家培养的体系化,真正实现作家教作家、理论家教作家的理想状态。如此,方能真正实现"为人民培养作家,培养人民作家"的追求,真正让文学泽被千千万万普通写作者。

二、鲁院借鉴创意写作的基础与前景

鲁院今后的发展之所以能够借鉴西方创意写作系统,尤其是爱荷华大学作家工作坊模式,是因为它有着良好的可转化基础和较为成功的创意写作中国化实践。通过前面的考察可以知道,鲁院的办学目标和办学方式与创意写作有诸多不谋而合之处。

第一,爱荷华大学创意写作系统的一个成功实践是培养老兵,而中央文学研究所成立初期重点培养的也是有过革命经历的工农战士。

20世纪40年代美国第一批写作系统学生被组织起来的时候,其中许多学生是退伍老兵,他们根据《军人复员法案》被安排在此。对于这些人,海明威式的战争体验对他们来说是了解文学作用的最好对象,即便海明威并非靠大学获得成功。他们在校园里学习的过程可以被认为是"软化"的一种,让他们把自己所受到的精神创伤转化为可控的文学回忆录[①]。

[①] 马克·麦克格尔:《创意写作的兴起:战后美国文学的"系统时代"》,葛红兵等译,广西师范大学出版社2012年版,第35页。

实践证明这种培养方式是可行的,其理论基础在于:由创意写作所建立起来的规范,归纳起来便是重视学员的个性,让他们能够感受到文学的存在空间并发现自己——就像阅读一部关于自己的写实主义小说——通过极富创造力的自我表达。当这些写作实践被认为是建立在个人经历之上时,那么写作便是一个"结束"经历的过程。正如约翰·杜威所说,那些"纯粹的活动"并不需要完美的经历,除非它"需要与足够的回馈联系在一起"。让那些有意义的经历转译成自我回馈的强烈循环,正是创意写作对个人记忆"持续性构造"的贡献①。而文研所,同样也是"为那些长期在战争中,有过一些创作实践,但没有系统学习过的人创办的"②。

第二,鲁院办学过程中也曾有过向正规化教育方向发展的努力,走高校培养作家的路子。比如在1986年2月25日,鲁院曾经打过《关于申请鲁迅文学院备案的报告》,其主旨就是争取让鲁院尽早进入国家教育委员会的体制,作为一所特殊的高等学校。遗憾的是,这个愿望并没有实现,好在鲁院一直在寻求"变通"之路。其中,鲁院和多所大学进行联合办学即是"变通"方式之一。包括:1988年,与北京师范大学共同举办"文艺学·文学创作"研究生班;与华中师范大学联合举办"文艺学·文学评论"研究生班;1989年,与首都师范大学联合举办"汉语言文学"大专班;等等。进入90年代,鲁院和北师大有过合作,开办作家研究生班。近年来,鲁院重拾旧时传统,联手北师大招收创意写作硕士研究生,已连续招生多次,培养了一批高学历的青年作家。如此,鲁院或能借船出海,培

---

① 马克·麦克格尔:《创意写作的兴起:战后美国文学的"系统时代"》,葛红兵等译,广西师范大学出版社2012年版,第61页。
② 鲁迅文学院编:《文学的日子——我与鲁迅文学院》,内部资料,第251页。

养越来越多有志于文学的普通大众。

第三,鲁院的一些教学理念和方法已经非常类同创意写作系统。比如,丁关根就曾经指出,鲁院作为一所文学院,它的办学方针应该以作家为主,以服务于他们为根本目的,要在这里给作家提供充分的空间和时间,让他们在这里思考一些他们自己感兴趣的问题,进行自我提升、自我改善、自我教育,而不能搞灌输①。这一办学方针和创意写作工作坊的培养理念非常接近。而在鲁院制定的教学大纲中,则提出了灵活的办学模式。

这些做法和作家工作坊教学理念有许多相似之处。不同的是,如前所述,美国战后创意写作系统的兴起将写作个案与教学巧妙地连接在一起:一方面像爱荷华写作工坊能够给予学位证明;另一方面,体现教育改革理念的新型自我表达创造力,极大扩展了传统所未能达到的审美内容②。而工作坊的教育模式,即小班化的师生讨论,则能够弥补鲁院讲座式教学的缺憾。在鲁院开展的文学教育中,也已有过类似的尝试。如辅导教师制度的建立,某种程度上也是一种工坊式教学。未来的鲁院,如能真正做到工坊式教学和讲座式教学相辅相承,或许能探索出独特的鲁院创意写作之路,从而进一步完善中国特色文学新人培养机制,形成一套面向精英也面向普通大众的文学教育体系。葛红兵教授认为:"鲁院有较好的教学传统和教学水平。……同时它又是锐意进取的文学圣殿。……鲁院有一支热爱文学事业、关怀学员的领导和教师队伍,

---

① 鲁院内部总结资料。
② 马克·麦克格尔:《创意写作的兴起:战后美国文学的"系统时代"》,葛红兵等译,广西师范大学出版社2012年版,第84页。

有很好的教学条件。"①只要鲁院不满足于现状,勇于改革,充分借鉴和运用创意写作理论,尽早建立爱荷华大学那样的创意写作系统,借鉴学位化和学科化办学理念,一定能够取得更大的成就。

最后,需要指出的是,鲁院70余年的办学实践积累了很多文学教育经验,并在此基础上形成了一套文学新人培养机制。这套机制和普通高校的文学教育体系是不同的。如果鲁院完全借鉴学科化办学之路,会不会失去自身特色而泯然于众多高校当中?这一点也正是我们所担心的。所以,如何在保持鲁院70余年办学优势的同时,吸收创意写作学科化培养文学创意人才的丰富手段,是值得好好思考的。鲁院未来的发展当然要以自身特点和优势为根本,在此基础上吸收创意写作系统的教学手段,将两者完美地融合起来,或能走出一条独具鲁院特色的中国化创意写作人才培养之路。由此,形成一套有中国特色的文学新人和创意人才教育机制,连接起精英文学教育和普通大众写作教育的两端,真正实现"为人民培养作家,培养人民作家"的办学目标。

---

① 学员总结,鲁院内部资料。

第八章 相关资料与史料

一、2000年起鲁迅文学院开展的文学活动

2000年起,鲁院在培养文学新人的同时,更加注重介入文学现场,举办了一系列文学活动。

(1)召开大型研讨会。部分大型研讨会如表8-1所示。

表8-1 2000年起鲁院举行的部分大型研讨会

时　间	主　题	主要内容	参加人员
2000年1月6—12日	当前长篇小说创作研讨会	对当前长篇小说创作的现状进行介绍和分析评估,并提出有关创作的重要问题;与会作家交流各自的创作情况、创作计划,提出和研讨感兴趣的长篇小说创作问题	中宣部文艺局副局长杨志今等
2014年4月9日	"中国梦"与文学创作研讨会	对"中国梦"与文学创作进行研讨	李敬泽、阎晶明、刘玉琴、彭程、成曾樾、彭云、梁鸿鹰等
2016年6月23日	"他山的石头:世界文学的互译"专家交流会	世界文学的互译,国际文化交流;"国际写作计划"筹备	吉狄马加、弗兰克·斯图尔特、施战军、高兴、刘文飞、董强、郭英剑、余泽民、郭燕、巴尔特·艾丽卡、邱华栋等

续 表

时　间	主　题	主要内容	参加人员
2016年7月19日	"群山合唱——新一代作家的锚定与塑形"研讨会	梳理、总结"70后"作家的创作特点及态势;从全球"70后"作家写作的视角、现实与历史的向度、文学流变的维度以及中西文学的大时空,探讨中国文学新的现实场域和历史契机	吉狄马加、邱华栋等近50位作家及鲁院教师
2017年3月14日	绿水青山:词语绽放的光芒——自然写作与生态伦理语境下的诗歌对话与朗诵	自然写作与生态伦理对话	中美两国的诗人、评论家及鲁院师生
2017年3月22日	网络作家高研班学员专题座谈会	网络作家培训专题座谈	李敬泽、彭学明、邢春、李朝全以及高研班师生
2017年3月23日	网络文学在世界文化视野中的价值发现——网络文学"重写—再造神话"研讨会	从学理和创作实践等方面梳理网络文学"重写—再造神话"问题	鲁院和中国作协网络文学委员会多位评论家、作家
2017年5月12日	"文学与人民"主题论坛	深入学习贯彻习近平总书记的文艺思想,进一步认识文学与人民的血肉联系,直面文学创作和理论批评中的基本问题、重要问题	李敬泽、施战军、邱华栋、徐可、李朝全、孟繁华、李舫、李洱等专家学者,中国现代文学馆历届客座研究员等

续　表

时　间	主　题	主要内容	参加人员
2017年10月24日	"一样的月光：李白和洛尔迦的相遇——现代诗语言的创造性生成"中外作家文学交流论坛	中外诗人分别从不同的语言习惯和文化背景谈论诗歌创作中的真与美,探讨翻译中出现的种种问题,并进行了深切交流与对话	吉狄马加、邱华栋,哥伦比亚诗人Andrea Cote、墨西哥诗人Antonio del Toro、洪都拉斯诗人Rolando Kattán、墨西哥诗人Myriam Moscona、古巴诗人Yasef Ananda Cardelon,诗人唐晓渡、蓝蓝、臧棣、杨炼、翻译家赵振光,以及第30届高研班学员
2017年5月	"朝向本真——世界视野中的中国儿童文学"学术论坛	儿童文学创作面临新的处境,儿童文学想要获得更广泛的读者支持,作家们需要付出更多的心思	吉狄马加、邱华栋等20多位专家学者,第30届高研班学员
2017年11月11日	2017国际写作计划	首届国际写作计划为期30天,"世界——由文学重绘的疆域""文学的力量：历史、现实、语言与虚构""文学的旅行：跨越边界与再创可能性"等多场主题文学活动陆续举行	铁凝、吉狄马加、阎晶明、邱华栋、李锦琦、邢春、王璇和参加首届国际写作计划的中国作家、鲁院学员,以及来自俄罗斯、英国、匈牙利、西班牙、波兰、土耳其、墨西哥、克罗地亚、埃及九个国家的十位作家
2017年12月8日	"新时代的报告文学表达——论作家的时代精神"主题研讨	探讨如何以报告文学的形式反映新时代的新气象	何建明与第33届高研班学员

续 表

时　间	主　题	主要内容	参加人员
2018年4月11日	鲁院2018国际写作计划	各国作家用不同的语言朗诵诗歌、小说片段,文学在不同的文化和语言体系里获得新的生命力	铁凝、吉狄马加、邱华栋、丹麦小说家福劳德·欧尔森、斯洛文尼亚诗人芭芭拉·保加可尼克等
2018年4月16日	"文学的地域性——历史、记忆与现实"中外作家交流研讨会	围绕文学的地域性、文学对于历史现实的书写等话题展开深度交流	吉狄马加、高兴、陈众议、邱华栋,参加鲁迅文学院2018国际写作计划的外国作家
2018年4月23日	"后媒体时代文学的困境与出路"中外作家交流研讨会	随着互联网尤其是移动互联网的迅猛发展,文学的创作、阅读和传播方式正在发生改变。如何应对这种变化?来自斯洛文尼亚、法国和韩国的三位作家、翻译家表达了他们对这一问题的看法	施战军、邱华栋、徐忠志,参加鲁院2018国际写作计划的外国作家等
2018年6月15日	"王彬叙事理论"研讨会	王彬的叙事学研究以大量古今中外文学作品为文本基础,拓展叙事规律,勤于探索,勇于创新,具有很高的学术含量	阎晶明、吴义勤、陈鹏鸣、邱华栋、梁鸿鹰、施战军、胡平、邢春、杨晓升、孙兴民、李美皆、郭艳、谭旭东、王冰等
2018年6月15日	"新时代现实主义文学传统的继承与发扬"座谈会	围绕落实十九大会议精神,落实习近平总书记文艺思想,推进现实主义文学创作进行了深入研讨	第34届高研班学员和山西省作家、评论家

续　表

时　间	主　题	主要内容	参加人员
2018年7月2日	"认真学习贯彻习近平总书记给牛犇同志的信,做有信仰有情怀有担当的文学工作者"学习座谈会	围绕习近平总书记给牛犇同志的信,六位学员代表交流学习体会	钱小芊和第34届高研班(青年作家班)、第32期少数民族文学创作培训班(编辑班)学员
2018年9月21日	第三届国际写作计划开幕式暨作品朗诵会	来自叙利亚、希腊、意大利、美国、秘鲁、克罗地亚、哥伦比亚七个国家的八位作家用各自的母语朗诵自己创作的诗歌或小说片段	铁凝、吉狄马加、邱华栋和第35届高研班学员、第13期网络文学作家培训班学员以及鲁院、北师大联合办学2018级研究生班学员
2019年3月28日	第四届国际写作计划	来自澳大利亚、德国、日本、奥地利、罗马尼亚、阿根廷、智利、保加利亚、吉布提等国家的十位作家相聚鲁院	铁凝、吉狄马加、阎晶明等
2019年10月25日	2019国际写作计划	立足于世界文学的多元与共性,旨在构建起不同文化友好沟通的桥梁。国际写作计划为来自不同国家不同文明的作家搭建起文学交流的平台,进一步继承发扬传统文学精神,并赋予其新的时代意义	来自俄罗斯、荷兰、乌克兰、希腊、韩国、新加坡六个国家的七位作家

除大型的主题研讨会外,鲁院还为毕业学员举办了各种类型

的个人作品的研讨会。部分研讨会如表 8-2 所示:

表 8-2 2000 年起鲁院举行的部分个人作品研讨会

时　间	主办单位	主题和内容	参加人员
2002 年 12 月 11 日	鲁迅文学院	雪漠作品研讨会	雷达、李建军、雷抒雁、白描、红柯、柳建伟、徐坤及鲁院首届高研班学员
2012 年 6 月 20 日	鲁迅文学院	朱山坡、川妮作品研讨会	李建军、邵燕君和鲁院部分教师以及来自全国各省市、自治区的作家学员
2012 年 12 月 23 日	中国作家协会创研部、《人民文学》杂志社、鲁迅文学院、贵州省作家协会、重庆出版集团	冉正万长篇小说《银鱼来》作品研讨会	梁鸿鹰、施战军、白描、成曾樾、李一鸣、雷达、胡平、吴义勤、阎晶明、彭学明、何向阳等
2012 年 12 月 22 日	全国公安文联、鲁迅文学院、当代杂志社	吕铮文学作品研讨会	武和平、白描、成曾樾、李一鸣、雷达、梁鸿鹰、吴义勤、胡平、李建军、李云雷等
2014 年 1 月 18 日	鲁迅文学院	王长征《习经笔记》诗歌创作研讨会	李洱、吴思敬、李一鸣、商震、张柠、汪剑钊、欧阳江河、西川、程光炜、施战军、阎晶明、唐晓渡等
2014 年 3 月 26 日	鲁迅文学院、《作家》杂志社、青岛出版社	《后土》：农民的中国梦——青年作家叶炜作品学术研讨会	张炯、雷达、胡平、吴义勤、梁鸿鹰、成曾樾、李一鸣等

续　表

时　间	主办单位	主题和内容	参加人员
2014年9月7日	总政治部宣传部艺术局、鲁迅文学院、沈阳军区政治部宣传部、辽宁省作协创研部、吉林人民出版社与沈阳山盟集团	东来新诗集《北纬40度》诗歌作品研讨会	廖奔、李一鸣、李亚平、梁鸿鹰、徐坤、吴思敬、汪守德、陆健、程步涛、敬文东、臧棣等
2016年6月25日	鲁迅文学院	万玛才旦、龙仁青作品研讨会	吴义勤、班果、李一鸣、王璇、朱燕玲等
2016年12月7日	海南省作家协会和鲁迅文学院	林森小说创作研讨会	孔见等
2017年4月10日	鲁迅文学院、北京十月文艺出版社	风中的马：弋舟、哲贵新作研讨会	邱华栋、邢春、韩敬群、张引墨、胡平、孟繁华、贺绍俊、陈福民及第32届高研班学员
2017年5月19日	鲁迅文学院、宁夏回族自治区作家协会	大地行走者——唐荣尧非虚构作品研讨会	李敬泽、徐可、邱华栋、李朝全、顾建平、宁肯、敬文东、钟正平、牛学智、刘大先、杨庆祥等
2017年11月25日	鲁迅文学院、安徽省委宣传部、安徽省文学艺术界联合会、安徽省作家协会	行走与敞开——皖军新锐余同友、朱斌峰研讨会	邱华栋、吴雪、许辉、王干、徐坤、刘琼、郭艳、傅强及第33届高研班学员等
2017年12月16日	鲁迅文学院、《钟山》杂志社、北京十月文艺出版社	想象力的空间结构：黄孝阳作品研讨会	李敬泽、阎晶明、吴义勤、韩松林、贾梦玮、韩敬群、胡晓舟、贺绍俊、丁帆、施战军、邱华栋、郭艳、岳雯等

续 表

时　间	主办单位	主题和内容	参加人员
2018年1月3日	鲁迅文学院	梁晓阳的长篇散文《吉尔尕朗河两岸》研讨会	彭程、王兆胜、宁小龄、郭艳、李蔚超、赵俊颖及第33届高研班学员等
2018年4月2日	鲁迅文学院	穿越的语辞——帕蒂古丽、陶丽群、雍措研讨会	邱华栋、贺绍俊、孟繁华、冯秋子、宁肯、周晓枫、徐则臣、张莉、丛治辰、傅逸尘、肖贵平等
2018年6月8日	鲁迅文学院	鲁三四青年诗人沙龙暨作品研讨会	邱华栋、李少君、郭艳、严迎春、谷禾等
2018年12月19日	鲁迅文学院、安徽省作家协会	李国彬、胡竹峰作品研讨会	邱华栋、何颖、许辉、朱寒冬、郭艳等
2019年7月20日	鲁迅文学院、广东省作家协会、广东省深圳市作家协会	吴依薇儿童文学作品《二十二张汇款单》《升旗手》研讨会	阎晶明、徐可、熊育群、单英琪等
2019年12月27日	鲁迅文学院	沙冒智化、潘利文、麦麦提敏·阿卜力孜诗歌作品专题研讨会	鲁迅文学院负责人、评论家和第37届高研班学员

（2）创办文学刊物。创办文学刊物是文学新人培养的重要举措，鲁院先后办过六种文学刊物。其中，最早的一份刊物是《学文学》。

早在1985年12月，鲁院就专题研究办刊工作并进行了具体分工。因为刊物面向的主要是文学创作的初习者，所以定位为"学文学"。刊物定为月刊，其中设《讲座专栏》《创作谈》《文学知识》《作品赏析》《习作评点》《文病诊察》《文学之路》《函授信箱》《文学之窗》等栏目。《学文学》创刊后各期的出版时间、内容按年代如表8-3至8-5所示①。

表8-3　1986年《学文学》各期情况

期　数	出版时间	主　要　内　容
创刊号	3月15日	《发刊的话》中谈到了举办函授的宗旨:"传播文学知识,提高欣赏水平与培养写作能力。"本期《创作谈》专栏刊出了丁玲在鲁院的授课讲稿《扑到迷人的生活海洋里去》和三篇函授学员习作,《作品赏析》栏目刊出洪峰的《生命之流》
第二期	4月15日	本期刊出《邓友梅同志谈创作》、四篇学员习作等
第三期	5月15日	本期刊出《唐弢同志谈创作》,《作品赏析》栏目刊出高晓声《陈奂生上城》,还有四篇学员习作
第四期	6月15日	本期刊出缪俊杰《新时期文学中的典型塑造》,《作品赏析》选登的是史铁生《我的遥远的清平湾》,还有五篇学员习作
第五期	7月15日	本期刊出王蒙《漫谈短篇小说的创作》、王安忆《我爱生活》,《作品赏析》是陆文夫的短篇小说《围墙》,另有五篇学员习作
第六期	8月15日	本期刊出艾青《和诗歌爱好者谈诗》,《作品赏析》选登的是邓刚的短篇小说《阵痛》,另刊出对洪峰小说《生命之流》的讨论文章以及五篇学员习作

---

①　据成曾樾《鲁院文学创作函授举办初期日记摘录》整理,参见《文学的守望与探寻》,作家出版社2012年版,第243—256页。

续 表

期 数	出版时间	主 要 内 容
第七期	9月15日	本期刊出唐弢《谈文学语言》、老舍《我怎样学习语言》、韩少华《关于散文的二三浅见》,《作品赏析》栏目刊出贵州作家何士光的《乡场上》,另有七篇学员习作
第八期	10月15日	本期刊出陈祖芬《关于报告文学的对话》、唐达成《细节描写有什么作用》,《文学之路》专栏有青年作家陈源斌的《逆反心理中的读书与生活》,另有七篇学员习作

表8-4 1987年《学文学》各期内容

期 数	出版时间	主 要 内 容
第一期	3月15日	本期摘要刊登了中国作协党组书记唐达成1986年12月31日在青年文学创作会议上的讲话,《创作谈》栏目刊出唐因院长的《谈文学的灵魂与血肉》,《作品与赏析》栏目刊出《浅析茅盾的〈春蚕〉》,《习作点评》栏目刊出十篇学员习作,鲁院第八期创作班在读学员黄尧、叶之臻、聂鑫森等写了点评文章
第二期	4月15日	本期刊出《艾芜谈人物形象塑造》、林斤澜《人学小议》,《作品赏析》栏目是王蒙《听海》,另有四篇学员习作
第三期	5月15日	本期刊出汪曾祺《谈创作》、蒋守谦《关于小说艺术结构的几个问题》,《作品赏析》栏目刊出周立波《山那面人家》、何立伟《白色鸟》、学员习作拔萃和习作点评
第四期	6月15日	本期刊出何其芳《谈写诗》、艾青《诗与感情》、张志民《谈诗的美》、谢冕《怎样欣赏诗》,另有十篇学员习作

续 表

期　数	出版时间	主　要　内　容
第五期	7月15日	本期以散文教学为主,刊登了魏钢焰、薛尔康等作家有关散文写作的文章,另有九篇学员习作,聂鑫森、王树增、王兆军等做了点评
第六期	8月15日	本期刊出七位学员习作,作家王兆军、张石山做了点评。《文学之路》栏目刊出鲁院第八期创作班学员、部队青年作家简嘉《我的文学道路》
第七期	9月15日	本期《创作谈》栏目刊出老舍《谈人物形象塑造》,《作品赏析》栏目刊出马烽《我的第一个上级》,另有八篇学员习作。从此期开始,封三增加《以文会友》栏目,学员可以自愿刊出自己的联系地址、爱好或写作题材,加强学员间的联系交流
第八期	10月15日	本期刊出王愿坚《短篇小说的发现与表现》、黄秋耘《谈谈细节的真实》,《作品赏析》栏目刊出王蒙《说客盈门》,另有八篇学员习作
第九期	11月15日	本期的文体学习是报告文学,刊登了郭小川《关于报告文学的几个问题》、田流《报告文学的采访》和十二位学员习作。本期还在封三刊登了1988年《鲁迅文学院函授招生通知》,教学分为普通班和高级班,高级班按小说、诗歌、散文、报告文学、综合类五种文体报名,由具有副高以上技术职称的老师辅导。学费:普通班50元,高级班70元。报名截止日期为1988年2月15日
第十期	12月15日	本期《创作谈》栏目刊出了刘再复《鲁迅论人的价值依据》,《作品赏析》栏目刊出东山魁夷《听泉》、刘白羽《长江三日》。《文学之路》栏目刊出蒋子龙《失败——作家最忠实的保姆》,另有八篇学员习作

8-5　1988年《学文学》各期内容

期　数	出版时间	主　要　内　容
第一期	1月15日	本期《创作谈》栏目刊出［苏］尤里·马尔科维奇·纳吉宾《我是怎样写小说的》，《文学之路》栏目刊出林斤澜《知难》，另有十二篇学员习作
第二期	2月15日	本期《创作谈》栏目刊出陆地《谈谈写小说的体会》，《作品赏析》栏目刊出杜鹏程《工地之夜》，《习作评点》栏目刊出十二篇学员习作
第三期	3月15日	本期《创作谈》栏目刊出孙绍振《作家的观察力与感受力》，《文学之路》栏目刊出王小妮《我走上了这条路》，《习作点评》栏目刊出4篇学员习作。本期刊出1987年度函授学员进修名单（普通班12人、高级班12人），获奖学金名单（17人），受表扬学员名单（13人）
第四期	5月15日	本期公布1988年面授地点、第一次面授教师名单，主要有刘绍棠、浩然、张弦、铁凝、陈冲、尤凤伟、李杭育、王愚、王树增、路遥、雷抒雁、流沙河、周克芹、祖慰、刘富道、赵本夫、海笑、黄尧、晓雪、秦牧、黄秋耘、李清泉、何镇邦等

随后十年间，《学文学》多次更名，先后改为《文学新人》《文泽》《文学院》《新创作》等。

一直到2012年，鲁院在《文艺报》社的支持下，创办了《文艺报》"文学院专刊"。此举意义重大，鲁院借助《文艺报》成功地将以前内部资料性质的杂志变为全国公开发行的文学半月刊，开辟了鲁院学员文学作品发表的新空间。

《文艺报》"文学院专刊"每月两期，每期四版，随《文艺报》面向全国公开发行，约稿、初步编辑和定稿工作由鲁院负责。《文艺报》

"文学院专刊"的创刊,是鲁院适应我国文艺大发展大繁荣形势的需要,积极为鲁院学员特别是高研班学员搭建新的发展平台而采取的重要举措,是鲁院开门办学,对历届高研班学员进行追踪调研、继续教育以及进一步拓展办学成效的重要窗口,此举得到了中国作协党组的肯定和《文艺报》社的大力支持。

其发稿规范为:

第一、第二版(理论评论版)由鲁院教学部老师向有关学员单独约稿。第一版推出作家访谈专题,一期一个作家,配发评论和创作谈。第二版为鲁院学员尤其是高研班学员评论文章。

第三版为消息动态版,内容包括:① 创作出版动态,包括重大创作计划、新书出版、翻译、改编等;② 获奖信息(省市级以上);③ 文学活动,包括深入体验生活、采风、笔会、出访、学员之间自发组织的成规模的交流活动等;④ 文学座谈会研讨会等。要求信息类稿件字数原则上不超过 500 字,座谈研讨等相关报道字数原则上不超过 1 000 字。

第四版是文学作品版,稿件内容涵盖诗歌、小说、散文等,要求政治思想正确、关注现实、把握时代,稿件均为原创未发表过的作品。其中诗歌要求在 30 行以内,小说字数为 3 000 字以内,散文字数为 2 000 字以内。专刊稿酬由《文艺报》按标准支付。

(3)承担研究课题。根据鲁院不但是一个教学单位,还应该是一个科研单位的功能定位,在做好教学工作的同时,鲁院主动承担了一系列研究课题。

2005 年 5 月,鲁院确立"鲁迅文学院与中国当代文学"调研课题,并报中国作协重点作品扶持办公室。7 月,鲁院承接中国作协关于"当下中国文学自由撰稿人(非会员部分)"调研课题。课题组组长为副院长胡平、王彬,课题组成员有秦晴、礼平、郭艳、张晓峰、白金花、赵兴红等。12月16日,由王彬副院长主持,鲁院在京召开第一次"当下中国文学自由撰稿人(非会员部分)状况"调研会,常务副院长胡平,教学部礼平、郭艳、张晓峰等教师参会。

2006年1月13日,第二次"当下中国文学自由撰稿人(非会员部分)状况"在京召开调查研讨会,20多位自由撰稿人到鲁院参会。会议由副院长王彬主持,常务副院长胡平及课题组教师参会并向与会者发放了自由撰稿人调查问卷。

3月16日,"当下中国文学自由撰稿人(非会员部分)"课题组由副院长王彬带队前往天津进行调研。座谈会由天津市文学院院长肖克凡主持,天津作协党组常务副书记张洪义、作协联络部主任李中出席。20多位青年撰稿人和与会者进行了热烈讨论。

4月16—18日,由副院长王彬带队,"当下中国文学自由撰稿人(非会员部分)"课题组前往深圳进行调研。座谈会于17日在深圳举行,由鲁迅文学院、深圳市文联、《深圳特区报》联合主办。座谈会由深圳市文联副主席杨宏海主持,广东省作协专职副主席吕雷,深圳市文联主席董小明,深圳报业集团副总编辑侯军,学者、自由撰稿人60余人出席。19日,课题组从深圳到广州,与广州10多位自由撰稿人座谈。出席座谈会的有广东省作协专职副主席吕雷,《作品》常务副主编郭玉山,广东省作协副秘书长温远辉,广东文学院副院长邹月照及作家、学者20多人。座谈会由广东省作协副主席伊始主持。

5月10日,"当下中国文学自由撰稿人(非会员部分)"课题组组织在京文学刊物主编召开第三次调研会,《中华文学选刊》主编王干、《中国作家》副主编杨志广、《小说选刊》副主编秦万里、《民族文学》常务副主编叶梅、人民文学出版社编审常振家、《青年文学》编辑部主任刘佳出席。会议由副院长王彬主持。

5月16—17日,由副院长王彬带队,"当下中国文学自由撰稿人(非会员部分)"课题组到上海调研。上海市作家协会常务副主席赵长天、创作中心秘书长臧建明及20多位年纪在30岁以下的自由撰稿人出席座谈会。

5月18日,课题组由上海到达武汉。鲁院与湖北省作协联合举办自由撰稿人座谈会。湖北省作协副主席谢克强、梁必文,创联部主任高小辉以及20余位作者出席座谈会。

6月25日,鲁院在京举办第四次"中国文学自由撰稿人(非会员部分)"调研会。副院长王彬主持,常务副院长胡平及课题组教师出席。到会的文学自由撰稿人有:陆离(钱路)、周瑾、张晓芹(夏雨成)、王媛、张人杰、汪继芳、王艾、赵波、吴晨骏等。

8月,《当下中国文学自由撰稿人(非会员部分)状况调研报告》上报作协,金炳华签署意见:"文件很好,希望再接几个课题。"

接着鲁院又承接了"'80后'文学创作群体调研报告"和"各地作家协会体制、机制改革情况调研"等重点课题。

(4)与高校合作。鲁院与高校合作体现在方方面面,除聘请高校教师担任客座教授外,还与有关高校合办各种论坛。

2005年11月3—5日,作家苏叔阳、北京大学教授张颐武、鲁院常务副院长胡平前往贵州财经学院讲学。胡平代表鲁迅文学院与贵州财经学院签订"人文论坛"协议书。12月7日,中国作协副主席陈建功、《中国作家》主编何建明前往贵州财经学院"人文论坛"讲学。

2006年3月13日,作家徐坤、鲁院副院长白描前往贵州财经学院"人文讲坛"讲学。5月26—28日,鲁院副院长王彬,教师何镇邦、温华在"人文论坛"讲学。

二、鲁迅文学院讲义一览表

鲁院建院60周年之际,对保存在教研部的讲义进行梳理,遴选出其中76篇,印制成册。这是对于鲁院教学工作的一次极为有益的总结与探索。主讲人及讲题如表8-6至8-9所示①。

(1)作家谈创作。

表8-6 作家谈创作

主讲人	讲题
丁 玲	扑到迷人的生活海洋里去
王 蒙	文学的期待
陈建功	喧嚣的时代与文学的定力
刘绍棠	谈乡土文学
汪曾祺	揉面——谈小说语言的运用
林斤澜	小说的加法及减法
邓友梅	邓友梅同志谈创作
李国文	文学漫谈
陈登科	编辑与作家
从维熙	从维熙同志谈创作

---

① 据《鲁迅文学院讲义选编》整理,内部资料。

续 表

主讲人	讲 题
曹文轩	对四个成语的理解——我所理解的"真文学"
格 非	关于小说的叙事问题
甘铁生	中国古代笔记小说中的现代元素
刘孝存	简谈小说结构
刘庆邦	小说创作的实与虚
金 波	诗意·情调·语言
林 非	当前散文创作中的若干问题
韩少华	散文文体美简述
雷抒雁	文学的思维方式与诗歌写作
韩作荣	语言与诗的生成
任洪渊	写作：我们也有罗兰·巴特意义上的"语言身体"吗？
苏叔阳	影视与文学
张胜友	文学与市场——社会转型期之文学生态

（2）作家、批评家谈文学。

表 8-7 作家、批评家谈文学

主讲人	讲 题
铁 凝	关系的魅力
何建明	作家对当代社会的认识能力与认识视野

续表

主讲人	讲题
白　描	优秀作家素质解析
雷　达	我们时代的文学选择
杨　义	中国叙事学的文化阐释
王　彬	解构的叙述者
陈晓明	"动刀"与小说的现代性叙事
牛宏宝	审美现代性的三副面孔
李建军	论批评家的精神气质与责任伦理
胡　平	写什么·怎么写——当前长篇小说创作的基本问题
施战军	中国小说的成长书写
谢有顺	文学写作的五大关系
张　柠	当代社会与文学的抒情和叙事
张清华	人格见证·精神背景·经验提升——关于诗歌写作问题的三个视角
严家炎	"五四"以来的中国小说流派
孟繁华	百年的中国主流文学——乡土文学/农村题材/新乡土文学的历史演变
白　烨	近三十年文学的新演变与新挑战
吴义勤	当前先锋小说研究
彭学明	我看当下散文
唐晓渡	九十年代先锋诗的若干问题

续 表

主讲人	讲 题
周汝昌	漫谈《红楼梦》
唐 弢	鲁迅和现实主义
阎晶明	从鲁迅谈经典阅读
鲍 昌	俄国形式主义文艺理论及布拉格学派的文艺理论
袁可嘉	怎样认识西方现代派文学
乐黛云	比较文学概要

（3）大文化课。

表8-8 大文化课主讲人及讲题

主讲人	讲 题
胡正荣	中国媒介现有问题和面临的转型
邵大箴	欧洲油画中的古典美与现实美——从"西蒙基金会藏品展"说起
宋 瑾	后现代音乐
金兆钧	中国流行音乐的亚文化
王 迪	文学与电影漫谈
谢 飞	影视导演漫谈
张宏森	中国电影发展之路
陈 山	中国第五代导演

续表

主讲人	讲题
刘　祯	昆曲与文人文化
钮　骠	继承传统文化 守望精神家园——与学员们谈谈京剧
黄　宏	小品的创作与表演
刘兰芳	漫谈中国评书艺术

（4）其他。

表8-9　其他主讲人及讲题

主讲人	讲题
丹　增	民族宗教与民族文化
高洪波	与少数民族作家学员谈心
吉狄马加	多元民族特质文化与文学的人类意识
黄凤显	少数民族风俗文化漫谈
艾克拜尔·米吉提	关于少数民族文学翻译问题
万建中	民俗的文化地位
陆学艺	当前农村形势与发展
刘春锦	反腐倡廉和党员干部队伍建设
单之蔷	关于中国美景的分布
刘庆贵	从飞天梦想到遨游太空
丹　增	民族宗教与民族文化

续 表

主讲人	讲 题
王渝生	科学的昨天、今天和明天
欧阳自远	空间探测与中国的月球探测
秦大河	气候变化与可持续发展
邱成利	创新与中国科技发展
赵资奎	关于恐龙灭绝的两种异说

三、不同时期鲁迅文学院历届主要负责人任职简表（截至2020年8月）

表8-10 不同时期鲁院历任领导一览

时 期	姓名	职 务	任职时间
文研所 （1950—1953）	丁 玲	所长	1950—1953
	张天翼	副所长	1950—1953
	田 间	秘书长	1950—1953
	康 濯	副秘书长	1950—1953
	马 烽	副秘书长	1950—1953
文讲所 （1953—1957）	田 间	所长	1953—1956
	吴伯箫	所长	1953—1956
	邢 野	副所长	1953—1954

续 表

时　期	姓名	职　务	任职时间
文讲所 （1953—1957）	田　家	副所长	1953—1954
	公　木	所负责人	1953—1957
	萧　殷	副所长	1953
	徐　刚	讲习所班主任	1956—1957
文讲所 （1980—1984）	徐　刚	筹备组组长	1980—1982
	古鉴兹	筹备组成员	1980—1988
	延泽民	作协书记处书记兼所长	1982—1984
	李清泉	所长	1982—1985
	徐　刚	副所长	1982—1985
鲁院 （1984—2020）	唐　因	院长	1985—1990
	周艾若	教务长	1985—1990
	贺敬之	院长、原中宣部副部长、文化部部长	1991—2004
	古鉴兹	副院长	1991—1994
	李一信	副院长	1991—1995
	杨子敏	第一副院长、时任作协书记处书记	1994—1995
	孙武臣	副院长	1995—1999
	雷抒雁	常务副院长	1995—2004
	胡　平	副院长	1999—2005

续 表

时　期	姓名	职　　务	任职时间
鲁院 （1984—2020）	白　描	副院长	1999—2008
	王　彬	副院长	2004—2009
	张　健	中国作协党组副书记、兼院长	2004—2013
	胡　平	常务副院长	2004—2008
	白　描	常务副院长	2008—2012
	成曾樾	副院长	2009—2012
	施战军	副院长	2009—2012
	钱小芊	中国作协党组副书记、兼院长	2013.5—2014.12
	成曾樾	常务副院长	2012.11—2014.10
	李一鸣	副院长	2012.11—2014.10
	王　璇	副院长	2013.12—2018.6
	李一鸣	常务副院长	2014.10—2016.2
	钱小芊	中国作协党组书记、兼院长	2014.12—2015.3
	吉狄马加	中国作协副主席、兼院长	2015.3—
	邱华栋	副院长	2015.3—2016.8
	邱华栋	常务副院长	2016.9—2019.2
	邢　春	副院长	2017—2021

续 表

时　期	姓名	职　务	任职时间
鲁院 （1984—2020）	李东华	副院长	2019.2—
	徐　可	副院长	2019.2—2019.8
	徐　可	常务副院长	2019.8—

四、鲁迅文学院主要授课教师名单

（按音序排名）

（1）20世纪50年代中央文学研究所和中国作协文学讲习所时期。

阿　红	艾　青	卞之琳	冰　心	蔡其矫	蔡　仪
曹靖华	曹　禺	陈荒煤	陈企霞	陈学昭	陈　涌
陈占元	丁　力	丁　玲	杜秉正	方　纪	冯雪峰
冯　至	公　木	光未然	郭沫若	何其芳	胡　风
黄药眠	康　濯	柯仲平	老　舍	李广田	李何林
李霁野	李劼人	李又然	刘白羽	柳　青	庐　隐
吕叔湘	吕　莹	马　烽	玛　金	茅　盾	聂绀弩
裴文中	彭　慧	秦兆阳	阮章竞	沙　鸥	邵荃麟
孙伏园	孙家琇	孙维世	田　间	吴伯箫	吴兴华
吴组湘	夏　衍	肖　三	萧　殷	严文井	杨　晦
杨　朔	杨思仲	杨宪益	叶君健	叶圣陶	游国恩
余冠英	俞平伯	张道真	张　庚	张天翼	赵树理
郑振铎	钟敬文	周立波	周　扬		

(2) 20世纪80年代中国作协文学讲习所及以后鲁迅文学院时期。

白　描	曹文轩	陈冰夷	陈建功	陈　涌	程代熙
程树榛	崔道怡	丹　增	邓魁英	邓友梅	杜书瀛
冯立三	冯　牧	冯其庸	高　莽	光未然	韩静霆
韩少华	韩作荣	何建明	何镇邦	贺敬之	侯敏泽
胡　平	黄文华	季红真	季羡林	柯　岩	孔罗荪
雷　达	李炳银	李德伦	李国文	李敬泽	李明滨
李清泉	李泽厚	李肇星	李　准	梁晓声	林斤澜
刘绍棠	流沙河	陆贵山	罗　钢	骆宾基	马　烽
玛拉沁夫	牛　汉	秦大河	秦兆阳	任洪渊	舒　乙
苏叔阳	孙武臣	孙毓敏	唐达成	唐　因	唐　弢
铁　凝	童庆炳	汪曾祺	王　彬	王春元	王富仁
王景山	王　蒙	王梦奎	王一川	韦君宜	温如华
文怀沙	吴福辉	吴思敬	吴泰昌	吴小如	吴元迈
吴组缃	晓　雪	谢　冕	邢贲思	徐光耀	许觉民
薛暮桥	杨桂欣	杨周翰	叶君健	叶　朗	叶文玲
叶小文	袁行霈	曾镇南	张　洁	张　炯	张同吾
张　炜	张志民	张中行	郑伯农	郑小瑛	郑雪莱
周艾若	周笃文	周汝昌	周　祥	周振甫	朱光潜
朱　寨	朱之鑫				

五、文研(讲)所及鲁迅文学院史料

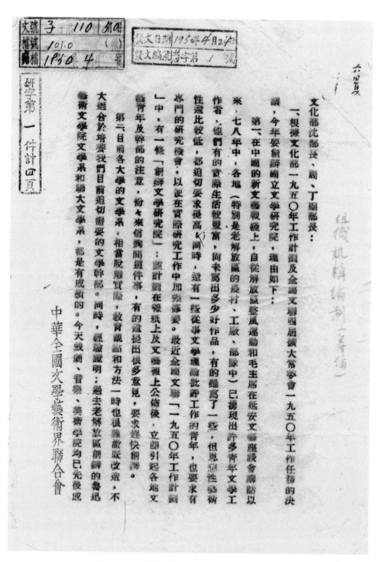

图 8-1 创办中央文学研究所的决议

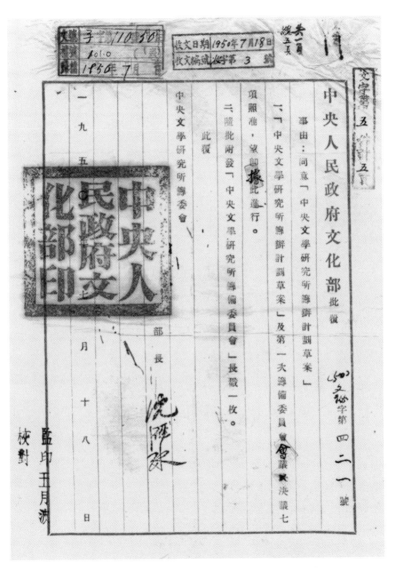

图 8-2 批复同意《中央文学研究所筹备计划草案》

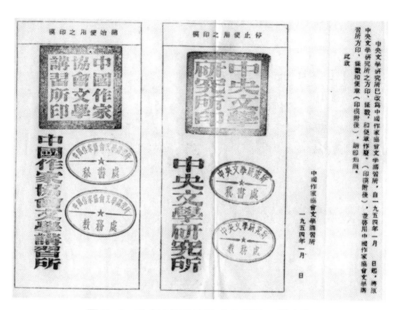

图 8-3 改名中国作家协会文学讲习所文件

六、鲁迅文学院校址变迁

图 8-4　北京鼓楼东大街中央文学研究所旧址

图 8-5 鲁迅文学院东八里庄南里校区

图 8-6 鲁迅文学院芍药居校区

七、鲁迅文学院办班名录(1950—2020年)

(一) 1950—1957年

1. 中央文学研究所举办第一期一班(研究员班)
2. 中央文学研究所举办第一期二班(研究生班)
3. 中国作家协会文学讲习所举办第二期(文学创作班)
4. 中国作家协会文学讲习所举办第三期(文学创作班)
5. 中国作家协会文学讲习所举办第四期(文艺编辑班)

(二) 1980—2001年

1. 中国作家协会文学讲习所举办第五期(小说创作班)
2. 中国作家协会文学讲习所举办第六期(少数民族文学创作班)
3. 中国作家协会文学讲习所举办第七期(编辑评论班)
4. 中国作家协会文学讲习所举办第八期(作家班)
5. 鲁迅文学院举办第一期进修班
6. 鲁迅文学院举办第二期进修班
7. 鲁迅文学院举办第三期进修班
8. 鲁迅文学院举办第四期进修班、全国石油系统职工文学创作培训班
9. 北京师范大学和鲁迅文学院联合举办"文艺学·文学创作"研究生班
10. 华中师范大学和鲁迅文学院联合举办"文艺学·文学评论"研究生班(1988级)
11. 鲁迅文学院举办第五期进修班
12. 首都师范学院培训中心与鲁迅文学院普及部联合举办"汉

语言文学专业"大专班

13. 鲁迅文学院举办少数民族文学汉译班
14. 华中师范大学与鲁迅文学院联合举办"文艺学·文学评论"研究生班（1990级）
15. 鲁迅文学院举办第六期文学创作进修班
16. 鲁迅文学院普及部举办首届文学创作研修班
17. 鲁迅文学院举办第七期进修班和地矿系统文学创作进修班
18. 鲁迅文学院举办第八期进修班和创作研究班（第七期延长班）
19. 鲁迅文学院举办创作研究班延长班（第七、八期进修班延长班）
20. 鲁迅文学院举办文学创作培训班
21. 鲁迅文学院举办第九期进修班（1993年度文学创作培训班）
22. 北京师范大学与鲁迅文学院联合举办在职委培"文艺学·文学创作"研究生班
23. 鲁迅文学院举办第十期文学创作进修班
24. 鲁迅文学院举办第十一期文学创作进修班
25. 鲁迅文学院普及部举办第二届文学创作研修班
26. 鲁迅文学院举办1996级文学创作专业班
27. 鲁迅文学院举办1997级文学创作专业班
28. 鲁迅文学院举办1997级影视文学专业班
29. 鲁迅文学院在中国作协举办第一期文学创作研究生班
30. 鲁迅文学院举办1998级（秋季）文学创作专业班

31. 鲁迅文学院举办1998级影视文学创作专业班

32. 鲁迅文学院举办1999级(春季)文学创作专业班

33. 鲁迅文学院举办1999级(秋季)文学创作专业班

34. 鲁迅文学院举办1999级影视文学专业班

35. 鲁迅文学院举办公安系统作家培训班

36. 鲁迅文学院举办21世纪首期作家班(2000年春季)

37. 鲁迅文学院举办2000年(秋季)作家创作、影视编剧班

38. 鲁迅文学院举办2001年(春季)作家班

39. 武警部队与鲁迅文学院联合举办武警部队文学创作班

(三) 2002—2020年(统计至2020年)

1. 首届中青年作家高级研讨班

2. 第二届中青年作家高级研讨班(主编班)

3. 第三届中青年作家高级研讨班

4. 第四届中青年作家高研班(少数民族作家班)

5. 第五届中青年作家高级研讨班(文学理论评论家班)

6. 第六届中青年作家高级研讨班(儿童文学作家班)

7. 第七届中青年作家高级研讨班(青年作家班)

8. 第八届中青年作家高级研讨班(青年作家班)

9. 第九届中青年作家高级研讨班(理论评论家班)

10. 第十届中青年作家高级研讨班(少数民族翻译家班)

11. 第十一届中青年作家高级研讨班

12. 第十二届中青年作家高级研讨班

13. 第十三届中青年作家高级研讨班(青年作家班)

14. 第十四届中青年作家高级研讨班(青年作家班)

15. 第十五届中青年作家高级研讨班(青年作家班)

16. 第十六届中青年作家高级研讨班(新疆少数民族翻译家班)

17. 第十七届中青年作家高级研讨班

18. 第十八届中青年作家高级研讨班

19. 第十九届中青年作家高级研讨班(作家的责任与使命班)

20. 第二十届中青年作家高级研讨班(作家的责任与使命班)

21. 第二十一届中青年作家高级研讨班

22. 第二十二届中青年作家高级研讨班

23. 第一至八期网络作家班

24. 第二十三届中青年作家高级研讨班

25. 第二十四届中青年作家高级研讨班

26. 第二十五届中青年作家高级研讨班

27. 第二十六届中青年作家高级研讨班

28. 第二十七届中青年作家高级研讨班

29. 第二十八届中青年作家高级研讨班

30. 第二十九届中青年作家高级研讨班

31. 第三十届中青年作家高级研讨班(儿童文学班)

32. 第三十一届中青年作家高级研讨班(诗歌班)

33. 第三十二届中青年作家高级研讨班

34. 第三十三届中青年作家高级研讨班

八、鲁迅文学院学员问卷调查

为了准确掌握鲁院培养作家的成效和不足,笔者特别设计了一个调查问卷,重点在高研班学员间做随机调查。问卷内容如下:

1. 你的姓名(如不愿具名,此项可忽略):【   】
2. 你哪一年就读鲁院:【   】
3. 鲁院的学习对你创作的影响:【   】

   A. 很大　　　B. 一般　　　C. 没有　　　D. 反作用

4. 鲁院对你的影响主要集中在(可以多选):【   】

   A. 政治素养　B. 创作技巧　C. 人脉积累　D. 其他

5. 你对鲁院教学的评价:【   】

   A. 很好　　　B. 一般　　　C. 无所谓　　D. 很差

6. 你对鲁院师资情况的评价:【   】

   A. 很好　　　B. 一般　　　C. 无所谓　　D. 很差

7. 你对鲁院管理的评价:【   】

   A. 很好　　　B. 一般　　　C. 无所谓　　D. 很差

8. 你认为鲁院办学还有哪些可以改进的地方:

   _____

9. 你对鲁院的今后的发展还有哪些具体建议:

   _____

调查结果显示:

81%的学员认为鲁院的学习对自己的创作有很大影响,19%的学员认为影响一般。

37%的学员认为鲁院对自己的政治素养有影响,62%的学员认为鲁院对自己的创作技巧有影响,50%的学员认为鲁院对自己的人脉积累有影响,56%的学员认为鲁院对自己有其他方面的影响。

88%的学员对鲁院教学的评价为很好,12%的学员评价一般。

94%的学员认为鲁院师资情况很好,6%的学员评价一般。

在对鲁院的办学建议方面,有学员提出开展作品研讨会最好每个学员都有作品参与;课程可以适当多加一点;安排更系统一些,还要根据学员创作实际情况设置一些专题讲座,多讲当下的创作势态与走向,增加课程的开阔性;学员毕业之后,应该定期以各种方式给予适当的关怀及关注,建立一种长期的联络机制。

还有的学员提出鲁院办学招生应不唯青年作家;那些有追求、有一定成就的作家可以当鲁院的驻院作家;增设与海外华人作家、诗人的笔会、沙龙等活动;增设学员赴华语地区访问访学;帮助学员到一线蹲点创作。

有学员建议鲁院要加强和其他文学类院、系、所,包括国外院、系、所的交流,加强内部(师师、师生、学员之间)的交流;作为作家英语培训班的延续和拓展,可以开办双(多)语作家班,毕业学员要用至少两种语言上交作品,使他们不仅具备国际交流能力,还具备双(多)语创作能力。

对于鲁院今后的发展,有学员建议作家的社会实践活动应该深入到老百姓的现实生活中去,接地气,比如去村庄感受风土人情、生活习俗,去田野农场感受农民劳动的辛劳,去工厂感受生产线上工人的艰辛,等等;鲁院要走精英办学的路子,保证自身品牌;加强与各省作协的联合办学活动,使更多的人从鲁院受益;加强与历届学员的联系,提供一些力所能及的服务;整合作家资源,推出鲁院自己的作家品牌。

有学员认为,鲁院是一种资源,学员也是一种资源,应该彼此尽力,互动双赢,比如出版各类丛书、刊物,把学员的作品转变成影视作品,推行签约作家制度等;增进整个华语作家群的关注程度,选派作家到国外学习交流等。

还有学员提出，鲁院可以多请国外的文学大家、青年作家来院讲学或交流；多组织外语好的作家出国考察，可公费、自费或两者结合起来；尤其要全面发挥青年作家英语培训班学员的作用，不浪费这个资源；交流，不应局限于纯文学的交流，文化的（比如影视文学）和科技的交流都可以进行组织，这是对鲁院多侧面的形象展示。

还有学员希望鲁院能办一个学员作品收藏和展示馆。

参考文献

一、著作

1. 洪子诚：《中国当代文学史》，北京大学出版社1999年版。
2. 鲁迅文学院编：《我的鲁院》，新星出版社2011年版。
3. 鲁迅文学院编：《文学的日子——我与鲁迅文学院》，内部资料。
4. 葛红兵主编：《20世纪中国文艺思想史论》3卷，上海大学出版社2006年版。
5. 葛红兵：《正午的诗学》，上海人民出版社2001年版。
6. 马克·麦克格尔：《创意写作的兴起：战后美国文学的"系统时代"》，葛红兵等译，广西师范大学出版社2012年版。
7. 许道军、葛红兵：《创意写作：基础理论与训练》，广西师范大学出版社2012年版。
8. 杰克·赫弗伦：《作家创意手册》，雷勇等译，中国人民大学出版社2015年版。
9. 丁东等：《思想操练：丁东、谢泳、高增德、赵诚、智效民人文对话录》，广东人民出版社2004年版。
10. 邢小群：《丁玲与文学研究所的兴衰》，河南文艺出版社2013年版。
11. 俞吾金、陈学明：《国外马克思主义哲学流派》，复旦大学出版社 1990 年版。

12.《苏联共产党代表大会、代表会议和中央全会决议汇编》第 2 分册，人民出版社 1964 年版。

13. 王培元：《延安鲁艺风云录》，广西师范大学出版社 2004 年版。

14. 陈明远：《知识分子与人民币时代》，文汇出版社 2006 年版。

15. "延安文艺丛书"编委会："延安文艺丛书"《文艺理论卷》，湖南人民出版社 1984 年版。

16. 胡采主编：《中国解放区文学书系（文学运动·理论编一）》，重庆出版社 1992 年版。

17. 陈晋：《文人毛泽东》，上海人民出版社 1997 年版。

18. 麦克法夸尔、费正清编：《剑桥中华人民共和国史——革命的中国的兴起（1949—1965 年）》，中国社会科学出版社 1998 年版。

19. 张柠：《再造文学巴别塔：1949—1966 年》，广东教育出版社 2009 年版。

20. 刘白羽：《莫斯科访问记》，海燕书店 1951 年版。

21. 周良沛：《丁玲传》，北京十月文艺出版社 1993 年版。

22. 聂华苓：《三生影像》，生活·读书·新知三联书店 2008 年版。

23. 丁言昭编选：《别了，莎菲》，人民文学出版社 2001 年版。

24. 李洁非、杨劼：《解读延安》，当代中国出版社 2010 年版。

25. 王彬彬：《风高放火与振翅洒水》，人民文学出版社 2004 年版。

26. 郑笑枫：《丁玲在北大荒》，中共党史出版社 2008 年版。

27. 陈明口述，查振科、李向东整理：《我与丁玲五十年：陈明回忆录》,中国大百科全书出版社2010年版。

28. 胡乔木:《胡乔木回忆毛泽东》,人民出版社1994年版。

29. 艾克恩编:《延安文艺回忆录》,中国社会科学出版社1992年版。

30. 王晓明主编:《二十世纪中国文学史论》,东方出版中心1997年版。

31. 丁玲:《跨到新的时代来》,人民文学出版社1951年版。

32. 刘增杰等编:《抗日战争时期延安及各抗日民主根据地文学运动资料》,山西人民出版社1983年版。

33. 《新文学史料》编辑部编:《我亲历的文坛往事·忆大事》,人民文学出版社2004年版。

34. 徐光耀:《昨夜西风凋碧树》,北京十月文艺出版社2001年版。

35. 《新文学史料》编辑部编:《历史风涛中的文人们》,人民文学出版社2009年版。

36. 秦林芳:《丁玲的最后37年》,中国文史出版社2005年版。

37. 张恩和:《郭小川传》,湖北人民出版社2008年版。

38. 汤伏祥:《恩怨沧桑:现代文坛恩怨一瞥》,湖南人民出版社2006年版。

39. 张僖:《只言片语——中国作协前秘书长的回忆》,北京十月文艺出版社2002年版。

40. 成曾樾:《文学的守望与探寻》,作家出版社2012年版。

41. 汪晖、陈燕谷主编:《文化与公共性》,生活·读书·新知三联书店1998年版。

42．罗钢、刘象愚主编：《文化研究读本》，中国社会科学出版社2000年版。

43．陈万雄：《五四新文化的源流》，生活·读书·新知三联书店1997年版。

44．刘勇等：《马克思主义与二十世纪中国文学》，百花洲文艺出版社2006年版。

45．梅志：《往事如烟——胡风沉冤录》，河南人民出版社1997年版。

46．《胡风全集》，湖北人民出版社1999年版。

47．杨联芬等：《20世纪中国文学期刊与思潮（1897—1949年）》，百花洲文艺出版社2006年版。

48．胡风：《胡风三十万言书》，湖北人民出版社2003年版。

49．刘保昌：《聂绀弩传》，崇文书局2008年版。

50．陈思和：《犬耕集》，上海远东出版社1996年版。

51．陈思和：《中国当代文学关键词十讲》，复旦大学出版社2002年版。

52．李泽厚：《中国现代思想史论》，天津社会科学院出版社2003年版。

53．陈顺馨：《社会主义现实主义理论在中国的接受与转化》，安徽教育出版社2000年版。

54．（德）顾彬：《20世纪中国文学史》，范劲等译，华东师范大学出版社2008年版。

55．《丁玲全集》，石家庄，河北人民出版社2001年版。

56．李金铨主编：《文人论政：知识分子与报刊》，广西师范大学出版社2008年版。

57.《何其芳全集》,河北人民出版社 2000 年版。

58. 朱鸿召:《延安日常生活中的历史(1937—1947 年)》,广西师范大学出版社 2007 年版。

59. 郝怀明:《如烟如火话周扬》,中国文联出版社 2008 年版。

60.《我仍在苦苦跋涉:牛汉自述》,生活·读书·新知三联书店 2008 年版。

61. 杨义:《中国现代小说史》,人民文学出版社 1986 年版。

62.(法)丹纳:《艺术哲学》,傅雷译,安徽文艺出版社 1991 年版。

63. 徐庆全:《周扬与冯雪峰》,湖北人民出版社 2005 年版。

64.《周扬文集》,人民文学出版社 1984 年版。

65. 刘锋杰:《中国现代六大批评家》,安徽文艺出版社 1995 年版。

66. 王本朝:《中国当代文学制度研究(1949—1976 年)》,新星出版社 2007 年版。

67. 黎之:《文坛风云录》,河南人民出版社 1998 年版。

68. 孙玉明:《红学:1954》,北京图书馆出版社 2003 年版。

69. 庞松:《毛泽东时代的中国》三卷,中共党史出版社 2003 年版。

70. 叶笃义:《虽九死其犹未悔》,北京十月文艺出版社 1999 年版。

71. 陈明洋编:《当年事》,文化艺术出版社 2005 年版。

72. 从维熙:《走向混沌:从维熙回忆录》,花城出版社 2007 年版。

73. 王培元:《在朝内 166 号与前辈魂灵相遇》,人民文学出版社 2007 年版。

74.《马克思恩格斯选集》四卷,人民出版社 1972 年版。

75. 林贤治:《五四之魂:中国知识分子精神史》,广西师范大学出版社 2008 年版。

76. 季羡林主编:《枝蔓丛丛的回忆》,北京十月文艺出版社 2001 年版。

77. 汪洪编:《左右说丁玲》,中国工人出版社 2001 年版。

78. 洪子诚:《中国当代文学概说》,香港青文书屋 1997 年版。

79.《新文学史料》编辑部:《我亲历的文坛往事·忆心路》,人民文学出版社 2004 年版。

80. 王蒙:《王蒙:不成样子的怀念》,人民文学出版社 2005 年版。

81. 梅志:《胡风传》,北京十月文艺出版社 1998 年版。

82. 张炯主编:《新中国文学五十年》,山东教育出版社 1999 年版。

83.(苏联)高尔基:《不合时宜的思想——关于革命与文化的思考》,朱希渝译,江苏人民出版社 1998 年版。

84. 陈微主编:《毛泽东与文化界名流》,中国社会科学出版社 1993 年版。

85. 王蒙、袁鹰主编:《忆周扬》,内蒙古人民出版出版社 1998 年版。

86. 钱理群等:《中国现代文学三十年(修订版)》,北京大学出版社 1998 年版。

87. 丁帆:《重回"五四"起跑线》,人民文学出版社 2004 年版。

88. 朱文显:《知识分子问题:从马克思到邓小平》,四川人民出版社 1999 年版。

89. 陈思和：《中国当代文学史教程》，复旦大学出版社 1999 年版。

90. 夏志清：《中国现代小说史》，刘绍铭等译，复旦大学出版社 2005 年版。

91. 洪子诚：《问题与方法：中国当代文学史研究讲稿》，生活·读书·新知三联书店 2002 年版。

92. 马龙闪：《苏联文化体制沿革史》，中国社会科学出版社 1996 年版。

93. 李新宇：《大梦谁先觉：近代中国文化遗产发掘》，黄河出版社 2007 年版。

94. 李辉：《沈从文与丁玲》，湖北人民出版社 2005 年版。

95. 李辉：《中国文人的命运》，郑州大学出版社 2006 年版。

96. 周策纵：《五四运动：现代中国的思想革命》，周子平等译，江苏人民出版社 2005 年版。

97. 李泽厚：《中国近代思想史论》，天津社会科学院出版社 2003 年版。

98. 夏志清：《新文学的传统》，新星出版社 2005 年版。

99. 殷海光：《中国文化的展望》，上海三联书店 2002 年版。

100. 《王瑶全集》，河北教育出版社 2000 年版。

101. 《鲁迅全集》，人民文学出版社 1989 年版。

102. 胡志毅：《国家的仪式：中国革命戏剧的文化透视》，广西师范大学出版社 2008 年版。

103. 屠岸口述，何启治、李晋西编撰：《生正逢时：屠岸自述》，生活·读书·新知三联书店 2010 年版。

104. 陈思和、王光东主编：《中国当代文学60年（1949—2009年）（第1卷）》，上海大学出版社2010年版。

105. 朱鸿召：《延河边的文人们》，东方出版中心2010年版。

106. 王本朝：《中国现代文学制度研究》，西南师范大学出版社2002年版。

107. （法）布迪厄：《艺术的法则》，刘晖译，中央编译出版社2001年版。

108. 北京大学等主编：《文学运动史料选（第四册）》，上海教育出版社1979年版。

109. 刘忠：《〈在延安文艺座谈会上的讲话〉研究》，人民文学出版社2009年版。

110. 李红强：《〈人民文学〉十七年》，当代中国出版社2009年版。

111. 王增如：《丁玲办〈中国〉》，人民文学出版社2011年版。

112. 黎之：《文坛风云续录》，人民文学出版社2008年版。

113. 杨匡汉主编：《20世纪中国文学经验》，东方出版中心2006年版。

114. 张均：《中国当代文学制度研究（1949—1976年）》，北京大学出版社2011年版。

115. 吴秀明主编：《当代历史文学生产体制和历史观问题研究》，中国社会科学出版社2011年版。

二、报刊

1. 创刊至今的《文艺报》。
2. 创刊至今的《人民文学》。

后　记

　　本书研究的是鲁迅文学院，着眼于中国化创意写作的探索与实践。之所以对这个题目感兴趣，当然缘于我对创作的忠爱和对创意写作学科大发展的信念。通过本书的写作，我想证明的是，创意写作虽说创生于欧美，但中国化的创意写作早就存在。我们并不是亦步亦趋地学习西方，而是要形成平等对话。与此同时，近年来，我对文学生产机制、文学教育以及与此紧密相关的知识分子精神史研究产生了兴趣，无论是在阅读选择上，还是在学术趣味上，都不自觉地从文学史范畴切入知识分子的思想史和精神史范畴，先后出版了《叶圣陶家族的文脉传奇：编辑学视野下的叶氏四代》和《自清芙蓉——朱自清传》《认同的危机》等作品。

　　之所以要研究鲁迅文学院及文学新人培养机制，首先源于我对新中国对待知识分子的两种态度的认识：为了加强对文学的管理，新政权逐渐建立起一整套制度体系。其对待作家（知识分子）的两种基本方式一为改造，二为培养。改造的主要是旧知识分子（即资产阶级、小资产阶级作家），培养的是新知识分子（以工农兵出身的作家为代表）。

　　其次，鲁院对文学新人的培养，在某些做法上和西方的创意写作不谋而合。由此，这本书不仅仅具有文学教育、知识分子（作家）

研究的文学意义，某种程度上更多的是对创意写作的中国化实践样本进行了些微探索。

任何研究都是有机缘的，本书更是如此。2011年9月到2012年1月，我在江苏省作协的推荐下，成为鲁院青年作家英语班的学员，在鲁院和北京语言大学接受了为期四个月的训练。在此期间，我一边学习，一边搜集资料。时隔大半年，2012年9月到2013年1月，我又被江苏省作协推荐到鲁院中青年作家高级研讨班学习。

我利用在北京鲁院的两次学习时间，在时任副院长、评论家施战军先生的支持下，搜集了大量的第一手资料，特别是教学部郭艳老师，慷慨无私地把自己参与的鲁院课题调研资料给了我，为我的研究提供了资料上的便利。在郭艳老师的推荐下，我还拜访了鲁院的老教师秦晴女士，她在鲁院工作多年，对鲁院了解甚多，对我的研究给予颇多鼓励。秦晴女士是著名编辑家、作家秦兆阳的女儿，在她身上，我看到了老一辈知识分子的大家风范。给予我帮助的还有鲁院的老领导、著名评论家何镇邦老师，他关于鲁院的回忆文章让我很受启发。此外，我在鲁院两次学习期间的班主任聂梦老师和严迎春老师，以及赵兴红老师、陈涛老师、温华老师、孙吉民老师都曾经给我提供过资料，在此，一并向他们表示感谢！

更加幸运的是，在鲁院学习期间，我还被中国作协遴选为美国爱荷华写作计划青年项目的成员，带领中国青年作家代表团赴爱荷华大学进行了观摩与学习。博士毕业以后，我再次以访问学者的身份来到爱荷华大学，用为期一年的时间对其创意写作体系进行了更为详尽的考察。作为创意写作的发源地，爱荷华大学国际写作计划和作家工作坊是全世界最著名的作家培养系统，从这里走出了一大批卓有成就的作家。在爱荷华大学的研修，大大地开阔了我学习创意写作的视野和思路。这为本书的研究提供了难得的世界性视野。

进入新世纪,鲁院的发展处在政治与市场的夹缝当中,文学被不断边缘化,意识形态不断趋于碎片化。此时的鲁院文学新人培养与传统意义上的文学新人的培养的区别是显而易见的,两者之间甚至出现了一种"断裂":从传统的偏重政治立场的培养逐步向现代的偏重专业特长的培养嬗变。正是在这种"断裂"当中,鲁院文学新人培养有了创造性的发展,这一点突出地体现在高研班的成功举办上。现在的鲁院招收的基本上都是各地已经崭露头角的文学新秀,青年作家到鲁院学习都要通过当地作协的严格审核。当地作协在推荐学员时也都是精挑细选的,因为每一位学员代表着各地方作协的声誉,其创作实力和潜力必须过硬。但随着纯文学的不断边缘化,从事纯文学创作的人越来越少,鲁院今后如何改变培养方式,也需要进一步深入思考。

不可否认,今天鲁院的文学新人培养更着重于开阔作家的创作视野和培养他们的创作技能。但这并不意味着如今鲁院的文学新人培养忽略了政治素养的提高,恰好相反,鲁院对此是非常重视的,采取的方法也更加科学。在这方面,鲁院重点培养的是作家对国家政治的认同感,确切地说是一种情感态度的培养。这种培养区别于早期的硬性灌输,无论是效果还是手段,都值得进一步研究。

鲁迅是中国新文学的闯将,以他命名的鲁迅文学院一直把鲁迅先生当作自己的荣耀。鲁迅的品格,是中国文学尊严的守护者。既然"鲁迅文学院始终把中国新文化的先驱和主将鲁迅先生作为先师和榜样,以鲁迅精神升华作家的人格和文学的灵魂,打造文学的尊严"(雷抒雁语),那么在当下的语境中,鲁院究竟能否像我们所期望的那样,在文学新人培养方面坚持鲁迅的风骨,把培养作家的独立精神和自由思想作为努力的方向?

所有这些,都值得我们进一步思考和研究。

最后,感谢鲁迅文学院常务副院长徐可先生审阅了全部书稿,并拨冗为本书撰写序言。感谢我的博士研究生导师葛红兵教授为本书作序。感谢曾任鲁院常务副院长的白描先生为本书题写书名。感谢鲁院历任领导胡平、施战军、成曾樾、李一鸣、邱华栋等对本书的联袂推荐。感谢中国作协书记处书记、副主席,鲁院院长吴义勤教授热情推介和大力支持。

本书的部分章节曾经在《当代作家评论》《南方文坛》《当代文坛》《齐鲁学刊》《中国当代文学研究》等数十家学术刊物上发表。在此,谨向各位师友、编辑表示衷心感谢。上海大学出版社徐雁华编辑为本书的出版做了大量事无巨细的工作,让本书得以在母校出版社顺利出版。

转眼已是初春,江南又见草长莺飞。本书从写作到修订完成,前后跨越了十年的时间。这十年,也是我创作和学术研究的"黄金时代"。尽管我为本书的写作付出了很多的心血,也先后做了几次修改,但内容一定还有不少的缺失乃至错讹之处。唯愿这些虚妄的文字,能为流水般逝去的光阴稍作留痕。

叶 炜
2024 年 1 月于杭州钱塘江畔

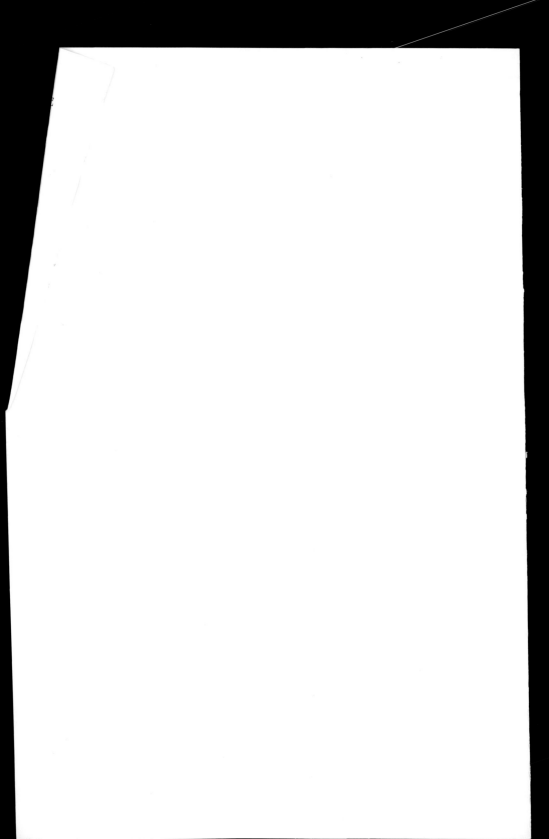